www.bbulmedia.com

좀비묵시록
82-08

좀비묵시록
82-08

1판 1쇄 찍음 2016년 2월 1일
1판 1쇄 펴냄 2015년 2월 4일

지은이 | 박스오피스
펴낸이 | 정 필
펴낸곳 | 도서출판 **뿔미디어**

편집장 | 이재권
기획 · 편집 | 문정흠

출판등록 | 2002년 9월 11일 (제081-1-132호)
주소 | 경기도 부천시 원미구 소향로 17번길(두성프라자) 303호 (우) 14544
전화 | 032)651-6513 / 팩스 032)651-6094
E-mail | bbulmedia@hanmail.net
홈페이지 | http://bbulmedia.com

값 8,000원

ISBN 979-11-315-6979-5 04810
ISBN 979-11-315-6934-4 04810 (세트)

좀비묵시록 82-08

3

박스오피스 현대 판타지 장편 소설

뿔미디어

CONTENT

1장
상처

1

개미.

진우의 머릿속에 개미가 떠올랐다.

어린 시절, 동네 뒷산에 올랐다가 우연히 보았던 광경. 죽어 있는 참새, 그 시체 주변을 까맣게 덮고 바글거리던 개미 떼……. 죽음과 삶이 너무 어지럽게 얽혀 있어서 어린 마음에도 구역질을 참으며 한참을 지켜보았었다.

투투투투, 투두둑, 투투투투.

"밀리지 마! 계속 쏴!"

그롸아아악! 그아아아아~!

10년도 더 된, 이제는 잊고 살던 과거가 떠오를 만큼 압도적인 광경이 눈앞에 펼쳐진다. 개미 떼처럼 적극적이고, 개미 떼보다 훨씬 더 강력한 좀비들이 엄청난 규모로 원자력발전소 정문을 향해 덮쳐 오고 있다.

투투투투투! 투투투투투!

K−3가 긁고 지나간 자리에는 내장이 터지고 팔다리가 잘려 나간 좀비들이 휘청거리고 있었다. 문제는 놈들이 그렇게 되고도 여전히 이빨을 드러내며 뛰어오고 있다는 점이었다.

하늘에서 천천히 떨어지는 조명탄의 불빛, 그리고 지프에서 쏘아대는 서치라이트.

어둠에 묻히지 않은 곳 어디로 시선을 돌려봐도 좀비가 가득했다. 병사들은 방아쇠를 당기면서도 압도되고 있었다. 죽여도, 죽여도 계속해서 저 징그라운 놈들의 웨이브가 끝이 나지 않을 것만 같다.

두려움과 긴장은 신체의 능력을 떨어뜨린다. 병사들의 총구는 떨렸고, 명중률은 급격하게 저하되었다.

투두둑! 투두둑!

놈들과의 거리가 좁혀지는 걸 느끼면서 진우는 쉬지 않고 방아쇠를 당겼다. 그렇게 강력해 보이던 정문 경비대의 화력이었는데, 막상 규모 5의 좀비 군단을 제압하려니 커다란 벽과 마주한 기분이다.

"머리를 쏴! 머리! 다른 데는 소용없다!"

지휘관들이 사선 뒤를 돌며 고함을 질렀다.

등신들… 또 잘못된 명령이다. 김 상병과 나란히 오른편 뒤쪽 사로에서 사격을 하던 진우는 눈살을 찌푸렸다.

차라리 입을 다물고 좀 있지…….

단순히 헤드샷이 명중시키기 어려워서만은 아니다. 지금 그들이 마주한 상황은 지난 이틀 동안의 소규모 습격 때와 완전히 다르고, 조금 전 철책 위에서 아래를 향해 쏘던 때와도 또 다르다.

이렇게 많은 놈들이 한꺼번에 속도를 높여 몰려들고 있는데, 사수의 위치가 더 높지 않다면 차라리 맨 앞줄의 하체를 겨냥하는 게 낫다. 머리보다 훨씬 커다란 표적이고, 다리가 부러져 나가 자빠진 놈들은 뒤에서 달려오던 좀비들이 알아서 걸레처럼 만들어줄 것이다. 그리고 놈들이 전진하는 속도도 훨씬 늦출 수 있다.

"김 상병님!"

진우는 옆자리의 김 상병을 큰 소리로 불렀다. 언제나 그랬듯이 머리를 겨누고는 있지만, 예광탄의 방향은 하늘 위로 솟구치고 있는 김 상병이 대답했다.

"응? 왜? 왜 불러?"

"다리를 쏴야 합니다! 하체! 하체!"

그래? 김 상병은 이유도 묻지 않고 총구를 약간 아래로 내린 뒤 연사를 시작했다.

드르르륵! 드르르륵!

아스팔트 바닥을 박살 내던 총알들이 좀비의 다리를 훑자 무릎과 골반이 엉망으로 부서지고 꺾여 나간 놈들이 땅바닥에 얼굴을 갈며 나뒹군다.

꾸아이아악―!

뒤따르던 좀비들은 인정사정 봐주지 않고 동료의 몸뚱이를 난폭하게 짓밟고 앞으로 뛰어나온다. 간혹 한 번씩은 보너스처럼 넘어진 놈에 걸려 네댓 놈이 한꺼번에 자빠져 주기도 한다.

삼척에 와서 처음으로 자신의 총알을 명중시킨 김 상병이 크게 환호하며 외쳤다.

"와우! 이거 존나 죽이는데? 진작 말해주지! 개새끼야, 훨씬 쉽잖아! 야, 너희도 다리 쏴! 병장님, 하챕니다, 하체!"

기분이 좋아진 김 상병은 서둘러 탄창을 갈며 주변의 병사들과 아까 구해준 세 명에게도 새로운 전략을 전파했다. 그의 말을 들은 병사들 중 반 정도는 고개를 갸웃거리면서도 조언을 따라 쏴봤다.

어차피 머리를 겨누고 아무리 당겨봐야 댓 번에 한 발도 제대로 맞추기 힘들었으니 밑져야 본전이다.

파바바바바방!

투투투툭! 투툭! 투두둑!

수십 마리의 좀비가 일시에 무너져 내리자 긴장에 짓눌려 식은땀을 흘리고 있던 몇몇 병사들의 얼굴에 비로소 활기가 돈다. 그들의 표정이 공통적으로 말하고 있는 건 하나의 문장이었다.

'이 작전은 통한다!'

연사로 한 번씩 훑고 나면 가장 앞의 두어 줄이 무너져 내렸다. 기어오는 놈들이 뛰어오는 놈들보다 덜 위험하다는 건 누구나 공감할 수 있을 사실이다. 병사들은 신념에 가득 찬 얼굴로 열심히 탄창을 갈아 끼우고 또 재조준을 했다.

똑같은 총을 가진 비슷한 인원이 상대하고 있지만, 채 2분도 지나기 전에 오른쪽 라인과 왼쪽 라인 간에 차이가 발생하기 시작했다. 줄기차게 머리만 노리다가 순식간에 좀비들과 거리가 좁혀진 왼쪽 라인의 병사들은 당황하는 기색이 역력하다.

"이 새끼들아! 당황하지 말고 머리를 쏴! 머리를 조준하라고!"

지프 위에서 패닉 상태의 중위가 목이 터져라 외쳐 보지만, 그저 공염불일 뿐이다. 좀비들이 다가올수록 중위의 얼굴은 점점 사색이 되어 갔다.

"다리 쏴! 옆으로 전달해! 머리 말고 다리!"

하체 조준 전략의 전도사가 된 김 상병은 아예 사격은 뒷전으로 미루고 사선을 따라 뛰며 부지런히 외쳐 댔다.

그때, 누군가 김 상병의 멱살을 잡아챘다. 성난 표정으로 지프에서 뛰어 내려온 중위였다.

"이 새끼가!"

중위는 깜짝 놀라 굳어버린 김 상병을 바닥에 내동댕이쳤다. 팔꿈치를 갈며 넘어진 김 상병을 다시 잡아끌고 가 지프 앞에 내던진 뒤, 그의 턱에 권총을 바짝 대면서 중위가 소리쳤다.

"뭐하는 새낀데 내 명령을 번복해? 죽고 싶어?"

"…아닙니다."

총구를 내려다보며 김 상병이 대답했다. 사선의 병사들과 부사관들은 그들의 뒤에서 무슨 일이 일어나고 있는지도 모른 채 열심히 방아쇠를 당기는 중이었다.

속는 셈 치고 노려봤던 하체 사격이 훨씬 효율적이라는 걸 많은 병사들이 깨달은 뒤부터 밀린다고만 느껴졌던 전세는 다시 팽팽한 균형으로 유지되고 있었다.

잠시 여유가 생겨 뒤를 돌아본 진우는 중위에게 붙들려 곤욕을 치르고 있는 김 상병을 발견했다.

"난 당장 여기서 널 쏴버려도 돼, 이 주제도 모르는 새끼야. 그렇게 해줄까? 응?"

"…잘하겠습니다."

왜 이러는 걸까 생각해 보기도 전에 김 상병의 입에서는 기계적으로 마음에도 없는 소리가 새어 나온다. 그리고 한 줄기 눈물이 또르륵 흘러내렸다.

아이, 씨발. 나한테 이럴 정신이 있으면 저기 달려오는 좀비를 한 마리라도 더 죽일 것이지…….

보는 사람은 아무도 없지만, 분하고 창피하고 억울하다.

지프 위의 중기관총 사수와 운전병은 그들의 눈앞에서 벌어지는 일을 애써 외면하는 척하고 있었다.

타타타타타! 투투투투투둑!

등 뒤에서 쉬지 않고 울리는 무심한 총소리와 좀비들의 비명 때문에 더 가슴이 아팠다. 눈물을 본 중위는 광기 어린 목소리를 더욱 높이며 김 상병의 멱살을 쥐고 거칠게 흔들었다.

"너 같은 새끼는 본보기로라도 가만두면 안 돼! 이런 위급한 상황에서 지휘 체계를 무너뜨리려고……."

침을 마구 튕겨거리며 열변을 토하는 것으로 열등감을 감추고 싶었던 중위가 권총의 노리쇠를 뒤로 당겼다. 싸움에 지는 것은 참을 수 있지만, 무능력함이 들통나는 것은 참을 수 없다. 이 새끼만 사라지면…….

철컥!

김 상병은 질끈 눈을 감았다.

휘익~

바람이 빠르게 일더니 뼈가 으스러지는 소리가 났다.

빠악—!

김 상병이 실눈을 떠보자 권총을 떨어뜨린 중위가 부러져 버린 손을 쥐고 비명을 지르고 있다.

"으악! 뭐, 뭐야?"

난데없는 습격에 놀라 고개를 들려던 중위의 뒤통수에 진우의 개머리판이 다시 날아들었다.

콱!

그리고 중위는 눈을 홉뜬 채 고꾸라졌다.

"박 이병……."

"어, 어어어! 손들어!"

김 상병이 기뻐하기도 전에 지프에 탑승하고 있던 중기관총 사수와 운전병이 허둥대며 총을 집는다. 하지만 진우는 그보다 훨씬 빨리 조준을 끝마쳐 두고 라이트의 사각으로 옮겨 서 있었다.

"야!"

기관총 사수에게 고정된 조준경에서 눈을 떼지 않은 채 진우가 두 사병을 불렀다. 둘 다 작대기 세 개짜리였지만, 그런 게 지켜져야 하는 단계는 이미 지났다.

"이 휘장 보이지?"

진우가 한 발짝을 내딛자 가슴에 붙은 금속제 특등사수 휘장이 라이트를 측면으로 받으며 위압적으로 번쩍인다. 두 병사는 긴장된 표정으로 고개를 끄덕였다.

진우가 말을 이었다.

"내가 대대에서 1등이었어. 그래도 해볼래?"

이번엔 둘 다 고개를 젓는다. 그들이 총에서 손을 떼는 걸 확인한 진우가 가까이 다가서며 말했다.

"유탄이 튄 겁니다. 나중에 깨어나서 물으면 그렇게 이야기하십쇼. 상병님들, 우리 같이 삽시다!"

두 병사의 고개가 천천히 위아래로 움직였다. 쓰러져 있는 중위를 경멸하는 눈으로 바라보던 운전병이 무뚝뚝한 목소리로 말했다.

"넘어지다 땅을 헛짚어서 손이 부러진 걸로 하면 되겠군."

잠시 그들의 눈을 뚫어져라 보고 있던 진우는 경계를 풀고 김 상병을 부축했다. 그러곤 사선으로 돌아가 병사들 속에 섞여들었다. 두 병사도 차에서 내려 기절해 있는 중위를 끌어 올렸다.

"이이이— 씨발, 나 진짜… 죽는 줄 알았어."

김 상병이 눈물을 훔치며 말한다. 진우는 그가 진정할 때까지 내버려 두고 다시 총구를 전방으로 돌려 열심히 좀비들에게 총알을 박아 넣었다.

타앙—!

날려 버리고 싶었던 중위의 머리 대신 좀비의 대갈통이 터진다.

타앙—! 타앙!

전방에는 없는 역겨운 적들에 대한 증오심을, 진우는 좀비에게 대신 풀었다. 또라이 지휘관이 의식을 잃은 후, 전투는 원활하게 진행되었다.

끝이 없을 것 같던 좀비 무리는 어느덧 바닥을 드러내기 시작했다. 애초에 제대로 전략만 짜여 있었어도 이보다 훨씬 쉽고 적은 희생을 치르면서 격퇴할 수 있었을 것이다.

발전소 건물 너머의 바다에서 붉게 동이 터올 때쯤, 길고 긴 전투도 서서히 끝을 맺어갔다. 손으로 꼽을 수 있을 만큼의 적은 수만 남았을 때에도 좀비들은 조금도 기죽는 법 없이 맹렬하게 달려들다가 뇌수를 흩뿌리며 쓰러졌다.

마침내 광활한 발전소 여기저기서 병사들의 환호가 터져 나왔다.

타아앙—!

시체 더미를 뚫고 나와 바닥을 기어오던 녀석의 미간에 커다란 구멍을 뚫는 것을 끝으로, 진우도 밤새도록 꽉 쥐고 있던 소총을 내려놓았다.

멍해진 김 상병은 주차장을 가득 덮은 시체들의 산을 하염없이 바라보고 있었다. 그 사이에는 드문드문 피로 얼룩진 푸른 군복도 끼어 있다.

후우우~ 후우우~

아무리 크게 한숨을 쉬어도 꽉 막힌 가슴이 뚫리질 않는다. 진우는 물집이 잡히고 살갗이 벗겨진 오른손으로 이마를 쓸어내렸다. 그 끔찍한 웨이브로부터 결국 살아남았다……

하지만 이런 건 승리가 아니다.

진우와 김 상병은 퀭해진 얼굴로 동해 바다를 진홍빛으로 물들이며 떠오르는 해를 보고 있었다. 새 하루가 밝는다.

그들이 지친 몸을 누인 곳은 카페테리아로 이어진 나무 회랑의 야외 테이블. 주변에는 그들처럼 지친 병사들이 삼삼오오 모여 앉아 담배를 피우고 맛스타를 나눠 마시며 생존을 자축하고 있었다.

하지만 그들 중 누구도 진우와 김 상병만큼 긴 시간 동안 싸운 사람은 없었다. 정말 지독한 싸움이었다. 단 몇 시간 만에 500명의 대대원 중 절반 이상이 사망했고, 진우가 속했던 내무반은 두 명의 생존자만 남기고 아예 전멸해 버렸다.

완전히 탈진한 김 상병은 벤치 위에 벌렁 드러누운 채 꼼짝도 하지 못했다. 진우 역시 어지간히 지쳐서 고개를 들기도 힘에 겨웠다. 어서 아침을 먹고 총을 분해해서 닦아야 하는데, 그럴 기력이 도저히 나지 않는다.

무슨 영문인지는 몰라도 주차장 가득히 널브러져 있는 시체들을 그대로 놔두라는 게 그나마 다행이었다. 벤치에 발을 올리고 무릎 사이에 얼굴을 묻은 채 겨우겨우 숨을 몰아쉬는 진우에게 김 상병이 물었다.

"…야, 박 이병."

"예… 이병 박진우."

진우는 고개를 들지도 못하고 힘없이 대답했다. 묻는 목소리나 답하는 목소리나 기운이 없기는 매한가지다.

"그 중위 새끼가 깨어나서 나 찾으면 어떡하지?"

"얼굴 기억 못할 겁니다. 그렇게 깜깜한데다가 정신도 반쯤 나가 있었는데…….."

"너라면 그럴 수도 있겠지만, 나 정도 잘생긴 사람은 흔치 않아서."

"후후후."

"이 새끼 봐라? 웃네?"

"후후, 앞으로 잘하겠습니다."

"농담이다, 새꺄. 잘했어."

"그리고 어쩌면 그 사람, 어제 일을 깡그리 잊어먹었을지도 모릅니다."

"어째서?"

"정말 죽어라 세게 때렸지 말입니다."

"…그냥 죽여 버리지…….."

진우는 대답하지 않고 슬픈 눈을 들어 발전소 쪽으로 고개를 돌렸다. 김 상병의 목소리에 반쯤 진심이 담겨 있다는 것도 알고 있고, 자신이 그렇게 하지 못한 이유도 알고 있다.

결기가 부족해서…….

만약 보안관이었다면 그런 중위 따위… 정말로 대번에 머리통을 날렸을 텐데.

2

부우웅~

발전소에서는 직원을 태운 미니 버스들이 바쁘게 빠져나오고 있었다. 발전소의 야간 근무조와 아침 근무조가 교대하는 시간인 모양이다.

저희를 지키기 위해서 나는 밤새도록 죽음과 씨름을 했는데, 저것들은 그냥 평범한 일상을 살고 있구나. 이제 피 한 방울 안 묻힌 손으로 아무렇지도 않게 아침을 먹고, 편한 침대 속으로 들어가겠지…….

한 번 그런 생각이 들기 시작하자 가운이나 작업복을 입은 원전 직원들에 대한 미움이 쉽게 가라앉지 않는다.

"여기 좀 앉아도 되겠나?"

조금 시간이 흐른 뒤, 누군가 그들이 차지하고 있는 벤치에 다가와 음식이 담긴 종이봉투 두 개를 턱 내려놓으며 물었다.

고개를 들어보니 흰 가운을 입은 사내가 담배를 물고 웃으며 서 있다. 아직 원망하는 감정의 앙금이 남은 진우는 대답도 하지 않고 사내를 외면했지만, 김 상병이 의외로 싹싹하게 웃어주었다.

"아, 예. 앉으십시오. 저희 의자도 아닌데요. 끄응~"

힘겹게 몸을 일으킨 김 상병이 능글맞게 빙글거린다.

"아, 근데 선생님, 필터가 노란색입니다? 저도 사회 있을 땐 독한 거 피웠었는데."

"하하, 내가 아니라 사제 담배가 환영 받은 거구만. 자, 말보로 레드도 괜찮으면 그냥 가지게. 나야 기숙사에 아직 여유가 있으니까."

나이 차이가 꽤 많이 나 뵈는데도 사내는 사람 좋게 웃으며 담배를 갑째 건네고 지포라이터로 불까지 붙여주었다.

후우우~!

고개를 모로 돌린 채 잔뜩 연기를 내뿜는 김 상병의 얼굴은 작은 행복감으로 가득 찼다.

"오늘 새벽, 아주 대단했다면서? 자, 좀 들겠나? 누군가랑 같이 먹고 싶어서 일부러 여유 있게 받아 왔는데."

사내는 종이봉투에서 도시락과 음료수들을 꺼낸 뒤, 진우와 김 상병 쪽으로 밀며 권했다. 스티로폼 용기에 몇 가지 반찬이 담긴 정갈한 도시락과 플라스틱 컵 표면에 물방울이 잔뜩 맺힌, 시원한 아이스커피였다. 비빔밥 전투식량과 맛스타만 먹던 군인들의 눈에는 호사스럽기 그지없다.

"저희가 이걸 먹으면 선생님은?"

김 상병이 넉살 좋게 빨대로 아이스커피를 빨며 묻는다. 사내는 고개를 저으며 커피만 하나 빼 들었다.

"아아, 저 안에서 밤을 새면 통 입맛이 없어서 말이지. 어제부터 젊은 친구들 커피라도 한잔 주고 싶었는데……."

이걸 받아먹을까, 말까.

진우는 갈등하는 심정으로 커피를 쥐고 사내의 얼굴을 다시 쳐다봤다.

30대 후반이나 40대 초반의 남자. 군살이라고는 도무지 없는 신경질적인 몸매지만 표정만은 평화롭고, 잔주름이 자글자글한데도 어린애 같은 구석이 있다. 특히 곱슬머리가 제멋대로 길게 뻗어 있어서 어딘가 아인슈타인의 젊은 시절을 연상시킨다.

후우~! 사내는 담배 연기를 뱉으며 멀리 주차장의 시체 산을 바라보다가 다시 시선을 진우에게 돌렸다.

"자네는 내가 영 마음에 들지 않는 눈치군."

"별로… 그런 건 아닙니다. 그저… 저나 오늘 죽은 제 동기들에 비하면 너무 행복해 보이셔서……."

"그런가… 그럴지도 모르겠군."

사내는 씁쓸하게 웃으며 지갑을 꺼내 가운데를 펴서 건넸다. 받아보니 꽤나 고운 여자가 귀여운 꼬마 여자애를 안고 웃는 사진이 끼워져 있다.

따뜻하다…….

홀린 듯 그 사진을 바라보고 있는 진우와 김 상병에게 사내가 물었다.

"예쁘지?"

진우는 지갑을 돌려주며 고개를 끄덕였다.

"네, 미인이십니다. 아기도 예쁘고… 가족이십니까?"

"가족이었지."

굳이 과거형을 사용한 사내가 작게 한숨을 쉬며 말했다.

"하지만 이런 세상에서 그렇게 여린 사람들이 어떻게 버티겠나? 그제 전해 들었어, 우리 동네는 이미 끝났다고. 하아, 겨우 육 년밖에 못 살았네, 그 아이는."

여전히 평화로운 얼굴로 그런 이야기를 하는 사내를 보면서 진우는 잠시나마 질투를 했던 자신이 부끄러워졌다. 상처 입지 않은 채 살아남은 사람은 없는, 그런 세상이 된 것이다.

무거워진 분위기에 눌려 김 상병도 조용히 커피만 빨았다.

진우가 침묵을 깨고 입을 열었다.

"…죄송합니다."

"아니, 자네가 미안할 게 뭐가 있어. 자네도 내 딸보다 이제 고작 십수년 더 살았을 텐데, 내가 오히려 미안하네. 이런 델 지키느라 젊은 사람들이 매일 지독한 꼴을 보게 해서."

사내는 쓸쓸히 웃었다. 그렇지 않아도 그게 진우 역시 궁금했다. 왜 대민 지원을 나가지 않고 여길 지키고 있는 것일까?

"이렇게 하고 있는 건 확실히 이해가 안 가기는 합니다. 듣자 하니 서울, 경기는 말도 못할 만큼 어렵다던데. 이왕 목숨을 걸 거라면 시설 경비보다는 훨씬 더 보람 있는 일을 하고 싶습니다. 사람들 목숨을 구한다거나……."

진우의 이야기를 들은 사내가 천천히 고개를 저었다.

"고생스럽겠지만 지금 자네가 하는 일이 보람도 있고, 여러 사람 목숨도 살리는 걸세. 마을 하나를 구조하는 건 비교도 안 돼. 여기가 무너지면 방사능 유출로 수천 배, 수만 배 더 많은 사람들이 목숨을 잃을 테니까."

"방사능 유출요?"

김 상병이 눈을 크게 뜨며 물었다.

사내가 머리를 끄덕인다.

"그래. 체르노빌 기억하나? 아… 86년 일이었으니까 자네들이 태어나기 전이었겠군. 하여간 발단은 아주 작은 실수였지. 원자로의 터빈발전기가 전력 공급이 끊긴 이후에도 관성에 의해 계속 움직여 주지 않을까 하는 실험이었어. 소련은… 아, 그때는 러시아가 아니고 소비에트 연방이었거든. 참 그동안 세월이 많이 가긴 했군……. 어쨌든 당시 소련은 비상용 디젤발전기에 드는 비용을 절약하고 싶었던 거야. 뭐, 그런 시도 자체는 나쁘지 않았지만, 엔지니어들이 멍청한 짓을 한 가지 저질렀다는 게 문제였지. 실험 시간을 단축시켜 보려고 비상 정지 시스템을 차단시켜 뒀던 거야. 끄고 재가동하는 시간이 아까워서 그랬던 거지."

"어떻게 됐습니까?"

진우가 물었다.

"몇 분 만에 폭발하기 시작해서 그다음부턴 걷잡을 수가 없어졌다네. 즉사한 사람은 100명도 안 되지만, 방사능에 피폭된 사람이 50만이 넘어. 그중 5퍼센트는 죽었고, 나머지도 계속 고통 받으며 죽어가고 있지. 인구 5만짜리 작은 변방 도시에서 일어난 일이지만, 일단 사고가 난 다음에는 그 도시만의 문제가 아니었네. 인근은 죽음의 땅으로 변했고, 스웨덴, 핀란드 같은 주변 국가들 전부가 그것으로 인해 피해를 받았지. 거긴 지금도 아무도 살지 못하는 곳이야. 땅도, 물도, 공기도… 사람에게 치명적인 것들을 머금고 있거든. 어때? 끔찍한가? 하지만 후쿠시마에 비하면 체르노빌은 아무것도 아니라고 보는 사람들도 있지. 그런데 이건……."

사내는 뒤쪽의 거대한 원자로들을 가리켰다.

"이건 후쿠시마보다도 훨씬 더 출력이 센 모델들이네. 신형이니까 그렇게 만들었지. 그러니 여기를 지키는 건 생명을 살리는, 아주 중요한 일이야. 자네에게도, 나에게도."

"그런… 그렇게 무서운 거라면 꺼버리면 되지 않습니까? 이런 상황에서도 계속 가동해야 하는 이유를 모르겠습니다. 어차피 이제 와서는 전기를 쓰는 사람도 얼마 없는데."

진우가 답답해하며 묻자 사내는 선선히 고개를 끄덕였다.

"이미 껐어. 자네들이 여기 도착하던 날, 벌써 가동은 중단되었지."

"그럼 지금 여기서 쓰고 있는 전기는 어떻게?"

"뒤에 보이는 커다란 놈들 중에서 회색 시멘트에 덮여 있는 놈들말고 붉은색 건물 보이나? 다른 네 개보다 훨씬 작은 거. 그건 디젤발전소일세. 거기에서 생산되는 전기를 쓰고 있는 걸세."

"아… 뭐가 뭔지 잘 모르겠습니다만, 이제 발전소도 껐으니 퇴각하면 되는 것 아닙니까?"

"으음……."

사내는 곤란하다는 표정을 짓고 잠시 생각을 하더니, 김 상병에게 담배 한 대를 청해서 불을 붙였다.

진우가 눈치를 살피며 물었다.

"제가 무식해서 귀찮게 해드린 겁니까? 그렇다면……."

"아니, 아니야. 대체 뭘 지키기 위해 목숨을 걸고 있는 건지 당연히 자네들도 알아야 한다고 생각하네. 단지 어떻게 하면 설명을 좀 간단하게 할 수 있을까 하고……. 이제 생각이 났으니 들어주게."

사내는 친절히 웃으며 담배를 계속 뻑뻑 빨아들였다. 후우~ 두어 번 잇달아 연기를 내뿜은 뒤, 사내는 불똥이 길어진 담배를 들어 보이며 말했다.

"핵발전소라는 건… 끄고 나서도 수습이 좀 필요한 물건이거든. 자, 이 불붙은 담배를 연료봉이라고 하세. 여기에서 열이 나지?"

네, 진우와 김 상병이 고개를 끄덕였다. 사내는 커피가 조금 남아 있는 커피 컵 속에 담배를 담그는 시늉을 했다.

"만약 이게 엄청 뜨겁다면 이렇게 집어넣었을 때 커피가 끓어오르겠지? 그러면 그 열로 터빈을 돌려 발전을 하는 걸세. 하지만 계속 놔두면 물이 다 증발해 버릴 테니까 때맞춰서 식혀줄 물을 갈아야 하네. 그래서 저기 자네들이 마주 보고 있는 바닷물과 연한 곳에 이걸 지은 거지. 물을 마음대로 끌어다 쓸 수 있으니. 근데 말이야. 이 연료봉이라는 놈은 한 번 불이 붙으면 몇 년이나 계속 타거든, 손댈 수도 없을 만큼 아주 뜨겁게. 우리가 스위치를 내려 버려도 이놈은 계속 열을 내는 거야."

불똥의 크기가 줄어들자 그는 다시 한 번 깊이 담배를 빨았다.

"지금 우리가 하고 있는 일은 이놈이 식어주기를 기다리며 달래는 걸세. 디젤발전기를 돌려 물을 갈아주면서. 디젤발전기와 연동된 시스템은 기본적으로 자동이니 사람이 없어도 가동이야 되겠지만, 1년 정도의 연료밖에는 없으니 그것도 관리해야 하고."

"1년이라고 하셨습니까? 그럼 도대체 몇 년을 더 식혀야……."

"짧게 잡아도 5년은 필요해. 5년… 아이고, 길다."

씁쓸하게 웃는 사내에게 진우가 한 가지를 더 물었다.

"그럼, 만약 저 디젤발전기가 그때까지 계속 가동되지 못하면 어떻게 됩니까?"

"이런 거지. 이 컵이 저 커다란 시멘트 건물이라고 쳐보세. 아까도 말했다시피 담배는 연료봉이고. 여기에서 물이 다 빠져나간 다음에 보충이 안 되면……."

사내는 컵에 들었던 커피를 따라 버리고 잘 턴 다음, 거기에 불똥이 밑으로 가게 해서 담배를 집어넣었다. 플라스틱 컵의 바닥이 담뱃불로 인해 녹아 들어가다가 결국에는 구멍이 뻥 뚫리면서 담배가 아래로 빠져나왔다. 바닥에 떨어진 담배를 비벼 끈 후, 사내가 말했다.

"이렇게 뚫리면 그 순간부터 아무도 감당할 수 없어져. 나라 전체에 치사량의 방사능이 퍼지겠지. 아마 일본이나 중국에까지도. 휴우~ 말하고 나니 정말이지 끔찍한 이야기구만."

사내의 이야기를 들으면서도 열심히 수저를 놀리던 김 상병의 손이 멎었다. 씹던 음식이 드러날 만큼 입을 벌리고 멍해져 있던 김 상병이 분노한 표정으로 물었다.

　"평시가 아니면 통제가 안 된다는 말이잖아요? 애초에, 이런 걸 대체 왜 만든 겁니까?"

　"글쎄……."

　서글픈 눈으로 시체 더미들을 보고 있던 사내가 대답했다.

　"아마 우리가 미쳤었던 게지."

3

　유빈은 복지 센터 식구들 중 가장 늦게 잠에서 깼다. 세차게 퍼붓던 비는 간데없고, 유리창 없는 창문마다 환한 햇살이 가득 비쳐 들고 있었다.

　밤새 앓느라고 그랬던 것인지, 아니면 이른 아침부터 푹푹 쪄 대는 날씨 때문인지, 걸치고 있던 긴팔 작업복은 땀으로 흠뻑 젖어 있다.

　"끄으응~!"

　평소와 달리 온몸에 힘이 들어가지 않는다. 유빈은 가벼운 신음 소리를 내면서 겨우겨우 몸을 돌려 누웠다. 좋은 소식과 나쁜 소식이 그를 기다리고 있었다. 좋은 소식은 눈을 뜨자마자 정말 아름다운 것과 마주하게 되었다는 것이다.

　"잘 잤어요, 오빠?"

　곁에 쪼그리고 앉아서 그가 깨기를 기다리고 있던 제니가 가볍게 웃으며 인사를 건넨다. 타이트한 흰 반팔 티셔츠, 무릎까지 올려 접은 힙합 바지, 그리고 햇살과 어우러진, 윤기 있는 머리카락과 그 미소.

잠이 아직 덕지덕지 붙어 있는 유빈이지만, 가슴이 두근거릴 만큼 예쁘다.

아, 맞다. 어제부터 우리는 제니와 함께 지내고 있었던 거지……. 그럼 이제 매일 아침 눈을 뜨면 이 얼굴을 볼 수 있단 말인가…….

"아, 안녕."

유빈이 조금 부끄러워하며 눈곱을 떼고 일어나려 하자 제니가 음료 수를 따서 내밀었다.

"드세요. 밤새 많이 앓으셨어요. 목마를 거예요."

눈뜨자마자 대기하고 있던 천상의 아이돌이 음료수를 따서 바치다 니, 이 무슨 황공한…….

유빈은 허둥대며 제니의 손을 피해 캔을 받아 들었다.

"근데… 보안관이랑 삼식이는?"

음료수를 반 이상 들이켠 뒤, 새삼 깨달은 유빈이 물었다.

제니는 창에 두 팔을 짚고 서며 몸을 쭉 편다.

"갔어요, 해가 뜨자마자."

"가다니?"

"약을 구해 오겠다고, 역 쪽으로요."

"뭐? 저희들끼리만? 아직 바닥이 미끄러워서……."

당황해서 몸을 벌떡 일으키려던 유빈이 끄응~ 앓는 소리를 내며 다시 주저앉았다.

이제 나쁜 소식이다. 다친 종아리가 어젯밤보다 더 아프다.

"크으으~!"

몸 전체에서 동시에 식은땀이 뿜어져 나온다. 잠시 함부로 움직였던 것에 대한 벌치고는 너무 심하다. 유빈은 인상을 찌푸리며 상처를 움켜잡았다.

"어떡해… 많이 아파요?"

제니가 몸을 숙이며 안타까운 표정을 짓는다. 유빈은 별거 아니라는 듯 손을 저었지만, 입을 열고 말을 하기도 어려울 만큼 괴로웠다. 한 팔을 굽혀 얼굴을 감싼 채 잠시 고통이 지나가 주기를 기다리던 유빈이 천천히 입을 열었다.

"그게 언제쯤이야?"

"출발한 게 여섯 시가 안 됐었으니까, 벌써 두 시간은 지난 것 같은데요."

제니가 손목에 찬 앙증맞은 시계를 들여다보며 말했다.

"좀… 말려주지그랬어. 네가 말했으면 들었을 텐데……."

"피이, 제 말 듣기요. 하나도 안 들어요."

제니는 분하다는 표정으로 대답했다.

"가지 말라고 했는데도 갔어?"

"그건 아니고, 저도 도울 테니 같이 데려가 달라고 했었죠. 그랬더니 보안관 오빠가 펄쩍 뛰면서 안 된다고 하는 거예요. 너는 그런 일 하는 사람 아니라면서. 그런 일 하는 사람이 따로 있나요, 이런 상황에."

좀 멍해진 유빈은 아랫입술을 내밀고 있는 제니의 옆모습을 봤다. 어제 겨우 빠져나온 좀비의 소굴로 다시 걸어 들어가겠다고 자처했다니… 얘도 좀 별난 애인지 모르겠다.

"그럼 신입은?"

"처음엔 안 간다고 버텼는데, 보안관 오빠가 억지로 끌고 갔어요. 정 무서우면 역에서 기다리다가 가방이라도 들고 오라고 하면서."

"그랬구나……."

고개를 끄덕이고 있는 동안 유빈은 이상한 기분이 들었다. 셋이 함께 움직이고, 목숨을 걸고 뛰어다녔을 때에는 느끼지 못한 감정. 자신이 영 쓸모없는 존재가 되어 다른 사람의 발목을 잡고 있는 것만 같아 미안하고 죄스럽다.

"어, 일어나지 마요. 후딱 해치우고 올 테니까 아무것도 하지 못하게 하라고 보안관 오빠가 그랬어요. 오빠가 깨면 걱정할 거라면서……."

유빈이 땅을 짚으며 몸을 일으키자 제니가 만류하며 팔을 잡는다.

아니, 그게 아닌데……. 나 지금 굉장히 급한데…….

유빈이 우물쭈물하자 눈치를 챈 제니가 한 발짝 물러나며 멋쩍게 웃었다.

"아! 하하하… 그거군요. 다녀오세요."

얼굴이 좀 빨개진 유빈은 절뚝이며 삼층으로 올라갔다. 유빈에게 있어 또래의 여자와 단둘이서만 아침을 맞이한다는 건 굉장히 드문 경험이다.

게다가 이건 뭐랄까… 애초에 평생 만날 일이 없던 클래스라는 걸 의식하면 더 쑥스러워진다. 혹시나 오줌 줄기가 플라스틱 통을 때려서 소리가 날까 봐 조심스럽게 겨냥을 하던 유빈은 갑자기 깨달음을 얻고 자기 이마를 툭툭, 두들겼다.

'뭐하는 거야, 미친놈아. 네가 만든 화장실이잖아. 부끄러워하지 마. 잘 보여서 어쩌려고 그래? 쟤는 너랑 사귀고 싶어서 여기 있는 게 아니야. 살아남기 위해 잠시 같이 머무는 것뿐이라고. 게다가 너는 테라파잖아. 일편단심 제니 사랑만 외쳤던 보안관이 같이 있는데, 네가 왜 괜히 오버하고 지랄이야!'

그렇게 생각하고 나니 모든 게 갑자기 평온해졌다.

그래, 제니를 여자로 의식할 사람은 내가 아니라 보안관이었어.

깨달음을 얻은 유빈은 남은 오줌을 모래와 플라스틱 사이를 향해 마음껏 갈겨 버렸다.

투루루루, 플라스틱 통이 울리지만, 뭐 어떤가. 그런 걸 의식하면 할수록 서로 힘들어질 뿐이다.

"아! 시원하다!"

애써 과장되게 큰 소리로 말하며 계단을 내려왔는데, 제니는 2층에 없었다.

어? 깜짝 놀란 유빈이 이름을 부르자, 1층에서 목소리가 들려온다.

"여기에 있어요!"

내려다보니 그녀는 어제 남자들이 입었던 긴팔 작업복과 쉰내 나는 수건, 자신의 후드 재킷까지를 한데 모아 대야에 담그고 있다. 창밖으로 얼굴을 내민 유빈에게 제니가 손을 흔들며 외쳤다.

"오빠도 그 옷 벗어서 던지세요."

빨래를 하려는 모양이다. 아, 이거 괜찮을까 싶어진 유빈은 머리를 긁적였다.

아기 피부처럼 부드럽고 쭉쭉 곧게 뻗은 저 손으로 빨래를 한다고? 그것도 풍물시장에서 5천 원에 사 온 중고 작업복을? 그건 안 되겠어. 내가 한다고 해야지…….

땀에 찌든 작업복을 벗고 아무 면 티나 하나 주워 입은 후, 천천히 사다리를 타고 내려가면서 유빈은 그렇게 생각했다.

"에이, 오빠. 던지셔도 되는데 뭐하러."

다가오는 유빈을 보고 제니는 일부러 밝은 목소리를 내면서 수건에 비누를 박박 문지른다. 제니라는 걸 모르고 본다면 손빨래만 한 10년 한 사람이라고 해도 믿을 만큼 연기력이 좋다. 하지만 저 손은 육체노동을 해본 손이 아니다. 그런 모습에 더 속이 상한 유빈은 쭈뼛거리며 입을 열었다.

"저기… 제니야, 아무래도 빨래는……."

비누를 내려놓은 제니가 유빈을 올려다보면서 쓸쓸하게 물었다.

"왜요? 오빠도 저한테 너는 그런 일 하는 사람 아니라고 하시게요?"

응, 이라고 말할 뻔했다. 그런데 바로 그 순간, 유빈은 조금 전 친구들이 사라졌다는 걸 알고 나서 느꼈던 그 미안함과 죄스러움이 기억났다. 다들 나를 위해서 뭔가를 해주는데, 나는 그들을 위해서 아무것도 하지 못한 채 가만히 손 놓고 기다리고만 있어야 할 때의 그 감정.

그건 사람을 주눅 들게 하고 비참하게 만든다. 누구나 역할을 가질 때 무리 안에서 당당해질 수 있다.

그렇구나……. 이 아이도 자기 자리가 있어야겠어.

생각이 정리된 유빈은 '응'을 발음하기 위해 모아졌던 입술을 급하게 벌리며 말했다.

"아니, 빨래는 같이해야 제맛이라고."

긴장한 채 바라보고 있던 제니가 미소를 짓는다. 아, 젠장. 안 돼……. 유빈은 마음속으로 모질게 고개를 저었다. 조금 전, 오줌 누면서 깨달음을 얻고 겨우 마음을 비웠는데, 붉은 입술 사이로 빛나는 하얀 이와 초승달처럼 웃는 눈을 보고 있으려니 또 가슴이 두근거린다.

다친 다리를 편 채 철퍼덕, 바닥에 주저앉은 유빈은 쑥스럽게 마주 웃으며 물에 젖은 빨랫감들을 조물거리기 시작했다.

"노래해 주세요."

10여 분쯤 아무 말 없이 작업복들을 비비고 있던 제니가 말했다.

"노래?"

"네. 이런 거 할 때 기운 나라고 노래하잖아요."

"아니… 그렇지만 보통 가수를 앞에 두고는 안 하지."

"가수 아니라고 생각하면 되죠. 뭐, 어때요. 나 까짓 거, 사랑하던 테라도 아니잖아요."

"너 은근히 뒤끝 있다……. 어젯밤에 그렇게 놀려놓고서 아직도 그러기냐?"

"네, 후후후. 오빠는 얼굴이 빨개질 때 귀엽거든요."

이런 젠장, 이런 빤한 수법에! 놀리는 거라는 걸 빤히 알면서도 그런 말을 듣는 순간, 유빈은 얼굴이 또 붉게 달아올랐다. 귀까지 빨개진 유빈이 더듬대며 큰 소리로 말했다.

"노… 놀리지 좀 마! 네가 놀리는 거에 이젠 안 당할 거야!"

"와아~ 오빠, 용기 있으신데요?"

"그, 그건 또 뭔 소리야? 웬 용기?"

"이도 아직 안 닦았으면서 저한테 그렇게 입을 크게 벌리고 숨을 내뿜는 용기!"

윽, 그러고 보니……. 이제는 목까지 빨개진 유빈은 입을 탁, 막고 일어나서 비틀거리며 수돗가로 걸어갔다. 이건 좀 충격이 크다. 그 모습을 보며 제니는 뭐가 그렇게 재밌는지 깔깔거리며 기분 좋게 웃었다.

그리고 유빈이 이를 닦고 있는 동안 등 뒤에서는 웃음소리가 그치고 아주 조그맣게 흥얼거리는 핑크 펀치의 라이브가 시작되었다.

4

"암만 봐도 간격이 더 벌어졌어. 무슨 의미지?"

경전철역 옥상에서 망원경으로 아래를 내려다보고 있던 삼식이가 고개를 갸우뚱거리며 물었다. 놈들의 행동 패턴이 바뀌었다. 덕분에 불안감에 발이 묶인 보안관 일행은 꼬박 두 시간 동안 관찰을 계속해야 했다.

좀비들이 다섯 개 뭉텅이로 나뉜 채 배회하고는 있다는 점에서는 그제나 어제와 같다.

다만, 각 그룹 간의 시간 간격이 훨씬 늘어났다. 어제 새벽 속옷가게 2층에서 탈출할 때의 여유 시간이 15분 정도였는데, 지금은 25분이나 된다. 그제와 비교해 봐도 5분 이상 늘어난 것이다.

좋은 소식이긴 하지만, 그 이유를 알 수 없으니 불안하고 궁금하다. 혹시 규칙성 따위는 애초에 있지도 않았던 게 아닐까 하는 걱정이 든다. 보안관이 머리를 긁적이며 말했다.

"한 바퀴만 더 지켜보고, 그때도 시간이 비슷하게 걸리면 그다음에 내려가자."

"그냥 빨리 갔다 와, 씨발. 뭐한다고 시간을 끌어? 25분이라며? 그럼 충분하잖아!"

음료수를 마시고 앉아 있던 신입이 투덜거렸다.

"그럴까? 그럼 신입, 나랑 같이 뛰는 거다?"

삼식이가 빙글거리면서 놀렸다. 신입은 일부러 시선을 외면하며 말했다.

"내가 올 때부터 분명히 말했을 텐데, 나는 여기서 감시만 하다가 짐이나 들어줄 거라고. 난 위험한 건 안 해!"

"그럼 좀 닥치고나 있어. 잔소리하지 말고."

보안관이 꽉 내지르자 신입은 또 혼잣말로 투덜대며 음료수 캔을 기울였다. 벌써 일곱 개째다. 힘들게 일을 하는 만큼 보상을 받아야 한다면서 자판기에 든 음료수를 잔뜩 꺼내 오더니, 두 시간 동안 그 많은 걸 혼자서 거의 바닥을 내고 있다.

"시간은 둘째 치고, 문제는 저놈들인데……."

상주하고 있는 좀비들의 수를 헤아리면서 삼식이가 말했다. 지하 통로에서부터 약국까지는 70미터가 족히 될 만큼 떨어져 있어서 거리에서 서성대는 놈들을 모두 처치해야만 저기까지 다다를 수 있다. 20여 걸음 만에 뛰어들 수 있었던 편의점 때와는 이야기가 완전히 다르다.

"하~ 저기가 약국이었으면 좋았을 텐데."

그제 생존자들에게 약탈을 당해 지금은 엉망진창으로 부서지고 텅 빈 편의점을 가리키며 삼식이는 아쉬워했다.

"열다섯 마리라……. 아까부터 그대로네. 좀 줄어들어 주면 좋으련만."

셋이서 일곱 마리를 처치할 때도 쉽지만은 않았다. 이번엔 그 두 배가 넘는데, 우리 편은 오히려 하나가 줄었다.

초조한 듯 손가락으로 난간을 두드리고 있는 삼식이의 어깨에 보안관이 팔을 턱 둘렀다.

"그건 걱정 마. 내가 해치울 수 있어."

"하하하, 너 전에는 한 번에 다섯까지 상대할 수 있다며? 왜 갑자기 그렇게 양이 많이 늘었냐, 이 뻥쟁이?"

"아니, 그때만 해도 저 새끼들이랑 싸우는 법을 잘 몰라서 그런 거고, 이제는 달라. 나도 전법을 개발했거든."

해머를 들고 천천히 스윙하는 흉내를 내면서 보안관이 자신 있다는 표정을 지었다.

"그 전법이 뭔데? 나도 좀 들어보자."

삼식이가 반신반의하는 얼굴로 묻자 보안관이 아래를 가리키며 말했다.

"지금까지는 저 새끼들이 달려들 때 항상 직선에서 머리를 까려고 했었거든. 그래야 죽으니까. 근데 꼭 죽이려고 애쓸 필요가 없겠더라고."

"안 죽이면 뭘 어떻게 하는데? 데리고 살아?"

"미친놈, 하여간에… 쯧! 요는 발을 묶어놓는 게 먼저라는 거지. 그 래서 생각한 건데, 일단 저것들이 달려올 때 상점 방향으로 유도해. 그런 다음에 골반이나 허벅지를 갈겨서 날리는 거야, 상점을 향해서. 저기 상점가에 삐죽삐죽하게 깨져 있는 유리창 보이지? 저런 데 박히거나 유리창을 깨고 날아가면, 위에서 떨어지는 유리 파편들이 알아서 저놈들을 끝장내 줄 거라고."

그렇게 말하면서 보안관은 유리창 조각이 떨어져 목을 자르는 시늉을 했다.

아으~ 징그럽겠다……. 삼식이는 눈살을 찌푸리며 물었다.

"만약에 그렇게 안 되면 어떡해? 괜히 팔만 잘려 나간다거나……."

"그래도 괜찮아. 골반을 작살내면 뛰어다니지를 못할 테니까. 훨씬 상대하기가 쉽지."

"그럴까? 그럼 너는 그렇게 한다고 치고, 난 그동안 뭘 해?"

불안한 표정으로 삽자루를 조몰락거리면서 삼식이가 물었다. 이 무기는 거리가 확보되지만 살상력이 너무 낮다. 보안관처럼 해머를 휘두를 수 있다면 좋을 텐데, 목숨이 걸려 있는 상황에서 그렇게 힘에 부치는 걸 억지로 쓰는 건 무리다.

보안관은 자신의 발목을 가리켰다.

"넌 내 뒤에 붙어 있다가 내가 날리는 새끼들마다 쫓아가서 삽을 세워서 여길 때려. 똑바로 자빠져 있는 새끼는 발목을 때리고, 앞으로 엎어진 놈들은 아킬레스건을 노리면 될 거야. 그러면 너도 멀리에서 때릴 수 있으니까 비교적 안전하고, 저 새끼들이 혹시 다시 일어나더라도 뛰어다니지는 못할 테니까. 할 수 있겠어?"

"이렇게… 말이지?"

삼식이가 신입의 발목을 겨누고 연습 삼아 천천히 삽을 갖다 대보자, 깜짝 놀란 신입이 발광을 하며 소리를 질렀다.

"야이 개새끼야! 왜 이래, 재수 없게!"

"하하하, 네가 하필 딱 다리를 쫙 펴고 앉아 있으니까 그렇지. 신입, 그러지 말고 다리 한 번 더 펴봐. 연습 좀 더 하게." '

"지랄하지 마. 네 발목에다가나 실컷 해라."

흥! 삼식이는 어깨를 으쓱한 뒤에 바닥에 그어진 선을 향해 몇 번 더 삽을 휘둘러 봤다.

보고 있던 보안관이 말했다.

"너무 정확하게 하려고 할 필요도 없고, 꼭 발목을 끊을 만큼 세게 치지 않아도 돼. 무릎이든 어디든 날만 세워서 가볍게 때리면 반드시 무리가 가게 되어 있어. 사람 몸이란 게 워낙에 강하면서도 약하거든. 그리고 만약에 한 번에 명중시키지 못하면, 또 휘두를 생각 말고 빨리 물러나. 일단 약국까지 가는 게 목적이니까 시간 끌고 위험을 무릅쓸 필요 없어."

"알았어. 근데 어째 이 계획, 영 허술하다? 유빈이가 있었으면 분명히 뭐가 부족한지를 딱 꼬집어서 말해줬을 것 같은데, 나는 그게 뭔지를 모르겠네."

"그렇더라도 어쩔 수 없지, 뭐. 끙끙 앓고 있는 놈을 여기까지 끌고 올 수는 없잖아. 지금은 그냥 너랑 나랑 몸으로 때워야 해. 어? 야, 저기 골목 끝에 또 한 그룹 들어온다. 시간 적어두자. 어휴, 씨발. 많기도 하다. 이번엔 누구네 차례지?"

"음, 영숙이네인데……. 허, 시간 격차가 더 늘었어. 이번엔 아까보다 6분이나 더 늦게 오네. 6분이면 저놈들 걷는 것처럼 지그재그로 다녀도 이 번화가 끝에서 끝까지 다 걸어갈 시간이야. 얘들, 오늘 왜 이러지?"

망원경과 시계, 그리고 종이에 기입해 둔 시간표를 번갈아 보고나서 삼식이가 푸념을 했다. 보안관도 상황이 이해가 가지 않는지 초조하게 혀며 끝을 두들겼다. 그렇다고 해서 놈들이 걷는 속도가 현저히 느려지는 것도 아니다.

며칠 동안 얼굴이 많이 부패하긴 했지만, 여전히 빨간색 원피스가 터질 듯 탱탱한 가슴을 휘두르면서 골목에 들어선 영숙이는 6분여 만에 주변의 무리들과 함께 시야 바깥으로 빠져나가 버렸다.

이틀 전에 봤던 때와 거의 똑같은 타이밍이다. 놈들의 꼬리 부분까지 다 빠져나가자 번화가 골목은 또다시 한산해졌다.

열댓 마리의 좀비들만이 목적을 잃은 망자처럼 반쯤 꺾여 나간 몸뚱이를 이끌고 이 상점, 저 상점 사이를 천천히 배회할 뿐이다.

손톱 끝을 물어뜯으며 초조하게 지켜보고 있던 삼식이가 입을 열었다.

"음… 불안한걸. 이렇게 시간이 늘어나는 이유가 도대체 뭐지? 어차피 동네 한 바퀴를 삥 도는 걸 텐데 말이야. 야, 신입! 너 만약에 우리한테 무슨 일 생기면 어떻게 할래?"

신입이 뭔가를 감추는 얼굴로 대답했다.

"야, 새끼들아. 나도 의리라는 게 있어. 여기서 지켜보고 있다가 너

희가 정 위험해지면 도와주러 갈 테니까, 너무 걱정 말고 어서 갔다
와."

어라, 이놈 봐라?

말하는 동안 미세하게 흔들리는 신입의 눈동자를 빤히 들여다보고
있던 삼식이는, 갑자기 신입의 어깨를 확 끌어안고 귀엣말을 건넸다.

"너… 유빈이가 늘 순하게 구니까 만만해 보여? 그렇다면 잘못 생
각했어. 우리 넷 중에서 걔가 보안관 다음으로 유치장에서 가장 많이
자본 애야. 게다가 쟤나 나랑은 비교도 안 될 만큼 머리가 좋아서 네
까짓 게 잔꾀 써봐야 안 통해. 우리가 없어지면 뭘 어째 보겠다는 생
각은 아예 하지 않는 게 좋을 거야. 알아?"

"뭐… 뭔 소리야, 미친 새끼!"

신입이 기겁을 하고 팔을 뿌리치자 삼식이는 과장되게 큰 소리로
웃었다.

"하하하! 이것 봐, 속마음을 들키니까 화를 낸다. 하하하! 야, 신입.
그러니까 애초에 이상한 생각을 하지 마."

조금 떨어진 곳에 서 있던 보안관이 물었다.

"뭔 이상한 생각? 속마음이란 게 뭔데? 뭐하냐, 너희? 갑자기 귓속
말을 하고……."

신입이 경직된 표정으로 보안관과 삼식이의 눈치를 번갈아 본다.
그가 충분히 불안해할 시간을 준 뒤, 삼식이는 별거 아니라는 듯 말했
다.

"아무것도 아니야. 그냥 얘를 놀리는 게 재미있어서."

보안관의 목소리에 짜증이 더해진다.

"야, 지금 굉장히 심각한 상황이니까 쓸데없는 짓 좀 그만해. 오늘 꼭 가져와야 할 게 붕대랑, 소독약, 반창고……."

"이왕 가는 건데 다른 약들도 좀 챙겨 오자. 씹어 먹는 어린이 영양제 같은 것도 맛있어. 음, 파스랑 모기약도?"

"그런 것보다 삼식이 너, 정말로 항생제가 어떻게 생겼는지 알아? 그거 아스피린이나 소화제처럼 내놓고 파는 게 아니라서 직접 이름이랑 모양 보고 찾아야 하는데……."

신입의 어깨를 꽉 누른 손을 여전히 떼지 않으면서 삼식이가 대답했다.

"잘 알지. 많이 먹어봤는데."

"네가 그런 걸 언제 먹어봤다는 거야? 뭣 땜에?"

"아, 그거? 벌써 한 반년 지난 일인데……. 보안관, 너 이태원에서 일하던 때 기억나?"

"그래. 거기서 건물 공사 많이 했지. 그 동네가 까페 붐이라고 해서."

"그때 내가 그… 여기가… 좀 그랬었거든. 에이, 알잖아."

삼식이는 왼손을 사타구니 주변에 대고 빙빙 돌렸다. 어쩐 한심한 이야기가 나올 것 같은 예감에 보안관의 눈 주변으로 주름이 지기 시작했다.

"네 거기가 뭐가 좀 그랬는데?"

보안관이 묻자 삼식이는 부끄러움이라고는 없는 표정으로 대답했다.

"아, 처음엔 좀 따끔거리더라고. 그래서 그냥 까졌나 했지. 뭐, 그럴 수도 있는 거니까. 근데 며칠 지나니까 만나는 여자애들마다 다 난리가 난 거야. 간지럽다고."

"누구한테서 옮은 건지도 모르고?"

"뭐, 한 사나흘 사이에 만났던 애들 중 하나겠지만, 정확하게는 모르지. 그거야… 그게 무슨 자랑이라고 대놓고 '나 병 있어요!' 하는 사람은 없으니까. 하여튼 안 되겠더라고. 이러다가는 동네 전체에 다 퍼질 것 같아서 진숙이 누나한테 마이신 좀 갖다 달라고 부탁해서 골고루 나눠 먹었지. 그 누나도 먹으라고 하고."

"진숙이?"

"으응, 그 누나는 커다란 약국에서 일하던 약사인데… 너도 기억날 거야. 왜, 그, 마을버스 타는 데 케밥 가게 옆에 약국 하나 있었잖아. 처음엔 명희가 소개를 시켜줘서……."

또 여자애들 이름이 잔뜩 나오기 시작한다. 보안관은 두통이 오기 전에 삼식이의 말을 끊었다.

"됐어, 그만 이야기해. 안 알고 싶다. 그래서 마이신이 어떻게 생겼는지 안다, 이 말이지?"

"마이신도 알고, 다른 약들도 알아. 여자애들 골고루 나눠 주다 보니까 약이 워낙 많이 필요했는데, 한 종류만 그렇게 여유분이 많지 않다더라고. 그래서 이 약, 저 약 받아먹었지."

마치 지네나 큰 지렁이처럼 혐오스러운 걸 보는 눈으로 자랑하듯 떠들어 대는 삼식이를 바라보던 보안관이 물었다.

"삼식아… 한 가지만 물어보자. 걔들, 너 때문에 그렇게 험한 꼴을 보고도 좋다고 다시 만나디?"

"자취방에서 같이 약 나눠 먹은 다음에 재미있다고 웃으면서 또 했는데? 사람이 아플 수도 있지……. 어, 저기 또 들어온다. 가만있어 보자, 지금 시간이……."

삼식이는 천진한 얼굴로 대답한 뒤, 시계를 들여다봤다. 이번 그룹도 바로 전의 간격보다 5분이나 늦게 들어오는 중이었다. 확실히 뭔가 달라졌다. 문제는 그게 뭔지를 모르겠다는 거다.

5

"안 돼… 안 돼……. 헉!"

철창 속에서 웅크린 채 선잠이 들었던 임수정은 자기 잠꼬대에 놀라 벌떡 일어나며 잠에서 깼다.

꿈속에서 그녀는 캄캄한 어둠에 묻힌 채 괴물들에 둘러싸여 있었다. 괴물들이 휘젓는 손이 바로 등 뒤에 닿을 것 같은데, 발은 바닥에 달라붙은 채 움직일 수가 없다.

가위에 눌린 것처럼 괴로웠던 그 꿈속에서 그녀는 계속 그 흉터얼굴사내의 이름을 목 놓아 불렀다.

민구 씨… 민구 씨…….

그리고 민구가 그녀를 맞는다. 아아, 그러나 이미 그의 몸은 엉망으로 난자당해 있다. 피투성이의 남자를 붙들고 임수정은 오열했다. 그러다가 깨어난 것이다.

민구 씨라니… 누가 들으면 아주 오래도록 사귄 정다운 애인이라도 되는 줄 알겠네. 어처구니없는 꿈에 괜히 부끄러워진 임수정은 얼굴을 쓸어내리면서 아직 붙어 있는 잠을 털어냈다.

"몇 시쯤이나 된 걸까?"

안전을 위해 잠실구장 쉘터의 격리 시설은 24시간 내내 불이 꺼지지 않았다. 암흑 속에서 깨어났던 경험이 있는 임수정에게 그것은 그나마 다행스러운 일이지만, 낮과 밤의 구분이 되지 않는다는 건 조금 사람을 힘들게 했다. 보초병들이 선 위치에는 커다란 벽시계가 붙어있다.

11시, 낮이겠지……. 임수정은 들어오던 날 받았던 시간표를 꺼내봤다. 앞으로도 30시간 가까이를 이곳에서 보내야 한다. 옆자리에는 테라가 잠이 든 것인지, 앓는 것인지 분간하기 어려운 모습으로 쓰러져 있다.

한쪽으로 밀린 담요 사이로 허벅지를 간신히 덮는 길이의 얇은 시폰 원피스가 드러난다. 그리고 철창 한쪽에 나란히 벗어둔 핑크색 샌들. 잘려 나간 발가락으로 저런 걸 신고서도 용케 살아남아 이곳까지 왔구나 싶을 만큼 가냘픈 힐이다.

"끄으응… 으으응… 으……."

울상을 짓는 테라의 입에서 신음 소리가 새어 나온다. 송골송골 맺혀 있는 이마의 땀은 아마 고통 때문인 것 같았다. 그런 그녀를 보고 있노라면, 같은 여자인데도 가슴이 에이는 것같이 안타까워진다. 그러니 입구 쪽의 보초병들이 한숨을 계속 내쉬며 이쪽에서 시선을 떼지 못하는 것도 무리는 아니다.

'저 아이, 치료라도 제대로 받은 걸까?'

임수정은 걱정스러운 얼굴로 테라의 왼발을 바라보았다. 붕대 끝에 맺혀 굳어 있는 피만 봐도 생긴 지 얼마 안 되는 상처라는 걸 알 수 있다. 아무리 진통제 알약을 지급 받고 있다지만, 그것만으로는 도저히 견디기 어려울 만큼 고통스러울 것이다.

"하아아… 흐으으… 흐윽, 흑! 흑……."

테라의 신음이 울음으로 바뀌었다. 눈을 꼭 감은 채 온몸을 떨며 눈물을 흘리던 테라는 조금 뒤, 눈을 껌뻑이며 잠에서 깼다. 그렇게 어린아이처럼 멍한 표정으로 시선을 바닥에 두고 있는 동안에도 가슴은 여전히 가볍게 흐느끼고 있다.

"괜찮아? 많이 아프니?"

임수정이 묻자 테라는 손으로 눈물을 훔치고 일어나며 쑥스러운 미소를 지었다.

"…아니에요. 그냥 무서운 꿈을 꿔서……."

테라는 천천히 몸을 일으킨 뒤, 맨살이 드러나 있는 가녀린 팔을 담요로 감쌌다.

"와, 벌써 열한 시가 넘었네요. 저 이제 네 시간만 더 있으면 여기서 나갈 수 있어요."

물을 마신 뒤 손목시계를 가리키며 테라가 말했다. 그녀의 이미지처럼 앙증맞고 고급스러운 시계다.

"그렇구나. 축하해."

"크, 감사합니다. 언니는 내일까지 여기 계셔야 하는 거죠? 저 없으면 심심하실 텐데……."

"아니야. 그냥 자지, 뭐."

"맞아요. 그까짓 하루, 후딱 지나가니까요. 언니, 저… 여기서 나간

다음에도 언니랑 계속 친하게 지내고 싶은데, 또 뵐 수 있을까요?"

테라가 얼굴 가득 애교를 담아 물었다. 임수정은 선선히 고개를 끄덕였다.

"아유, 그럼 나야 영광이지. 이렇게 예쁜 아가씨가 친하게 지내주겠다는데 거절할 사람이 있을까?"

"정말이죠? 그럼요 미리 약속을 해둬요. 전 나가면 계속 3루 쪽에 있을게요. 언니도 내일 나오시면 그리로 오세요. 약속이에요!"

그렇게 다짐을 하며 테라는 가느다란 팔을 철창 사이로 내밀어서 새끼손가락을 까딱거린다. 임수정은 미소를 지으며 팔을 마주 뻗어 새끼손가락을 걸었다.

"3루 쪽에 가는 것보다 먼저 의무실에 꼭 찾아가 봐. 발 다친 곳, 제대로 치료를 받는 게 좋을 거야. 날씨가 이렇게 덥고 습하니까……."

임수정이 걱정스레 이야기하는 동안 누군가 격리실의 문을 두드렸다.

"마무리."

안쪽의 보초병이 암구호를 던지자 밖에서 답을 한다.

"김용수."

바뀐 암호도 또 야구 선수다. 어지간히 프로 야구가 그리운가 보군……. 임수정은 자기도 모르게 한숨을 내쉬었다.

문이 열리자 두 명의 군인이 중년 여자 하나를 인솔해 왔다. 보초병들이 지켜보고 있는 가운데, 군인들은 중년 여자를 철창으로 안내했다.

임수정과 테라의 자리를 지나 바로 옆 칸에 이르자 군인 하나가 철창 자물쇠를 풀고 문을 연다. 들어가십쇼, 군인의 무뚝뚝한 명령에 중년 여자는 강하게 반발했다.

"여, 여기를 들어가라고요? 싫어요! 내가 무슨 죄인이에요? 난 안 들어가요!"

여자는 악을 쓰고 대들며 붕대를 두른 팔로 철창문을 잡고 버텼다. 두터운 장갑을 낀 손으로 여자의 몸을 밀며 버티던 군인은 결국 더 참지 못하고 차갑게 내뱉었다.

"셋 셀 동안 안 들어가시면 다른 분들의 안전을 위해 쉘터 밖으로 추방하는 수밖에 없습니다."

"추방이라니! 내가 왜 추방을 당해! 세금 낼 거 다 내고! 아들새끼 둘 곱게 키워서 군대까지 보냈는데! 너는 어미도 없냐? 응? 새파랗게 젊은 새끼가 나한테 추방이라니!"

여자가 아무리 바락바락 대들어도 군인은 냉정했다. 군인이 말했다.

"하나!"

여자도 만만치 않았다. 얼마나 흥분했는지 비 오듯 땀을 흘리면서도 삿대질을 멈추지 않는다.

"너희 말고 책임자 나오라고 해! 이따위 취급 받으려고 소득세, 재산세 꼬박꼬박 물어가며 살았던 게 아니야! 이딴 종이 쪼가리가 뭐냐고!"

중년 여자는 입소 시간이 적혀 있는 종이쪽지를 군인의 얼굴에 집어 던졌다.

"둘!"

분위기가 과열된다. 뒤에 선 군인은 무표정한 얼굴로 총을 고쳐 잡았다. 여차하면 중년 여자의 등짝이라도 후려칠 기세였다. 임수정이 어쩔 줄 몰라 하면서 보고 있을 때, 테라가 끼어들었다.

"오빠! 오빠! 제발! 그러지 마요. 잠깐만요! 네?"

철창 앞쪽에 바짝 붙어 깍지 낀 손을 기도하듯 앞으로 내밀며 사정을 한 테라 덕에 몇 초의 여유가 생겼다. 군인들은 카운트를 멈추고 중년 여자를 위압적으로 노려봤고, 여전히 기세가 죽지 않은 중년 여자를 테라가 달랬다.

"아주머니, 아니… 어머니, 그러지 말고 들어오세요. 저도 처음엔 되게 싫었는데, 금방 익숙해져요. 그리고 시간 정말 빨리 가요, 어머니. 저 같은 어린애도 견디잖아요. 네?"

분노 때문에 온몸을 부들부들 떨던 중년 여자도 삼자의 개입에 조금은 진정이 됐는지, 몇 번 숨을 몰아쉰 뒤 철창 안으로 걸어 들어갔다. 그녀의 몸이 철창 안에 들어서자마자 지키고 있던 군인들은 재빨리 문을 닫고 자물쇠를 걸었다.

"고맙습니다. 고맙습니다, 오빠."

테라는 되돌아가는 군인들을 향해 꾸벅꾸벅 열심히 고개를 숙였다. 임수정은 그런 그녀의 모습을 보면서 감탄했다.

"ㅇㅇㅇㅇㅇ… ㅇㅇㅇ……."

아직도 분이 다 안 풀린 것인지, 중년 여자는 급하게 담요를 꺼내 두르고 온몸을 부들부들 떨었다. 그러는 동안에도 여자의 온몸에서는 옷을 흠뻑 적실 만큼 많은 땀이 흘렀다. 여자의 팔에 감긴 붕대 위로 피가 번져 나오고 있었다. 아직 다친 지 얼마 되지 않은 새 상처인 것이다.

"…괜찮으세요?"

테라가 안타까워하며 말을 건네봐도 듣는 것 같지 않다. 여자는 어제 임수정이 그렇게 했듯이, 무릎을 꼭 끌어안은 채 고개를 처박고 짐승처럼 신음소리만 흘려 댔다.

♻ ♣ ♻

"이제 가야겠어. 계속 보고 있다고 해서 뭐 달라지는 것도 없고, 더 늦어지면 유빈이랑 제니도 걱정할 것 같아."

세 번째 그룹이 코너를 돌아 나가는 걸 네 번이나 반복해서 지켜보고 난 뒤, 보안관은 결심을 한 듯 말했다.

삼식이도 고개를 끄덕인 뒤 걸음을 떼려 할 때, 신입이 딴죽을 걸었다.

"픽이나 우리 걱정하겠다. 예쁜 여자애랑 둘만 남았는데 존나 실실거리면서 쪼개고 있겠지. 안 봐도 빤한 거잖아?"

"걔가 너냐?"

보안관과 삼식이는 길게 이야기하지 않고 곧바로 계단을 뛰어 내려갔다. 단호한 표정으로 무기를 꽉 움켜쥐고 있지만, 너무 많은 시간적 여유가 오히려 불안하다.

두 사람은 철책을 넘은 다음 지하 통로 앞에 서서 천천히 100을 세었다. 혹시나 맨 끝의 놈들이 코너를 돌아 나가지 않고 뭉그적거렸을 경우를 대비해서다.

"…구십구, 백! 가자! 잘 따라와!"

보안관이 앞서 달렸고, 삼식이가 그 뒤를 따랐다. 순식간에 지하 통로를 지나 계단을 뛰어오르니, 텅 빈 번화가의 여기저기서 상주하던 괴물들이 얼굴을 내밀고 그들을 맞아준다.

놈들의 울음소리는 여전히 짜증스럽고 소름이 돋게 하지만, 이미 열다섯 마리라고 숫자까지 파악해 둔 터라 놀라울 건 없었다. 보안관은 재빨리 좌우로 시선을 돌려 놈들의 위치를 대강 파악하고 머릿속으로 동선과 순서를 정했다.

그라아악!

크르르!

가장 가까이에 숨어 있다가 뛰어오는 두 놈은 상태가 별로 좋지 않았다. 목과 허리가 심각하게 꺾여 있어서 달리는 속도가 느렸기 때문에 새 전법을 실험해 보기에는 최적의 상대였다.

상점 쪽으로 붙어 선 채 괴물들이 다가오기를 기다리던 보안관은 허리를 돌렸다가 곧바로 해머를 휘둘렀다.

콰직—!

보안관의 풀스윙 해머에 직격당한 괴물은 허리가 거의 90도로 꺾어지며 날아가 요란한 소리와 함께 유리창을 박살 내고 처박혀 버렸다.

하지만 보안관이 계획했던 것처럼 위의 유리 조각이 떨어져서 괴물의 목을 잘라주지는 않았다. 틀에 단단히 고정되어 있는데다가 씰 처리까지 되어 있는 유리는 깨져 나간 그대로 날카로운 단면을 유지하며 붙어 있다.

"이런 젠장!"

첫 스윙에 들어간 힘을 그대로 이어 크게 회전하면서 두 번째 놈을 후려갈긴 보안관이 외쳤다. 두 번째 괴물 역시 깨져 나가 있는 상점가 유리에 꼬치처럼 꿰였지만, 치명상을 입지는 않았다.

"유리가 안 떨어지잖아!"

말을 하면서도 보안관은 바쁘게 몸을 놀려 세 번째 괴물의 무릎을 박살 냈다. 무릎이 반대로 꺾여 나간 녀석은 달려오던 속도를 이기지 못하고 앞으로 내동댕이쳐지며 구른다.

삽날을 세워 첫 번째 놈의 발목을 세게 내려치면서 삼식이가 말했다.

"그것 봐! 이 계획, 들을 때부터 뭔가 허술하더라!"

"아냐! 다시 한 번 해볼게!"

보안관이 두어 걸음을 내디딘 다음, 뛰어오는 네 번째 놈의 옆구리에 해머를 박아 넣었다.

와드득— 갈비뼈가 으스러진 괴물이 다시 상점의 유리문을 향해 날아가 부딪쳤다.

꽈앙!

강화유리 문에 부딪친 괴물이 반동 때문에 앞으로 튀어나온다.

"뭐야! 이 유리는 깨지지도 않아?"

튀어나오는 놈의 머리통을 힘껏 내려치면서 보안관이 물었다.

"몰라! 말 좀 시키지 마! 바빠!"

삼식이는 유리 조각 사이에 박혀 있는 괴물의 무릎을 콱콱, 내려치면서 소리를 질렀다. 그러거나 말거나 괴물 녀석은 어떻게든 일어나

보려고 자신의 옆구리를 뚫고 나와 고정시켜 놓은 유리 파편을 손으로 부러뜨리는 중이었다.

아무리 좀비라고는 해도 손바닥이 엉망으로 잘려 나가면서 날카로운 유리를 밀어내는 광경을 보고 있노라니, 구역질이 절로 난다.

"하여튼 빨리 뛰어와! 일일이 다 죽일 필요도 없어!"

비장의 전법은 구멍투성이인 것이라 판명되었지만, 전투에서까지 실패할 수는 없다. 보안관은 열심히 해머를 좌우로 휘두르며 길을 텄고, 삼식이는 그 뒤를 따라가면서 혹시나 몸을 일으키려는 놈들의 뒤통수를 후려쳤다.

아홉 번째 괴물의 머리통을 박살 냈을 때, 보안관이 숨을 몰아쉬며 허리를 숙였다.

역시 이놈의 해머는 너무 무거워…….

손목을 움켜쥔 보안관의 표정은 그런 이야기를 하고 있었다. 삼식이가 걱정스러운 말투로 물었다.

"힘들지? 일단 역으로 돌아갈래? 나머지는 한 시간 반 뒤에 다시 와서 처리하자!"

그러는 동안에 뒤쪽에서는 미처 끝장을 내지 못한 괴물들이 엉망으로 부서진 하체를 질질 끌고 필사적으로 기어오며 괴성을 질러 댔다.

전방에서도 남아 있는 괴물들이 무더기를 이루며 뛰어오고 있다. 놈들이 이렇게 거리 전체에 넓게 퍼져 있어 준 게 그나마 다행스러운 일이다.

"괜찮아! 그때까지 이놈들만 남아 있으리란 보장도 없고!"

가슴이 부풀도록 숨을 들이쉰 보안관이 다시 해머를 들어 올리고 허리를 틀었다. 잔꾀를 부려봤는데 안 통하면 하던 대로 하면 된다. 해머쯤이야, 이미 몇 천 번을 휘둘러 봤으니까……

보안관은 말뚝을 박을 때처럼 높이 들어 올렸던 해머를 반쯤 던졌다. 중력에 맡겨진 채 좀비의 머리를 향해 내리꽂혀진 해머는 가속도가 붙으며 더 큰 위력을 발휘했다.

우지끈! 놈의 머리가 박살 날 타이밍에 맞춰 보안관은 해머 손잡이 끝부분을 꽉 움켜잡고 곧바로 허리와 어깨를 이용해 해머를 다시 들어 올렸다.

열한 번째 놈과 열두 번째 놈은 워낙 바짝 붙은 채 달려들어서 큰 스윙을 할 수 없었다. 해머 손잡이를 짧게 잡은 보안관은 앞서 오는 놈의 등짝을 후려쳐서 넘기고, 그다음 놈의 머리통에 짧은 일격을 집어넣었다.

쿠에에엑!

괴물 두 마리가 거의 동시에 비명을 지르면서 나가떨어졌다. 하지만 거리가 짧았던 탓에 힘을 죽인 공격이었기 때문에 당연히 두 놈 다 죽지 않았다.

그래도 최소한의 목적은 달성했다. 두 놈의 사이를 벌려서 풀 스윙을 할 시간을 번 것이다. 보안관은 몸을 일으키려는 녀석을 쫓아가 허리에 연속해서 해머를 내리꽂았다.

콰자작! 콰작!

놈의 허리가 반대로 꺾이면서 뼈가 부러지는 날카로운 소리가 울린다. 이제 이 녀석은 일어날 수 없다. 일단 한 놈의 발을 묶어놓는 데 성공한 보안관이 몸을 돌리려 하자, 삼식이가 벌써 다른 놈을 상대로 잘 싸워주고 있었다.

삼식이는 삽의 손잡이 끝을 꽉 움켜쥔 채 원심력을 최대한 살려 채찍처럼 휘둘렀다.

칵!

삽날이 스치고 간 괴물의 목에서 살점이 뭉텅 찢어져 나간다. 그리고 괴물이 다시 몸을 일으키자마자 곧바로 또 같은 자리를 노려서 후려쳤다. 그러나 아무리 열심히 휘둘러도 삽이라는 무기의 한계 때문에 좀처럼 괴물을 죽이기는 어려웠다.

"뒤로 빠져! 내가 끝낼게!"

삼식이가 잠시 다른 놈들을 지체시켜 주는 동안 열한 번째 놈을 끝장낸 보안관이 외쳤다. 삼식이가 사선으로 폴짝 뛰며 공간을 만들어주자 그 사이를 비집고 뛰어든 보안관이 해머를 높이 들어 올렸다가 내려쪘었다.

우지직!

목뼈와 두개골이 한 번에 부서지면서 만들어내는, 끔찍한 소리와 함께 이를 드러내며 달려들던 좀비가 맥없이 무너져 내렸다. 그사이 삼식이는 기어서 쫓아온 괴물의 머리를 후려쳐 넘기고, 비어 있는 목에 삽을 찔러 넣었다.

쾌콱.

삽날이 살을 파고들어 가 뼈에 걸린다. 삼식이는 두 눈을 질끈 감고 절단을 위해 삽날을 꽉 밟았다.

자, 저놈은 이제 다됐고, 앞으로 세 마리만 더 쓰러뜨리면 된다…….

이를 악문 보안관은 며칠 연속으로 혹사당해 쑤시는 어깨와 팔목을 달래가며 해머를 들어 올렸다. 그리고 열세 번째 괴물을 향해 힘차게 해머를 휘둘렀다. 제1타는 앞세우고 달려드는 상체, 그리고 가속도를 살린 2타는 썩은 살 냄새가 풀풀 풍겨 나오는 골반이다.

꽈직!

커다란 소리가 났다. 아주 깨끗하게 적중된 쇳덩어리가 사람의 뼈를 엉망으로 부수면서 뚫고 지나는 소리. 괴물은 발끝이 잠시 허공에 떠올랐다가 이내 땅바닥에 떨어져 뒹굴었다.

그런데 문제는 이 공격의 막바지에 해머가 날아가 버렸다는 점이다. 힘이 빠진 보안관의 손아귀에서 미끄러져 나간 해머는 원심력이 잔뜩 붙은 채 길 건너편 상점까지 빙글빙글 날아갔다.

억—! 보안관이 어처구니없어 하며 비명을 지르는 것과 동시에 해머는 요란한 소리와 함께 휴대폰 대리점의 유리창을 박살 내며 떨어져 버렸다. 졸지에 무기를 잃은 보안관은 약간 놀란 얼굴로 지쳐서 부들거리는 자신의 두 손을 바라보았다.

이제 케블라 장갑 한 켤레만이 그가 가진 유일한 도구다. 삼식이는 급한 대로 자신의 삽이라도 던져 주고 싶었지만, 좀비의 목뼈 깊숙이 박힌 삽날은 도무지 쉽게 빠져나와 주지를 않았다.

그라아아악!

삼식이가 삽을 좌우로 비틀어 대는 동안, 남은 두 마리의 괴물은 보안관을 향해 아가리를 쫙 벌리며 나란히 달려들었다. 아무렇게나 휘둘러 대는 놈들의 손을 피하면서 보안관은 새삼 놀랐다.

내 몸이 이렇게 가벼웠던가……. 겨우 4킬로그램밖에 안 나간다고 생각했던 해머지만, 그 길고 무거운 추를 내려놓으니까 몸놀림이 완전히 새롭게 느껴진다. 조금 전에 비해 스텝도 훨씬 빠르고, 팔도, 허리도 자유자재로 움직여진다.

보안관은 몸을 틀어 앞선 놈의 공격을 피하면서 다리를 걸어 넘겼다. 괴물의 몸이 허공에 떠서 도는 걸 보며 몸을 돌린 보안관의 스트레이트가, 괴물의 콧잔등을 무너뜨리면서 달려드는 속도를 줄였다. 그리고 잇달아 두 번의 빠른 어퍼컷이 놈의 턱에 꽂혔다.

덜컥—!

턱이 위로 들린 녀석이 비틀대는 동안, 보안관은 오른 다리를 놈의 허리 뒤에 집어넣은 후, 손바닥을 쫙 펴서 들려 있는 턱을 세게 밀어쳤다.

빠가각!

고정된 척추 때문에 충격을 줄이지 못한 괴물의 목이 뒤로 꺾여 나간다.

그때, 날아가 떨어졌던 놈이 뒤쪽에서 몸을 내던졌다.

그라아아아악!

보안관은 몸을 회전시키며 그 힘을 오른 다리에 담아 힘껏 로우킥을 날렸다. 내딛던 다리에 충격을 받은 괴물이 옆으로 나가떨어진다. 다시 일어나려는 녀석의 얼굴에 보안관은 다시 한 번 힘찬 발차기를 먹였다.

콰득!

단단한 안전화에 맞은 괴물의 턱이 부서지고 이빨이 사방으로 튄다.

다시 한 번! 또 한 번!

세 번을 연속해서 사커 킥을 얻어맞은 뒤에야 괴물은 더 이상 목을 들어 올리지 못했고, 그렇게 널브러진 녀석의 관자놀이에 마지막 확인 사살용 킥이 꽂혔다.

콰직!

엉망으로 부러진 목이 180도 가까이 돌아가 버리는 바람에 괴물의 몸뚱이는 엎어지고, 얼굴은 하늘로 향한 채 더 이상 움직이지 않았다.

"허억, 허억… 이 새끼들, 맨몸으로도 충분하네……. 허억……."

두 괴물이 더 이상 움직이지 않는 것을 확인한 보안관은 해머를 되찾기 위해 숨을 헐떡이며 휴대폰 대리점 안으로 들어갔다. 해머가 박살 낸 진열장에는 수십 개의 최신형 휴대폰 박스가 쓰러져 있고, 그곳에 전혀 어울리지 않는 물건도 하나 뒹굴고 있었다.

단단해 보이는 나무 배트. 아이들 장난감이 아니라 정말 성인용 야구 배트다. 이런 게 왜 여기에……. 의문이 들었지만, 이유는 사실 그리 중요하지 않았다.

"우와!"

보안관은 아이처럼 탄성을 지르면서 해머보다 야구 배트를 먼저 집어 들었다.

적당한 무게, 안정적인 단단함, 그리고 무엇보다 정확한 타격을 위해 만들어진 기능적인 모양.

손에 쏙 들어오는 새로운 무기다. 두어 번 스윙을 해보니 해머를 휘두를 때와는 차원이 다른 편안함이 느껴진다.

"이거 좋은데?"

그는 천진한 눈빛을 지으며 해머와 함께 야구 배트를 챙겨 들었다. 피가 잔뜩 묻은 삽을 아스팔트 바닥에 문질러 닦고 있던 삼식이가 시계를 들여다보며 말했다.

"잘됐네, 안 그래도 해머는 영 힘겨워 보였는데……. 이제 15분 남았어. 빨리 뛰자, 보안관."

"응!"

두 친구는 텅 비어 있는 번화가 거리를 내달려 십자가 모양 4거리의 코너에 위치한 약국 안으로 뛰어 들어갔다. 혹시 숨어 있을지도 모르는 좀비에 대비해서 야구 배트를 바짝 치켜들고 약국의 데스크 안쪽과 약 조제실 너머를 살펴봤지만, 아무것도 없다.

"빨리 찾아와! 나도 여기서 챙길게."

보안관의 말이 떨어지기도 전에 삼식이는 메고 있던 가방을 건네고, 약 조제실 뒤편에서 약병들을 뒤지기 시작했다.

삼식이가 항생제를 찾는 동안 보안관은 가방의 지퍼를 열고 눈에 보이는 약들을 닥치는 대로 쓸어 담았다.

진통제, 영양제, 소화제, 감기약, 소독약, 파스, 반창고에 붕대, 모기약, 비타민 C까지……. 조그만 약상자들로 가방을 반쯤 채운 다음, 보안관은 더 필요한 것이 있을까 싶어 약국을 한 번 빙 둘러봤다. 하지만 워낙 가슴이 두근거려 머리가 제대로 돌지 않는다.

"찾았다! 이, 이렇게 생겼었어!"

조제실 너머에서 기쁨의 환성을 내지른 삼식이가 환하게 웃는 얼굴로 약병 두 개를 챙겨 나왔다.

"그럼 이제 가자."

보안관은 삼식이가 던진 약병들을 받아 가방에 넣었다. 그사이 삼식이는 전원이 나가 있는 냉장고를 열고 조그만 박스 하나를 꺼내 들고 온다.

"뭐야, 그건?"

"뭐긴! 당연히 약국하면 박카스지!"

타당해! 보안관은 고개를 끄덕이며 꾸역꾸역 박카스 상자까지 가방 안에 쑤셔 넣었다. 얼마나 꽉 눌러 담았는지, 지퍼가 터지기 직전이다.

가방을 멘 삼식이와 양손에 무기를 든 보안관이 막 약국 밖으로 뛰어나왔을 때, 골목 저편에서는 깜짝 선물이 그들을 기다리고 있었다.

그라아아아아아아악!

그와아악! 크라아악!

예상 밖의 광경에 보안관과 삼식이는 잠시 얼어붙어 버렸다. 전철역에서 보자면 왼쪽에 해당되는 골목 입구에서 엄청난 수의 괴물들이 이곳을 향해 뛰어오고 있다.

어째서? 네놈들은 언제나 반시계 방향으로 이 거리를 돌았었잖아! 지금 이 방향은 거꾸로라고! 게다가 규칙에 따르면 아직 너희가 등장할 시간이 아니야…….

하고픈 말은 무지하게 많지만, 그런 것들은 이 상황을 타개하는 데 아무런 도움도 주지 못한다. 그리고 달아날 수도 없다. 지하 통로까지 포함하면 철책까지의 거리는 100여 미터. 아무리 열심히 달린다고 해도 놈들을 뿌리친다는 건 무리다.

그오아아악!

머뭇거리는 동안에도 놈들은 거리를 좁혀 뛰어온다. 얼굴이 파랗게 질린 두 사람은 좌우를 두리번거리다가 약국 간판을 잡고 뛰어올랐다. 3층 건물의 옥상만이 그들이 현재 바랄 수 있는 유일한 피난처다.

"그거 버려! 해머랑 배트 버리라고!"

한 손에 무기 두 개를 끝까지 꽉 움켜진 채 한 손으로만 올라가 보려고 낑낑대는 보안관에게 먼저 2층 창문까지 기어오른 삼식이가 소리를 질렀다.

"하지만 이걸 버리면 무기가……."

"어차피 그걸로 저것들 다 못 죽여!"

보안관은 마치 대단한 보물을 포기하는 듯한 표정을 지으며 손을 벌렸다.

땡그렁!

해머와 배트가 바닥에 떨어진다. 마치 그 추락하는 힘으로 추진력을 얻기라도 한 것처럼 보안관이 두 손으로 간판을 잡으며 힘껏 뛰어올랐다.

"자, 손잡아!"

먼저 3층까지 올라가 있던 삼식이가 난간 아래로 몸을 내밀며 손을 뻗었다. 보안관은 간판을 발판 삼아 뛰어오르면서 삼식이의 손과 난간을 동시에 붙잡았다.

"하아! 하아~! 뭐지? 이 씨발? 이 새끼들, 대체 뭐야?"

3층 바닥에 털퍼덕 주저앉은 보안관이 이해할 수 없다는 표정을 지으며 넋두리를 늘어놓았다. 삼식이도 말없이 고개만 젓는다. 아래에는 벌써 건물 주변을 둘러싼 수많은 괴물들이 옥상 위의 두 사람을 향해 고함을 질러 댔다.

보안관은 커다래진 눈으로 자신들이 위치한 건물을 둘러봤다. 다행히 옥상으로 올라오는 길은 건물 내부와만 연결되어 있고, 조그만 상자처럼 생긴 철제 옥탑문은 굳게 닫혀 있다.

다행히…라고? 이런 젠장, 갑자기 나타난 좀비들 때문에 3층 옥상 한가운데에 갇혀 버렸는데 뭐가 다행이야?

화가 난 보안관은 손바닥으로 철제문을 세게 내려쳤다.

"뭐야! 도대체 어디서 나타난 거야? 이게 왜 숨어 있고 지랄이지?"

초조해진 보안관은 연신 입 주변을 쓸어내렸다. 자신들은 분명히 괴물들의 움직임 속에서 규칙성을 발견해 냈다. 그리고 그것을 이용해 훌륭하게 식량을 구하고, 놈들의 소굴에서 탈출까지 했었다.

그런데 왜 이놈들은 갑자기 규칙을 깬 것일까? 대체 다섯 개의 그룹 중에 어느 무리에 있던 놈들이 이렇게 몰래 숨어 있었던 걸까?

보안관은 도무지 이해가 가지 않았다. 한 시간 전에도 다섯 개의 그룹은 규칙성을 잘 지켜가며 행진을 했었다. 이렇게 큰 무리가 떨어져 나갔다면 그걸 알아채지 못했을 리가 없다.

"분명히 아직 나타날 때가 아니었어."

삼식이도 불안한 목소리로 말하며 시계를 들여다봤다. 11시 40분. 아직 오렌지 호프가 등장하려면 5분 정도나 더 기다려야 할 시간이다.

보안관과 삼식이는 초조함이 가득한 표정으로 좀비들이 넘실대는 거리를 내려다보았다. 그것 말고는 달리 할 수 있는 게 없다.

그리고 천천히 돌아가는 것처럼 느껴지던 시곗바늘이 11시 46분에 가까워졌을 때, 오른쪽 골목에서 평소와 다름없는 멤버들로 구성된 오렌지호프 그룹이 걸어 들어왔다.

그것을 보면서 비로소 두 사람은 깨달을 수 있었다. 지금 그들의 발 아래에 모여 서서 울부짖고 있는 녀석들은 원래 이 골목을 배회하던 놈들이 아니었다. 몇 분씩 늘어나던 시간 간격. 그것의 의미를 알아채지 못한 게 패착이었다. 돌이켜 보면 아주 간단한 문제였는데······.

"젠장, 계속 같은 속도로 움직이고 있는데 한 바퀴를 도는 시간은 더 길어졌다면, 그 이유는 단 한 가지밖에 없었던 거잖아! 아, 이런 돌대가리!"

보안관은 자책하며 자신의 머리를 두들겼고, 삼식이는 자포자기한 얼굴로 가방에서 박카스를 꺼내 입에 가져갔다. 꿀꺽! 꿀꺽! 박카스 한 병을 순식간에 비운 삼식이가 말했다.

"이 새끼들, 점점 더 멀리까지 돌아다녔던 거네. 그러니까 이 밑에 놈들은 옆 동네에서 온 녀석들이고······."

정답을 알아맞혔지만, 보상은 아무것도 없다. 이제 두 사람은 약가방 하나만 꼭 껴안은 채 수백의 좀비들이 둘러싸고 있는 건물의 옥상 위에 고립되어 버린 것이다. 도무지 길이 보이지 않았다.

6

깨끗이 빨아 꼭꼭 짜놓은 빨래가 대야 가득 담겨 있다. 유빈과 제니는 흐뭇한 표정으로 자신들이 시간과 공을 들여 해놓은 노동의 성과를 바라봤다.

"자, 이제 이걸 널어야지?"

유빈은 다친 다리에 무리가 가지 않도록 천천히 걸어가 긴 4x4 각목 한 개와 공구를 챙겨 왔다.

"그걸로 뭘 하시려고요?"

각목을 절반으로 잘라 가슴 높이 정도로 다듬는 유빈을 보며 제니가 물었다.

"음? 빨래를 했으니 건조대가 있어야지."

잘라낸 각목의 끝부분에 드릴로 구멍을 뚫고 반대편 끝은 말뚝처럼 날카롭게 깎아냈다. 그렇게 해놓은 각목에 구리 파이프를 집어 와 대본다. 두어 번 더 구멍을 넓히고 나니 약간 헐렁하게 맞았다.

"좋아."

유빈은 만족한 표정을 짓고 나서 두 번째 각목을 잘라 똑같은 모양의 물건을 하나 더 만들었다. 제니가 호기심 가득한 눈으로 지켜보는 동안 유빈은 작업한 말뚝과 해머를 가지고 4차선 도로를 건너 철책으로 걸어갔다. 가볍게 절뚝이던 유빈이 말뚝을 흙바닥에 살짝 박아두고서 제니를 돌아보며 묻는다.

"어때, 지금? 똑바로 됐어?"

제니는 고개를 좌우로 조금씩 갸우뚱거리고 양쪽 눈을 번갈아 떴다 감았다 해보더니, 손을 들어 왼쪽으로 흔들었다.

"오른쪽으로 조금 기울었어요. 조금만 바로 세워보세요."

유빈은 말뚝을 약하게 밀고 나서 다시 물었다.

"이 정도?"

"조금만 더."

"이젠 됐지?"

"네, 오빠. 지금 딱 수직."

유빈은 체중을 실어 말뚝을 꽉 눌렀다. 맥없이 쑥 빠지지는 않을 정도가 된 다음, 해머를 짧게 쥐고 콩, 콩, 내려쳤다. 구경하고 있던 제니가 뛰어와서 말뚝을 잡아준다. 해머를 내려놓으며 유빈이 말했다.

"어, 잠깐만 제니야. 일할 때는 꼭 장갑을 껴야 돼. 이렇게 매끈해 보여도 가시가 꽤 많거든. 쪼개지면서 결이 박힐 수도 있고."

유빈은 자신의 장갑을 벗어서 제니에게 건넸다.

제니는 고개를 끄덕이면서 헐렁한 장갑을 당겨 끼고 다시 말뚝을 잡았다.

"꽉 잡았지? 간다!"

말은 거창하게 했지만, 유빈은 힘 조절을 해가면서 해머를 내려쳤다. 잠시 후, 미리 표시를 해놓은 선까지 말뚝이 들어가자 두 사람은 3미터쯤 떨어진 곳으로 옮겨 가 같은 방법으로 두 번째 말뚝을 박았다.

그리고 유빈이 걸음을 옮기기도 전에 제니는 후다닥 뛰어가 아까 대봤던 구리 파이프를 끌고 돌아왔다. 두 사람은 파이프 양쪽 끝을 잡고 말뚝의 구멍에 넣었다.

"잘돼가고 있어?"

"네, 여기 여유 있어요."

"그쪽이 더 길어야 해. 조금 더 당겨봐. 옳지. 그대로 잡고 있어 줘."

제니가 반대편 끝을 잡고 있는 동안 유빈은 파이프에 구멍을 뚫고 긴 나사못을 박아 너트로 고정시켰다. 그러고는 반대편으로 자리를 옮겨 같은 작업을 한 번 더.

이제 파이프가 빠져 버릴까 봐 걱정하지 않아도 된다. 안정적인가 확인하기 위해 말뚝에 체중을 실어본 유빈이 됐다는 표정을 지었다.

"널어볼까요?"

함께 빨래 대야를 들고 와 팡팡 턴 다음 널었다. 길이도 적당하고, 빨래 무게 정도는 충분히 이길 만큼 튼튼하다.

"휴대폰이 없는 게 한이네. 그날 트럭에 두고 내리는 게 아니었는데……."

떨어지려는 빨래를 잡고 고쳐 너는 제니의 모습을 보면서 유빈이 중얼거렸다. 등을 돌리지 않은 채 제니가 물었다.

"왜요?"

"나중에 사람들한테 제니가 손빨래해 준 옷을 입어봤다아~ 이렇게 자랑하고 싶은데, 증거가 될 만한 게 하나도 없잖아. 아무도 안 믿을걸?"

"풋."

가볍게 웃음을 터뜨린 제니가 유빈을 돌아보며 말했다.

"그럼 제가 증언해 드리면 되잖아요. 넵! 유빈 오빠 말이 사실이에요. 제가 이렇게 박박 문질렀습니다!"

"하하하……."

너무 꿈같은 이야기라서 유빈은 얼이 빠진 웃음을 지을 수밖에 없었다.

내가 말한 '나중에' 라는 건 대체 언제일까? 왜 나는 그때까지 내가 멀쩡히 살아남아서 또 다른 생존자들과 지금을 추억하면서 웃을 수 있다고 생각했을까…….

유빈은 바보처럼 멍한 표정을 지으며 그런 생각들을 했다. 그리고 만약 정말 하늘이 도와서 그때가 와주더라도… 아주 당연한 이야기지만, 서로 사는 세계가 다른 사람들은 떨어져서 살아갈 수밖에 없을 것이다.

그래, 그렇겠지. 하지만… 유빈은 부정적인 생각들을 털어냈다.

'하지만 최소한 지금 저 미소를 보는 순간만큼은 행복하잖아. 이 기억은 아무도 나에게서 빼앗아갈 수 없어.'

그저 허술한 건조대 하나를 설치했을 뿐인데, 피난처로만 여겨지던 복지 센터가 집으로 변한 것 같은 착각이 들었다. 철책과 나란하게 걸린 빨래들이 바람에 조금씩 흔들리며 따가운 햇볕에 말라간다.

까맣게 잊고 있었던 일상의 풍경을 보면서 기분이 좋아졌던 것도 잠시. 바쁘게 움직이던 몸이 편해지자 점점 걱정하는 마음이 조금씩 고개를 들었다.

"이제 슬슬 돌아올 시간 아닌가……."

밤새도록 고였던 물기가 어느새 싹 사라진 도로 한가운데에 앉아서 유빈이 중얼거렸다.

곁에 선 제니도 손을 눈 위에 가져다 대며 벌판 너머로 시선을 돌려본다.

"그러게요……. 금방 온다고 하더니."

그때, 한줄기 강한 바람이 불어오면서 빨래들이 흔들리더니, 수건 한 장이 나비처럼 나풀거리며 날기 시작했다.

"엇, 안 돼!"

애써 빨아놓은 수건을 더럽히고 싶지 않았던 유빈과 제니는 열심히 수건을 쫓아 달렸다. 그러나 그들의 노력이 무색하게도 수건은 먼지를 일으키며 바닥에 떨어져 내렸다. 수건을 집어 든 제니가 먼지를 털어내며 가볍게 한숨을 쉰다.

"아휴, 아까워라. 다시 헹궈야겠네요."

"파이프가 너무 매끈해서 그런가 봐. 다음에 나가면 빨랫줄을 가져와야겠다."

"빨랫줄요? 그런 걸 어디서 구해요?"

"우리가 지나왔던 산책로에 현수막이 여러 개 붙어 있었잖아. 그거 다 빨랫줄로 묶어놓은 거야. 그걸 풀어오면 되지, 뭐."

그렇게 기다리는 동안 시간은 어느새 12시를 훨씬 지나 버렸다. 불과 며칠 전에 황씨 아저씨 일행과 작업반장님이 떠난 뒤 돌아오지 않았던 경험을 한 터라 발아래의 그림자가 조금씩 길어질수록 유빈의 마음속에 자리하고 있던 불안감은 점점 더 커졌다.

아무래도 역에 가봐야 하지 않을까……. 하지만 제니를 혼자 남겨두고 나가는 것도 좀 걸리는데…….

유빈이 한창 갈등하고 있을 때, 벌판 저 너머에서 머리꼭지 하나가 다가오는 게 눈에 띈다.

'하나? 왜 하나만?'

유빈은 시야를 확보하기 위해 급하게 2층으로 올라 창문 밖으로 몸을 내밀었다. 신입이다. 저 멀리서 신입 혼자 공구 가방을 들고 천천히 걸어오고 있다.

"야! 왜 너 혼자야? 다른 애들은?"

유빈이 소리를 지르자 신입은 화들짝 놀라며 그제야 뛰기 시작했다. 얼굴에서 핏기가 싹 빠져나간 유빈도 서둘러 사다리를 내려갔다.

온갖 불길한 상상이 머릿속을 스치고 지나간다.

"야! 뭐야? 왜 혼자 왔어?"

숨을 헐떡이며 철책을 빠져나오는 신입에게 유빈이 다시 소리를 질렀다. 뜻밖의 상황에 놀라 어쩔 줄 몰라 하는 제니의 발 앞에 털썩 엎어진 신입은 자신의 가슴을 가리키며 숨이 너무 차서 말을 할 수 없다는 시늉을 했다. 유빈은 그런 신입의 어깨를 붙잡아 일으키며 따져 물었다.

"야, 이 새끼야! 너 요 앞에서부터 뛰기 시작한 거 다 봤어! 쓸데없는 연기 하지 말고 애들은 왜 안 왔는지나 말해!"

"하악, 하악… 계속 뛰다가 네가 본 그때 잠깐 걸은 거야. 하아……."

"애들은 왜 안 왔냐고!"

"크, 큰일 났어, 걔들……. 아, 목말라. 하아… 걔들 지금 어떤 건물 옥상에 갇혀 있어. 밑에는… 좀비가… 하아… 말도 못하게 많아서, 하아……."

그 말을 하는 동안에도 신입은 가방을 열고 음료수 하나를 따 마셨다. 제니는 두 손으로 입을 꼭 틀어막고 있고, 머리가 멍해진 유빈은 양손으로 관자놀이를 꽉 눌렀다.

"야, 자세히 좀 말해봐. 걔네가 왜 거기 갇혔어? 어떤 건물이야?"

"몰라. 보안관이랑 삼식이가 나한테 뒤를 부탁한다고 말하면서 골목 깊숙한 곳까지 뛰어 들어갔었어. 그리고… 조금 뒤에 보니까 좀비들이 사방에 가득한데, 두 사람은 옥상 위에 올라가 있더라고. 유빈아, 네가 빨리 가서 도와줘야 해. 걔들 지금 무기도 없고… 큰일 났어!"

신입은 갑자기 유빈의 다리에 매달리며 보안관과 삼식이를 구해 달라고 애원을 하기 시작했다.

유빈이 울상이 되어버린 얼굴을 저으며 물었다.

"아니… 걔들이 그럴 리가 없는데. 거기 다니는 괴물들이 골목 안으로 들어오는 시간이 정해져 있어. 그 간격을 지켰을 거 아냐?"

"그래, 간격. 간격이 늘어났으니 어쩌느니 한참 보면서 이야기를 하긴 했어. 그랬는데도 어이없이 갇힌걸, 뭐. 난 자세한 건 몰라. 그저 너한테 한시라도 빨리 알려야겠다는 생각밖에 없었어. 지금 네 친구들이 믿고 있는 건 너밖에 없어. 네가 당장 가서 도와줘야 해. 걔들 죽을지도 몰라!"

젠장, 그렇게 간절한 새끼가 음료수 가방을 들고 유람하듯 걸어왔어?

유빈은 입술을 꽉 깨물면서 복지 센터로 들어가 무기가 될 만한 것들을 챙겼다. 보안관과 삼식이에게 무기가 없다는 말이 사실일 경우까지 대비해야 한다. 스패너, 망치 따위를 가방 안에 넣은 다음, 해머를 집어 든 유빈은 곧바로 몸을 돌려 나왔다.

"어쩌시려고요, 오빠?"

제니가 걱정스러운 표정으로 물었다.

"어쩌긴… 구하러 가야지."

유빈은 당연하다는 표정으로 대답하며 신입에게 가방을 내밀었다.

신입이 눈을 똥그랗게 뜬다.

"뭐, 뭐야? 나한테 이걸 왜 줘?"

"들고 따라와. 너도 도와야 할 거 아니야?"

"아, 나… 나는 못 가. 저 무거운 걸 들고 여기까지 뛰어오다가 다리가 삐었어. 수, 숨도 너무 차고……."

"지랄 말고 일어나."

"야! 그리고 제니를 여기다가 혼자 둘 순 없잖아? 누군가는 쟤를 지켜줘야 한다고!"

유빈은 제니를 돌아보았다. 신입의 말도 일리가 아주 없는 건 아니다. 저렇게 겁먹은 약한 여자애를 텅 빈 건물 안에 홀로 남겨두기는 싫다. 게다가 신입 이 새끼는 억지로 데리고 간다고 해도 실제 싸움이 벌어지면 별 전력이 되어주지도 못할 놈이다.

"…잘 지킨다고 했다. 약속 지켜."

유빈이 짧게 말하고 걸어가자 신입은 열심히 고개를 끄덕이며 그의 등 뒤에 대고 소리쳤다.

"걱정하지 마, 유빈아. 내가 무슨 일이 있어도 제니는 꼭 지킬게."

"오빠!"

제니가 다급하게 유빈의 앞을 막아섰다.

"오빠, 저도 같이 가요. 뭐든지… 아무거라도 할 수 있는 게 있을 거예요. 네? 오빠, 저도 돕게 해주세요."

그러면서 장갑을 끼고 있는 유빈의 손을 꼭 쥔다.

유빈은 무겁게 한숨을 내쉬고 고개를 저었다.

"제니야, 그냥 여기서 얌전히 기다려. 지금은 그게 날 도와주는 거야."

"하지만, 오빠 지금 다리도 다쳤고……."

"그래! 그래서 널 데리고 갈 수 없어. 지금은 내 한 몸 지키기도 벅

차니까 너까지 챙겨가면서 싸울 수가 없다고. 이 상황에 왜 억지를 써?"

내가 왜 말을 이렇게 하지? 어째서 화가 난 걸 애한테 풀고 있지? 마치 제니 때문에 우리가 발목을 잡혀왔다는 투잖아. 말이라도 더 예쁘게 할 수 있었는데, 별거 아닐 테니까 금방 같이 돌아올 거라고…….

유빈은 귀에 들려오는 자신의 말에 대해 후회가 들었다. 하지만 이미 돌이키기엔 늦었고, 그럴 만한 마음의 여유도 없다.

유빈은 멍해져 있는 제니의 손을 떼어내며 철책 너머를 향해 걷기 시작했다.

제니는 커다란 눈을 힘없이 내리깔며 자신을 비켜가는 유빈의 옆모습을 바라보고 있었다. 등 뒤에서 신입의 목소리가 들려온다.

"제니야, 2층으로 올라가 있자. 여기는 위험해."

유빈은 똑바로 앞만 보며 걷기 위해 애를 썼다. 지금 중요한 건 다리 전체를 울리는 통증도 아니고, 자신의 말에 상처 받았을 제니의 마음도 아니다. 친구들이 위험에 처해 있으니 그것에만 집중해야 한다. 제니에게 사과는 나중에 해도 늦지 않는…….

좆 까! 지랄하지 마!

유빈은 위선적인 자신을 향해 마음속으로 고함을 질렀다. 넌 그냥 뻔뻔하게 구는 거야. 나중에? 지금 가서 돌아온다는 보장이 있어?

없다.

유빈은 우뚝 멈춰 섰다.

'돌아서서 딱 한마디만 하자. 나쁘게 말해서 미안하다고. 그건 10초도 안 걸려.'

고개를 끄덕인 유빈은 뒤를 향해 머리를 돌렸다. 함께 만든 건조대를 꽉 움켜쥔 채 서서 슬픈 눈으로 자신을 바라보고 있는 제니의 얼굴이 보인다. 그리고 그 순간, 유빈의 결심은 완전히 무너졌다.

유빈은 약간 절룩이며 제니를 향해 뛰어갔다. 급하게 돌아오는 그의 모습을 보며 제니의 얼굴이 약간 밝아졌다.

"오빠……."

제니가 기대와 불안함이 반씩 섞인 표정으로 입을 열었다.

유빈은 그 말을 끊고 말했다.

"만약 내가 저놈들에게 물리면 곧바로 돌아서서 뛰어야 해. 구하려 들지도 말고, 머뭇거리지도 말고……. 약속할 수 있어?"

순간, 주춤하던 제니가 이내 힘차게 고개를 끄덕였다.

"…응, 네!"

젠장, 거짓말이 서툰 아이라고 유빈은 생각했다. 하지만 그렇게 어설픈 거짓말을 해서라도 돕고 싶은 게 바로 친구고, 동료가 아닌가.

"그럼 빨리 장갑 가지고 와. 지금부터 일을 꽤 해야 하니까."

유빈의 말이 떨어지기 무섭게 제니는 복지 센터로 뛰어 들어갔다. 영문도 모른 채 그녀를 반기던 신입을 그대로 지나친 제니는 새 케블라 장갑 한 짝을 집어 들고 곧바로 돌아왔다.

단 몇 초 만에 곁으로 달려온 제니가 웃는 얼굴로 유빈의 손에서 가방을 빼앗아 들며 말했다.

"사과는 받아들일게요."

"그래, 고마워."

마음을 편하게 해줘서…….

유빈은 아주 잠깐 미소를 지어주고 서둘러 걸음을 옮겼다. 옥상에 갇혀 있다고 했으니 당장 생명에 위협을 느끼지는 않을 것이다. 하지만 한시라도 빨리 보안관과 삼식이가 처해 있는 상황을 직접 보고 어떻게 도울지를 생각해 내야 한다.

5분 정도 빠르게 걷고 나자 벌써부터 유빈의 이마에서는 식은땀이 줄줄 흘러내렸다. 한 발, 한 발을 내디딜 때마다 수건으로 싸둔 오른쪽 종아리에서는 불이 나는 것 같다.

"수건 고쳐서 묶어줄까요?"

가방을 들고 따라오던 제니가 물었다. 가능한 한 티를 내지 않으려 했는데, 아무래도 불편해 보였던 모양이다. 유빈은 입을 굳게 다물고 고개만 저었다.

이미 그들은 언제 괴물이 튀어나올지 모르는 벌판 한가운데까지 나와 있다. 그렇게 여유를 부릴 상황이 아니다. 제니도 더는 묻지 않고 조용히 따라온다.

"혹시 목마르니?"

역에 도착해 옥상에 올라가기 전, 자판기에서 음료수 몇 개를 꺼내 가방에 담다가 유빈이 캔을 내밀며 물었다. 제니는 아니라고 했다.

"그럼 올라가자."

계단에 발을 올려놓고 나서야 유빈은 자신이 플래시를 가져오지 않았다는 것을 깨달았다. 셋이 함께 다니는 동안에는 늘 삼식이가 라이터를 켜서 길을 밝혔기 때문에 이곳에 불이 들어오지 않는다는 사실을 전혀 의식하지 못하고 있었다. 옥상까지 가려면 이렇게 어두운 계단을 다섯 층이나 더 올라가야 한다.

"미안, 불을 안 가지고 왔어. 깜깜해서 무섭겠지만, 난간을 잡고 그걸 따라 천천히 걸으면 될 거야. 아무것도 없으니까 걱정은 안 해도 돼."

제니는 조금 긴장한 표정으로 고개를 끄덕였다. 가방을 비스듬히 멘 그녀는 팔을 뻗어 난간 대신 유빈의 티셔츠 자락을 꽉 쥐었다. 1, 2층은 그나마 현관에서 들어온 빛 덕분에 조금이라도 보였지만, 3층 입구부터는 완전히 어둠 속에 묻힌 상태였다. 신입이 돌아올 때 옥상으로 통하는 문틈에다가 벽돌을 괴어놓지 않았던 모양이다.

둘은 계단을 헛디디지 않기 위해 천천히 한 걸음씩 뗐다. 유빈이 3층 계단참에 올라서서 기다리고 있을 때, 뒤따르던 제니가 계단과 평지를 헛갈려 중심을 잃었다. 앞으로 넘어질 듯하다가 겨우 몸을 추스른 제니에게 유빈이 말했다.

"1층에서 올라오면서부터 세어봤는데, 18계단씩이니까 숫자를 세면서 오르면 안 넘어져. 열여덟 발짝 다음에는 평지야."

어둠 속에서 긴장하며 계단을 오르는 동안 유빈은 혼자 움직일 경우에도 꼭 필요한 것들을 갖출 수 있도록 표준 장비를 만들어야겠다고 생각했다.

암흑 속을 한 계단씩 오를 때마다 뒤를 따르는 제니의 숨소리도 조금씩 커졌다. 아무것도 보이지 않는다는 것이 주는 불안감은 그만큼 사람을 지치게 만든다.

유빈은 숫자를 세면서 계단을 오르고, 해머 손잡이를 지팡이 삼아 쉼 없이 계단 앞을 휘저었다. 이런 상황에서 거짓말을 하지 않는 건 오로지 숫자와 데이터뿐이다.

"다 왔다."

손으로 더듬어 옥상 문손잡이를 열고 나가자 환한 햇살이 두 사람을 환영하듯 가득 비쳐 든다. 눈이 빛에 적응될 때까지 유빈과 제니는 잠시 이마를 찌푸리고 제자리에 서 있어야 했다.

"와, 이런 곳이 있었네요."

제니가 감탄하듯 주변을 둘러본다. 그래봐야 사흘 전 유빈과 친구들이 느꼈던 절망감을 고스란히 물려받을 뿐이다. 번화가 골목은 좀비들로 채워져 있고, 멀리 보이는 도로에는 길을 꽉 막고 세워진 자동차들이 1밀리미터도 움직이지 않는다.

그녀가 새로운 경치를 더 둘러보게 두고, 유빈은 서둘러 번화가가 보이는 쪽 난간을 향해 걸음을 옮겼다. 거리 여기저기 쓰러져 있는 괴물들의 시체가 더 늘어나 있다는 점만 제외하면 번화가 자체의 분위기는 이틀 전과 크게 다르지 않았다. 여전히 조용하고, 황량하며, 죽음의 냄새가 가득하다.

"아, 저기 갇힌 거구나."

눈이 특별히 좋지 않아도 알 수 있었다. 워낙 그 주변에만 많은 괴물들이 모여 있기 때문에. 사거리 왼쪽 코너의 약국은 한 번에 유빈의 시선을 잡아끌었다.

야구장 홈베이스와 외야석 정도의 거리만큼 떨어져 있어서 정확하게 보이지는 않지만, 분명히 흰 건물 옥상 위에 보안관과 삼식이가 있다.

일단 살아 있다는 것만으로도 적지 않게 마음이 놓인 유빈과 제니는 크게 한숨을 내쉬었다. 마음 같아서는 소리라도 크게 질러 도우러

왔다는 걸 알리고 싶지만, 혹시 괴물들의 주의를 끌게 될지도 모르니 자제해야 한다.

"꽤 머네요."

어느새 곁에 다가와 선 제니가 가방을 내려놓으며 걱정스러운 목소리로 물었다.

"응. 여기서부터 적어도 100미터는 떨어진 것 같네."

유빈은 난간을 두드리며 대답했다. 약국 주변의 괴물들은 아무리 줄여 잡아도 5~60마리는 된다. 큰일 났다.

골목을 배회하는 몇 마리를 용케 죽이고 저곳까지 다다른다고 해도 저렇게 잔뜩 몰려 있는 괴물들을 다 해치운다는 건 꿈같은 이야기다. 게다가 자신은 다른 괴물들이 오늘 어떤 주기로 골목을 돌았고, 왜 보안관과 삼식이가 저런 곳에 고립되어 버렸는지도 모르고 있다.

저 두 명이 동시에 시간 간격을 무시한다거나 착각했을 리는 없으니, 분명히 뭔가 특별한 이유가 있을 것이다. 이래저래 한동안은 차분히 지켜보는 수밖에 없는 상황이다. 일단 시간부터 기록해 두어야 한다.

"지금 몇 시니, 제니야?"

"한 시 반요."

유빈은 공구 가방에서 공업용 커터를 꺼내 바닥에 시간을 파놓았다. 잠시 더 기다리고 있자니, 예전에 봤던 것처럼 괴물들이 무리를 지어 골목 안으로 걸어 들어왔다.

따로 묻지도 않았는데 제니는 알아서 시간을 불러준다. 1시 34분. 꼬리가 지하 통로 쪽을 지나 돌아 나간 시간은 1시 40분이었다.

"6분 조금 넘게 걸린 것 같군. 지나가는 시간은 대충 같은데……."

유빈은 초조하게 혼잣말을 하며 계속 아래쪽을 주목했다. 그가 변화한 괴물들의 움직임을 알게 된 것은 그로부터 채 10분도 지나지 않아서였다. 사거리 왼쪽에서 괴물들이 등장하더니, 반시계 방향으로 회전하면서 번화가 위쪽으로 사라져 버렸다.

아……. 상황을 대충 알아차린 유빈은 머리를 감싸 쥐었다. 그리고 또 10분 정도가 지나니, 이번엔 위쪽에서 괴물들이 걸어 내려와 오른쪽 골목으로 들어가며 유빈에게 상황을 확실하게 인식시켜 주었다.

제기랄, 셋씩이나……. 보안관과 삼식이가 위치한 건물은 각자 반시계 방향으로 순환하고 있는 세 개의 좀비 무리가 겹쳐지는 접점이었던 것이다.

그제야 유빈은 '간격이 늘어났다던데'라는 신입의 말도 이해할 수 있었다. 저놈들은 점점 더 크게 원을 그리며 거리를 배회했던 것이고, 그래서 이전에는 아무리 지켜보고 있어도 다른 두 무리가 눈에 띄지 않았던 거라고 하면 모든 이야기가 딱 맞아떨어진다.

"정리해 보자면 이런 거네……."

유빈은 바닥에 파놓은 숫자들을 들여다보며 입을 열었다.

"저 건물 앞에 괴물들이 떼를 지어 지나다니지 않는 시간은 아무리 길어도 5분이 안 돼. 좌우 양쪽, 그리고 위쪽에서 계속 들이닥치니까."

"어제 새벽에 탈출할 때에는 그보다 훨씬 여유가 있었던 것 같은데……."

"응, 돌아다니는 괴물들이 더 늘어난 거야. 그때랑 달라졌어."

"그럼 구하는 게 훨씬 어려워졌잖아요."

"음… 그러네."

유빈은 이마를 문지르며 신음처럼 한숨을 내쉬었다. 이렇다 할 묘수가 생각나지 않는다. 묻는 사람도, 대답하는 사람도 그저 답답할 뿐이다. 서울의 웬만한 거리가 다 그렇듯, 워낙 건물들이 빼곡하게 들어서 있기 때문에 우회해서 접근할 수 있는 샛길 같은 것도 존재하지 않았다.

그라아아악—

번화가 입구를 배회하던 괴물 하나가 공연히 먼 하늘을 보며 괴성을 질렀다. 마치 오지 말라고 경고라도 하는 것 같다.

"이렇게 빤히 다 보이는데도 할 수 있는 게 별로 없네요. 피융~!"

제니는 풀 죽은 목소리로 말하며 보안관과 삼식이를 향해 뭔가를 겨누어 쏘는 시늉을 한다.

"아무리 그렇다고 해도 미리부터 쏴 죽일 필요까지는 없잖아. 아직 어떤 기회가 있을지도 모르는데."

유빈이 황당한 웃음을 지으며 말하자 제니는 고개를 젓고 자신이 상상했던 무기를 설명했다.

"아니, 이건 석궁. 지금 구해주려고 석궁 쏜 거예요. 총이 아니라."

"석궁?"

"네. 그 왜, 영화에 나오잖아요. 이렇게 밧줄 달린 화살이 피융~ 날아가서 건물에 박히면 그걸 타고 쭈욱 미끄러져 내려가는……. 아, 그런 거 하나만 있었어도."

웅? 설명을 듣던 유빈은 다시 난간 밖으로 머리를 내밀고 발아래 펼쳐진 건물들과 골목을 바라보았다.

맞아, 방법이 있었다!

다닥다닥 붙어 있는 고만고만한 건물들을 보면서 유빈은 그동안 자신이 얼마나 꽉 막힌 채 살고 있었는지 다시 한 번 절감했다. 왜 이런 상황에서까지도 반드시 길로만 다녀야 한다고 생각했던 걸까……

ㄱ

격리 시설에 들어온 지 두 시간이 넘은 시점부터 세 번째 칸의 중년 여자는 급격하게 상태가 나빠졌다. 으으으~ 하고 신음하면서 계속 침을 질질 흘리던 여자는 급기야 귀신 들린 사람처럼 바닥을 뒹굴며 울부짖어 대기 시작했다.

"저기… 이 아주머니, 약 좀 줘야 하는 거 아니에요? 진정제라도……"

임수정이 보초병들에게 호소해 보았지만, 그들은 냉정하게 고개를 저었다. 진통제와 항생제는 요청을 하면 접수처에서 제공하지만, 그 외에는 48시간 동안 아예 접촉을 금지하는 것이 원칙이다.

물론 구토를 하기 시작하면 그때는 이야기가 달라진다. 최근 며칠 사이 달라진 세상 속에서, 격렬한 구토는 곧 좀비화 과정의 마지막 징조라 간주될 만큼 아주 위험한 증상이다.

"으아아아! 으악! 끄으으~"

여자는 머리를 쥐어뜯으며 울부짖었다. 고통을 이기지 못해 철창을 마구 내려치는 바람에 주먹은 온통 살갗이 벗겨지고 피가 흐른다. 그리고 마침내 여자는 최종 단계로 들어섰다.

"우웨에에엑!"

웅크리고 있던 여자의 입에서 엄청난 양의 토사물이 뿜어져 나왔다. 끈적이는 녹색의 액체에서는 시궁창보다 더한 악취가 진동했다.

그 광경을 지켜본 테라와 임수정이 비명을 지르며 물러앉았고, 보초병들은 다급하게 무선 연락을 취한 뒤, 거치대에 올려놓았던 장비를 꺼내 달려왔다.

"물러나세요! 위험합니다!"

누구에게 하는 것인지가 불명확한 한차례의 구두 경고 이후, 두 보초병은 철창의 양쪽 끝에 긴 쇠막대기를 걸어 철창을 끌어당겼다.

덜컹!

바퀴가 조금씩 움직이며 중년 여자가 들어 있는 철창이 앞쪽으로 끄집어내졌다.

"우웨에에엑!"

철창이 움직이는 동안에도 여자는 구토를 멈추지 않았다. 토사물이 튈까 봐 당황한 병사들이 한 걸음 물러났을 때, 갑자기 여자가 벌떡 몸을 일으키며 철창을 향해 달려들었다.

그라아악!

임수정은 피가 얼어붙는 것 같은 공포를 느끼며 뒤쪽 철창을 꽉 부여잡았다. 그날 새벽 보았던, 바로 그 괴물의 모습… 그 울부짖음이다.

크와아악!

여자는 철창을 마구 후려치며 고함을 질러 댔다.

"아, 이런 씨발!"

감짝 놀란 병사들이 놓쳤던 쇠막대기를 다시 집어 들려 다가갈 때, 여자의 팔이 철창 밖으로 쑥 뻗어 나왔다. 창살이 워낙 촘촘해서 팔꿈치까지도 빠져나오지 못하지만, 팔을 사방으로 휘저어 대는 그 기세 때문에 다가가기가 쉽지 않다.

철창 사이에 끼어 있는 여자의 팔은 피부가 찢어지며 조금씩 빠져나와 점점 더 먼 곳까지 할퀴려들었다. 병사들은 겨우겨우 다시 쇠막대를 확보하여 끌어내기 시작했다.

크와악!

여자가 한 번 더 창살을 향해 달려들자 그 충격 때문에 철창 전체가 쾅장! 소리와 함께 앞으로 기운다. 그리고 중심을 잃은 철창은 기우뚱하게 넘어지며 테라가 들어 있는 철창을 덮쳤다.

"까아악!"

뒤로 기울어진 철창에 부딪친 테라가 앞으로 넘어져 버렸다. 바로 눈앞에는 입 주위에 토사물을 잔뜩 묻힌 괴물이 하얗게 변한 눈동자를 번들거리며 울부짖고 있다.

"테라야!"

임수정이 안타깝게 외쳤다. 하지만 그녀 역시 아무것도 도와줄 수 없는 상황이다. 저렇게 가까이 겹쳐진 상태라면 손만 뻗어도 테라의 머리채를 움켜쥘 수 있다.

그롸아악!

괴물이 또다시 아가리를 벌리고 달려든다. 하지만 다행히도 그 목표는 바로 눈앞의 테라가 아니라 건너편 철창의 임수정이다.

"테라야! 이 틈에 빨리 엎드려! 몸을 더 낮춰!"

괴물이 자신을 향해 팔을 뻗어 대는 동안 임수정은 테라에게 소리 쳤다. 겁에 잔뜩 질린 테라는 겨우 몸을 추스르고 뒤쪽으로 물러나서 두 손을 가슴에 붙인 채 바들바들 떨었다.

그러는 동안에도 괴물의 시선은 집요하게 한 칸 건너의 임수정을 쫓고 있다. 마찰을 이기지 못해 살갗이 찢어져 나간 다음에도 계속 뻗어 오는 팔에서는 검고 진득한 피가 뚝뚝 떨어져 내렸다.

"빨리! 빨리!"

보초병들은 막대를 끌어 어떻게든 철창을 다시 세워보려 안간힘을 썼다. 하지만 괴물의 저항이 워낙 완강해서 도무지 뜻대로 움직여 주지를 않았다.

쾅!

거칠게 문을 열고 뛰어든 일단의 군인들이 철창 앞으로 다가와 섰다. 그들은 모두 마치 폭발물 처리반처럼 두터운 안전복으로 온몸을 감싸고 있다.

"젠장! 바퀴가 부러졌잖아!"

헬멧 사이로 욕설이 흘러나온다. 두 명의 병사가 가까이 다가가 기울어 있는 철창을 바로세우는 동안, 병사 하나가 두꺼운 쇠막대로 괴물의 팔을 후려치며 엄호를 했다.

쿠웅!

셋이나 달려들어 애를 쓰고 나서야 괴물이 든 철창은 겨우 바로 세워졌지만, 바퀴가 세 개만 남은 상황이어서 도무지 중심을 잡지는 못했다.

괴물은 그러는 동안에도 계속 난리를 치며 철창을 흔들어 대고 있다. 더 이상의 이동은 무리였다.

"어쩔 수 없다… 여기서 처리해!"

누군가 명령을 내리자 보호복을 입은 병사가 커다란 총을 장전하며 다가왔다.

"눈 감으십쇼!"

수용된 사람들을 향해 외친 병사는 잠시 여유를 준 뒤, 총신을 철창 안으로 넣어 괴물의 머리에 바짝 붙였다.

푸숑!

잠깐 동안의 정적. 그리고 다시 한 번 푸숑! 작은 총성이 또 울렸다. '상황 종료!' 라는 군인들의 외침을 들었지만, 끔찍한 꼴을 보고 싶지 않은 임수정은 여전히 눈을 꼭 감고 고개를 들지 않았다. 드르륵, 군인들이 쇠막대를 잡아끄는 소리, 철창이 좌우로 흔들리며 천천히 앞으로 나아가는 소리, 그런 것들이 멀어진 다음에야 비로소 임수정은 고개를 들었다.

"하아아~!"

복잡한 감정이 담긴 한숨이 임수정의 입에서 터져 나왔다.

너무도 끔찍한 괴물의 모습, 아슬아슬했던 위기, 이 비인간적인 상황……

그 모든 것이 그녀를 부들부들 떨게 만든다. 몇 차례 더 숨을 몰아쉰 임수정은 걱정스러운 시선으로 옆자리의 테라를 돌아보았다. 그녀역시 아마 어지간히 놀랐을 것이다.

"아!"

테라를 돌아본 임수정은 가슴이 아파 절로 탄성을 내질렀다. 테라의 두 눈동자는 커다랗게 열려진 채 계속 눈물을 흘리고 있었다. 벌어져서 바르르 떨리는 입술, 숨 쉬는 것을 잊은 듯 경직되어 있는 가슴, 원래부터 하얀 얼굴은 핏기가 싹 지워져 파랗게 질려 있고, 길고 가느다란 다리는 발작을 하듯 부들댔다.

"테라야……."

임수정이 조용히 부르자 테라는 떨림이 가라앉지 않는 듯 두 어깨를 감싸 쥐며 입을 열었다.

"저… 다 봤어요."

"뭐라고? 무슨 말이야?"

"눈을 감으라고 하는데… 감겨지지가 않아서……."

"아… 이런"

임수정은 자신의 머리카락을 쥐어뜯었다. 테라는 눈앞에서 펼쳐진 처형 장면을 고스란히 지켜본 것이다.

"머리가… 머리가 펑! 터져 나갔어요. 머리가… 머리가… 펑! 하고……."

테라는 자신의 뒤통수가 터져 나갈까 봐 두려워진 사람처럼 손을 뻗어 뒷머리를 꽉 움켜쥔 채 계속 같은 말을 반복하며 울음을 터뜨렸다.

"으흐으으~ 으흐으~ 머리가… 머리가……."

"테라야! 괜찮아! 우린 저렇게 안 돼! 우린 안 물렸잖아! 우린 괜찮아!"

그녀에게 닿기 위해 최대한 손을 뻗으면서 임수정은 간절하게 외쳤다. 테라가 눈물범벅이 된 얼굴을 돌리며 고개를 끄덕인다.

"흐으으~ 네, 언니. 우린… 우린 안 물렸어요. 우린… 저는, 괜찮아요. 차에 치인 거예요……. 으흐으으~ 빨간 스포츠카가 치고 갔어요. 빨간색……."

팔을 내밀어 임수정의 손을 꼭 잡고 나서도 테라는 계속 눈물을 흘리며 아기처럼 중얼거렸다.

나는 괜찮아. 나는 저렇게 안 돼……. 왜냐면 나는 차에 치인 거니까……. 피처럼 빨간색의 스포츠카였어……. 그렇다고 해야 해!

☙   ❦   ☙

그날, 테라는 자신이 도대체 무슨 일을 겪고 있는 건지 이해할 수가 없었다. 인형처럼 귀엽던 시몬이 공포 영화에서나 볼 법한 괴물로 변하더니, 입을 쫙 벌리고 엄청난 기세로 달려들었다.

아그작!

급하게 피해봤지만 자신의 발가락은 이미 시몬의 입안에 들어가 있었다. 아이를 밀어 치고 곧바로 돌아서 달렸다. 반쯤 잘려 덜렁거리는 발가락이 바닥을 계속 스쳤지만, 아픈 줄도 몰랐다. 너무나 무서워져서 한시라도 빨리 제니의 곁으로 가고 싶은 마음뿐이었다.

제니……. 함께 손을 맞잡고 앉아 울었던 2년 전의 그날부터 테라에게 있어 제니는 언제나 가장 소중하고 믿음직한 친구였으며, 또 언니 같은 존재였다.

'괜찮아, 나을 수 있어. 제니가 곁에서 간호해 줄 거야…….'

테라는 제니가 뛰어나와 자신을 자동차 안으로 끌고 들어가 줄 것이라 생각했다. 그러나 두 사람이 탄 차는 곧바로 방향을 돌려 지하 주차장에 그녀를 놔두고 가버렸다.

"오빠! 제니야… 기다려!"

왜? 테라는 절망적인 얼굴로 고개를 저으며 계속 그 뒤를 따라 걸었다. 사장의 커다란 SUV가 코너를 돌아 보이지 않게 된 다음에도 테라는 포기하지 않았다.

경사진 주차장 진입로를 걸어서 올라가 보니 아수라장으로 변해 있는 도로가 동공을 밀치고 들어왔다. 과속하던 차들이 난폭하게 서로를 들이받고, 사람이 다른 사람의 머리통을 물어뜯고 있다.

"이게… 이게 뭐야?"

테라는 겁에 질린 눈동자로 사방을 둘러보면서 중얼거렸다. 하룻밤 만에 세상이 지옥으로 바뀌기라도 한 것일까?

끼이이익!

바로 등 뒤에서 울리는 날카로운 브레이크 소리와 타이어 마찰음에 깜짝 놀란 테라는 상처의 통증도 잊고 몸을 움츠렸다.

콰작!

뭔가가 범퍼에 부딪쳐 터져 나가는 소리. 돌아보니 빨간 스포츠카가 비틀대며 급하게 사라져 간다. 그리고 검은 타이어 자국이 박혀 있는 진입로에는 시몬이, 조금 전 자신의 발가락을 물어뜯던 시몬이 처참하게 뭉개져 죽어가고 있다.

'어떡해, 시몬……. 내 뒤를 따라왔던 것일까?'

어째서 그렇게까지…….

테라는 고개를 저으며 서둘러 그 자리를 벗어나려 했다.

그 순간. 지잉~! 머리가 터지는 듯한 고통. 테라는 잠시 아득해졌다가 가까스로 정신을 차릴 수 있었다. 흘러내린 땀으로 온몸이 흠뻑 젖고, 심장박동이 공연을 막 끝마쳤을 때보다도 더 빠르게 뛴다. 잘려나간 발가락이 한층 더 엄청난 고통을 주기 시작했다.

절뚝거리는 맨발로 그리 멀리 가지 못했을 때, 인근 빌라에서 뛰어나온 세 명의 남자가 테라를 밀쳐 넘어뜨렸다.

흰 셔츠에 잔뜩 피를 뒤집어쓰고 있는 남자들이었다. 그들은 욕설을 퍼부으며 길가에 세워둔 차에 올랐고, 급하게 시동을 걸었다. 테라가 다시 몸을 일으킬 때, 네 번째 남자가 뛰어와 차의 뒷문을 열었다.

"야! 왜 이래, 씨발! 같이 가!"

큰 부상을 입었는지 네 번째 남자는 어깨 전체가 붉은 피로 젖어 있었다.

"꺼지라고, 개새끼야! 너 물렸잖아!"

차 안에 타고 있던 남자들이 피 흘리는 남자를 향해 소리를 지르며 거칠게 밀어 쳤다.

"이런 씨발! 미친 새끼들아! 이거 내 차라고!"

피 흘리는 사내가 친구의 멱살을 잡아끈다. 친구는 전염병 환자를 대하듯 기겁을 하며 팔을 뿌리쳐 보려 했지만, 쉽게 떨어지지 않는다.

"아! 이것 좀 놓으라고!"

"그냥 씨발, 죽여 버려! 어차피 변해!"

그때, 정장을 잘 차려입은 젊은 여자 하나도 그 상황 속에 뛰어들었다.

"저! 저 좀 태워주세요! 살려주세요!"

살점이 뜯어진 눈두덩에서 계속 피를 흘리는 여자가 차문을 꽉 잡고 소리를 질렀다.

"이건 또 뭐야? 씨발! 빨리 문 닫으라고!"

운전자가 고함을 친다.

"물렸어도 난 괜찮아! 봐! 너희 친구 영민이야!"

피 흘리는 사내가 강하게 항변하고 있을 때, 운전자가 뛰어나오며 쇠뭉치로 머리통을 사정없이 내려찍었다. 사내가 머리에서 피를 뿜으며 쓰러지는 동안에도 여자는 여전히 차 안으로 비집고 들어가기 위해 발버둥을 쳤다.

"이 미친년이! 물린 주제에 여길 왜 기어 들어와!"

운전자는 여자의 머리채를 꽉 휘어잡고 당겼다. 여자는 다급하게 외쳤다.

"아니에요! 이건 아니에요!"

"비켜!"

운전자는 여자를 땅에 패대기친 뒤, 구둣발로 아랫배를 걷어찼다. 여자가 신음을 흘리며 몸을 웅크리는 동안 이번에는 쓰러져 있던 사내가 운전자에게 달려들었다.

"아이, 개새끼! 존나 질기네! 놔! 씨발, 놔!"

사내의 얼굴과 머리에 몽둥이세례가 콱콱 퍼부어졌다. 결국 끈질기게 버티던 사내의 몸이 맥없이 툭 무너져 내리자, 세 명의 남자들은 서둘러 차를 출발시켰다.

어느새 몸을 일으킨 여자가 네 발로 기어가 차 앞을 가로막아 보려 했지만, 그들은 사정없이 여자를 치고 지나가 버렸다. 머리통이 깨지고 터져 나간 사내와 여자가 길바닥에 널브러진 채 몸을 움찔거린다.

'물린 사람은 죽는다!'

테라는 잔뜩 겁에 질린 눈으로 자신의 상처를 내려다보았다. 가죽 정도만 간신히 붙어 덜렁거리는 새끼발가락에서는 아직도 계속 피가 흐르고 있다.

이걸 사람들이 본다면… 안 돼, 안 돼! 테라는 고개를 저으며 필사적으로 걷기 시작했다. 다시 돌아가야 한다. 다시… 집 안으로…….

와장창!

그때, 창문을 깨고 뛰어내린 사람들이 이상한 소리를 지르며 거리의 사람들을 덮쳤다.

그롸아아악!

그리고 비명과 괴성. 더 이상 견딜 수 없어진 테라는 귀를 막았다. 열심히 걸었지만, 속도는 나지 않는다. 잘려 나간 상처가 땅에 닿을 때마다 온몸에 저릿저릿한 통증이 와서 절룩일 수밖에 없었기 때문이다.

사람들이 피난하는 건물 앞에서는 물린 사람들이 다른 이들에게 린치를 당했다. 자동차들은 보행자를 사정없이 쳐 죽이면서 내달리고 있다.

"어, 저기 쟤! 안으로 들어간다!"

"절로 가자."

빌라 앞에 도착한 테라가 번호 키를 누르고 있을 때, 달아나던 두어 명이 그녀를 발견하고 뒤를 따라 뛰어 들어온다. 로비에서 엘리베이터를 기다리는 동안에도 남자들은 두어 발짝 떨어진 곳에 서서 서성거리며 중얼거렸다.

"야… 쟤 발."

"물린 거 아니야?"

"가만있어 봐. 일단 집에까지… 하면… 되지."

무섭다……. 테라는 겁에 질려서 뒤를 돌아볼 엄두조차 내지 못했다. 이곳에 가만히 서 있을 수도, 이 남자들을 달고 집으로 들어갈 수도 없는 상황이 되어버렸다.

제발 다른 곳으로 가주었으면… 제발. 그러는 사이에도 무심한 엘리베이터는 일정한 속도로 내려온다.

띵!

엘리베이터가 도착하고 문이 열렸을 때, 무언가가 쏜살같이 튀어나와 그녀와 사정없이 부딪쳤다.

그롸아아악! 크롸아악!

눈이 하얗게 변한, 무서운 사람 둘이 테라를 밀쳐 넘어뜨린 후, 뒤쪽의 남자들을 향해 달려들었다.

"악! 으악! 이런 씨발!"

사내들은 비명을 내지르며 괴물과 엉켜 붙었다. 테라는 다급히 엘리베이터 안에 뛰어들어서 단추를 눌렀다. *끄아악─* 닫히는 문 사이로 끔찍한 소리들이 들려온다.

"하아… 하아…… *으흐흐흐으~*"

비틀거리며 문을 열고 들어온 테라는 현관 앞에 엎어져서 눈물을 쏟아냈다. 그래도 무사히 집에 돌아왔다… 이제는 안전하다.

'구조 신청을 해야 해.'

한참을 울고 난 테라는 띵해진 머리를 붙들고 전화기 앞으로 겨우

기어갔다. 지금 제니에게 전화를 해봐야 사장 오빠는 차를 돌려 다시
와주지 않을 것이다. 테라는 119를 선택했다.

같은 다이얼을 수십 번 누르고 또 누른 후에야 겨우 사람과 통화를
할 수 있었다. 지친 기색이 역력한 상담원의 말로는 너무 많은 구조
신호가 한꺼번에 몰렸기 때문에 시간 약속은 해줄 수 없단다.

테라는 기다리겠다는 말과 함께 주소와 이름을 일러주고 전화를 끊
었다. 바깥에서는 여전히 무서운 소리들이 들려오고 있지만, 이제는
구조만 기다리면 된다.

'…엄마 목소리를 들어야겠어.'

잠시 멍해 있던 테라의 뇌리에 플로리다에 있는 부모님이 떠올랐
다. 펜사콜라의 아름다운 하얀 나무 집. 지금 그곳에 있다면 얼마나
좋을까. 열심히 다이얼을 눌러보지만, 도무지 연결이 되지 않는다. 몇
번을 시도해 봐도 마찬가지여서 테라는 힘없이 전화기를 내려놓았다.

"하아아~"

한꺼번에 너무 많은 것을 겪고 난 그녀는 벽에 기대어 한숨을 내쉰
후, 멍하니 거실 바닥을 바라보았다. 거실의 마루 위에는 흙투성이가
된 그녀의 발바닥 자국과 함께 점점이 핏방울이 떨어져 있다.

아파…….

테라는 잘린 발가락으로 시선을 돌렸다. 으으~ 끔찍한 모양에 다
시 눈살이 찌푸려진다. 지금이라도 병원에 가면 봉합을 할 수 있을까?
바깥쪽 가죽만 간신히 붙어 있는 새끼발가락은 잘린 뼈의 단면이 고스
란히 드러나 있었다. 그리고 움푹 파여 나간 곳 주변엔 시몬의 이빨
자국이 남아 있다.

"어떡해……."

테라는 울상을 지으며 상처를 다시 살폈다. 아무리 봐도 사람의 잇자국이라는 걸 너무도 분명하게 알 수 있다. '이 새끼 물렸어!' 라고 소리치며 친구의 머리통을 몽둥이로 터뜨리던 남자들의 무자비한 모습이 떠오른다.

구조대가 도착해서 이걸 본다면……. 몇 번이나 얼굴을 쓸어내려 봐도 방법은 하나밖에 생각나지 않는다. 살아남으려면 그걸 해야 한다.

'잘라내자!'

테라는 고개를 끄덕인 후 욕실로 가 조심조심 발을 씻어냈다. 그저 물이 닿는 것만으로도 뜯긴 상처는 견디기 어려운 고통을 선사해 주었다.

수건으로 눌러 물기를 닦아내고, 주방으로 가서 가위와 얼음을 채운 밀폐 용기, 그리고 선물 받은 위스키를 가져왔다. 밀폐 용기에 얼음을 채우고 수건에 가위의 날을 시험해 봤다.

싹둑— 가위가 한 번 스치고 지나가자 두툼한 수건이 깨끗이 반으로 갈라진다. 이제 발가락 차례.

"후우… 후우… 후우……."

신경을 둔화시키기 위해 얼음 통 속에 발가락을 담그고 있는 동안, 자꾸 울음이 터져 나오려고 해서 테라는 손으로 입을 가렸다. 그리고 더 이상은 견딜 수 없을 만큼 발이 차가워졌을 때, 가위를 가져다 댔다.

눈을 감고 싶지만 잘 보고 자르지 않으면 같은 일을 또 해야 할지도 모르니까 그럴 수 없다. 제니가 곁에 있으면 해줬을 텐데…….

테라는 제대로 앞을 보기 위해 눈을 꾹 감아 고여 있던 눈물을 짜냈다. 할 수 있다. 2년 전 그날을 생각해! 그날에 비하면 이런 건 아무것도 아니야. 아무것도 아니야, 이까짓 것!

"흐읍!"

테라는 심호흡을 마친 뒤, 수건을 꽉 물고 조심스레 가윗날을 벌렸다. 정신을 바짝 차리고 한 번에 끝내야 한다. 마지막으로 한 번 더 눈을 꾹 감았다가 뜬 테라는 힘껏 가위질을 했다.

싹둑!

"끄아악! 끄으으…….."

머리끝까지 터져 오르는 통증!

테라는 가위를 내려놓고 얼굴을 감싸 쥐었다. 고통과 상실감이 한번에 밀어닥치며 터져 나온 눈물이 도무지 멈추지 않았다. 그래도 발가락은 깨끗이 잘려 나갔다. 시몬의 이빨 자국은 더 이상 보이지 않는다.

거짓말처럼 또다시 피가 뚝뚝 떨어지는 상처 위에 위스키를 부은 뒤, 다시 발을 얼음 속에 집어넣었다. 이제, 이제 구조 받을 수 있다. 잘린 발가락이 담긴 밀폐 용기를 냉동실에 소중히 넣어두고 진통제를 찾기 위해 방으로 들어갔을 때, 테라는 의식을 잃고 쓰러져 버렸다.

"…제니야."

잠꼬대처럼 제니의 이름을 부르며 눈을 떠보니, 이미 한 시간 가까이 지나 있었다. 테라는 언제 흘렸는지도 모르는 눈물을 손등으로 닦아내며 서랍에서 진통제를 꺼내 물과 함께 마셨다. 혹시 도움이 될까 싶어 알약을 가루 내 상처에도 뿌려봤다. 물론 그 정도로 해결될 만한 부상이 아니다.

"아직 구조하러 오지 않은 건가?"

고개를 내밀어 창밖을 보니, 이제 거리에는 사람보다 괴물들이 더 많다. 테라는 다시 구조 요청을 해보려고 휴대폰을 꺼냈다. 112, 119, 제니의 휴대폰… 그 어느 곳에도 연결이 되지 않는다.

테라는 힘없이 전화기를 내려놓고 다시 물병을 입에 가져갔다. 술이라도 마시고 잠이 들어버리고 싶었지만, 혹시라도 구조대가 왔을 때 소리를 듣지 못할까 봐 꾹 참았다. 그렇게 앉아 있는 동안 기약 없이 시간이 흘러갔고, 그날 오후부터 전기가 끊겼다.

테라는 거실 가득히 향초들을 켜놓고 누군가 문을 두드려 주기만을 기다리며 칠흑처럼 어두운 밤을 작은 불꽃들과 함께 꼬박 새웠다.

"이렇게 죽는 건가……."

꼬박 하루가 지나가고 그다음 날 저녁이 되었을 때, 붉은 노을빛이 흘러 들어오던 거실 벽에 기대앉은 테라는 힘없이 중얼거렸다. 구조대가 오지 않으리라는 걸 이제는 받아들여야 한다.

주변에는 배고픔을 달래기 위해 먹었던 초콜릿 봉지들과 빈 물병이 어지러이 널려 있다. 집에서 요리를 해먹지 않았던데다가 체중 조절을 위해서 야식을 금하고 있었기 때문에 과일과 초콜릿을 제외하면 먹을 만한 것이 거의 없었다. 테라는 힘없이 고개를 돌렸다.

거실 한 면을 가득 채우고 있는 커다란 거울에 자신의 모습이 비친

다. 추레하다……. 사장이 아무렇게나 걸쳐 준 헐렁한 옷과 바지는 온통 흙투성이고, 머리는 엉망으로 헝클어져 있다. 게다가 초췌하기 짝이 없는 얼굴……. 눈 밑은 시꺼멓고, 입술은 바짝 말라 갈라져 있다.

"이게 나라고?"

어이가 없어진 테라는 허탈한 웃음을 터뜨렸다. 하하하하, 하하하. 뭐야, 거지 아니야? 정말 저게 나라고? 히스테릭하게 눈물까지 흘려가며 한참 동안 깔깔대던 테라는 벌떡 일어나 눈물을 훔치고 말했다.

"이런 꼴로 죽지는 않을 거야."

비록 온수는 아니지만 욕조에 물을 받아 입욕제까지 넣은 뒤, 머리 끝까지 푹 담갔다. 잘려 나간 발가락에는 물이 들어가지 않도록 두 겹으로 랩을 싸두었다. 한참 공을 들여 온몸을 씻어낸 테라는 거울에 자신의 모습을 비춰봤다.

그래, 이런 모습이어야지…….

원래부터 말랐던 몸이 조금 더 야위긴 했지만 여전히 아름답다. 옷방으로 들어가 가장 좋아하던 옷들을 꺼내 입었다. 분홍색 속옷 위에 짧은 베르사체 원피스를 걸치고 나니, 평소의 테라로 돌아온 느낌이다.

엉망으로 벗겨진 손톱과 발톱을 다시 바르고, 마디째 잘린 발가락에는 손수건을 찢어 묶어두었다. 뼈마디 하나가 잘려 나간 건데도 다행히 생각했던 것만큼 통증이 심하게 지속되지는 않았다.

"이것도 챙겨야지."

세 장의 앨범, 더블 플래티넘을 돌파해 받은 기념패, 대상 트로피 같은 것들을 꺼내 와 넓은 테이블 위에 올려놓고, 소파에 기대앉았다.

초라하게 땅바닥에 쓰러진 채로 죽고 싶지 않다.

"안녕……."

아직 희미하게 빛이 남아 있을 때, 앨범 재킷 속에서 환하게 웃고 있는 제니에게 인사를 하는 것으로 테라는 죽을 준비를 모두 마쳤다. 다시 어둠이 도시를 덮친다.

투투투투투투—

다음 날 아침 일찍, 테라를 깨운 것은 헬리콥터의 로터 소리였다. 요란스럽게 회전하는 프로펠러가 주변의 공기 전체를 시끄럽게 울린다.

혹시…! 테라는 기대에 부풀어 창문을 활짝 열었다. 베란다 건너편 빌딩 옥상 위에 국방색 군용 헬기가 다가가는가 싶더니, 이내 총성이 요란하게 울린다.

파파파파파박—

그와아아악—

그리고 오싹한 괴물들의 비명 소리가 이어졌다. 총소리에 놀란 테라는 급하게 몸을 낮췄다. 뛰어! 뛰어! 요란한 고함 소리도 함께 들려온다.

뭐지? 어떤 상황일까……. 군복을 보자마자 테라의 가슴이 두근댔다. 구조대에 대한 기대도 접은 지 오래고, 낯선 사람들을 조심해야 한다고 생각했지만, 군인들은 다르다.

제니와 함께 위문 공연 무대에 설 때마다 객석을 가득 채운 군인들이 보여줬던 열광적인 환호. 핑크 펀치라는 네 글자가 마이크를 통해 소개될 때마다 그들이 내질렀던 뜨거운 함성과 박수 소리는 아직도 기억 속에 또렷이 남아 있다.

만약 구조자의 우선순위를 군인들이 자유롭게 선택할 수 있다면, 분명히 자신이 대한민국에서 두 번째일 거라고, 테라는 굳게 믿고 있었다.

"아! 살아날 수 있다!"

테라는 두 손을 꼭 쥐고 총소리가 그치기만을 기다렸다. 간간이 끊겨가며 20분 이상 지속되던 총소리는 어느 순간을 기점으로 하여 뚝 끊겨 버렸다.

무슨 일이 어떻게 진행되고 있는 것인지 전혀 모르겠지만, 더 이상 무작정 기다리고 있을 수만은 없다. 헬리콥터가 다시 다가와 목소리를 모두 묻어버리기 전에 할 수 있는 일을 해야 한다. 테라는 베란다 문을 활짝 열고 나가 크게 외쳤다.

"구해주세요! 저 테라예요! 핑크 펀치 테라요!"

아무도 대답하지 않는다. 돌아오는 것은 건물 벽에 부딪친 메아리뿐이지만, 테라는 크게 두 팔을 저으며 다시 한 번 목청껏 소리를 질렀다.

"테라입니다! 살려주세요! 핑크 펀치 테라예요!"

설마… 모두 죽어버린 걸까?

아니면 너무 멀어서 들리지 않는 걸까?

조금씩 두려움이 고개를 든다. 세 번째로 소리를 지르기 위해 힘을 모을 때, 건너편 건물 옥상에서 군인들의 머리가 쑥 나왔다. 테라는 만세를 부르듯 두 팔을 쫙 폈다.

"여기요! 5층! 501호요! 왼쪽 집이에요!"

"기다리십시오!"

테라는 기쁨에 잠겨 온몸을 부르르 떨었다. 테라와 군인의 대화가 있자마자 곧바로 사방의 건물들마다 창으로 머리를 내민 생존자들이 구조를 요청하기 시작했다.

"여기도 있어요!"

"저도 구해주세요! 대영 빌라 402호!"

"살려주세요! 군인 아저씨!"

수십여 명의 생존자가 한꺼번에 소리를 질러 대는 바람에 소리는 온통 뒤섞였고, 아래를 배회하던 괴물들도 덩달아 울부짖는 바람에 이제는 누가 무슨 말을 하는지도 분간할 수 없게 되어버렸다.

그들이 마음껏 떠들도록 한동안 기다리던 군인이 잠시 조용해진 틈을 타서 외쳤다.

"저희는 구조대가 아닙니다! 저희 헬기에는 여러분을 모두 태울 수 없습니다. 곧 정식 구조대가 올 예정이니, 문을 꼭 잠그고 기다리십시오!"

그 말이 끝나기도 전에 어떤 중년 남자가 고함을 질렀다.

"이봐! 난 시의원이야! 서울시 의원 김달평! 자네들, 그냥 가면 무사하지 못할 거야!"

아무런 대답도 들려오지 않는다. 중년 남자는 비슷한 내용의 말을 예닐곱 번 더 반복하다가 제풀에 지쳤는지 입을 다물어 버렸다. 그리고 또다시 주변은 고요해졌다.

불안해진 테라도 베란다 문을 열어둔 채 거실로 돌아왔다. 처음 구조를 요청했을 때, 그 군인은 분명히 기다리라고 말했다. 테라는 그것이 금방 도우러 오겠다는 의미라고만 생각했었다.

그런데 이후 다른 사람들이 도움을 요청했을 때도 역시 기다리라는 답변이 돌아왔다. 이후에 구조대가 올 거라는 말도 덧붙였었고.

'어느 쪽일까? 정말 구조대가 오기는 하는 걸까?'

길거리에 괴물들이 적지 않으니 정말로 이곳까지 오기는 힘이 들지도 모른다. 혼란스러워진 테라가 한숨을 내쉬고 있을 때, 다시 총소리가 울리기 시작했다. 이번엔 아까보다 더 가깝다.

투투투둑! 투투둑!

총성이 점점 더 크게 들리더니, 잠시 후 누군가 문을 두드렸다.

왔다…… . 정말로 와줬다!

테라의 눈이 기쁨의 눈물로 뿌옇게 흐려졌다.

현관으로 달려간 테라는 밖을 확인하지도 않고 활짝 문을 열었다. 그리고 그 너머에는 정말로 듬직한, 너무나 듬직한 군인들이 서 있었다. 아홉 명이나!

"고맙습니다! 고맙습니다!"

테라는 가장 앞의 군인 둘에게 와락 안겼다.

"어, 어…… ."

안긴 군인들은 적잖이 당황했지만 굳이 피하지도 않았다. 인솔자인 듯한 군인이 그들을 떼어내며 물었다.

"혼자십니까?"

"네!"

제니 씨는… 누군가 입을 열다가 금방 다물었다.

"그럼 가시죠. 지금부터 테라 씨를 안전하게 구출하겠습니다."

인술자가 말했다. 그때 한 병사가 테라의 발을 보았다.

"어? 상사님! 저기 발에 부상을……."

"치, 치인 거예요! 자동차에! 물리지 않았어요!"

테라는 다급하게 외쳤다. 이렇게까지 됐는데 맞아 죽고 싶지는 않다. 그녀의 얼굴과 상처를 번갈아 보던 상사가 냉정한 목소리로 물었다.

"옆 건물 옥상까지 걸을 수 있겠습니까?"

"네! 네!"

상사가 고개를 저었다.

"죄송하지만, 제가 볼 때는 아닌 것 같습니다."

"네? 그럼……."

긴장한 테라가 떨리는 목소리로 묻자 상사는 뒤에 선 병사들을 돌아보며 말했다.

"피구조자가 걸을 수 없는 상황이다! 그리고 외상자다! 위험성을 감수하면서까지 안고 뛰어갈 병사 있나? 지원자는 일 보 앞으로! 실시!"

여덟 명의 군인이 거의 동시에 한 발짝 앞으로 다가왔다.

처척!

가장 빨리 움직였다고 지목된 병사는 동료들의 부러움과 질시를 한 몸에 받으며 테라를 번쩍 안아 들었다. 신방에 신부를 안고 들어가는 자세다. 당황한 테라가 옷 방을 가리키며 말했다.

"아, 저기… 지금 맨발이라……. 저 방에 제 신발이……."

"제가 챙기겠습니다. 어떤 걸 갖다 드리면 됩니까?"

병사 하나가 빠르게 움직였다. 잠시 후, 그가 들고 나온 신발은 부상당한 발에 전혀 어울리지 않는, 높은 굽의 분홍색 샌들이었지만, 테라는 고맙다고 미소를 지어주었다. 이 용감한 영웅들에게 아무런 불평도 하고 싶지 않았다.

"이렇게 일하시는 데 방해를 해서 정말 죄송해요. 그리고 감사합니다. 구해주신 은혜 절대 잊지 않을게요."

빌라 옥상 위에서 헬기를 기다리고 있을 때, 테라가 다시 한 번 깊이 허리를 숙였다. 군인들은 통신 복구용 장비를 옥상 위에 설치하던 중에 그녀를 위해 옆 건물까지 달려와 줬던 것이다. 상사가 다가와 자신의 정글모를 씌워주며 말했다.

"정 신경이 쓰이시면 가실 때 저 애들 손 한 번씩만 더 잡아주십시오. 저놈들이 하도 졸라서 수칙을 어기고 한 일입니다. 지금 같은 전쟁 상황에서는 병사들의 사기 문제가 가장 중요하니까요."

2장
하이웨이

1

    역 옥상에서 내려온 유빈과 제니는 두 번째 철책과 씨름을 하는 중이다. 스패너를 열심히 당겨봐도 단단하게 조여진 볼트는 좀처럼 풀려나올 생각을 않는다. 게다가 철책 하나를 풀어내리려면 네 개씩, 도합 여덟 개나 되는 나사를 빼야 한다. 보안관의 무지막지한 힘이 새삼 아쉬워진다.

    "오빠, 좀 쉬어요. 제가 해볼게요."

    다섯 번째 볼트를 풀기 위해 낑낑대는 유빈에게 제니가 말했다. 무시당한 것 같은 기분이 든 유빈은 말까지 더듬으며 변명을 했다.

    "아, 아니, 이, 이거… 내가 힘이 약해서 그런 게 아니라… 워낙에 기계로 조인 거라서. 내가 아침도 안 먹었고……."

    "알아요. 게다가 오빠는 지금까지 계속 힘을 써서 지쳤고, 저는 쉬었잖아요. 그러니까 제가 잠깐만 해본다고요. 네?"

빙긋 웃으며 다가와 스패너를 빼앗아 쥐는 바람에 저항도 하지 못했다. 하긴 조금 전까지 계속 현수막마다 돌아다니며 꽁꽁 묶어둔 빨랫줄을 풀러 모으느라고 애를 썼으니, 좀 쉴 필요도 있기는 했다.

"그래, 그럼 조금만 해봐. 무리하지 말고."

유빈은 뒤로 물러나 앉아 음료수를 마시며 제니가 스패너에 매달리는 모습을 바라보았다. '힘내!' 라고 응원의 말을 했지만, 속으로는 전혀 다른 걸 빌었다.

'제발 돌아가지 마라, 제발. 그러면 진짜 남자 체면 다 구겨진다.'

끼리릭─

신이 그의 소원을 거절하는 소리가 날카롭게 귀를 찌른다. 철옹성처럼 버티던 볼트가 조금 틀어지는가 싶더니, 이내 순순히 돌아가기 시작한다.

끼릭─ 끼릭─

나사 소리가 유빈을 조롱하는 것처럼 반복적으로 들려왔다.

"아, 하하, 오빠가 거의 다 풀어놨던 건가 봐요……."

제니가 배려하는 웃음을 지어주지만, 그게 더 창피하다. 유빈은 쓰게 웃었다. 나사못을 가방 안에 넣고, 여섯 번째 볼트에 스패너를 걸면서 제니가 물었다.

"그런데요, 오빠. 이거 잘못 푸신 거 아니에요? 철망만 떼어내려면 이쪽이 아니라 바로 옆에 나사를 풀었어야 하는 것 같은데."

"아, 그거 앵커 하나는 가지고 가려고 그러는 거야."

"앵커요?"

"응. 철망을 연결하는 기둥 있잖아, 그거. 그게 있어야 힘을 좀 더 받아줄 테니까."

"그런가요? 끄응!"

제니가 몇 번 더 힘을 쓰도록 둔 뒤, 유빈은 스패너를 넘겨받았다. 땀을 뻘뻘 흘리며 앵커까지 뽑아내고 나니 시간이 꽤 흘러가 버렸다. 드디어 앵커에 붙어 있는 가로 1.8미터, 세로 2.5미터의 매쉬 철망을 손에 넣었다.

유빈은 힘을 주어 들어봤다. 워낙 면적이 넓어 다루기는 까다롭지만, 총 무게 자체는 그리 무겁지 않다.

"한 15킬로그램 정도 나가려나?"

앵커에 가까운 쪽을 잡으니 그럭저럭 들어 올릴 수는 있었다. 지하 통로와 계단을 지날 때는 긴 쪽의 양 끝을 나눠 들고 가면 될 것이다.

유빈은 시험 삼아 철망의 한쪽 끝을 자판기 위에 경사지게 걸쳐놓고 반대편을 들어 올리며 제니에게 말했다.

"제니야, 너 이 위로 걸어갈 수 있겠어?"

"올라가 볼까요?"

"그래, 해봐 줘. 앵커 쪽으로 붙어서 걷는 편이 더 나을 거야."

제니는 유빈의 어깨를 짚고 철망 위에 발을 올렸다. 잠시 철망이 출렁이기는 했지만, 애초에 그리 무게가 많이 나갈 몸이 아니어서 충분히 버틸 만했다. 제니의 두 발이 모두 올라서자 유빈이 팔을 당겨 버티느라 끙끙, 소리를 섞어가며 말했다.

"끙차— 자, 이제… 끙— 저 자판기 위까지 가볼래?"

"자꾸 그렇게 무겁다는 식으로 한숨 쉬지 마요. 저 상처 받아요."

"아니, 끄응, 너 안 무거워……. 그냥… 어윽, 다친 곳이 아파서 그런다고… 생각하고 좀 봐줘. 자, 걸어가 봐."

제니는 고개를 끄덕인 뒤, 가볍게 세 걸음을 뛰어 자판기 위에까지 올라섰다. 특히 맨 마지막 스텝을 비교적 가까운 곳에서 뛰어줬기 때문에 유빈이 받는 하중이 훨씬 적었다. 자판기 위에 올라선 제니에게 유빈이 다시 부탁했다.

"잘했어. 이번엔 다시 이쪽으로 와줘."

갈 때보단 좀 더 휘청거리긴 했지만, 이번에도 제니는 가볍게 몸을 놀려 세 걸음 만에 땅에 내려섰다.

첫 실험을 해보고서 유빈이 느낀 것은 이 계획이 제대로 수행되려면 서로 간의 호흡이 맞아야 한다는 점이다. 더 먼 곳에서 걸음을 디딜 때, 미리 대비를 하며 힘을 크게 줘야 한다. 몇 번 더 같은 동작을 반복하고 나니 어느 정도 안정감이 생겼다.

"이건 생각했던 대로 쓸모가 있겠어. 이제 매듭인데……."

철책을 내려놓은 유빈은 모아둔 빨랫줄들을 한데 연결해서 세 개의 긴 줄을 만들었다. 줄 하나가 적어도 7미터 정도는 되어야 한다.

그중 한 줄을 집어 들고 고민하는 얼굴로 자신의 팔목에 감았다 풀었다를 한동안 반복하던 유빈이 마침내 만족한 표정을 지었다. 유빈은 고리가 하나만 생기는 매듭을 만든 뒤 한쪽 줄을 제니에게 넘겼다.

"당겨봐, 힘껏."

제니가 입을 암팡지게 오므리며 당겨봐도 매듭은 풀리지 않았다. 유빈은 다른 줄을 건넸다.

"자, 이번엔 이걸로."

이번엔 스르륵 쉽게 풀어진다. 제니가 별거 아니라는 얼굴로 물었다.

"이거, 그냥 포장할 때 쓰는 매듭이잖아요."

"그러게 말이야. 그런데 다급하니까 그 정도도 잘 생각이 안 났거든."

유빈은 멋쩍게 웃었다. 이걸로 대강의 준비는 다 됐다.

유빈은 재료들을 플랫폼 위에 두고 역 옥상으로 올라가 제니와 함께 발아래의 번화가를 바라보며 자신의 계획을 자세히 일러주기 시작했다.

"우리가 가려고 하는 루트는 저 옥상 위야. 잘사는 동네가 아니라서 거의 다 3층, 아니면 2층짜리 건물들뿐이잖아. 그것도 대부분 비슷한 층수들이 쭉 이어져 있어. 계속 오르락내리락 번거로울 필요가 없다는 말이지."

제니가 고개를 끄덕였다.

"네. 그래서 조금 전에 철창 위를 걷는 연습을 한 거예요? 그런데 정말 저 정도 길이면 건너편 건물로 넘어갈 수 있을까요?"

"대부분의 건물들은 간격이랄 것도 없을 만큼 잇닿아 있거든. 문제는 가끔씩 골목을 사이에 둔 건물이 나타나거나, 2층에서 3층으로 올라가야 할 때인데……. 그런데 차가 다니지 않는 골목의 폭은 거의 2미터 이하야. 심하면 1.5미터도 안 돼."

"여기서 보는 것만으로 그걸 어떻게 알아요, 오빠?"

"예전에 저런 델 공사하러 가면 트럭이 들어가지 못해서 고생했었거든. 트럭 폭이 170 겨우 넘는데 말이야."

"아, 트럭 넓이가 오빠 키 정도 되는 거구나."

"어? 그… 그렇지. 맞아."

유빈이 말을 더듬자, 제니가 웃으며 유빈의 어깨를 툭, 쳤다.

"자, 이제 아까 나보고 무겁다고 했던 거랑 비긴 거예요."

"무겁다고 한 적 없잖아……."

"제가 올라설 때마다 앓는 사람처럼 끄응! 끄응! 이랬잖아요. 그리고 저도 오빠 키 작다고는 안 했어요. 에이, 오빠아~ 삐치지 마요."

제니는 유빈의 떡 진 머리카락을 장난스럽게 흐트러 놓았다.

사람을 아주 자유자재로 들었다 놓았다 하는구나……. 휴우~ 유빈은 가볍게 한숨을 쉬며 설명을 계속했다.

"그래… 하여간 저런 좁은 골목들은 큰 문제가 안 돼. 어려운 건 그보다 넓은 골목인데, 그런 덴 좀 서커스를 해야 하는 구간이야. 그리고 또 하나, 중간에 끼어 있는 4층짜리 건물. 저놈도 시간깨나 잡아먹을 거고."

음, 음, 고개를 끄덕이며 듣던 제니가 물었다.

"저랑 오빠랑 빨랫줄로 연결해 줄 거죠?"

"응. 그러니까 아래로 떨어질 걱정은 안 해도 돼."

"그럼 아까 그 한쪽에서만 풀리는 매듭은 왜 힘들게 매본 거예요? 우리 둘은 서로 줄을 풀 일이 없잖아요."

"아, 그거."

유빈이 대답했다.

"그게 이 서커스의 핵심이지."

ㄹ

"아, 이 새끼들은 왜 친구 따라 가버리지도 않고 여기에서 이렇게 죽치고 있냐? 우리랑 무슨 원수가 졌다고."

또 한 차례의 행진이 지나간 뒤, 보안관이 짜증스러운 표정으로 입을 열었다. 뜨겁게 내리쬐는 태양만으로도 충분히 괴로운데, 그르렁대는 소음과 시궁창 냄새까지 더해지니 골이 지끈지끈하다.

"우리가 보이지도 않을 텐데 말이야."

"내가 볼 때는……."

팔베개까지 하고 누워 비타민 C 사탕을 빨면서 하늘을 향해 담배 연기를 뿜어내고 있던 삼식이가 느긋한 목소리로 대답한다. 삼식이의 행동만 보면 어디 휴양지에 와서 선탠이라도 하는 사람 같다.

"그놈들, 우릴 보고 여기까지 쫓아오긴 했는데, 얼마 있다가 다 까먹은 것 같아."

"그게 뭔 소리야?"

"그러니까 이제 와서는 쟤들도 자기들이 왜 저기 있는지 모른다고. 그냥 아무 생각이 없는 거야."

생각이 없는 건 너지, 새끼야.

이 상황으로부터 벗어날 궁리를 전혀 하지 않고 있는 삼식이를 보면서 보안관은 속으로 중얼거렸다. 어떻게든 도망가야 하는데……. 시간이 흐를수록 답답해서 돌아버릴 것 같다.

"삼식아."

"응?"

"너, 저기까지 뛸 수 있냐?"

보안관이 건너편 건물 옥상을 가리키며 물었다. 삼식이는 천천히 일어나 발아래 골목과 건너편 건물을 번갈아 바라보았다. 거리는 3미터 정도. 물론 그 3미터는 아가리를 쩍쩍 벌리며 소리를 질러 대는 괴물들로 가득 차 있다.

평지라면 못 뛸 것도 없겠지만, 두 건물 모두 허벅지 높이의 둥근 철제 난간이 있어서 도움닫기 하기가 영 나쁜 상황이다. 그리고 무엇보다도 리스크가 너무 크다.

만에 하나 고개를 빳빳이 쳐들고 있는 저놈들 머리 위로 곤두박질이라도 친다면, 그 즉시 이 세상에게 안녕을 고해야 한다.

"꼭 목숨 걸고 뛸 필요가 있어? 여기보다 저 건물이 뭐 별로 더 나아 보이지도 않는데."

삼식이가 물었다.

"아니, 계속 폴짝폴짝 뛰어서 저 끝까지 가볼까 하는 거였지."

보안관이 가리키는 것은 번화가의 입구, 그들이 뛰어왔던 쪽이다.

삼식이가 콧방귀를 뀌며 대꾸했다.

"바로 옆 건물까진 간다고 해도 그다음 건물 두 개는 2층, 3층, 이 순서야. 2층에서 3층으로 어떻게 넘어갈래?"

"점프해서 난간을 잡고 기어 올라가야지."

"미끄러지면?"

"안 미끄러지게 잘 잡으면 되지."

"그럼 저 4층짜리 건물은?"

잠시 고민을 하던 보안관은 이내 포기했다.

"됐어, 새끼야. 그래! 그냥 여기서 아무것도 안 하고 가마~안히 기다리다가 굶어서 뒈지자."

삼식이가 웃으며 보안관의 어깨에 팔을 걸쳤다.

"하하하! 죽긴 왜 죽어, 우리 가방에 먹을 게 얼마나 많은데. 정 배가 고프면 키 크는 영양제라도 먹고 버텨. 기다리다 보면 찬스가 한 번은 오겠지, 뭐."

떨떠름한 표정의 보안관이 삼식이가 입에 넣어주는 어린이 영양제를 받아먹고 있을 때, 갑자기 괴물들이 미친 듯이 소리를 질러 대며 날뛰었다. 심지어 그중 한 무더기는 번화가 입구를 향해 맹렬한 기세로 달려가기까지 한다.

"뭐야? 저 새끼들, 왜 저래?"

보안관과 삼식이는 깜짝 놀라 난간 밖으로 고개를 내밀고 괴물들이 달려가는 방향을 쫓았다.

"어! 저기!"

삼식이가 소리를 지르며 손으로 입구를 가리켰다.

보안관도 보았다.

유빈이다. 유빈이가 제니와 함께 뛰어오고 있다.

☿   ▼   ▽

"으아아!"

충분히 머릿속으로 시뮬레이션을 했다고 생각했는데, 막상 수십 마리의 괴물들이 달려오는 꼴을 마주 보고 뛰려니 저절로 비명이 나온다. 그만 좀 학대하라고 비명을 지르는 다리를 달래가며 유빈은 죽을 힘을 다해 달렸다. 그렇게 무서운 상황에서도 제니는 잘 따라와 주고 있다. 목표로 삼은 건물 앞에 도착한 두 사람은 철책을 벽에 기대 세워놓았다.

"올라가!"

유빈이 벽에 기대며 두 손을 합쳐 내밀었다. 제니는 조금도 망설이지 않고, 유빈의 손과 어깨를 차례로 밟고 뛰었다. 건물 2층 벽에 붙어 있는 가스관을 잡고 매달린 채 몸을 끌어 올린 제니가 다리를 오므리며 외쳤다.

"됐어요!"

그녀의 신발이 위치한 곳은 팔을 뻗어 점프를 해봐도 딱 미치지 않을 정도의 아슬아슬한 높이다. 그런데 저 괴물 놈들은 운동 능력이 좋기 때문에 어쩌면 닿을지도 모른다.

"다리를 더 배에 바짝 붙여!!"

제니가 새우처럼 웅크리는 걸 확인한 유빈은 뒤로 몇 걸음을 물러섰다가 도움닫기를 하며 뛰어올랐다. 아윽―! 아무 생각 없이 오른발을 디딤 발로 삼았던 게 실수다. 겨우겨우 붙어 있던 상처가 완전히 다시 찢어지며 피가 솟는다.

벽을 한 번 차고 오른 유빈은 파이프를 잡고 몸을 당겨 2층이 시작되는 부분의 튀어나온 벽돌을 밟았다. 그러고는 한 팔을 뻗어 3층 창틀을 꽉 움켜쥐었다.

"끄응차!"

용을 쓰고 몸을 당겨 올리며 나머지 한 손도 창틀 위에 걸쳤다. 유빈은 발로 벽을 짚으면서 기어 올라갔다.

그롸아아아아악!

빠르다, 벌써…….

유빈이 옥상 난간에 겨우 몸을 걸치려는 순간, 어느새 발밑까지 쫓아온 가장 선두의 놈이 풀쩍 뛰어오르며 제니를 향해 손을 뻗는다.

까아악! 제니는 눈을 질끈 감고 다리를 더 끌어당겼다. 유빈은 둘 사이를 묶어놓은 끈을 허리 뒤로 한 번 더 돌린 다음 잡아당겼다.

"제니야! 지금 올린다!"

"꽉 잡았어요?"

"그래, 걱정하지 마!"

시멘트 두 포대를 올리는 정도니 무겁지는 않다. 올려지는 쪽이 패닉을 일으켜 몸부림을 치지만 않으면 이건 일도 아니다. 허리가 당겨지기 시작하자 파이프를 놓고 밧줄로 손을 옮긴 제니는 발로 벽을 디디며 암벽등반을 하듯 침착하게 따라 올라와 줬다.

"잘했어!"

난간에 팔을 걸친 제니를 붙잡아 올린 후, 유빈은 곧바로 오른팔에 묶어둔 줄을 당겼다. 더 많은 놈이 몰리기 전에 철책을 끌어 올려야 한다.

벽에 부딪치고 흔들리다가 유리창을 난폭하게 깨기도 하면서 철책이 천천히 올라와 난간 위에까지 걸쳐지자, 유빈은 손목의 줄을 풀어 옆 난간에 묶어 고정시키고 두 손을 뻗어 철책을 들어 올렸다.

"후아아~ 이제 시작인데, 어지간히 힘들구나."

놓친 먹이가 못내 아쉬운지 발밑에서 아우성치는 괴물들을 슬쩍 내려다보면서 유빈은 이마의 땀을 닦아냈다. 놈들의 바로 위에 매달려 있었던 제니도 두근대는 가슴을 진정시키기 위해 눈을 꼭 감고 숨을 몰아쉬었다.

"괜찮아? 많이 무서웠어?"

"네."

어느 쪽인지 모르겠는 대답이다. 어쨌든 손이 닿을 만큼 가까이에서 좀비들의 목표가 되어본 건 처음일 테니, 적잖이 두려웠을 것이다.

"좀 쉬고 있어."

유빈은 제니를 내버려 두고 옥상 위를 가로질러 걸어갔다. 여기를 목표로 정한 이유는 첫 번째 넓은 골목을 아래쪽에서 지나오려 했던 것도 있지만, 세 줄로 걸려 있는 빨래들과 빨랫줄이 욕심이 나서였다.

바짝 말라 쪼글쪼글해진 빨래 중 입을 만한 것들은 메고 있는 가방 속에 챙겨 넣고, 장대에 묶여 있는 빨랫줄들을 끌렀다. 여분의 줄이 있으면 더 안정적일 것이다.

"자, 이거 걸칠래?"

한눈에도 촌티가 자르르 흐르는 싸구려 블라우스를 건네자 제니가 영문을 모르겠다는 표정을 짓는다.

"이거 긴소매라서 맨살보다는 안전할 거야. 너 팔 다 긁혔어."

설명을 들은 제니는 순순히 블라우스를 받아 입었다. 옷은 촌스러울 뿐 아니라 제니에게 꽤 컸다. 거울이 없어서 그나마 다행이라고 유빈은 생각했다.

"조금 진정이 됐으면 건너가 보자."

철책의 양쪽 끝에 줄을 옮겨 묶고 나서 유빈이 말했다. 제니는 고개를 끄덕였다. 처음 세 개의 건물은 유빈이 말했던 것처럼 간격이랄 게 거의 없었다.

    채 1미터도 떨어지지 않은 두 건물의 난간 사이에 철책을 걸친 다음 유빈이 꽉 잡고 있으면 그 위로 제니가 지나간다. 그리고 옥상에 내려선 제니가 철책에 연결된 끈을 난간에 묶어 고정시키면 유빈이 뒤를 이어 건넌다.

    여기까지는 가장 쉬운 코스였다. 이제 한 층 낮은 네 번째 건물로 넘어갈 차례다.

    "겁먹지 마. 저것들 그냥 소리만 지르는 거야. 어차피 여기까지 못 올라와."

    아래쪽에서 졸졸 따라오며 그르렁대는 괴물들을 겁먹은 눈으로 바라보고 있는 제니를 달랜 뒤, 유빈은 철책을 들고 난간 밖으로 몸을 내밀었다.

    사선으로 내려진 철책은 건너편 건물에 겨우 닿았다. 바닥에 고정하기 위해 넓적하게 튀어나온 앵커의 끝이 난간에 걸리는 것을 확인한 유빈이 말했다.

    "이걸 사다리처럼 타면 돼."

    제니는 흔들거리는 철책을 보며 잠시 망설였다. 하긴, 누군들 안 그럴까. 3층 높이에서 이렇게 허술한 사다리만 믿으라고 하니 말이다.

    "내가 꼭 잡고 있을 테니까 아무것도 걱정하지 마."

    제니는 자신과 유빈을 연결해 둔 끈을 다시 한 번 확인하고 몸을 돌려 철책 아래로 내려가기 시작했다. 운동화를 벗지 않은 탓에 몇 번인가 발이 미끄러지기는 했어도, 이내 다시 발을 올리며 침착하게 한 걸음씩을 아래쪽으로 옮겼다.

이틀 전 탈출했을 때에도 느꼈던 거지만, 운동신경이 꽤나 좋은 아이라고 유빈은 생각했다.

"내려왔어요!"

옥상에 발을 디딘 제니가 기쁨에 찬 목소리로 말했다.

"잘했어. 그럼 줄을 묶어줘."

제니가 난간에 철책의 한쪽 끝을 묶는 걸 확인한 다음, 유빈도 에어컨 실외기에 매듭을 묶어서 철책의 위쪽을 고정시켰다. 양쪽 끈의 길이를 조절하느라 몇 번이나 다시 묶어야 했다. 자신이 가지고 건너갈 거리만큼 여유 있게 남아야 한다.

준비를 다 마친 후, 확인차 눌러봤다. 약간 철렁거리긴 하지만 이 정도면 걱정할 필요는 없어 보였다. 유빈은 줄로 고정된 철책을 타고 아래로 내려갔다.

"이건 이제 여기에 두고 가요?"

유빈이 바닥에 내려서자 제니가 철책을 가리키며 물었다.

"아니, 가져가야지."

"하지만 고정하느라 저 위쪽을 묶어놓고 내려왔잖아요."

"아까 말했잖아. 이 흔한 매듭이 서커스의 핵심이라니까."

유빈은 꼭 쥐고 내려왔던 끈을 잡아 당겼다. 매듭이 풀어지면서 느슨해진 철책이 아래로 넘어가기 전에 손을 뻗어 잡아당기자, 제니가 우와— 하며 감탄한다.

"오빠, 머리 좋다아~!"

"아니, 뭐 그렇게 대단한 건……."

유빈이 쑥스러워 하자 제니가 정색을 한다.

"에? 대단하다는 말은 안 했어요. 어머, 뭐야? 자기가 자기보고 대단하대."

그래놓고는 또 웃음을 터뜨리며 등짝을 쳤다. 으윽! 이젠 익숙해질 만도 한데 놀림을 받을 때마다 유빈은 충격을 받고 얼굴이 붉어진다. 하지만 제니가 저러는 이유를 어렴풋이나마 알 수 있을 것 같다.

아마 어지간히 불안해져서 제 딴에는 그걸 감춰보려고 저러는 걸 테지……. 그래, 그런 거라면 얼마든지 받아주마.

유빈은 웃음을 지으며 철책을 옮겼다. 내려올 때와 정반대의 모양으로 건너편 3층으로 올라간 다음 가방에서 스패너를 꺼내고 있을 때, 벌써 조증이 식은 제니가 건너편 건물을 보면서 걱정스레 중얼거렸다.

"오빠, 여기는 골목이 굉장히 넓어요."

유빈도 알고 있다. 바닥에 내려놓은 철책의 나사를 풀면서 유빈이 대답했다.

"응, 알아."

"우리가 가져온 철책보다 길잖아. 여길 어떻게 건너요?"

"넘어갈 수 있어. 걱정하지 않아도 돼. 끄응."

찢어진 종아리는 아까부터 견딜 수 없을 만큼 화끈거린다. 연신 땀을 닦아내며 볼트를 풀어내는 유빈에게 제니가 얼굴을 바짝 들이대고 물었다.

"아휴~ 오빠, 혼자만 알고 있지 말고 얘기를 해줘요. 불안하다고요."

우와, 씨발. 위험해.

잠시 얼음처럼 굳어 있던 유빈은 급하게 고개를 돌리고 한숨을 쉬었다. 투정 부리는 얼굴이 너무 예뻐서 나도 모르게 키스할 뻔했다……. 미쳤군. 유빈은 마음을 진정시키고 음란마귀를 몰아낸 뒤, 평온을 가장하며 설명을 시작했다.

"자, 이 앵커에 철책이 고정된 자리가 이렇게 네 군데잖아."

"응."

"이걸 다 풀어서 앵커는 그대로 둔 채 철책만 아래로 당기면……."

"아하~ 그렇게! 우와!"

제니는 손뼉을 짝! 치면서 알아들었다는 얼굴을 했다.

"그러니까 원래 두 번째 볼트 자리였던 곳에 네 번째 구멍에 꽂혀 있던 철책을 연결한다, 이 말이잖아요. 그럼 길이가 훨씬 늘어나겠네요!"

"뭐… 그래."

"오빠, 처음부터 이런 거 다 머릿속에 있었던 거예요?"

"응? 응, 그래. 그러니까 굳이 무거운 앵커를 챙겨 왔지."

"우와! 나 진짜 감동 받았어요."

제니가 기분 좋게 웃고 있을 때, 유빈이 갑자기 벌떡 몸을 일으켰다. 긴장한 표정의 유빈이 아래로 통하는 문을 향해 절룩이며 걸어가자 제니가 불안해했다.

"갑자기 왜 그래요, 오빠?"

3

"쉿!"

유빈은 스패너를 고쳐 잡으며 반투명 유리문에 바짝 붙어 섰다. 분명히 조금 전 이 안쪽에서 사람 그림자가 어른거리다가 사라지는 걸 봤다. 어쩌면 자신이 제니에게 홀려 주의를 빼앗기고 있는 동안 문이 살짝 열렸을지도 모르겠다.

유빈은 조심스럽게 문의 손잡이를 돌려봤다. 움직이지 않는다. 안쪽에서 잠겨 있다.

"제니야."

유빈은 목소리를 낮춰 제니를 불러 피하라는 손짓을 했다. 제니는 순순히 고개를 끄덕이고 유빈의 뒤에 와 섰다. 아직 계단에는 아무도 없다.

유빈은 근처에 있던 커다란 화분을 재빨리 끌어와 문 앞에 막아 세운 뒤, 손잡이를 꽉 잡은 채 버티고 섰다. 좋지 않은 예감이 든다.

"어? 어어? 이거 안 열어?"

잠시 후, 발소리도 내지 않고 다가와 손잡이를 돌리던 누군가가 문이 밀리지 않자 짜증스러운 목소리를 낸다. 유빈은 다급하게 큰 소리로 말했다.

"안 나오셔도 됩니다. 금방 지나갈 거니까."

"아니, 뭔 소리야? 남의 집 옥상에 멋대로 기어 들어온 도둑놈이 누구더러 나와라 나오지 마라야?"

"놀라게 해드려서 죄송해요. 조용히 한다고 했는데, 제 친구들이 워낙 여럿이라 소리가 났나 봅니다."

"큭큭큭⋯⋯."

대화를 나누는 상대가 아닌 다른 목소리가 웃는다.

"큭큭, 씨발. 친구가 여럿이란다. 어이, 학생. 자꾸 그렇게 거짓말을 하니까 우리가 너를 못 믿잖아."

바라는 게 설마…….

유빈은 몸을 바짝 붙인 채 윤곽만 어른거리는 문 안쪽을 살폈다. 현재 보이는 건 두 사람, 그리고 둘 다 손에 반짝이는 쇠붙이를 들고 있다.

"이러지 맙시다. 서로 자기 한 몸 챙기기도 벅찬 상황인데, 싸울 필요 있습니까?"

"말 잘했어. 그래, 힘들지? 우리가 도와줄게. 어서 네 한 몸 챙겨서 가. 여자는 놔두고."

그러는 동안에도 계속 문을 밀치려 든다. 가뜩이나 아픈 다리로 버티고 있으려니 온몸에서 식은땀이 줄줄 흘러내렸다.

"음식 떨어졌죠? 얌전히 있어주면 오는 길에 먹을 걸 가져다줄게요. 그 정도로 타협 봅시다."

통하지 않을 걸 알면서도 유빈은 제안을 해봤다. 정말 싸우고 싶지 않았다. 지금 이 상황에서는 일단 시작되면 그 후론 비기는 것도 없고, 항복도 없는, 잔인한 싸움이 될 수밖에 없다는 걸 잘 알고 있기 때문이다.

"정말? 정말이야?"

"네, 약속합니다."

"그럼 뭔가 성의를 보여야지. 그 옆에 여자는 놔두고 갔다가 음식 가져와서 데려가."

"큭큭큭, 그래그래. 우리가 손끝 하나 안 대고 잘 데리고 있다가 돌려줄게."

잠시 사라져 있던 두 번째 목소리가 끼어들었다. 슬슬 대화가 끝나갈 시점이 온 것이다. 유빈은 안쪽의 움직임에만 주목하면서 아무런 대꾸도 하지 않았다.

두 번째 놈이 다시 물어왔다.

"야, 이 새끼야! 놓고 가라고. 그럼 보내줄게. 어때? 싫어?"

"거절한다, 존만아."

"어라? 이런 씨발 놈 봐라? 살려준다는데도 싫다네? 너 왜 그러냐? 미쳤냐?"

문을 밀던 놈이 몸을 웅크리고 한쪽으로 비켜서는 게 보인다. 그리고 다른 녀석이 소리를 죽여 다가온다. 유빈은 곧 있을 공격에 대비하면서 대화에 정신이 팔린 척을 했다.

"이 세상에 어떤 새끼가 자기 여자를 남한테 맡겨? 이 개새끼들아!"

"어? 진짜? 네 여자야? 우린 그런 건 몰랐어."

"그래, 그런 거면 그냥 보내줄게. 우리가 그런 파렴치한……."

놈의 목소리가 점점 작아진다. 훗, 귀를 가까이 대라, 이 말이냐? 낌새를 눈치챈 유빈은 재빨리 반대쪽으로 뛰었다.

와장창!

윗부분의 유리창을 산산조각내면서 커다란 아령이 날아온다. 그리고 곧바로 문이 열렸다.

받쳐 두었던 화분이 약간의 시간을 벌어주는 사이, 대비하고 있던 유빈은 놈의 손목을 사정없이 스패너로 내려쳤다.

빠각!

"으아악—!"

놈이 박살 난 손을 부여잡고 허물어지는 틈에 유빈은 발로 차서 문을 다시 닫았다.

쾅—!

깨어진 유리 사이로 서로가 빤히 보이지만 문이 가로막고 있는, 묘한 대치 상황이 되었다. 두 번째 놈이 유빈에게 칼을 겨누고 선 채 아래를 향해 소리를 질렀다.

"야! 야! 너희 다 올라와! 이 씨발 새끼! 말로 곱게 해주려니까 안 되겠어. 아주 그냥 가죽을 홀랑 벗겨 가지고……."

유빈은 반응하지 않았다. 동료가 더 있다는 말이 허세라는 것을 알고 있다. 자신이 썼던 수법을 고스란히 따라 할 만큼 이놈들도 긴장하고 있다는 의미다.

아니, 그게 설혹 사실일지라도 지금 당장은 허세라고 믿어야 한다. 저따위 소리에 기가 눌리거나 뒤로 물러나면 안 된다.

"끄으으~! 이 씨발 놈이!"

스포츠머리에 덩치가 좋은 첫 번째 놈이 작살난 손목을 움켜쥐고 일어나면서 울음이 섞인 목소리로 욕설을 늘어놓았다.

놈은 왼손에 칼을 옮겨 들고 있다. 이제 저놈이 왼손에 든 칼을 던져 시간을 벌고, 뒤의 장발이 문을 열며 달려들겠지……. 유빈은 스포츠머리의 왼손에 집중했다.

"야, 너 이제 보니 다리도 완전히 작살난 새끼가 어쩌려고 까분 거야, 엉? 아우~ 저 피 좀 봐."

장발이 주의를 돌려보려 애를 쓴다. 유빈은 자기가 가진 무기와 약

점에 대해 생각했다.

자신이 가진 무기는 저놈들의 칼에 비해 훨씬 무겁고 느리다. 찌른다고 해서 치명상을 주는 무기도 아니다. 따라서 스윙을 크게·하기보다는 가속이 붙는 백핸드로 짧게 쳐야 그나마 맞힐 가능성이 올라간다.

한마디로 정리하자면, 불리한 무기라는 말이다.

하지만 저놈들은 케블라 장갑에 대해 모른다. 그게 그가 가진 장점이다. 여차하면 칼날을 잡아도 큰 부상을 입지는 않을 것이다. 기회가 오면 망설이지 말고 머리통을 갈겨야 한다.

예전의 자신이었다면 차마 못할 일이지만, 수많은 괴물들의 대갈통을 부숴본 지금은 그렇게 할 수 있다. 물리면 죽는 좀비들에 비한다면 칼 든 상대는 자비롭기까지 하다. 문제는 자신의 다리가 얼마나 빠르게 생각대로 움직여 줄까 하는 점이었다.

휙—

예상했던 대로 팔목이 부러진 스포츠머리가 칼을 든 왼팔을 들어 올렸다. 유빈은 뒤로 물러나지 않고 옆으로 뛰었다.

"죽어! 이 새끼야!"

고함 소리와 함께 식칼이 허공을 가르며 날았고, 장발이 문을 발로 차면서 뛰어나온다. 식칼을 두 손으로 잡고 배를 향해 내지르는 꼴을 보니 대단한 싸움꾼은 아니다.

스패너를 든 오른팔이 앞으로 오도록 몸을 튼 채 기다리고 있던 유빈은 비스듬히 내려치는 백핸드로 놈의 칼 든 손을 후려갈겼다.

챙강!

칼과 스패너가 부딪치며 날카로운 쇳소리가 난다. 놈의 팔이 아래로 처지는 것을 확인한 유빈은 오른발을 크게 내디디며, 스냅을 이용해서 놈의 얼굴을 스패너로 후려쳤다.

우직!

코뼈와 이빨이 한꺼번에 부러지는 둔중한 소리가 들렸다.

으아악, 장발이 얼굴을 부여잡고 쓰러진다. 기회가 왔다. 유빈은 스패너를 쳐들었다가 힘차게 휘둘렀다.

머리를……

그런데 그게 역시 쉽지가 않다. 자신도 인식하지 못하는 사이에 유빈의 무의식은 급소를 피해 가운데보다 약간 위쪽을 때렸다.

콰악!

쇠뭉치가 할퀴고 지나간 자리의 가죽이 찢어지고 실처럼 피가 솟아올랐다.

"아으윽!"

장발은 본능적으로 아무렇게나 식칼을 휘둘렀다. 유빈은 발을 빼며 뒤로 물러났다. 그가 다리를 위협하는 칼날에 정신이 팔린 사이, 문 안쪽에 도사리고 있던 스포츠머리가 유빈의 허벅지를 향해 몸을 날리며 달려들었다.

"이야아아아~!"

쿵!

찢어져 있는 오른 다리의 상처가 더 크게 벌어지며 인두로 지지는 것 같은 고통을 준다. 유빈의 입에서도 신음이 흘러나왔다. 하지만 다행히 스패너를 놓치지는 않았다. 유빈은 스패너로 놈의 등짝을 후려갈졌다.

"놔주지 마! 꽉 잡아!"

장발이 터진 머리통을 움켜쥐고 일어나 칼을 고쳐 잡으며 소리를 질렀다. 그 명령을 따르려는 것인지, 허벅지에 매달린 스포츠머리는 아무리 때려봐도 허리띠를 꽉 잡은 손을 놓으려 들지 않았다.

장발이 방향을 바꿔 왼쪽 뒤로 돈다. 발이 묶여 있는 사이에 등 뒤를 노려보겠다는 심산이다. 유빈은 몸을 돌리며 제니와 연결된 빨랫줄을 들어 스포츠머리의 목을 감고 당겼다.

커컥! 비명도 지를 수 없을 만큼 숨통이 조여졌는데도 여전히 놈은 유빈을 놓아주지 않는다. 그러는 사이에 왼편에서 장발이 칼을 내질러 왔다.

푸욱!

칼끝은 분명히 유빈의 옆구리를 파고들었다. 금세 번져 나온 뜨거운 피가 흰 면 티를 붉게 물들인다. 하지만 유빈은 그 날카로운 쇠붙이가 가죽을 뚫고 더 깊숙이 쑤셔지기 전에 칼날을 꽉 잡는 데 성공했다.

"으으윽—!"

유빈은 얼굴을 찌푸리면서 칼날을 움켜쥐고 얕게 찔린 옆구리를 뺐다. 그러는 동안 스포츠머리의 목을 감은 빨랫줄을 당기던 오른손의 힘은 자연히 느슨해졌다.

"이 씨발 놈이!"

목이 조금 자유로워진 스포츠머리가 고개를 들고 물러나며 뒷주머니에서 뭔가를 꺼냈다. 짧은 주머니칼이 햇빛을 받아 위협적으로 번뜩였다.

왼손으로 칼날을 잡고 씨름을 하느라 거의 무방비로 노출되어 있는 유빈의 오른쪽을 향해 주머니칼을 찔러 넣으려던 순간, 스포츠머리는 목을 움켜쥐고 뒤로 끌려갔다.

제니다. 제니는 빨랫줄을 있는 힘껏 당겨 놈의 숨통을 조였다.

"웨엑, 커컥!"

눈알이 터질 것처럼 충혈된 놈의 얼굴 전체에 핏줄이 잔뜩 도드라져 나오기 시작했다. 당황한 스포츠머리가 주머니칼을 떨어뜨리고 어떻게든 줄을 풀어보려 안간힘을 쓰는 동안, 유빈은 스패너로 칼 든 장발의 팔을 후려갈겼다.

"으아악!"

칼을 놓친 장발은 비명을 지르면서 곧바로 유빈을 향해 몸을 날렸다.

이익! 안간힘을 써봤지만, 유빈의 오른다리에는 더 이상 놈의 체중을 버텨낼 만한 기운이 남아 있지 않았다. 유빈은 놈의 기세를 이기지 못하고 옥상 난간 너머로 밀려났다.

캑! 뒤로 밀린 유빈의 체중만큼 목에 감긴 줄이 더 당겨지자 스포츠머리의 입에서 쇳소리 같은 비명이 터졌다.

"죽어! 이 개새끼야! 죽으라고!"

장발은 유빈의 목을 치받치며 밀어 댔다. 유빈은 허리가 난간에 꺾인 상태여서 도무지 힘을 쓰기가 어려웠다. 게다가 조금 전, 날을 붙잡고 있던 칼과 스패너도 모두 떨어뜨렸기 때문에 반격할 만한 무기가 남아 있지 않았다.

스포츠머리는 목에 감겨진 빨랫줄 틈으로 손가락을 집어넣고 버티며 떨어진 칼을 집어 들기 위해 천천히 허리를 굽히는 중이었다.

제니가 줄을 당기면서 어떻게든 방해해 보려고 하지만, 그 정도 체중으로는 성인 남자의 힘을 못 당했다.

"제니야, 앉아!"

그렇게 외치는 것과 동시에 유빈은 팔을 뻗어 장발의 허리를 꽉 끌어안았다. 그러고는 다리를 들어 올리면서 아래쪽으로 몸을 던졌다.

"어어어! 으아아악!"

얼결에 허공에 떠버린 녀석은 엄청나게 큰 소리로 비명을 지르면서 함께 떨어지는 유빈의 옷을 꽉 움켜쥐었다.

촤라라라ㅡ!

남자 두 명의 체중을 버텨야 하는 빨랫줄이 난간을 훑으며 팽팽하게 당겨졌다.

그라아아아악!

난데없이 하늘에서 먹이가 떨어질 상황을 맞은 괴물들이 잔뜩 흥분해서 울부짖는다. 벌써부터 펄쩍펄쩍 뛰어오르는, 참을성 없는 놈들도 있다.

드르륵, 드르륵.

줄이 끌리는 소리. 유빈과 장발은 조금씩 더 아래로 미끄러져 내려갔다.

"오빠아ㅡ!"

날카로운 제니의 비명이 들려온다. 거꾸로 걸린 유빈은 자신의 멱살을 잡고 아래쪽에 매달려 있는 장발의 손가락을 하나씩 반대로 꺾었다.

"아아악! 제발! 살려줘! 제발! 으아아악! 하, 하지 마!"

정말 간절한 목소리지만, 이제는 되돌릴 수가 없다. 이 상태대로라면 결국 빨랫줄이 끊어져 둘 다 떨어져 죽게 될 것이다. 유빈은 공포에 질린 놈의 눈을 똑바로 쳐다보면서 계속 손가락을 꺾었다.

뚜둑! 한 손만 남은 상황에서도 끈질기게 버티던 장발은 엄지손가락이 부러지는 순간, 더 이상 견디지 못하고 아래로 떨어져 내렸다.

"으아아아악ㅡ!"

놈의 처절한 비명, 좀비들의 포효.

쿠웅ㅡ!

그리고 땅에 부딪치며 뼈가 부러지는 육중한 소리가 차례로 이어졌다. 3층 아래로 떨어진 장발은 불행하게도 즉사하지 못했고, 좀비들은 곧바로 달려들어 놈을 조각내기 시작했다.

너무나 처참한 광경이었다. 그리고 그 광경을 만들어낸 것이 자신이라는 사실이 더 커다란 충격을 주었다.

사람을… 사람을 죽였다……. 돌이킬 수도 없다. 유빈은 죄책감을 갖거나 동정하지 않기 위해 눈을 질끈 감았다. 애초에 시작하는 순간부터 네 명 중 적어도 둘은 목숨을 잃을 것이 정해진 싸움이었다.

"오빠! 괜찮아요?"

멀리서 울음 섞인 목소리로 제니가 외치는 것이 들려왔다. 밧줄이 흔들리거나 느슨해지지 않는 것으로 보아 아마 고맙게도 조금 전 유빈이 지시했던 그대로 앉아서 필사적으로 버티고 있는 모양이었다.

"응, 괜찮아! 너는? 너는 괜찮아?"

"네! 으흐흐으! 흑, 네! 빨리 올라와요!"

"그래! 지금 올라갈게!"

유빈은 배에 힘을 주어 몸을 끌어당긴 뒤, 밧줄을 잡고 발로 벽을 디뎠다.

아으으, 한 걸음을 옮길 때마다 오른 다리의 통증을 견딜 수가 없어서 유빈의 입에서는 신음이 절로 흘러나왔다.

바닥이 난 체력으로 겨우겨우 난간 위에 몸을 걸칠 때, 그가 걱정했던 것은 혹시나 있을지 모르는 스포츠머리의 기습이었다. 하지만 그것은 기우에 불과했다. 추락하는 두 사람 분의 체중을 목에 고스란히 전달 받은 스포츠머리는 빨랫줄에 친친 감겨 목이 부러진 채 숨져 있었다.

"후우우~!"

유빈이 난간을 넘어 옥상 위로 굴러 떨어지자, 중심을 뒤로한 채 줄을 잡고 앉아 있던 제니가 울먹이며 물었다.

"오빠, 저… 이제 일어나도 돼요?"

"응……."

유빈은 힘없이 바닥에 쓰러지면서 고개를 끄덕였다.

제니는 곧바로 그에게 달려와 안기며 눈물을 터뜨렸다.

"진짜… 흐윽, 오빠가 죽는 줄 알고……."

"괜찮아, 괜찮아……. 다시 올라왔잖아, 울지 마. 진정해."

유빈은 제니의 머리를 쓸어주며 다독인 뒤 몸을 일으켰다. 아직 해야 할 일이 남아 있어서 이렇게 마음 놓고 울음을 받아줄 수가 없다.

"흐으윽, 칼에도… 찔렸잖아요?"

그건 유빈도 궁금했다. 대체 얼마나 깊이 찔린 걸까? 붉게 물든 면 티를 들춰봐도 워낙 피가 잔뜩 묻어 있어서 도무지 제대로 보이지를 않는다.

후우우, 한숨을 몰아쉰 유빈은 장갑을 벗고 맨손으로 상처를 더듬어봤다. 그렇게 피가 많이 흘렀는데 정작 찢어진 길이는 손가락 한 마디도 안 된다. 오히려 빨랫줄이 당겨지며 벗겨진 피부가 더 심한 고통을 주었다.

다행이라고 해야 하는 걸까……. 유빈은 다시 옷을 덮고 장갑을 끼면서 허탈하게 웃었다. 케블라 장갑이 잘리는 것을 막아주었다고는 해도 칼날을 잡고 사투를 벌였던 왼손 역시 퍼렇게 멍이 들고 여기저기 상처를 입었다.

하나 이만하면 다 잘 끝난 일이다. 이제 큰 고비는 넘겼으니 한 가지만 더 하면 저놈들과의 싸움도 끝난다.

"뭐하려고요, 오빠? 어디 가요?"

천천히 일어나 스패너와 칼을 집어 들고 스포츠머리의 목에서 줄을 풀어낸 유빈이 옥상 문 쪽으로 절룩거리며 걸어가자, 제니가 물었다.

유빈은 허리에 묶어둔 빨랫줄을 풀며 대답 대신 계단 아래쪽을 가리켰다. 제니와 건너편 건물을 향해 위험한 공중 걷기를 시작하기 전에 아까 장발이 불러올리려던 친구가 정말 완전히 허세였는지 눈으로 확인해야 한다.

혹시 한 놈이라도 숨어 있다면 또 원하지 않는 싸움을 할 수밖에 없다. 그리고 실내에 들어가 방과 방 사이로 돌아다니려면 아무래도 줄이 없는 편이 낫다. 망설이던 제니도 땅에 떨어진 주머니칼을 주워 들고 유빈의 뒤를 따랐다.

"같이 가요."

목소리를 낮춰 말하는 제니에게 고개를 끄덕여 준 뒤, 유빈은 계단을 걸어 내려갔다. 2층 계단으로 이어진 곳에는 스테인리스 창살로 된 방범 문이 굳게 닫혀 있고, 3층의 현관문은 활짝 열려 있었다.

유빈은 칼을 든 왼손을 앞세우고 천천히 걸음을 옮겼다. 방범 문의 빗장은 자물쇠가 단단히 걸려 있다. 최소한 아래쪽에서 올라올 공격은 걱정하지 않아도 될 것 같다. 문제는 3층 집이다. 유빈은 슬쩍 고개만 내밀어 안쪽을 살폈다.

꽤 넓은 거실은 엉망으로 어지럽혀져 있지만 사람의 기척이 느껴지지 않았다. 귀를 기울여 봐도 인기척은 없다. 유빈은 발소리를 죽이며 집 안으로 들어갔다.

보이는 문은 모두 네 개. 세 개는 열려 있고, 하나는 닫혀 있다. 그리고 베란다로 통하는 유리문 역시 반쯤 열린 채였다.

'가장 가까운 쪽부터… 그리고 열려 있는 문부터.'

유빈은 마음속으로 순서를 정했다. 만약 누군가 숨어 있다면 열려 있는 문 쪽이 더 위험하다. 손잡이 돌아가는 소리도 내지 않고 달려들 수 있으니까 이쪽에서 대비할 기회가 하나 적은 셈이다. 첫 번째 방으로 들어가기 전에 유빈은 제니에게 귀엣말을 했다.

"내가 방에 들어가면 문 앞에 서서 망을 봐줘. 그리고 혹시나 다른 방에서 누가 튀어나오면 곧바로 따라 들어와. 알았지?"

"네."

제니가 고개를 끄덕였다.

유빈은 열려 있는 첫 번째 문을 슬쩍 밀었다.

끼이이이—

고요한 집 안에 경첩이 움직이는 소리가 울리며 긴장감을 높인다. 문이 벽에 닿을 만큼 완전히 열린 것을 확인한 유빈은 다섯을 센 다음에 재빠르게 뛰어들었다.

아무도 없다. 어린 학생이 썼던 것으로 보이는 방에는 사람이 숨어들 만한 곳도 보이지 않는다.

다음은 베란다다. 긴 유리문을 통해 안을 들여다본 후에 유빈은 천천히 걸음을 옮겼다. 박스와 살림살이가 쌓여 있고, 구석에 세탁기가 보인다. 전부 둘러봤지만, 역시 아무도 숨어 있지 않았다.

"아까 그 사람들 집이 아니었네요."

다시 거실로 돌아왔을 때, 현관문 쪽에 이어진 벽을 보고 난 제니가 귀엣말을 한다. 유빈은 고개를 끄덕였다. 벽에 걸려 있는 여러 장의 커다란 가족사진들. 그중 어디에도 스포츠머리와 장발의 모습은 없다.

사진들은 대부분 함께 웃고 있는 세 사람으로 채워져 있었다. 평범해 보이는 30대 아저씨, 웨딩 사진에서는 꽤나 귀여웠던 아줌마, 그리고 아주 밝게 웃고 있는 아이…….

아마 유빈이 가장 처음 수색을 했던 방의 주인이었을 것이다.

끼이익—

안방을 마지막으로 열려 있는 문들은 모두 수색을 마쳤다. 조마조마해하면서 벽장과 똥 무더기가 널린 안방 화장실까지 모두 열어봤지만, 아무것도 없다. 거울에 비친 자신의 칼을 보고 놀랐던 것이 이 집 안에서 겪은 가장 큰 위협이었다.

이제 남은 것은 단 하나, 닫혀 있는 문뿐이다. 그건 아마도 거실에 으레 붙어 있는 욕실일 것이다. 유빈이라면 절대 욕실 안에 문까지 닫고 숨지 않는다. 바닥이 미끄러워 발을 움직이기가 불리한데다가 이용할 만한 지형지물도 전혀 없기 때문이다.

사방을 도깨비 소굴처럼 잔뜩 어지럽혀 놓은 놈들이 유독 여기만 문을 꼭 닫아놨다는 건⋯ 짚이는 것이 떠오른 유빈은 제니에게 사선으로 물러서라고 말했다.

달칵!

손잡이를 잡고 천천히 돌리자 문이 안쪽으로 열렸다. 유빈은 벽까지 닿도록 문을 민 뒤, 옆으로 걸음을 옮겨 섰다.

텅!

욕실 벽에 닿은 문손잡이가 가벼운 쇳소리를 냈다. 열려진 창문을 통해 비쳐 드는 빛 때문에 직사각형의 욕실 내부는 전부 훤히 들여다보였다.

유빈은 조심스럽게 안으로 한 걸음을 내디뎠다. 움직이는 것은 아무것도 없지만, 유빈이 예상했던 대로 끔찍한 광경이 그를 기다리고 있다가 맞이해 준다.

발가벗겨진 채 혀를 빼물고 죽어 있는 여자의 시신이 욕조 안에 아무렇게나 처박혀 있다. 반쯤 잘린 혀 때문에 얼굴이 온통 피투성이기는 해도 조금 전 벽에 걸린 가족사진에서 보았던 그 여자라는 정도는 알 수 있었다.

억—! 유빈은 구역질을 참으며 팔을 들어 코를 막았다. 여자의 얼굴과 몸은 여기저기 보라색 멍이 심하게 들어 있지만, 잘린 혀 외에는 치명적인 외상이 있는 것 같아 보이진 않았다. 창문을 열어뒀는데도 악취가 진동을 하는 걸로 미루어, 이미 죽은 지 며칠이나 지난 모양이었다.

'자살을 한 건가.'

오죽했으면……

유빈은 눈살을 찌푸리며 뒷걸음질을 쳐 나오려는데 어느새 문가로 와 기웃거리던 제니가 풀 죽은 목소리로 물었다.

"불쌍해라. 아까 그 사진 속 아줌마죠……?"

"응."

유빈은 짧게 대답했다.

"아무거로라도 좀 덮어주세요. 응, 오빠?"

제니가 미안하다는 표정을 지으며 부탁을 한다.

"저렇게 있는 거… 너무 싫을 거예요."

죽은 사람이 그런 걸 알 리 없겠지만, 특별히 어려운 일도 아니어서 유빈은 알겠다고 했다. 안방에서 커튼 한쪽을 잡아 뜯어 와 욕조 내부 전체를 감싸 덮어준 뒤, 문을 잠근 채 닫아버렸다.

이걸로 집안 수색은 모두 끝났다. 예상했던 대로 장발의 협박은 그냥 허세에 불과했지만, 그걸 확인하기 위해 꽤나 긴장하면서 긴 시간을 허비해야 했다.

"후우우~"

유빈은 절룩거리며 주방으로 걸어가 의자에 털썩 주저앉았다. 온몸이… 그리고 마음까지도 너무 아프다. 제니는 거실의 장식장부터 시작해서 싱크대 찬장까지 다급하게 뒤지고 있다.

"뭘 찾아?"

"약! 가정집이니까 분명히 비상약이 있을 거예요!"

빨랫줄을 아직도 허리에 감은 채 꼬리처럼 길게 끌고 다니며 바쁘게 움직이던 제니가 대답했다. 유빈은 의자에 기대며 엉망으로 엉클어진 머릿속을 정리했다.

이제 뭘 해야 하지? 가장 급한 일이 뭐지? 지금 바로 건너편 건물로 넘어가는 건 무리다. 철책을 받칠 힘도 없지만, 만에 하나 또 아까 같은 녀석들을 만나게 될 경우까지도 대비해야 하니, 어느 정도 체력을 회복하기 전까지는 섣불리 움직여선 안 된다.

그런 개새끼들을 만나게 될 줄이야……. 머릿속이 온통 좀비에 대한 걱정뿐이어서 사람을 계산에 넣지 않았던 게 실수다. 이제 고립된 지 불과 닷새째이니 건물들 어딘가에 살아남은 사람들이 꽤나 많을 것이란 건 충분히 예측할 수 있던 일이다.

체력을 회복한다……. 쉰다……. 시간이 필요한 일이다. 그런 경우 신경 써야 하는 건… 보안관과 삼식이!

"아차차!"

거기까지 생각이 미친 유빈은 다시 몸을 일으켜 안방으로 갔다. 구급상자를 찾아 들고 오던 제니가 물었다.

"오빠, 왜 그래요? 가만히 있어봐요. 치료부터 하게…….."

"아니, 잠깐만. 애들이 걱정하고 있을 거야."

보안관과 삼식이, 둘 다 자신이 제니와 함께 골목으로 뛰어 들어오는 모습을 분명히 보았을 것이다. 그 건물 앞을 지키고 섰던 괴물들 중 한 무리가 이쪽으로 달려왔으니, 그건 확실하다.

그런데 그들 사이를 가로막고 있는 4층 건물 때문에 유빈과 제니가 지붕을 타고 오는 상황은 볼 수 없다. 다시 말해 유빈과 제니가 이곳에 온 이유를 보안관과 삼식이는 전혀 모른다. 어쩌면 그들 역시 고립되어 버렸다고 여겨 오히려 구조를 하려 들 수도 있다.

삼식이는 느긋하니까 괜찮겠지만, 보안관은 제니를 위해서라면 온갖 무리수를 다 던질 놈이다. 시간이 이렇게 흘렀으니 이쯤에서 뭔가 안심하고 기다리라는 신호를 보내야 할 필요가 있다.

우두둑!

유빈은 한쪽만 남은 커튼을 봉과 함께 뜯어냈다. 연한 분홍색 커튼이어서 글씨를 쓸 배경으로 삼을 만했다. 그리고 학생 방으로 가서 그림물감을 찾아냈다.

제니가 주방에서 찾아다 준 커다란 대야에 물감을 전부 다 짜 넣고, 역에서 챙겨 온 음료수를 부어 빗자루로 풀었다. 찐득한 물감이 듬뿍 묻은 빗자루를 쥔 채 커튼 위에서 인상을 쓰고 고민하는 유빈에게 제니가 물었다.

"오빠, 뭐…해요? 대체."

"아, 저기 보안관이랑 삼식이한테 우리 안전하니까 거기서 기다리라고 신호를 보내려는데, 그게 막상 붓을 잡고 나니까 뭐라고 써야 할

지를 모르겠어서……. 너무 길면 못 읽을 것 같기도 하고, 그렇다고 짧게 쓰려니까 할 말이 많고."

유빈이 곤란하다는 표정으로 입을 쭝긋거리자 그 얼굴을 가만히 보고 있던 제니가 미소를 짓는다.

"오빠, 머리 좋다는 말 취소할 거야."

"응?"

"그렇게 간단한 걸 왜 못한다고 해요? 자, 줘봐요. 내가 할게. 이 방향으로 걸 거죠?"

제니는 자신 있는 표정으로 빗자루를 건네받고 큼직하게 딱 세 글자만 썼다. 아니, 보다 정확하게는 글자 두 개와 마크 하나라고 해야 하겠지만, 하여간 의미 전달만큼은 확실히 될 것 같았다.

유빈은 만족스러운 표정으로 물감이 대강 흡수되기를 기다리며 제니가 쓴 글자를 바라봤다.

W8♡

세 친구도 게임에서 한타를 벌이기 직전, 기다려 달라는 뜻으로 많이들 쓰던 표현이지만, 하트가 붙으니 평화롭게 보인다. 커튼 봉을 깃대 삼아 베란다 밖에 깃발을 내걸고 문과 물건들로 고정을 시켜둔 뒤에야 유빈은 비로소 소파에 기대앉으며 안도의 한숨을 내쉬었다.

그리고 이 집에서 찾아낸 간식거리들을 뜯어 우물거렸다. 어린아이가 있던 집이어서 그런지 젤리나 초콜릿, 과자, 라면 따위가 아직도 꽤나 남아 있었고, 그건 아침도 거른 채 피를 한 컵 가까이나 쏟은 유빈에게 정말 고마운 일이었다.

역에서 챙겨 온 음료수를 꺼내 제니에게 주고 자신도 마셨다. 벽에 걸린 시계가 정확한 거라면 벌써 5시 20분이나 됐다. 3시 38분에 맞춰 이 골목 안으로 뛰어 들어왔으니, 두 시간 가까이나 지나버린 것이다.

더위에 찐득해진 초콜릿을 입에 넣고 녹이고 있노라니, 저절로 잠이 들 것 같은 기분이다.

ㄴ

"이제 바지 벗어요, 오빠."

금방 음료수 하나를 다 비운 제니가 발밑에 앉으며 말했다. 유빈은 반쯤 감겼던 눈을 뜨며 질색을 했다. 아득하던 정신이 확 깼다.

"엉? 왜… 왜?"

"치료하고 붕대도 감아야 하니까. 지금 오빠 다리, 눈 뜨고 못 볼 지경이에요."

유빈은 자신의 오른쪽 종아리를 내려다봤다. 너덜거리는 청바지 사이로 역시 너덜거리는 피투성이 살이 보인다. 기껏 감아두었던 수건은 벌써 풀려 어딘가로 사라져 버렸다.

아까부터 워낙 계속 아파왔기 때문에 이제 익숙해졌는지, 특별히 고통이 더 심하게 느껴지지는 않는다.

쓰으으~ 자기 상처를 보고 있자니 유빈의 얼굴도 찌푸려졌다. 그래도 바지는 벗을 수 없다.

"보안관도 그러더니, 어제부터 너희 왜 이렇게 내 바지를 못 벗겨서 난리야? 저기… 그냥 바지를 잘라내면 되잖아. 무릎 이 부분을 가위로."

유빈이 더듬거리자 제니는 한심하다는 표정으로 한숨을 짓더니 가위로 바지를 잘라내기 시작했다.

서걱서걱!

그리 잘 드는 가위 같지 않지만, 워낙 나긋하게 닳아 있던 청바지는 힘없이 잘려 나갔다. 한쪽은 5부, 한쪽은 긴바지. 유빈은 순식간에 최신 패션의 멋쟁이 거지가 되었다.

"아으~ 어떡해… 일단 씻어낼게요. 따가울 거예요."

집에서 찾아낸 생수병을 뜯은 제니는 울상을 지으며 상처 주위에 조금씩 물을 부었다.

"아! 아야야! 쓰으읍!"

유빈은 깨방정을 떨며 비명을 지른다. 시원해져야 하는 게 이치에 맞는데, 상처에 물이 닿을 때마다 담배로 지지는 것같이 뜨겁다. 제니가 왼쪽 허벅지를 탁, 때리며 나무란다.

"가만히 좀 있어요! 사람이 어떻게 자기 몸이 이렇게 되는 것도 모르고… 어휴! 이씨!"

유빈은 맥없이 고개를 끄덕이며 제니를 유심히 쳐다봤다. 지금 자신의 옆구리가 벗겨진 것만큼이나 이 아이의 옆구리도 빨랫줄에 쓸려 상처를 입었을 것이다. 그나마 옷을 두 겹으로 입어 피가 내비치지 않을 뿐이다.

혹시 블라우스 위로 핏자국이 보이진 않는지 살피던 유빈은 그제야 그녀의 바지가 흠뻑 젖어 있다는 걸 깨달았다.

"야… 너, 저기……."

유빈이 자기 바지 주변을 손으로 가리키며 걱정스럽게 쳐다보자 제니는 깜짝 놀라며 손으로 바지를 덮는다.

"어, 어머!"

하긴… 유빈은 상황이 충분히 이해가 됐다. 지난 한 시간 동안 목숨을 걸고 싸움을 한데다가 사람 시체를 셋이나 봤으니 오줌을 지리는 건, 그리고 그 사실조차 깨닫지 못하는 건 그리 놀라울 일도, 창피할 일도 아니긴 하다.

하지만 이제 겨우 안면을 튼 지 이틀밖에 안 된 사이인 만큼 그 민망함도 훨씬 더 클 것이다. 그리고 무엇보다도… 이미지로 죽고 사는 아이돌이 아닌가.

"어후~ 이게 뭐야……. 나 오줌 쌌었구나……. 왜 몰랐지?"

잠시 머리를 푹 숙이고 있던 제니가 다시 고개를 들며 말했다.

"후~ 이건 진짜 비밀이에요. 알았죠?"

"응, 그래. 약속할게……. 그… 안방에 가서 거기 있는 아줌마 옷 중에 아무거나 갈아입고 와."

"…오빠 치료 먼저 하고요. 이건 그냥 창피한 거지, 아픈 건 아니니까."

"사실 창피한 것도 아니야. 너 엄청 침착하게 잘 싸웠어. 네 덕분에 살았으니까."

유빈은 진심을 담아 말했다.

"하, 그런가요?"

제니는 이내 평상시의 얼굴로 돌아가 아무렇지도 않은 것처럼 굳으며 물기가 걷힌 유빈의 다리에 빨간 약과 연고를 발라주었다.

"미안하다……."

그녀의 옆모습을 가만히 보고 있던 유빈이 조용히 중얼거렸다.

"네? 뭐가요? 참내, 죽을 뻔한 건 오빠예요. 이렇게 많이 다치고……."

제니가 어이없다는 듯 대꾸하며 붕대를 감는다.

유빈은 마음속으로만 대답했다.

미안하다, 내가 힘이 없어서 이런 일들을 겪게 했어……. 만약 오늘 그녀와 함께 있는 게 보안관이었다면 그깟 식칼 들고 설치는 양아치 두 놈쯤, 제니가 비명을 지르기도 전에 쫙쫙 뻗게 만들었을 테지. 진우였어도 별로 애먹지 않고 후딱 해치워 버렸을 것이고…….

제니의 젖어 있는 바지와 엉망으로 긁혔을 허리는 자신이 힘이 부족한 남자라는 증거라고 유빈은 생각했다. 그러니까 더욱 신중하게 움직일 수밖에 없다.

"아파요? 혹시 지금 너무 꽉 조여진 거?"

붕대를 묶으면서 제니가 묻는다. 유빈이 괜찮다고 하자 제니가 다시 명령을 내렸다.

"자, 이제 웃옷 걷으세요."

유빈은 순순히 옆구리를 내보여 줬다. 등에 가까운 왼쪽이라 혼자서는 약 바르기도 힘들다.

크으~ 피와 먼지가 잔뜩 묻어 엉긴 상처를 보며 제니가 또 눈살을 찌푸렸다.

"참아요……."

경고와 거의 동시에 수건을 받쳐 주며 물을 붓는다. 물기를 닦은 상처에 빨간 약을 바른 뒤에는 입김까지 호~ 하고 불어줬다.

아, 이것참. 유빈은 갑자기 민망해져서 어쩔 줄을 몰라 했다.

반창고까지 꼼꼼하게 붙여주고 난 다음, 제니는 연고를 건넸다. 상처 치료제는 그리 많이 남아 있지 않았다.

"자요, 이거 빨랫줄에 쓸린 자리에 바르세요."

"아니, 아니… 그건 너 먼저. 이제 옷 갈아입고 치료해. 너도 아마 꽤나 긁혔을 거야."

유빈의 제안을 받아들인 제니는 거실을 가로질러 있는 안방으로 들어갔다.

탁, 문이 닫히는가 싶더니, 얼마 지나지 않아서 곧바로 문을 열고 나온 제니가 말했다.

"오빠, 저 무서워요."

무슨 말인지 이해를 못한 유빈은 그냥 대답 없이 멍하니 앉아 있었다. 뭐, 무섭겠지. 남자인 나도 그런데…….

제니가 다시 같은 말을 반복한다.

"저 무섭다고요~"

"응?"

유빈이 고개를 갸웃거리자 제니가 답답하다는 듯 안방 문 앞을 가리키며 말했다.

"이 앞에 와서 앉아 있어달라고요, 무서우니까. 어휴~ 참."

"아아, 그 말이었구나. 그래, 그럴게."

유빈은 절룩이며 안방을 향해 걸어갔다. 제니는 유빈이 안방을 등지게 한 뒤 앉혔다. 그리고……

끼이익, 문이 열리는구나.

끼이익, 다시 문이 닫히는가 보다.

어? 그런데… 달칵, 하는 소리가 들리지 않는다. 아직 열려 있는 문을 통해 안방에서 벌어지는 일들이 소리로 고스란히 유빈에게 전해진다.

장롱 문을 열고 옷들을 뒤지는 소리, 다시 서랍을 여는 소리… 의식하지 않으려고 무척 애를 쓰고는 있지만, 상황이 진행될수록 심장박동도 점점 빨라지는 것을 유빈은 막을 수 없었다.

그리고 마침내… 스르륵, 두꺼운 청바지가 매끄러운 다리를 타고 내려가는 소리.

아, 제니야……. 도대체 나한테 왜 이러니?

유빈은 눈을 질끈 감았다. 자신도 모르게 침이 꼴깍 넘어갔다.

"꼴깍!"

고요한 집 안이라 그 소리는 마치 천둥처럼 울리는 것 같았다.

드, 들렸을까?

걱정하는 유빈의 등 뒤에 대고 제니가 물어온다.

"배고파요?"

"아, 아니야."

젠장! 결국엔 속옷을 벗는 소리까지도 들어버렸다. 정말 모르고 넘어가길 빌었는데……. 어느 구석에 꼭꼭 숨어 있다가 재빠르게 기어

나온 악마가 조용히 속삭인다.

'유빈아, 눈만 슬쩍 돌려. 어차피 몰라.'

'지랄 마, 이 사악한 개새끼야! 나 그 정도로 타락하진 않았어.'

'이런 등신! 다른 여자도 아니고 제니야! 제니라고! 그 허리! 그 엉덩이! 지금이라면 엿볼 수 있는데? 아아, 좋아. 넌 정의의 편이라 이거지? 그래, 그러면 뒤쪽 허리에 난 상처가 걱정이 돼서 돌아보는 걸로 하자.'

이런 대화는 길게 하지 않는 게 좋다.

유빈은 입술을 꽉 깨물어서 악마를 물리친 뒤, 팽팽해져 있는 청바지 지퍼를 노려보며 속으로 중얼거렸다.

'이렇게 힘들고 아픈 상황에서도 너란 놈은 참……. 진정해, 인마. 염치가 있으면 때를 좀 가려.'

유빈이 지퍼 저 안쪽의 존재를 열심히 달래고 있을 때, 어느새 바로 뒤에 와 있던 제니가 말을 걸었다.

"이제 뒤돌아봐도 돼요."

웃기는 건 애초부터 뒤돌아보지 말라는 부탁은 있지도 않았다는 거다. 어쨌든 유빈은 시험이 무사히 끝난 것에 대해 속으로 안도의 한숨을 내쉬며 일어났다.

제니는 집주인 아줌마의 삼선 트레이닝복으로 위아래를 모두 갈아입고 있었다. 품은 헐렁하고 길이는 좀 짧지만, 그래도 아까의 촌스러운 블라우스보다는 훨씬 낫다.

"잘 입을게요. 고맙습니다."

벽에 걸린 사진 속 아줌마에게 인사를 하고 나서, 제니는 유빈에게도 깨끗이 접혀 있는 옷들을 내밀었다.

"오빠도 이걸로 갈아입어요. 피 묻은 옷, 위생에도 안 좋고 보고 있으면 속상하니까. 그리고 집주인 아저씨 청바지는 너무 크겠더라고요. 그래서 그냥⋯⋯."

유빈이 받아보니 폴로셔츠와 트렁크, 그리고 몸뻬 바지다.

"이, 이 바지는 아줌마들이 입는 거잖아. 게다가 호피 무늬. 이런 걸 어떻게 입어?"

"허리도 고무줄이겠다, 편하고 좋죠, 뭐. 오빠가 거울을 안 봐서 그렇지, 아무거나 입어도 지금 그 바지보다는 나을걸요?"

"끄응~ 그런가?"

유빈은 머리를 긁적거리면서 학생 방으로 들어가 옷을 주섬주섬 갈아입었다. 한 치수 큰 핑크색 폴로셔츠, 종아리 절반 정도밖에 안 덮이는 호피 무늬 몸뻬 바지, 그리고 목이 긴 양말에 발목이 있는 안전화.

거울을 볼 용기가 차마 나지 않는다. 아저씨의 트렁크는 헐렁해서 자꾸만 내려갈 것 같은데, 바지를 고정해 주는 것도 고무줄뿐이라 불안하기 짝이 없다.

"제니야, 나 아무래도 이 바지는⋯⋯."

유빈이 문을 열고 나오자 제니는 비닐 봉투에 자신이 입었던 옷을 넣어 가방 안에 담고 있었다. 유빈에게도 봉투를 하나 주며 벗은 옷을 가져오라고 한다.

"그냥 버리지⋯ 어차피 더러워져서⋯⋯."

"이런 데에 버리고 가기 싫어요. 빨리 담아 와요, 오빠."

기세에 눌린 유빈은 순순히 따랐다. 빨래까지 모두 챙기고 난 시간은 6시를 향해 가고 있었다. 해가 지는 걸 8시 반이라고 잡으면 남은 시간은 두 시간 반. 보안관에게 닿기 위해 앞으로 더 건너야 할 집은 아마 대여섯 채.

아직 시간 여유도 조금은 있는 편이고, 오랜만에 살림하는 집을 보고 있자니 자꾸 뭐가 있는지 뒤져 보고 싶은 욕심이 생긴다. RPG 게임에서 지하 던전을 뒤질 때와 비슷한 기분이다.

"자, 이제 갈까?"

5

30여 분 뒤, 다시 옥상으로 돌아와 철책을 길게 늘어 앵커에 재조립하고 있을 때, 유빈은 새로 획득한 등산 배낭을 메고 있었다. 허리 고정 벨트까지 달려 있는 가방이어서 한결 편하고 안정적이다.

게다가 가방 안에는 마른 멸치와 설탕을 비롯해서 시시하지만 정말 소중한 먹을거리들도 들어 있다. 비록 몸뻬 바지를 입고는 있어도 장비를 업그레이드하고 나니 괜히 뿌듯해진다.

"끄으응!"

철책을 난간 위로 걸치고 조금씩 건너편을 향해 미는 동안 유빈과 제니는 계속 앓는 소리를 냈다. 무게는 동일하지만, 2.5미터였던 총 길이가 4미터 가까이로 늘어나자 다루기가 여간 힘들지 않다.

앵커가 건너편 건물의 옥상에 닿은 뒤에도 조금 더 밀어 넣었다. 이제 건너는 일만 남았다. 약 1미터는 발을 디딜 수 있는 공간이 둥근 쇠기둥 하나뿐이지만, 그 정도 거리는 점프를 해도 된다.

철책에 발을 올리기 전, 유빈은 제니의 허리에 묶여 있는 빨랫줄을 자신의 허리에 연결했다.

"됐어, 안전해."

제대로 묶였는지 몇 번이나 줄을 당겨 확인해 보고 나서 유빈이 말했다.

턱. 철책 위에 한 발을 올린 제니가 잠시 굳어 있다. 그래, 무섭겠지…….

허공 위에서 1미터를 건너가는 것과 3미터 이상을 건너가는 것은 완전히 다른 기분이다. 다음 발을 내디디면 그때부터는 철저히 혼자가 되어 10여 미터 아래로 떨어질지 모른다는 공포와 싸워야 한다.

게다가 조금 전, 바로 이곳에서만 해도 갑자기 튀어나온 인간들에게 살해당할 위험에 처하기도 했던 만큼, 건너간다고 해서 다 끝나는 일도 아니다.

가볍게 한숨을 쉰 제니가 유빈을 돌아본다. 유빈은 아무 말도 않고 할 수 있다는 응원을 담아 고개만 끄덕여 주었다. 제니는 희미한 미소를 짓고 나서 다시 앞을 향해 걷기 시작했다.

여섯 발짝 만에 철책이 끝나는 지점에 도달한 제니는 둥근 쇠기둥을 밟고 몸을 날려 건너편 옥상 위에 내려앉았다.

"좋아, 좋아! 잘했어!"

그리고 유빈의 차례. 철책을 난간과 줄로 묶어 고정시키고 천천히 걸음을 옮겼다.

'으아, 이게 이렇게 출렁거렸던 건가⋯⋯.'

체중이 실리는 방향으로 철책이 기우뚱거릴 때마다 심장이 철렁철렁 내려앉는 것 같다. 수많은 영화에서는 이럴 때 똑바로 앞만 보고 걸어가야 한다고 보여주었지만, 어떻게 그럴 수 있단 말인가.

발을 내디딜 공간을 주시하고 걷지 않으면 오히려 더 위험해진다. 아래로 향해진 시야에 자연스럽게 괴물들의 모습이 들어온다. 철책 사이로 놈들의 피 묻은 주둥이를 보며 걷고 있자니, 꼭 동물원 사자 우리 위에 서 있는 기분이다.

그롸아아악!

크아아악!

놈들이 괴성을 질러 대서 움찔움찔 놀랄 때면 찢어진 다리와 옆구리가 더 욱신거리는 것 같다. 후우, 제니도 이런 광경을 보며 걸었겠지⋯⋯. 이런 상황에서도 중간에 주저앉거나 머뭇거리지 않은 제니가 새삼 대단하게 느껴져 유빈은 머리를 가볍게 흔들었다.

"후아아~ 엄청 무섭더라!"

제니 곁에 도착한 유빈이 매듭을 풀어 철책을 고정시켜 둔 줄을 회수하며 중얼거렸다. 이제 그들이 건너가야 할 것은 이 골목 최고의 높이를 자랑하며 우뚝 서 있는 4층 건물. 저것만 지나면 드디어 보안관과 삼식이의 얼굴을 볼 수 있다.

유빈과 제니의 앞을 가로막은 4층 건물은 옥상 위에도 담을 높직하게 쌓아뒀기 때문에 거의 5층에 가까운 높이였다. 허술한 철책 징검다리 하나만 가지고 3층에서 5층까지 두 층을 올라간다는 건 무리다.

유빈은 옥상 대신 그가 서 있는 곳과 비슷한 높이의 3층 창을 이동의 목표로 삼았다. 그러기 위해선 먼저 사전 준비라는 게 필요하다.

유빈은 바닥에서 조그만 돌을 집어 들고 4층 건물의 커다란 유리창을 향해 집어 던졌다.

통!

유리창을 울리고 돌이 떨어졌지만, 아무런 반응이 없다. 잠시 기다려 보던 유빈은 다시 비슷한 크기의 돌을 들어 던졌다.

퉁!

이번에도 그저 유리창이 조금 울렸을 뿐이다. 유빈이 같은 동작을 서너 번 되풀이하자 제니가 물었다.

"오빠, 지금 뭐해요?"

"응? 아, 혹시 유리창이 조금이라도 움직이는지 보고 싶어서……. 만약 안에 사람이 있으면 이렇게 유리창이 울릴 때 창문에 다가와서 바깥쪽을 볼 것 같거든."

"창문 안쪽이 저렇게 컴컴한데, 오빠는 뭐가 보여요?"

"안 보여. 나는 안 보이지만, 저쪽은 내가 돌을 던지고 있다는 걸 알겠지."

"음, 그렇겠죠. 그런데 그게 무슨 의미가 있어요?"

제니가 고개를 갸우뚱거리자 유빈이 화단에서 벽돌을 집어 들며 말했다. 화단에는 며칠간 주인의 돌봄을 제대로 받지 못해 엉망이 돼버린 상추가 잔뜩 심겨져 있었다.

"그러면 최소한 이런 걸 던질 때 피할 거 아니야."

유빈은 벽돌을 가볍게 톡톡, 위로 올리다가 와인드업을 한 다음, 건너편 창을 향해 힘껏 집어 던졌다.

와장창창—!

시끄러운 소음과 함께 유리창이 산산조각 나며 떨어져 내렸다. 제니가 가볍게 인상을 찌푸렸지만, 유빈은 연거푸 두 번째와 세 번째, 네 번째 벽돌을 집어 던져 유리창을 차례로 박살 냈다. 그러는 동안에도 저편의 건물 안쪽에서는 아무런 반응이 없다.

"이 정도까지 했는데도 조용한 걸 보면 확실히 사람은 없나 봐. 시끄럽겠지만, 조금만 참아."

다섯 번째 벽돌을 힘차게 날리면서 유빈이 말했다. 그때쯤 되니 요령이 생겨서 어디쯤을 때려야 유리창 전체가 한 번에 깨지는지도 알 것 같았다.

벽돌을 더 집어 온 제니가 물었다.

"저도 던져 봐도 돼요?"

"응, 그럼. 내 집도 아닌데 뭐."

제니는 제법 그럴듯한 폼으로 벽돌을 집어 던져 유리창을 박살 냈다. 시구할 때 프로 야구 선수에게 배운 솜씨라는 자랑까지 덧붙이면서 몇 개를 더 던지고 난 뒤, 제니가 밝게 웃었다.

"왠지 스트레스가 확 풀리는 느낌인데요?"

어느새 졸졸 따라온 아래쪽의 괴물들은 가끔씩 떨어져 내리는 유리 조각이 몸을 날카롭게 베어내는 것도 모른 채 위를 향해 입을 벌리고 서 있다.

유리창을 거의 다 박살 낸 유빈은 펜스의 볼트를 풀어낸 뒤, 쇠기둥만을 붙잡고 건너편의 창문을 향해 찔러 넣었다.

쨍그랑!

우지직—

앵커 끝의 튀어나온 부분에 2중창의 창틀 두 개가 모두 걸리자 유빈은 쇠기둥을 힘껏 잡아당겼다. 창틀이 날카로운 쇳소리를 내며 쑥 빠져나왔다. 붙잡고 있던 쇠기둥을 아래로 기울여 창틀을 바닥으로 떨어뜨려 버린 유빈은 다시 옆으로 걸음을 옮겨 다음 창틀을 뜯어냈다.

20여 분 정도 10킬로그램짜리 쇠기둥을 붙들고 안간힘을 쓰고 나자 건너편 건물의 3층은 훤하게 뚫렸다. 칸막이 몇 개와 책상, 컴퓨터 등이 눈에 들어오는 걸로 봐서 사무실로 사용되었던 곳인 모양이다. 복도로 이어진 문이 활짝 열려 있는 게 좀 신경 쓰인다.

"후우~ 이것도 꽤나 힘이 빠지는데."

다시 쇠기둥을 당겨 온 유빈은 이마의 진땀을 닦아내며 철책과 연결하기 시작했다. 볼트 네 개를 다 연결한 뒤, 유빈과 제니는 철책을 건너편의 유리 창틀 위에 걸쳤다.

"바닥에 유리 조각이 많을 테니까 조심해."

철책 위에 올라선 제니를 향해 유빈이 말했다. 그동안 지나온 다른 건물들과 달리, 이번에 건너가야 할 곳은 훤히 트인 옥상이 아니다. 게다가 한낮에 비하면 벌써 주변은 꽤나 어두워져 있다.

제니는 잠시 불안한 얼굴로 어두컴컴한 건너편 건물 내부를 바라보다가 걸음을 옮겼다.

쿵!

아래쪽에서 바라보던 괴물들이 제니를 따라 움직이다가 잠겨 있는

1층 유리문을 들이받는다.

그롸아악—

괴성을 내지른 괴물들은 계속해서 유리문에 몸을 부딪쳐 댔다. 그렇게 위협적인 소리가 끊임없이 들려오는 와중에도 제니는 용케 당황하지 않고 건너편 창문 안으로 들어갔다. 재빨리 문을 잠그고 돌아온 제니는 철책 끈 두 줄을 책상에 묶어 고정시켰다.

"이제 넘어와요, 오빠!"

유빈이 난간에 매듭을 막 다 묶었을 때였다. 4층의 창문이 흔들리는가 싶더니, 갑자기 날카로운 소리와 함께 유리창이 깨지고 그 사이로 괴물들의 머리통이 쑥 빠져나왔다.

그롸아아아악—!

세 마리나 되는 괴물은 얼굴과 주먹을 휘둘러 닥치는 대로 유리창을 박살 낸 다음, 창틀에 올라서서 건너편 아래쪽에 서 있던 유빈을 향해 몸을 날렸다.

크와악—!

뛰어내린 세 마리의 괴물 중 하나는 곧바로 골목 아래를 향해 곤두박질쳐 버렸고, 두 번째 놈은 옥상 난간을 밟고 미끄러져 떨어져 버렸지만, 세 번째 놈만은 운이 지나치게 좋았다.

철컹—!

세 번째 괴물은 유빈이 막 발을 올린 철책 위로 뛰어내렸고, 비틀거리면서도 용케 중심을 잡고 섰다.

"까아아악!"

난데없이 하늘에서 뚝 떨어진 괴물에 놀라 제니가 비명을 질렀다.

당황스럽기는 유빈도 마찬가지였다. 유빈은 괴물과 맞서기 위해 허리에 묶어둔 빨랫줄 사이에서 스패너를 빼 들었다.

양손에 떡을 쥔 아이의 심정이랄까, 철책 위의 괴물은 왼쪽의 유빈과 오른쪽의 제니를 번갈아 보면서 어느 쪽으로도 발을 움직이지 않은 채 잠시 망설이고 있다.

"하아~ 하아~ 어떡해… 어떡해!"

제니는 겁에 질린 상태에서도 무기가 될 만한 것을 찾아 황급히 몸을 움직였다. 처음엔 의자를 들어보려 했지만 너무 무거웠고, LCD 모니터는 별다른 타격을 줄 수 있을 것 같지가 않다.

그녀가 궁여지책으로 선택한 것은 60센티 길이의 제도용 T자였다. 제니는 T자를 두 손으로 꼭 쥐고 괴물을 정면으로 마주 섰다. 하지만 알루미늄으로 된, 그 가벼운 무기가 크게 위력이 없으리라는 걸 그녀 역시 느낄 수 있었다.

"이쪽으로 와! 이 새끼야!"

유빈은 괴물을 자신의 쪽으로 유도하기 위해 철책을 두드리며 소리를 질렀다. 그렇게까지 주의를 끄는데도 괴물은 어지간히 우유부단한 놈이어서 도무지 목표를 정하지 못한다.

건너편 건물의 제니는 울상을 지은 채 알루미늄 자를 꼭 잡고 서 있다. 유빈은 천천히 철책 위로 올라섰다. 한꺼번에 성인 남자 두 명의 체중이 실리자 비명처럼 끼이잉— 소리를 내며 얇은 철책이 아래로 휘는 게 느껴진다. 이렇게 되면 섣불리 괴물을 향해 다가갈 수도 없다.

"제니야!"

유빈은 괴물을 곁눈질하면서 제니를 향해 외쳤다.

"네!"

"만약 이놈이 그리로 가면 곧바로 뛰어내려! 내가 꼭 끌어 올려줄 테니까! 알았지?"

"웅! 웅! 알았어요!"

철책을 고정시켜 둔 줄을 풀어버리고 싶은 마음은 굴뚝같지만, 그렇게 하는 동안 혹시라도 괴물이 제니를 향해 뛰어갈까 봐 두려운 유빈은 머뭇거릴 수밖에 없었다.

크라아아악!

마침내 마음을 정했다는 듯 괴물이 유빈을 향해 돌아섰다. 하얀 막이 씬 그 눈을 정면으로 바라보는 것만으로도 오금이 저리지만, 그래도 놈의 선택이 제니가 아니라는 것에 유빈은 감사했다.

"와라!"

유빈은 중심을 뒤에 두면서 괴물의 공격에 대비했다.

지금껏 괴물과 일대일로 근접전을 벌여본 적은 없었다. 1미터 길이의 삽을 들고 맞서거나 무방비로 노출된 뒤통수를 후려친 경험은 있지만, 그것과 이건 완전히 다른 싸움이다.

그리고 유빈은 자신이 보안관이 아니라는 것도 잘 알고 있다. 짧은 스패너만 가지고 정면으로 붙어서는 이긴다는 보장이 없다. 이 지형을 잘 활용해야 한다. 그리고 저놈의 멍청한 머리가 가지고 있는 한계를 잘 써먹어야 한다.

다리를 걸어서 놈을 아래로 밀쳐 낼 수 있다면 좋겠지만, 이미 피투성이가 되어 있는 자신의 부상당한 다리로 그 정도의 힘을 쓰기는 어려울 것이다.

그롸아아!

괴물이 아가리를 벌리고 전속력으로 달려들자 철책이 철렁거리며 흔들렸다. 유빈은 허리를 숙이고 몸을 잔뜩 움츠린 채 기다리다가 괴물의 무릎을 향해 몸을 날렸다.

콰직!

차올린 괴물의 왼쪽 무릎이 자신의 코를 때리고 지나치는 바로 그 순간, 콧속 가득 피 냄새를 맡으며 유빈은 뻗었던 두 팔을 당겨 괴물의 오른쪽 오금을 잡아챘다.

태클이 제대로 들어가자 놈의 몸이 휘청댄다. 괴물의 몸이 기우뚱 흔들리는 그 순간을 놓치지 않고 유빈은 놈의 무릎에 바짝 붙인 어깨를 왼쪽으로 밀어 쳤다.

"이이익!"

이를 악물고 용을 쓴 보람이 있었다. 무릎이 꺾인 괴물의 몸은 왼쪽으로 빙글 돌며 중심을 잃고 뒤로 넘어간다. 유빈은 놈이 허우적거리는 손에 걸리지 않으려고 철망에 바짝 달라붙었다.

그와악—!

고통이나 공포를 느끼는 것도 아니면서 허공에 뜬 괴물은 처절한 울부짖음을 남기고 3층 아래로 떨어져 내렸다.

콰당탕—!

허리가 반대로 꺾인 채 건물 벽과 콘크리트 바닥 사이에 부딪쳐 버린 괴물의 옆구리를 뚫고 부러진 갈비뼈가 튀어나왔다. 물론 그렇게 되었어도 놈은 여전히 꿈틀거리며 시선을 유빈에게 고정시켜 두고 있다.

"오빠… 안 다쳤어요?"

건너편 창가에 붙어 선 제니가 물었다.

유빈은 고개를 끄덕였다.

"허억, 허억~ 으응, 괜찮아!"

결코 긴 싸움이었다고는 할 수 없을 찰나의 교전이지만, 철망을 움켜쥐고 엎드린 유빈의 입에서는 가쁜 숨소리가 울려 나왔다. 그만큼 순간에 모든 것을 건 전략이었다.

가뜩이나 숨이 가쁜데 괴물의 무릎에 맞은 코에서는 뜨거운 피가 계속 뚝뚝 흘러내리며 호흡을 방해했다.

'젠장, 피 좀 그만 흘리고 싶다.'

유빈은 코를 움켜쥔 채 천천히 몸을 일으키며 매듭의 끝을 다시 잡았다. 그래도 이제는 정말 다 왔다. 유빈이 철책을 건너오자 기다리고 있던 제니가 어디서 찾아냈는지 티슈를 들고 와 코에 가져다 대준다.

남의 사무실 캐비닛을 자연스럽게 막 열어젖히는 모습을 보면, 제니도 이젠 어엿한 도둑이 다 됐다. 피를 닦아내고 양쪽 콧구멍을 티슈로 꽉 틀어막은 유빈은 잠시 책상 위에 몸을 누인 채 입을 벌리고 거친 숨을 몰아쉬었다. 그런 유빈에게 사무실 이곳저곳을 뒤지고 다니던 제니가 말했다.

"오빠, 힘들었죠? 이제 상을 줄게요."

"상? 무슨 상?"

"아주 좋은 상."

제니는 반대편 창문을 활짝 열었다.

쉬이잉—

맞바람이 치자 온몸을 흠뻑 적셨던 땀이 금세 식는다. 이 바람이 그렇게 좋은 상인가 싶은 유빈에게 제니가 창문 너머를 가리키며 기쁨에 들뜬 목소리로 말했다.

"저기 봐요, 오빠."

유빈은 고개를 돌렸다. 열려 있는 창문 사이로 저 멀리 보안관과 삼식이의 얼굴이 보인다.

젠장, 저 모습을 도대체 몇 시간 만에 보는 건지 모르겠네…….

유빈은 미소를 지으면서 고개를 끄덕였다. 시큼한 땀 냄새가 날 게 분명하지만, 1초라도 빨리 저 녀석들의 곁으로 가서 꽉 끌어안아주고 싶어 견딜 수가 없다.

"끄-응차……."

엔도르핀의 힘을 빌린 유빈은 지친 몸을 억지로 일으켜 제니가 서 있는 창가로 걸어갔다. 유빈이 옆에 서자 제니는 두 손을 입에 가져다 대고 창밖을 향해 크게 외쳤다. 가수답게 풍부한 성량이어서 저쪽까지 목소리가 닿을 것인지에 대해 걱정할 필요는 없었다.

"보안관 오빠아~! 삼식이 오빠아~!"

건물 세 개 너머의 보안관과 삼식이도 양팔을 휘저으며 감격에 찬 목소리로 우렁차게 대답했다. 특히 계속 초조하게 기다리고 있던 보안관은 제니의 얼굴을 보자 잔뜩 흥분해서 당장에라도 건너편을 향해 뛸 기세였다.

"제니야! 유빈아!"

"오빠아, 조금만 더 기다려요~! 금방 갈게요오~!"

"그래! 제니야! 조심해!"

삼식이가 두 손으로 머리 위에 하트를 그려 보인다. 해를 피할 곳도 없었는지, 보안관과 삼식이는 한여름 뙤약볕으로부터 얼굴을 보호하기 위해서 웃옷을 벗어 아랍 사람처럼 머리에 싸매고 있었다.

하루 만에 새빨갛게 익어버린 친구들의 어깨를 보고 있자니, 그게 자신의 상처보다 더 아픈 것 같아서 유빈은 가슴 한구석이 뭉클해졌다.

6

철책을 대고 하나씩, 하나씩 건물을 옮겨 오던 유빈과 제니가 맞은편 옥상 위에 도착해서 볼트를 풀어 앵커와 철책을 분리시키는 광경이 보인다.

"아하, 저렇게 건너왔구나. 역시 유빈이."

앵커와 철책을 엇갈리게 연결해 다리의 길이를 늘이는 것을 보면서 삼식이는 만족한 얼굴로 후우~ 담배 연기를 내뿜으며 감탄했다.

제니가 혼자서 중심을 잡으며 철책 위를 걸을 때마다 조마조마해서 어쩔 줄을 몰라 하던 보안관은 이미 진이 쪽 빠졌다.

"끄응차!"

유빈과 제니는 조립을 끝낸 철책의 양끝을 잡고 들어 올려 난간에 걸친 다음, 조금씩 다리를 밀었다. 앵커가 닿을 수 있는 거리로 다가오자 보안관과 삼식이는 서둘러 손을 뻗쳐 넷 사이를 연결해 줄 소중한 다리를 끌어당겼다.

"잘 잡았어?"

유빈이 물었다.

보안관과 삼식이는 고개를 끄덕였다.

"웅! 걱정 마!"

유빈이 시키는 대로 앵커 끝에 연결된 줄을 난간에 묶고 나자 제니가 철책 위에 한 발을 올려놓았다. 약국 앞에서 보안관과 삼식이만 기다리고 있던 괴물들은 난데없이 머리 위에 나타난 제니를 향해 크게 울부짖으며 풀쩍풀쩍 뛰어올랐다.

수십 마리가 한꺼번에 괴성을 질러 대는 통에 골목 안은 금방 전쟁터 같은 위기감으로 가득 찼다.

"어휴~ 저, 저거! 너무 멀지 않아? 제니야, 조심해."

제니가 철책 위에서 한 발씩을 뗄 때마다 보안관은 숨넘어가는 소리를 냈다.

삼식이가 어이없다는 투로 말했다.

"하하, 보안관, 너 나보고는 저기까지 그냥 뛰어 넘어가라면서? 걱정하지 마. 쟤 허리에 유빈이랑 끈으로 묶어놓은 거 안 보이냐?"

"그, 그래도 위험해 보여."

오버하는 보안관의 우려와 달리, 오늘 하루 동안 이미 여러 번 서커스 줄타기를 경험했던 제니는 가끔 두 사람을 향해 손까지 작게 흔들어줘 가면서 차근차근 앞으로 나아갔다.

철책 구간이 끝나고 쇠기둥이 나타나자 제니는 가볍게 두 걸음을 뛴 다음 보안관과 삼식이가 기다리고 있는 약국 건물 옥상 위에 사뿐히 내려앉았다.

"오빠들! 오래 기다렸죠! 구하러 왔습니닷!"

제니는 곧바로 몸을 빨딱 일으키며 경쾌하게 경례까지 한다.

"잘 왔다! 제니 일병! 열렬히 환영한다."

쇠기둥을 꽉 잡고 있던 삼식이는 근엄한 표정으로 마주 경례를 해줬고, 가슴이 찡해진 보안관은 좋기도 하고 애처롭기도 해서 어쩔 줄을 모른다.

"괜찮아? 오는 동안 다치지 않았어?"

"네, 저는 괜찮아요. 다친 건 오히려……."

제니는 뒤따라 건너오는 유빈을 가리켰다. 쌍코피가 터져 콧구멍 양쪽에 휴지를 꽂은 유빈이 조심조심 철책을 건너오고 있다. 쇠기둥 바로 앞에서 잠시 머뭇거리던 유빈이 절룩거리며 세 걸음을 점프해 옥상 이 편으로 뛰어내리자, 기다리고 있던 세 사람은 가벼운 환호성을 올리며 기뻐했다.

"예이~!"

삼식이가 감격스러운 얼굴로 달려들어 유빈을 끌어안았다. 유빈도 삼식이를 꽉 부둥켜안았다. 목숨을 걸고 달려왔던 노력이 조금도 아깝지 않게 느껴지는 순간이었다. 보안관은 대견하다는 표정으로 유빈의 등짝을 쫙! 때렸다.

"으억!"

보안관의 손이 얼마나 매운지는 맞아본 사람만이 안다. 유빈은 등을 움츠리면서 울상을 지었다.

"아휴, 아파. 뭐야!"

유빈의 입에서 아프다는 소리가 나오자 삼식이는 기다렸다는 듯이 반색을 하며 가방을 가지고 뛰어왔다.

"아하! 아파요? 어디가 아파서 오셨어요, 환자분?"

말과 동시에 삼식이는 손가락으로 유빈의 눈꺼풀을 뒤집어 까보고, 입을 벌려 안쪽을 살핀다. 삼식이가 꽤나 좋아하는 의사 놀이가 시작된 것이다.

멋대로 유빈의 웃옷을 끌어 올린 다음, 한 손가락을 귀에 가져다 대고 다른 손가락은 청진기처럼 배와 가슴 이곳저곳을 짚고 통통, 두드려 댔다.

"자, 숨 쉬어보세요. 이제 내쉬어보세요."

삼식이의 의사 놀이를 처음 구경해 보는 제니는 재미있는지 깔깔거리며 웃었다. 하지만 가뜩이나 온몸이 아파 죽겠고, 코로 숨도 제대로 못 쉬는 상황인 유빈은 달랐다.

게다가 이것들은 왜 이렇게 내 옷을 위 아래로 벗기지 못해서 안달이 난 건지……. 그렇게 보고 싶었던 마음은 어디로 사라져 버리고, 10초 만에 귀찮아진 유빈이 옷을 끌어내리며 짜증을 부렸다.

"야이, 미친놈아! 다리가 찢어졌는데 배를 왜 까냐고?"

"어허! 남 간호사, 이 환자 붙잡아요. 약 먹인 다음 빤쓰 벗기고 주사 놔야 합니다. 보니까 옆구리에 빵꾸도 났네요."

잔뜩 신이 난 삼식이는 아직 의사 놀이를 그만둘 생각이 없다. 가방에서 박카스와 수상한 알약을 꺼낸 삼식이는 보안관에게 붙잡혀 꼼짝도 못하는 유빈이의 입을 벌리고 억지로 쏟아부어 삼키게 했다.

"컥! 뭐, 뭐야? 내가 지금 먹은 게?"

"항생제니까 하루 세 번, 식후 30분에 두 알씩 드세요."

"뭐? 진짜 항생제 맞아? 보안관, 네가 잘 확인했어?"

뜨끔한 표정의 보안관이 살짝 고개를 젓는다.

"아니… 내가 약에 대해서 뭘 아나? 그… 삼식이가 그러는데… 확실하대."

"이런 씨! 믿을 놈이 따로 있지, 삼식이 말을 믿어? 그것도 약을 고르는 걸?"

유빈이 펄펄 뛰자 삼식이가 자신 있다는 표정으로 약병을 흔들었다.

"아냐, 유빈아! 내가 이런 거 많이 먹어봐서 잘 알아! 이거 확실히 항생제 맞아."

"네가 그런 걸 언제 먹어봤어? 어휴~ 나 미치겠다, 진짜! 이 새끼야! 너 항생제가 뭔지나 알아? 그거 피부가 썩지 말라고 주는 약이란 말이야."

"그래, 맞아. 내가 그걸 어떻게 아느냐면, 예전에 이태원에서 일할 때… 읍! 으읍!"

삼식이가 온 동네 여자애들을 상대로 성병 배달부로 활약하던 그 난잡한 사연을 끄집어내려고 들자 당황한 보안관이 달려들어 입을 틀어막았고, 그렇게 병원 놀이는 일단락을 맺었다.

보안관은 구석으로 삼식이를 끌고 가 목소리를 낮춘 채 뭐라고 한참 주의를 준다.

"아, 하여간 미친놈들이야. 자, 제니야. 박카스 마셔봐. 오랜만에 마시니까, 이거 완전 신세계다."

유빈은 제니에게 박카스를 건네주고는 찜찜한 표정으로 자신이 먹은 약병의 라벨을 읽었다. 이건 뭐… 온통 한글로 깨알같이 적혀 있지만 의미를 모르는 말들과 숫자뿐이고, 어떤 때 먹으라는 지시조차 없다.

감정이 과잉된 탓인지, 너무 열심히 웃다가 눈물까지 찔끔거리게 된 제니는 웃음기가 가시지 않은 얼굴로 붉은 석양과 세 친구의 얼굴을 번갈아 보면서 말했다.

"정말 다행이에요. 무사히 다시 만나게 돼서……."

보안관에게 온갖 협박을 당하고 돌아온 뒤에도 전혀 기가 죽지 않은 삼식이가 감격스러운 표정을 짓는다.

"와, 엄청 신기해. 몇 시간 만에 만나는 건데 한 며칠 못 본 것 같은 기분이야."

"말도 마. 난 정말로 한 열흘 정도 아주 빡세게 구른 것 같아."

유빈이 손사래를 치면서 아직도 열기가 식지 않아 뜨끈뜨끈한 바닥에 주저앉은 다음, 코에 박아뒀던 휴지를 빼 던졌다. 다리가 너무 아파서 정신이 다 아득해진다. 지금껏 여기까지 어떻게 걸어왔는지 자기 자신도 믿을 수 없을 정도다.

"너희, 하루 종일 아무것도 못 먹었지?"

유빈은 3층집에서 가져온 음식 몇 가지를 배낭에서 꺼내 보안관과 삼식이에게 던졌다. 요 며칠 보지 못했던 종류의 과자들을 본 보안관이 놀라며 묻는다.

"이거, 어디서 났어?"

"아아… 그거, 오다가 어떤 사람 만났는데, 나 불쌍하다고 주더라."

되도 않을 소리이지만, 보안관은 더 묻지 않고 일단 봉지를 뜯어 과자를 우적우적 씹었다. 하루 종일 고형물이라고는 어린이용 키 크는 영양제와 비타민 C 사탕만 먹었던 터라 짭짤한 맛이 간절했다.

아마 오던 도중에 빈집이라도 있었던 모양이지, 보안관은 그렇게 생각했다. 햄스터처럼 입에다가 잔뜩 과자를 집어넣고 열심히 씹어 대는 두 사람을, 제니와 유빈은 어머니의 미소를 지으면서 바라보고 있었다.

"어? 그런데 제니랑 유빈이, 너희 옷이 바뀌었다? 못 보던 옷인데?"

작은 과자 두 봉지를 다 먹어 치우고 박카스로 입가심까지 하고 난 뒤에야 보안관이 깜짝 놀라며 수상하다는 듯 물었다.

참 빨리도 알아챈다…….

그 곰 같은 모습에 유빈과 제니는 새삼 웃음이 났다.

"어때요? 이거 입어도 예뻐요?"

제니가 모델처럼 포즈를 취하며 새 옷을 보여준다. 보안관은 바보처럼 입을 헤 벌리고 있고, 삼식이는 별로 관심이 없다.

"예뻐, 예쁘긴 한데……."

"왜 둘 다 옷을 갈아입었는지 궁금하다고요?"

제니가 도와주자 보안관은 고개를 끄덕였다.

제니가 갑자기 고개를 숙이면서 부끄럽다는 듯 말했다.

"있죠, 유빈 오빠가… 저를 오늘 자기 여자로 만들었거든요. 옷은 그때…….."

띠잉~!

정말 간만에 주어진 평화로움을 즐기며 콧속에서 마른 피딱지들을 후벼내고 있던 유빈은 난데없는 제니의 말에 깜짝 놀라서 그녀를 돌아보았다.

"야! 내… 내가 언제……."

"그 옥상 문 붙잡고 그랬잖아요. 자기 여자라는 말도 하고 막 욕도 하고!"

내가 그런 말을 했다고?

유빈은 자신이 했던 말을 되짚어봤다.

…하긴 했네…….

"이 세상에 어떤 새끼가 자기 여자를 남한테 맡겨? 이 개새끼들아!"

하지만 듣는 사람이 오해하도록 그렇게 말의 앞뒤를 끊어먹고 전하면 안 되지…….

유빈이 당황스러워서 제니의 눈을 보니 장난기가 떼굴떼굴하다. 게다가 신이 난 삼식이까지 거들고 나섰다.

"성욕이 우정을 앞질러 버린 건가? 후후, 욕으로 협박하고 억지로 자기 여자로 만들다니, 유빈이 제법이군. 으음, 얼마나 무리를 했으면 쌍코피까지 철철 흘리면서……."

아, 내 주변에 나를 등신 취급 하지 않는 사람은 정녕 없다는 말인가…….

유빈은 한숨을 내쉬며 상황을 제대로 설명하기 위해 보안관을 향해 돌아섰다.

"그게 아니야… 실은 말이지……."

이성과 분노가 너무 심하게 충돌해서 이미 뇌가 통제를 상실한 보안관의 눈에는 불꽃이 피어오르고 있다. 울고 있는 제니를 삼식이가 안아주던 모습을 볼 때의 그 눈이다. 유빈은 웃옷을 까고 바지를 걷어 올리며 사정을 해봤다.

"야, 좀 봐줘! 나 칼도 맞았고, 다리도 다 찢어져서 지금 죽기 직전이야."

보안관이 커다란 주먹의 뼈를 꺾어 우두둑, 소리를 내면서 말했다.

"괜찮아. 죽으면 고통은 없어."

"…그래, 죽여라. 이 나쁜 것들아!"

자포자기한 유빈은 보안관이 헤드록을 걸기 편하도록 고개를 숙이고 목을 쑥 내밀어줬다. 보안관이 땀 냄새가 가득한 겨드랑이로 유빈의 얼굴을 옥죄고 유빈이 과장되게 비명을 지르는 동안, 삼식이와 제니는 손뼉을 치며 웃어 댔다.

그건 그들만의 방식으로 벌이는 생존 축하의 의식 같은 거였다.

ㄱ

돌아가는 길은 한결 쉬웠다. 유빈과 삼식이 둘이서 한쪽 끝을 꽉 잡고, 보안관과 제니가 차례로 건너가고, 그다음엔 유빈, 삼식이의 순서로 건너갔다. 그러면 언제나 철책의 한편은 남자 두 사람의 체중이 지탱해 주니까 굳이 끈을 난간에 묶거나 하느라고 시간을 들일 필요가 없었다.

보안관이 떼를 쓰는 바람에 유빈은 제니와 연결되어 있던 빨랫줄을 녀석에게 넘겨주고, 첫 번째 건물에서 챙겨 온 빨랫줄로 삼식이와 자신을 묶었다.

"제니야, 이 새끼냐? 유빈이 옆구리에 빵꾸 낸 놈이?"

문제의 건물 옥상에 다다랐을 때, 목이 부러져 죽어 있는 스포츠머리의 시체를 발견한 보안관이 분을 참으며 물었다. 제니는 고개를 저었다.

"아뇨, 칼로 찌른 사람은 떨어져서 죽었어요. 이 사람도 한패이긴 했지만요."

"아으, 개새끼들!"

보안관은 콧김을 내뿜으며 스포츠머리의 시체를 번쩍 들고 가 3층 아래로 내팽개쳐 버렸다. 80킬로그램은 족히 될 놈이었지만, 화가 잔뜩 난 보안관에게는 별문제가 되지 않았다.

"야, 뭐하러 그런 일에 힘을 써? 이미 죽었는데."

말은 그렇게 했지만, 유빈은 보안관이 왜 그런 행동을 하는지 이미 알고 있다. 보안관은 유빈과 제니가 목숨을 위협 받고 있는 동안 아무것도 하지 못한 자신에게 화를 내고 있는 것이다.

시체가 떨어져 내린 방향을 향해 삼식이가 침을 탁, 뱉는 것으로 두 친구의 부관참시는 끝을 맺었다. 네 사람은 골목의 끝까지 이동한 뒤, 옥상 위에 철책을 내버려 두고 한산한 틈을 타서 아래로 내려왔다.

다음에 올 때 철책 하나만 더 가져온다면 훨씬 안정적으로 이편의 건물들 위를 이동할 수 있을 것이다. 지하 통로 계단을 달릴 때, 유빈이 절룩거리면서 신음 소리를 내자 보안관이 가방을 받아 들고 삼식이와 양쪽에서 부축을 해줬다.

역의 자판기에서 음료수를 더 챙기고 어둑해진 벌판을 가로질러, 정말 하루 종일 떨어져 있던 복지 센터로 돌아오자, 네 사람은 감동마저 느껴졌다.

"근데, 신입은? 그놈은 왜 안 왔어?"

감격스러운 표정으로 어두컴컴한 복지 센터 건물을 바라보던 보안관이 갑자기 생각났다는 듯 물었다.

유빈이 어처구니없다는 얼굴로 대답했다.

"참 빨리도 묻는다. 이제 다 왔으니까 걔한테 직접 물어보면 되겠네."

"얘들아! 어서 와! 정말 다행이다! 내가 얼마나 걱정하면서 기다렸다고!"

2층 창가에 서서 플래시로 소리 나는 곳을 비추고 있던 신입이 네명을 발견하고 진심이라고는 하나도 묻어나지 않는 말투로 소리를 질러 댔다.

"아, 저 새끼… 진짜 저걸 어떻게 해야 하지?"

보안관이 짜증스럽다는 말투로 중얼거리자, 신입을 향해 손을 흔들며 웃어주던 삼식이가 어깨를 툭, 쳤다.

"진정해, 보안관. 도움이 안 된다고 해서 살아 있을 자격이 없는 건 아니잖아. 그냥 우리 중에 누군가가 2인분을 먹는다고 생각하자고. 어이~! 신입! 혼자서 잘 놀았어?"

"놀기는 누가 놀아! 난 어떻게 하면 너희를 구할 수 있을지만 계속 고민했단 말이야!"

"하하하, 그랬구나! 잘했어! 그래서 무슨 아이디어가 나왔어?"

대답이 궁한지 신입은 입을 꾹 다물어 버렸다.

삼식이가 목소리를 한 톤 올려서 외쳤다.

"그러니까 다음부터 생각하는 건 유빈이에게 맡기고, 넌 몸을 좀 움직여 봐!"

여전히 대답이 없는 신입을 내버려 두고 네 사람은 수돗가로 가서 몸을 씻기 시작했다. 몇 시간이나 흙먼지를 뒤집어쓰고 옥상 위를 기어 다닌 유빈과 제니도 물이 너무 반가웠지만, 하루 종일 뙤약볕 아래에서 강제 선탠을 해야 했던 보안관과 삼식이에게는 미지근한 물도 천상의 선물 같았다.

네 사람이 2층으로 올라와 짐을 풀어놓는 동안에도 신입은 별다른 말 없이 쭈뼛거리고만 있었다. 어지간하면 어떻게 구조를 할 수 있었느냐고 물어볼 법도 한데, 녀석에게는 도무지 타인에 대한 관심이라는 게 없는 모양이었다.

감정이 쌓인 네 사람도 신입을 제외시키고 대화를 이어갔다. 삼식이가 억지로 손을 뻗어 신입의 어깨를 두드려 준 게 전부다. 조금은 어색한 저녁 식사 시간이 그렇게 지나갔다.

"후아아, 이제 살 것 같다."

물을 마시고 라면을 부숴 먹는 동안, 네 사람의 입에서는 저절로 앓는 소리가 나왔다. 하루 종일 코를 찌르는 괴물들의 악취와 시끄러운 울부짖음에 시달려야 했던 보안관과 삼식이에게도 힘이 든 하루지만, 유빈은 온몸이 열로 끓어오르는 것 같아 도무지 견딜 수가 없었다.

위급한 상황이어서 억지로 미뤄뒀던 고통이 엄청난 이자를 붙여 한꺼번에 폭탄처럼 돌아온 기분이다. 칼에 찔린 옆구리와 어젯밤보다 더 깊어진 다리의 상처에는 피에 절어 있는 붕대를 풀어내고 새로 소독을 한 다음, 보안관이 구해 온 대형 습윤 드레싱을 붙였다. 염증을 줄이고 재생의 속도를 높여줄 것이라는 설명서가 사실이기를 바라는 수밖에 없다.

"아함… 우리 이제 잘까?"

유빈에게 항생제와 진통제를 먹인 삼식이가 하품을 하며 말했고, 다들 동의했다. 친구들 앞에서 티를 내고 싶지 않아 저릿저릿한 경련을 겨우 참아내며 억지로 버티던 유빈에게는 더없이 반가운 소식이었다.

"정말 고마워, 제니야."

제니의 손을 유심히 살펴보고 있던 삼식이가 자신의 방으로 들어가는 제니에게 말했다. 빨랫줄을 묶고, 매듭을 풀고, 유빈의 체중을 버티고, 이런저런 일을 하느라고 그녀의 손은 여기저기 온통 피멍이 들어 있었다. 특히 오른손 검지는 손톱 끝이 까맣게 죽어 있다.

"아니에요, 오빠는… 부끄럽게. 안녕히 주무세요."

제니가 쑥스럽게 웃으면서 꾸벅 고개를 숙인 후 거적문 안으로 들어가자, 복지 센터 안의 하루가 공식적으로 끝난 것 같은 느낌이다.

네 남자는, 심지어 하루 종일 별달리 힘쓰는 일을 하지도 않은 신입조차도 일제히 기지개를 켜고 하품을 하면서 스티로폼 침대 위에 피곤

한 몸을 눕혔다.

요 며칠, 하루도 극적이지 않은 날이 없었지만, 오늘은 정말로 아주 길고 긴 하루인 것 같은 느낌이다.

"저기……."

네 남자가 막 잠이 들기 직전에 제니가 거적을 들추며 조심스럽게 말했다.

"응? 왜 그래?"

보안관이 벌떡 일어나자 제니가 쑥스럽게 웃었다.

"문 좀 열어놓고 자도 될까요? 플래시를 끄려니까 갑자기 무서워져서요……."

"그, 그럼. 당연히 괜찮지. 너 편한 대로 하면 돼."

"고맙습니다."

보안관의 답을 들은 제니는 거적을 한쪽으로 젖힌 뒤, 벽돌을 눌러 두었다. 그 작은 변화만으로도 뭔가 공기가 바뀌었다.

당장 큰일이 난 건 바로 옆자리에 똑바로 누워 있던 유빈이다. 하루 종일 보고 있던 얼굴인데도 잘 때 서로 얼굴을 마주하고 있어야 한다는 건 어지간히 신경이 쓰인다.

괜히 침을 꿀꺽 삼키자 오늘 낮의 일들이 생각난다. 눈만 돌려 슬쩍 곁눈질을 해보니 제니는 하필 이쪽을 향해 옆으로 누워 있다. 시선이 부담스러워진 유빈은 은근히 보안관을 향해 돌아누웠다. 그러자 말똥말똥 눈을 뜨고 있던 보안관과 눈이 마주쳐 버렸다.

이 녀석도 순진해서 열려 있는 문이 신경 쓰이는 거다. 정작 혼자인 여자애는 편안하게 누워 있는데, 유빈과 보안관, 신입까지도 세 명의 남자는 괜히 경직되어서 도무지 편하게 잠을 이루지 못했다.

닳아 빠진 거적문 하나가 그렇게 많은 사생활을 담보해 주고 있었던 건지는 꿈에도 몰랐다. 헛기침과 침 삼키는 소리만 가득하던 긴장이 깨진 건 한 10여 분이나 지나서의 일이었다.

부우우우우욱~!

그건 아주 길고 우렁찬 방귀 소리였다. 너무 의외의 소리가 고요한 건물에 메아리까지 만들어내며 크게 울리고, 잠시 정적이 흘렀다.

"아이~ 참! 보아안과안!"

삼식이가 장난기 가득한 목소리로 외치자 누가 먼저랄 것 없이 킥킥거리는 웃음소리가 터진다. 하지만 범인으로 지목된 보안관은 벌떡 일어나서 펄펄 뛰었다.

"지랄하지 마! 삼식이, 이 개새끼! 네가 뀌었잖아?"

"하하하! 아니야! 난 똥꼬가 작아서 그렇게 큰 방귀 못 뀌어! 아우 꾸려! 크크킄!"

"아하하하!"

소리 죽여 킥킥거리던 제니가 참지 못하고 배를 잡고 큰 소리로 웃기 시작하자 보안관은 더 흥분했다.

"아니, 나 진짜 아니라고! 야, 신입! 네가 증인이야! 자, 냄새 맡아 봐 봐! 이 새끼한테서 냄새나지? 맞지?"

보안관이 누워 있던 신입을 억지로 끌어당겨 삼식이의 엉덩이에 얼굴을 갖다 대려 하자, 신입은 발광을 하며 뿌리쳤다.

"야이, 씨발! 남의 얼굴을 어디다가! 몰라! 이 미친 새끼들아! 아이 씨발, 꾸린내! 아흐!"

제니는 말할 것도 없고, 고통 때문에 식은땀을 흘리던 유빈까지도 한참을 웃었다. 결국 범인을 밝히지는 못했지만, 그걸로 긴장감은 꽤나 사라져 버렸고, 그제야 유빈은 비로소 잠이 들 수 있었다.

1

"아, 개새끼들. 정말 어지간히 잘난 척하네. 가뜩이나 야간 근무 나
가기 싫어 뒈지겠는데……."

일부러 사람 걸어가는 길 쪽에 바짝 붙어 흙먼지를 날리고 지나가
는 장갑차를 노려보며 김 상병이 침을 뱉었다. 새로 배치된 기갑 대대
가 거슬리기는 진우도 마찬가지였다.

오늘 오후, 요란한 캐터필러 소리와 함께 찾아온 수십 대의 탱크와
장갑차는 그동안 목숨 걸고 원자력발전소를 지켜온 보병들을 패잔병
취급하며 고압적으로 굴어 댔다.

물론 좀비들을 상대하는 데 기갑부대가 엄청난 위력을 발휘한다는
건 인정할 수밖에 없었다.

저녁에 한차례 더 찾아온 규모 삼의 좀비 무리를 장갑차들은 그리
힘도 안 들이고 진압하면서 소총 부대와는 비교조차 되지 않는 압도적

인 화력의 차이를 보여줬기 때문이다.

"저런 게 있으면서 대체 왜 지금까지는 우리만 갈아 넣은 겁니까?"

진우가 물었다.

"그야 뭐, 빤하지."

김 상병이 아인슈타인에게서 얻은 말보로를 빼물고 대답했다.

"우리 대대장 라인이 다 병신된 거야."

"그게 무슨 말씀이십니까?"

이해를 하지 못한 진우가 묻자, 김 상병이 연기를 뿜으면서 답답하다는 투로 말했다.

"야, 대한민국 국군이라고 해서 전부 다 같은 한편이라고 보면 안 되지. 너랑 나랑 친하고, 저 장갑차 탄 새끼들은 또 저희들끼리 친한 것처럼, 높으신 분들도 다들 친하게 지내는 라인이 다르다, 이 말이야. 근데 이게 단순히 친목질이 아니라 실은 완전 전쟁이야. 내 새끼가 승진하면 남의 새끼는 탈락하는 거고, 우리 라인이 별 달면 다른 라인 대령 동기 하나는 옷을 벗어야 하는 거라고."

"그건 이해가 갑니다."

"그래. 그러니까 우리 대대장이 공을 세우는 게 싫은 높으신 분들도 있을 것 아니냐? 이런 때 공이라는 게 뭐겠어? 부하 새끼들 적게 죽이고 전투 잘하면 되는 거잖아. 일부러 대대 병력이 궤멸될 상황을 만들어준 다음에 이러는 거지. 야, 너 안 되겠다! 다른 애로 책임자 바꿔야겠어!"

어이가 없어진 진우는 쓴웃음을 지었다.

"일부러 보병들이 죽을 때까지 기다렸다는 말씀입니까?"

"그게 아니면 기갑부대만 며칠이나 늦게 올 이유가 없잖아. 여기 대빵도 우리 대대장이랑 같은 중령이더구만. 이제 완전히 밀렸지, 뭐. 아마 내일쯤이면 정식으로 여기 경비 본부장이 바뀌지 않겠냐? 뭐… 아쉬워할 것도 없어. 좀비들이랑 싸우면서 협공에 대한 대비 운운하는 새끼들이 지휘관인 것보다 나을지도 모르지. 이제 뛰는 척하자. 괜히 또 굴릴라."

서둘러 말을 마친 김 상병은 담배를 바닥에 비벼 끄고 진우의 어깨를 툭, 치며 걸음을 재촉한다. 100여 미터 앞 정문 도로에는 세 대의 장갑차와 커다란 유류 운반차 한 대가 해치를 열어두고 보병들이 탑승하기를 기다리고 있었다.

이제부터 그들은 10여 킬로미터 떨어진 민가로 진출해서 주유소를 찾은 뒤, 유류 운반차 가득 경유를 채워 돌아와야 한다. 다 좋은데, 길고 긴 낮 시간 동안은 대체 뭘 하다가 사방이 깜깜해진 이 시간이 돼서야 사람들을 초행길로 끌고 나가려 드는 건지… 진우는 그걸 도무지 이해할 수가 없었다.

"빨리빨리 타! 이 느려 터진 새끼들아!"

기갑 대대 소속의 하사관이 보병들을 재촉해 보지만, 사기가 떨어질 대로 떨어진데다가 어제 새벽의 전투에서 입은 대량의 손실 때문에 새로 편성된 분대원들의 행동은 아무래도 조금 굼뜰 수밖에 없었다.

40㎜ 포탑 위에 상체를 내밀고 앉은 소위는 거만한 표정으로 서두르는 척을 하는 김 상병과 진우를 내려다보고 있었다. 일곱 명의 병사와 한데 섞여 K21 장갑차 후면의 좁은 공간 내부로 들어가 앉자 기름

냄새가 진동해 피곤한 속이 더 뒤집어지는 것 같다.

명색이 같은 분대원들끼리인데 양쪽으로 나눠 앉아 서로 마주하고 있는 얼굴들은 낯설기만 하다. 분대장을 맡은 병장이 승차 보고를 마치고 가장 나중에 탑승하자, 커다란 자동 해치가 올라오며 닫힌다.

― 1분대, 전원 착석했나?

전면에 설치된 대형 스크린에 전원이 켜지며 스피커를 통해 차장의 목소리가 들려왔다. 스크린이 비추고 있는 것은 조종석에 타고 있는 소위의 클로즈업된 얼굴이다. 무슨 생각인지 얼굴에는 위장 도색까지 했다.

"어후, 저것도 정상은 아닌데……."

옆자리에 앉은 김 상병이 진우의 귀에만 들리게 중얼거렸다.

"넵, 착석했습니다!"

분대장이 대답했다. 진우는 전면 위쪽에 설치된 카메라와 마이크를 유심히 바라보았다. 아마 저걸로 보병 탑승 구역의 정보를 전달 받는 모양이다. 소위는 위엄을 강조한 특유의 군인 톤으로 작전에 대해 설명하기 시작했다.

― 이미 다들 들었겠지만, 우리는 현재 위치로부터 10킬로미터 북방의 초곡리까지 이동로를 개척하고 현지의 주유소를 확보한다. 제군들이 지금까지 어떤 훈련을 받아왔는지 모르겠지만, 우리 20기계화보병사단의 지휘와 통제를 받는 지금 이 시점부터 실패란 있어서도 안 되고, 있을 수도 없다. 이것을 항상 명심하고 실수 없이 행동한다. 알겠습니까?

"알겠습니다!"

우렁차게 대답은 하지만, 속이 꼬이는 건 어쩔 수 없다.

젠장, 좀비들을 깔아뭉갠 건 잘나신 네가 아니라 한 대 가격이 40억에 육박하는 이 비싼 쇳덩이라고…… 정작 너희는 좀비들이랑 얼굴을 맞대고 싸워보지도 않았잖아.

보병들의 얼굴에는 하나같이 그런 불만이 새겨져 있었다. 우렁찬 엔진 소리와 함께 장갑차가 움직이기 시작하자 전방의 스크린은 녹색의 열화상 화면으로 바뀌었다.

3중으로 쳐진 바리게이트가 열리고 그 사이를 천천히 빠져나간 장갑차들은 시속 40킬로미터까지 속력을 높였다.

내비게이션에도 찍히지 않고, 표지판도 없는 발전소 전용 진입로를 지나 일반 도로로 접어들자 장갑차 내부의 병사들은 조금씩 긴장하기 시작했다.

철갑으로 단단히 둘러싸여 있다고는 하지만, 고립되었다는 압박감과 이 안에 갇혀 버릴지도 모른다는 불안함이 그들을 짓누르는 것이다.

이미 발전소에 진입하는 과정에서 탱크로 정리한 것인지, 도로 위의 자동차들은 중앙 차선을 기점으로 해서 한쪽으로 밀려나 있었다.

장갑차는 미리 정해진 라인을 따라 일정한 속도를 유지하며 달렸다. 엉덩이에 전달되는 진동과 가만히 있는데도 땀이 줄줄 흐를 만큼 시원치 않은 에어컨만 제외하면, 지하철을 타고 있는 것과 비슷했다. 열려 있는 포탑의 뚜껑으로 가끔 불어 들어오는 바람조차 청량함과는 거리가 멀다.

비록 녹색과 검정, 흰색만으로 이루어진 뿌연 화면이기는 해도, 정말 오랜만에 보는 바깥세상 풍경에 열중해 있던 병사들은 어느 순간부터 흥미를 잃고 그저 비닐 스트랩을 잡은 채 멍한 표정으로 자신의 발끝을 내려다보고 있다.

모든 조명이 꺼진 채 아무것도 움직이지 않는, 죽어버린 마을의 모습은 그들을 우울하게 만들었다.

"씨발, 우리 동네도 지금 이렇겠지?"

김 상병이 담배 생각이 절로 난다는 표정을 지으며 나지막하게 말했다. 진우는 조용히 고개를 끄덕였다.

부모님 생각, 친구들 생각이 간절하다.

삼척로를 따라 올라가며 가끔씩 만나는, 민가들이 밀집한 지역에도 사람의 그림자를 찾기 어려웠다. 심지어는 좀비조차도 보이지 않는다.

다들 어디로 가버린 걸까? 설마 어제 내가 머리를 터뜨려 쓰러뜨린 좀비들 중에 이 동네에 살던 주민들이 포함되어 있었던 걸까……. 진우의 머릿속에 어젯밤 김 상병이 블랙 유머처럼 던지던 말이 떠올랐다.

"말하자면 우리가 이 지역 주민들을 전부 몰살시킨 거야."

그보다 더 끔찍한 상황이 있을까, 제기랄.

컹컹컹—

어디에선가 개들이 짖어 대는 소리가 들려온다.

크르르릉.

한참을 달리던 장갑차가 방향을 트는가 싶더니, 속력을 줄이기 시작했다. 그런 후, 화면에 비춰진 거리는 혼란의 기록, 그 자체였다.

서로 들이받은 채 멈춰 있는 자동차들은 문이 열리거나 유리가 깨어진 채 버려져 있고, 엉망으로 부서진 상가에는 형편없이 뜯겨 나간 시체들이 드문드문 걸려 있다.

— 충돌에 대비하고 손잡이 꽉 잡는다. 실시.

스피커에서 명령이 들려왔다. 진우와 김 상병은 한 손을 들어 위쪽에 매달린 비닐 손잡이를 꽉 움켜쥐면서 명령을 복창했다.

쿠쿠쿵!

장갑차가 잠시 흔들리면서 저항을 받는 게 느껴졌다. 이어 끼기기기끽— 하는 소리가 들려온다. 차체보다 넓게 보강해 놓은 앞쪽의 장갑판이 도로를 막고 세워진 자동차들을 천천히 옆으로 밀어내고 깔아뭉개며 나아간다.

그들이 마주한 방향에는 비록 한적하기는 하지만 그나마 번화가라고 부를 만한 거리가 펼쳐져 있었다.

낚시 용품 가게와 매운탕 간판이 걸린 식당들, 횟집과 노래방, 전국 어디를 가도 있는 중국집과 김밥천국 같은 것들이 즐비하다. 민박 간판이 여기저기 정신없이 걸려 일상의 향기를 풍기는 도로를 100여 미터쯤 더 들어가자, 처음 만난 사거리 우측으로 주유소 건물이 보인다.

끼기기기기—

방향을 틀어가며 자동차들을 밀어내고 공간을 확보한 1호 장갑차가 좌측으로 비스듬히 틀어 정차했다. 외부에서 들려오는 소리로 미루어 보건대, 뒤따르던 두 대의 장갑차과 유류 운반차도 근처에 멈춰 서고 있는 모양이다.

위이잉—

요란한 모터 소리와 함께 보호 칸막이 내부에서 포탑이 회전하는 것이 눈에 들어왔다.

09시 시야 확보!

사수의 보고가 있자 차장이 스피커를 통해 명령을 내렸다.

— 목적지에 도착했다. 해치가 완전히 열리면 신속하게 하차하고, 그 즉시 12시 방향을 향해 경계 태세에 돌입한다! 1분대 전원 하차!

"하차!"

복창이 다 끝나기도 전에 기이잉— 하는 모터 소리와 함께 후면의 해치가 아래로 내려간다.

젠장, 잘난 척하고 싶어서 어지간히 안달이 났군…….

가장 뒷줄에 서서 하차 순서를 기다리며 진우는 빠득, 이를 갈았다.

저희들끼리는 무슨 정보가 있었으니 이 오밤중에 사람들을 여기까지 끌고 왔을 테지만, 정작 좀비들과 싸움을 담당할 보병들은 아무것도 모른 채 타라면 타고 내리라면 내려야 한다.

한 번만이라도 좋으니 할리우드 영화에서 봤던 것처럼 작전에 투입되기 전에 내가 무슨 임무를 맡았는지, 현지의 지형은 어떤지, 적의 규모는 얼마나 되는지 등에 대해서 미리 통보를 받아봤으면 좋겠다는 생각이 든다.

아니, 최소한 이렇게 밖으로 튀어나가라고 하기 전에 후방의 영상을 보여주는 정도는 해줘야 하지 않나 싶다.

텅— 텅—

아스팔트에 닿은 두꺼운 강철 해치를 밟고 뛰어나간 병사들은 장갑차 전방으로 돌아가 버릇처럼 엎어지며 경계 자세를 취했다. 차갑게 식은 주유소 바닥이 배에 닿고 바닷가 특유의 비릿함이 실린 공기를 맡자 숨이 다 트이는 것 같다.

장갑차의 전방에 위치한 헤드라이트와 포탑 위에 설치된 제논 램프가 켜져 있어서 주변 시야가 어둡지는 않았다.

2호차와 3호차에서 뛰어내린 병사들도 각각 여섯 시와 아홉 시 방향을 향해 총구를 겨누고 엎드렸다. 그 이후에 뭘 해야 하는지, 어떤 상황을 마주하게 될 것인지에 대한 설명이 전혀 없었다. 때문에 그들은 그저 침묵 속에서 현재 위치를 고수하고 있어야 했다.

답답하고 두려운 마음이 고요함 속에 번져 갔다.

탁탁탁.

유류 운반차에서 내린 병사들이 길고 굵은 호스와 장비를 들고 제논 램프가 환히 밝힌 주유소의 우측으로 뛰어가 기름 저장고의 뚜껑을 연다.

추가 달린 실을 넣어 보관된 기름의 총량을 기록한 뒤 모터를 가동시키자, 유류 운반차는 위이잉— 하는 소리를 내며 기름을 빨아들이기 시작했다.

ㄹ

"야, 박 이병. 저것 좀 봐."

김 상병이 오른편의 주유소 건물 쪽을 턱으로 가리키며 귓속말을 건넨다. 진우가 곁눈질을 해보니 내부가 훤히 비치는 유리창 너머에는 꽉 들어찬 음료수 냉장고와 과자가 잔뜩 걸린 판매대가 있다.

"배…고프십니까?"

진우가 물어보자 김 상병이 바보 소리 말라는 표정을 지었다.

"아니, 과자도 좋지만, 그 옆에 붙어 있는 포스터를 좀 보라고, 이 등신아! 죽이잖아!"

김 상병이 말한 건 올림픽 특수를 미리 대비한 콜라 광고였다. 등을 맞대고 선 핑크 펀치 두 명이 빨간색 치어리더 복장을 하고, 메가폰과 술이 달린 응원 도구를 흔들고 있다.

주름치마의 길이는 20센티를 넘지 않을 것 같고, 탱크톱 위로 도드라진 곡선은 사람을 미치게 만든다.

게다가 어렸을 때 보았던 유치한 홀로그램처럼, 보는 사람의 위치에 따라 모델들의 팔과 다리 모양이 달라진다. 윙크를 하듯 오른 눈과 왼 눈을 번갈아 감아가며 포스터를 감상하느라 여념이 없는 김 상병을 내버려 두고, 진우는 다시 전방을 향해 고개를 돌렸다.

불어오는 바람 속에 시궁창 냄새가 섞여 있지 않은 걸 감안하면, 이 쪽에서 대규모 좀비들이 몰려올 것 같지는 않았다. 하지만 조심스러워서 손해를 볼 일은 없다.

그래도 조금 전에 보았던 그 포스터가, 그 포스터 속에 가득 담겨진 평화롭고 즐거운 일상의 유혹적 메시지가 가슴을 흔드는 것만은 피하기가 어려웠다.

"씨발, 뜯어 오고 싶다. 화장실 다녀온다고 하고 갔다가 몰래 가져 올까?"

한참 넋을 놓고 포스터를 바라보던 김 상병이 정말 분하다는 투로 속삭였다.

고개를 돌려 장갑차 쪽의 눈치를 살피며 진우가 만류했다.

"그만두시지 말입니다. 괜히 시범 케이스로 걸릴지도 모릅니다."

"오늘 죽을지 내일 죽을지 모르는데, 어차피 버려질 사진 보면서 딸딸이 한 번 치겠다는 게 무슨 그렇게 큰 죄냐?"

김 상병이 포스터의 용도를 너무 적나라하게 고백하는 바람에 하마터면 진우는 웃음을 터뜨릴 뻔했다.

위이잉— 크르릉—

기름을 퍼 올리는 펌프의 모터 소리와 장갑차의 엔진 소리가 워낙 시끄럽게 울리고 있어서 웃음소리가 났다고 해도 들킬 것 같지는 않았다.

"죄는 아니지만 말입니다……."

괜한 말썽이 일어날까 봐 두려운 진우가 김 상병을 설득하려 할 때, 새로운 동료가 참전의 의사를 밝혀왔다.

"그래, 뜯어 오자. 내가 앞에서 시선을 가려준다."

깜짝 놀란 김 상병이 고개를 반대로 돌리자, 녹색 견장을 단 작대기 네 개가 커다란 얼굴을 가까이 가져다 대고 말을 하고 있다. 새로 편입된 분대의 분대장이다.

분대장은 마치 중요한 작전 명령을 전달하는 것처럼 김 상병과 진우의 곁에 쪼그려 앉아서 콧김을 뿜으며 얼토당토하지 않은 제안을 건넸다. 이런 상황이 되자 오히려 김 상병이 당황한다.

"지… 진담이십니까, 병장님?"

"당연하지, 이 새끼야. 나부터 시작해서 하루씩 우리 분대 안에서만 돌리자."

김 상병은 난데없이 끼어든 놈에게 여자 친구를 빼앗긴 사람처럼 억울한 표정이 되어 잠시 말을 잇지 못했지만, 아예 없는 것보다는 두 번째 순서가 낫다는 결론에 이른 모양이다.

"존경합니다, 분대장님!"

둘이 합쳐 작대기 일곱 개면 이제는 말릴 수 있는 계급의 레벨을 넘어버렸기에 진우는 입을 꾹 다물고 전방만 주시했다. 김 상병과 분대장은 아주 진지한 얼굴로 작전 개시 시간을 논의하기 시작했다.

포스터 한 장에 이렇게 말도 안 되는 열의가 생기는 건, 그만큼 자신들의 목숨이 내일을 장담할 수 없는 위태로운 상황 속에 놓여 있다는 의미였기에 진우는 마음 한편이 아려왔다.

"내가 화장실 간다고 하면 다들 손들고 따라와라."

병장이 제안했다.

"너랑 너, 그리고 너랑 내가 한 조다."

"저… 그런데 말입니다, 화장실 방향이 그쪽이 아니지 말입니다."

김 상병이 다급하게 계획이 수정될 필요가 있음을 지적했다. 그 말대로 화장실은 매점이 있는 주유소 건물 입구와 정반대 방향에 배치되어 있다. 한밤중에 좀비들과 대치하러 나서면서 위장크림을 바르는 소위가 아무 데나 오줌을 갈기라고 허락해 줄 것 같지는 않았다.

병장은 난감하다는 표정을 지으며 '젠장'을 연발했다. 그러는 동안에도 병장은 계속 팔 동작을 크게 해서 전방 이곳저곳을 가리키는 척을 하거나 다시 자기 위치로 갔다가 돌아오는 등, 뭔가 중요한 작전 명령을 하달하는 흉내를 내고 있다.

멀리서 보면 아마 고참이 달려와 이등병의 실수를 바로잡아 주는 것처럼 보일 것이다.

"아예 매점을 털어 오겠다고 말하는 게 낫지 않겠습니까? 저쪽도 목이 마를 텐데."

병장과 같은 내무반 소속이었던 것으로 보이는 상병 하나가 진지하게 제안했다.

병장은 고개를 저었다.

"아냐. 그러면 민간에 피해를 끼치는 건데, 우리끼리만 있다면 모를까, 보는 눈이 많아서 그런 걸 허락해 줄 리가 없어. 저 소위 딱 보니까 인사고과에 엄청 신경 쓰는 것 같은데……."

태도만 보면 엄청 진지해서 나라를 구하기 위한 작전 회의를 하는 분위기지만, 이보다 더 비생산적인 토론이 있을까 싶다. 이것에 비하면 예전에 생활관 내부로 소주를 몰래 들여오기 위해 했던 논의는 품격까지 느껴질 수준이다.

전방과 장갑차 포탑의 눈치를 번갈아 보면서 그들의 대화를 듣고 있던 진우에게 병장이 묻는다.

"어이, 너 이병. 괜찮은 아이디어 없냐? 무슨 말이든 좋으니까 일단

해봐."

"이병 박진우, 정말 아무 말이라도 드려도 됩니까?"

"응, 그래."

"저, 죄송하지만 이렇게까지 해야 하는 건가 싶지 말입니다. 저한테 핑크 펀치 화보집이 있는데, 그냥 그걸 돌려보면 안 되겠습니까? 최신입니다."

"그건 안 돼."

보물을 나누겠다는데도 병장과 김 상병은 한목소리로 거절의 의사를 밝혔다.

"이건 말이지, 농담으로 시작했지만 남자의 자존심 싸움이 된 거다. 쟤들이 눈치채지 못하게 포스터를 가져옴으로써 우리를 좆으로 취급하는 저기 저 잘나신 장교 나리한테 한 방 먹이는 거라고."

"그런 겁니까?"

"당연하지!"

김 상병이 대답했다. 그런 거라면 진우도 협조할 의향이 있다. 주변 상황을 감안해서 빠르게 머리를 굴려 작전을 짜낸 진우가 말했다.

"저한테 생각이 하나 있습니다."

세 명이 반색하며 귀를 기울이려 들 때, 포탑 위의 소위가 고개를 돌리다 뭉쳐 있는 진우 일행을 발견하고 소리를 지른다.

"거기! 너희 넷! 뭐하나!"

"신병에게 전방 경계 요령을 숙지시키는 중입니다!"

병장은 준비했던 대답을 크게 외쳤다.

소위는 1초도 생각하지 않고 잔뜩 거들먹거리는 목소리로 말했다.

"진짜 군인이라면 그런 건 미리 다 떼고 전장에 나와야 한다! 자기 위치로!"

저렇게 재수 없는 소리까지 들었으니 이제는 정말 물러날 수 없다. 자기 자리로 돌아가는 병장 일행에게 진우가 서둘러 속삭였다.

"이따가 신호를 보내겠습니다."

"신호? 무슨 신호인지를 알아야지."

"확실히 아시게 될 겁니다."

병장은 미심쩍다는 얼굴로 돌아갔다. 잠시 후, 기름 펌프 팀이 가동을 중단하고 호스를 빼서 유류 운반차로 돌아가자, 소위는 분대원들에게 장갑차로 돌아오라는 명령을 내렸다.

진우는 미리 풀어놨던 수통을 바닥에 두고 일어났다. 잠시 눈치를 보던 진우는 워커 뒤꿈치로 힘껏 수통을 걷어찼다.

물이 가득 들어 있던 수통은 바닥을 미끄러지며 뒤쪽을 향해 날아가다가 스테인리스로 된 주유기에 맞고 큰 소리를 내며 울렸다.

텅—!

소음이라고는 단조롭게 울리는 장갑차 엔진 소리뿐, 온통 사방이 고요한 상황이었기에 그 소리는 충분히 크고 위협적으로 느껴졌다. 장갑차 포탑에 올라앉아 있던 지휘관은 물론이고, 아무 생각 없이 장갑차에 다시 오르려던 다른 분대원들까지도 깜짝 놀라 저절로 어깨를 움츠렸다.

하지만 일을 저지른 범인인 진우와 김 상병은 재빨리 소총을 겨누고 돌아서며 '꼼짝 마!'를 외쳤다. 신호를 알아차린 병장 일행도 재빨리 뛰어와 진우의 옆에 서며 경계 태세를 갖추는 척했다.

"좋은데? 뭘 찬 거냐?"

병장이 눈도 돌리지 않으면서 속삭였다.

진우 역시 조준경에서 눈을 떼지 않은 채 대답했다.

"제 수통입니다."

"잘했어."

무슨 일인지를 알고 있는 1분대 병사들과 달리, 급하게 포탑을 돌린 소위는 잔뜩 긴장해 있었다. 위엄을 잃지 않기 위해 애를 쓰며 소위가 물었다.

"무슨 일인가? 상황 보고해."

위장크림 덕에 그가 입을 벌릴 때마다 이만 하얗게 반짝거린다.

"주유소 건물 내부에서 뭔가 움직였습니다!"

"확실한가?"

"넵! 가판대 안쪽으로 뛰어가는 걸 제가 똑똑히 봤습니다!"

병장이 천연덕스럽게 대답한다. 이 사람도 뚤끼로는 김 상병 뺨치겠다고 진우는 생각했다.

"으음……."

소위는 잠시 고민에 빠졌다. 주유소라는 무대의 특수성을 감안하면 기관총 사격은 어렵다. 자칫 실수를 했다가는 이 근방을 온통 불바다로 만들 수도 있기 때문에 여기서의 싸움은 절대적으로 불리하다.

마음 같아서는 위험을 감수하기보다는 그냥 이대로 돌아가 버리고 싶지만, 그랬다가는 부하들 사이에 소문이 퍼져 적을 보고도 내뺀 겁쟁이라는 낙인이 찍히게 될 것이다.

보병들에게 들어가 보라고 할까⋯⋯. 하지만 지금까지 큰소리만 잔뜩 쳐놓고서 선두에 서지는 못할망정 보병들의 힘에 의존하는 인상을 주고 싶지는 않은데⋯⋯.

"내부 수색을 하겠습니다! 허락해 주시겠습니까?"

소위가 이러지도 저러지도 못하고 있을 때, 병장이 손을 번쩍 들며 외쳤다.

소위가 반색을 하며 묻는다.

"자원하는 건가?"

"네, 그렇습니다. 향후에 이곳에서 작업하게 될 전우들의 안전을 위해 위험의 가능성들을 찾아 완전히 섬멸하고 싶습니다!"

병장은 청산유수로 아무 소리나 잘도 지껄여 댔다. 짬밥의 위대한 힘에 진우는 감탄하지 않을 수 없었다. 소위는 만족스러운 표정을 지으며 시계를 살피더니 명령을 내렸다.

"좋아! 내 소속 분대답다! 수색을 허락한다! 23시 50분까지 작전을 완료하도록!"

"넵!"

병장이 대답과 함께 민첩하게 분대원들을 독려하며 주유소 건물을 향해 뛰기 시작했다. 중간 중간 멈춰 서서 벽에 기대며 안쪽을 살피는 폼만 보면 사정을 빤히 아는 진우조차도 실제 작전인가 하는 착각마저 들 만큼 모두 한마음으로 진지하게 쇼를 하고 있다.

그가 30분을 주기 전에 시계를 보았던 게 진우에겐 중요하게 느껴졌다. 저렇게 시간 제약을 두는 걸 보니, 때를 맞춰 돌아가야 할 필요가 있다는 의미인 것이다.

"자, 이거 박 이병, 네 거지?"

앉아쏴 자세를 유독 열심히 취하던 김 상병이 구석에서 수통을 집어 몰래 건네준다.

"포스터만 가져오는 거다. 다른 건 아무것도 건드리면 안 된다는 걸 명심해라. 우린 거지가 아니다."

매점 문 안으로 진입하기 전에 병장이 분대 전체를 향해 소리를 죽여 다짐했다. 모두 눈을 빛내며 고개를 끄덕였다. K—2에 장착된 플래시를 켠 뒤, 유리로 된 문을 활짝 밀어젖히며 일사불란하게 뛰어 들어간 분대원들은 날짜가 지난 신문이 놓여 있던 가판대부터 뒤집어엎었다.

두 명이 카운터 위로 뛰어 올라가고, 진우와 병장이 과자 판매대를 잡아당겨 문 앞으로 끌어다 놓으며 전방의 시야를 확보하는 척 문을 가렸다. 김 상병은 그 틈을 놓치지 않고 재빨리 동료들의 그림자 사이에 몸을 숨긴 채 포스터를 떼기 시작했다.

"서둘러!"

병장이 재촉하기 위해 고개를 힐끔 돌린 순간, 김 상병은 벌써 쪼그리고 앉아 떼어낸 포스터를 둘둘 말고 있었다.

빠르다!

입 밖에 내지는 않았지만 다들 감탄했다. 테이프가 붙어 있던 자리를 아예 대검으로 잘라낸 모양이다.

꽈르르륵—

과자 판매대를 거칠게 밀어서 포스터가 있던 벽 쪽으로 붙여 버렸다.

담배, 음료수, 각종 과자와 오징어 버터 구이 같은 악마의 유혹을 용케 이겨내고 분대원들은 1층을 샅샅이 수색하는 작업을 마쳤고, 그러는 동안 김 상병은 동그랗게 만 포스터를 반으로 접어 옷 뒤쪽에 집어넣었다.

이제 우리만의 작전이 끝났다. 안도하는 한숨을 다 같이 몰아쉬려 할 때, 2층에서부터 쿵! 하는 소리가 들려온다.

"뭐지?"

눈이 똥그래진 병사들은 서로의 얼굴을 마주 보았다. 잘못 들은 게 아니다. 큰 소리는 아니지만, 건물 내부에 들어와 있으니 그 진동을 분명히 느낄 수 있었다.

쿵―!

똑같은 소리가 다시 한 번 들려오자 이제는 확실히 말할 수 있을 것 같았다. 이 위에 분명 뭔가가 있다.

"왜 그러나?"

여전히 장갑차에서 내려오지 않은 소위가 동네 전체를 쩌렁쩌렁 울리며 큰 소리로 물어온다. 병장은 짜증스러운 표정을 애써 감추면서 손가락으로 위쪽을 가리켰다.

"아, 씨발. 말이 씨가 됐잖아……."

병장은 초조한 표정으로 건물 왼편 끝에 붙은 계단을 힐끔거렸다. 김 상병도 그제야 포스터에 대해 집착했던 걸 조금 후회하는 얼굴이다.

"그냥 가기는 쪽팔린데."

아무것도 없었습니다, 고양이였던 모양입니다, 라고 완전히 거짓말은 아닌 보고를 할 참이었지만, 이렇게 되고 나니 선뜻 그 말이 입에서 나올 것 같지가 않았다. 자존심을 위해 포스터를 얻으러 온 건데, 이런 상황에서 그냥 내뺀다면 오히려 이쪽의 자존심이 바닥을 치게 된다.

이대로 나가서 구라를 쳐버린다고 해도 다른 사람들은 아무것도 모를 테지만, 그런 건 관계없다. 이 자리에 있던 모든 사람들 자신은 분명히 기억할 테니까.

병장이 난감해하며 말했다.

"이왕 이렇게 된 거니까 내가 올라가 보겠다. 말 꺼낸 게 나랑 쟤니까 공연히 너희까지 피해 볼 필요 없다."

물론 그가 가리킨 '쟤'는 김 상병이었고, 김 상병은 얼굴이 파래져서 진우를 바라봤다. 어젯밤의 그 난리를 겪으면서 정말 피를 나눈 전우가 된 그에게, 진우는 돕겠다는 의미를 담아 고개를 끄덕여 줬다.

"저도 같이 가고 싶습니다."

3

나머지 분대원들에게 1층을 맡기고, 진우와 김 상병, 병장, 세 사람은 천천히 나선형 계단 위로 걸음을 옮겼다. 선봉을 자처하는 걸 보면 병장은 나쁜 사람이 아니다. 밖에서 비추는 제논 램프 덕에 어느 정도 시야가 확보되지만, 창틀이나 기둥이 만들어내는 어두운 그림자 속은 여전히 미지의 공간으로 남아 있다.

아무것도 없다고 생각해서 신나게 액션 연기를 해 대며 1층을 털 때와는 전혀 다른 신중함을 가지고 세 사람은 천천히 걸음을 옮겼다.

쿵―!

또다시 복도를 울리며 크지도 작지도 않은 소리가 들려온다. 병장과 진우는 앞쪽을 겨누고, 김 상병은 뒤쪽을 경계하며 소리의 진원지로 보이는 방 앞에 도착했다. 병장은 조심스레 손잡이를 돌려봤다.

스으윽.

손잡이는 아무런 저항 없이 돌아간다. 잠겨 있지 않은 것이다.

"안에 계시면 대답하십시오! 대한민국 국군입니다!"

병장이 큰 소리로 몇 번을 반복하여 외쳤다. 하지만 아무런 대답도 돌아오지 않는다. 긴장된 세 사람의 숨소리가 복도 전체를 울린다. 병장은 진우와 김 상병에게 눈짓을 해서 엄호를 지시한 다음 곧바로 문을 힘껏 걷어찼다.

콰앙―!

진우는 총을 겨드랑이에 꽉 끼운 채 다가올 위협에 대비했다.

그런데… 그런데 아무것도 튀어나오지 않는다. 플래시로 비춘 방 안은 거의 텅 비어 있고, 움직이는 것은 하나도 없다.

"하아, 하아… 뭐지, 씨발? 이 방이 아닌가?"

여전히 K―2 소총을 얼굴에 바짝 가져다 댄 채 병장이 말했다. 어안이 벙벙하기는 진우도 마찬가지였다. 하지만 소리의 진원지는 분명

여기가 맞다. 천천히 방 안으로 걸음을 옮기며 조그만 소파를 걷어차 밀어봐도 쥐새끼 한 마리 나타나지 않는다.

잠시 후, 등 뒤에서 비릿한 바람이 불어올 때, 그들을 공포에 빠뜨렸던 소리의 정체가 밝혀졌다. 반쯤 열려 있던 뒤쪽 베란다 문이 바람에 닫히면서 쿵! 하고 부딪치는 소리를 낸 것이다. 문의 움직임에 놀라 재빨리 사격 자세를 취했던 세 사람은 거의 동시에 욕설을 내뱉었다.

"뭐야, 씨발. 왜 문이 닫히지도 않고 계속 저렇게 쿵쿵거려?"

가까이 다가가 보니 틈에 슬리퍼가 끼워져 있어서 문이 완전히 닫히지 못하고 다시 밀려났다가 바람이 세게 불 때면 한 번씩 퉁퉁거리며 문틀을 쳐 댄 것이다.

이런 제기랄, 등에 식은땀을 쫙쫙 흘리면서 여기까지 올라왔던 이유가 고작 쓰레빠 때문이었다니……

세 사람은 슬리퍼를 걷어차 버리고 문을 꽉 닫으며 한바탕 욕을 퍼부었지만, 동시에 적잖이 안도했다.

"이일병 병장이다. 수고 많았다."

병장이 잠시나마 서로의 목숨을 의지했던 두 사람에게 악수를 청한다. 자기소개를 하는 김 상병의 입꼬리가 올라가는 걸 보며 이 병장이 한마디 했다.

"이 새끼 봐라? 너 지금 내 이름 가지고 병장이라도 일병, 그런 생각하면서 웃었지?"

"아닙니다. 병장님 같은 훌륭한 분을 분대장으로 모시게 돼서 기쁨을 감추지 못하고 웃은 겁니다."

"지랄하네. 어쨌든 앞으로도 오늘처럼 뜻을 모아서 꼭 같이 살아남자. 알겠나?"

"옛, 알겠습니다! 이일병 병장님!"

싱거운 김 상병이 엉덩이를 한 대 걷어차인 후, 세 사람은 다시 1층으로 내려왔다.

23시 35분에 장갑차로 돌아가 2층의 상황을 사실대로 보고하자 소위는 비웃는 표정을 지었다.

"잘한다. 고양이 보고 놀라고, 문소리에 기절하고… 너무 용감해서 뭐라 말이 안 나온다. 너희를 진짜 군인으로 만들려면 내가 얼마나 힘이 들지 앞길이 깜깜하다. 꼴도 보기 싫다. 빨리 탑승해!"

비아냥을 들었어도 장갑차에 앉아 서로를 마주하는 분대원들의 얼굴엔 승리감이 깃들어 있다.

그래도 우린 수상한 지역을 내 발로 직접 뛰어서 정찰했어. 너처럼 멀찍이 떨어져서 진짜 군인 타령하는 놈이 아니야.

그리고 오늘 승리의 증거물인 포스터는 여전히 김 상병의 군복 뒤쪽에 잘 감춰져 있다. 비록 오늘 새로 만난 분대원이지만, 이 작은 사건은 그들에게 커다란 유대감을 갖도록 만들었다.

쿠루루루루.

올 때와 마찬가지로 그들이 탄 1호차가 선두에 서서 돌아간다. 여전히 인적이 없는 도로를 지나쳐 가면서 무료하다는 생각이 장갑차 내부에 천천히 퍼져 갈 때쯤, 진우의 온몸에 그 특유의 기운이 느껴지면서 소름이 돋아 올랐다.

'제기랄!'

자신의 예감이 틀린 것이기를 바라며 진우는 스크린에 비춰진 전방을 열심히 살폈다. 자동차들을 도로 양쪽으로 밀어내 쌓아둔 덕에 텅 비어 있는 중앙 차선에는 아직 아무것도 보이지 않는다. 하지만 이 화면이 비추고 있는 건 고작 수십 미터 앞일 뿐이다.

"왜 그래?"

김 상병이 진우의 안색을 살피며 물었다.

"또 오는 것 같습니다."

"오다니? 좀비? 어떻게 알아?"

"안 들리십니까? 아주 작긴 하지만 이 소리? 그리고 냄새가……."

김 상병과 이 병장은 코를 벌름거리며 열심히 냄새를 맡아본다. 하지만 기름 냄새에 가려져 아무것도 알 수 없다.

"얘, 이상한 애 아니냐?"

병장이 김 상병에게 묻자, 김 상병이 고개를 저으며 진우를 변호했다.

"아닙니다, 병장님. 어제 새벽 기습 때도 이놈이 제일 먼저 알았습니다."

'그래?' 하며 병장이 고개를 갸웃거릴 때, 병사들의 웅성거림을 들은 소위가 주의를 준다.

— 보병 탑승 구역, 소란스럽다! 무슨 일인가?

병장이 망설이다 용기를 내서 말했다.

"장갑차장님, 전방에 좀비가 출몰한 것 같습니다. 냄새가 납니다."

잠시 아무 말이 없던 소위가 열 받은 목소리로 나지막하게 중얼거렸다.

— 소리, 그림자, 그다음엔 냄새인가? 본관은 제군들이 도저히 용서되지 않는다. 정숙하고 있어라. 돌아가면 혹독한 훈련을 거쳐서 진짜 전장에 어울리는 군인으로 만들어주겠다.

그러고는 한마디를 더 보탠다.

— 어디서 무슨 소리를 들었는지는 모르겠지만, 이 구역에 좀비들이 이동하는 시간은 오전 두 시부터다. 경거망동하지 마라.

보병들이야말로 그런 이야기는 금시초문이었다. 당장 내가 지키는 초소 앞에 언제쯤 좀비의 습격이 올 것인지도 전혀 모르는 일반 사병들이 10킬로미터 떨어진 도로의 좀비 시간표를 알 수도 없고, 관심도 없다. 하지만 일단은 명령을 지켜야 했기에 병사들은 초조한 얼굴로 전방의 스크린만을 주시하고 있었다.

5분쯤 더 달린 장갑차가 활처럼 휘어진 도로 구간으로 접어들 때, 장갑차의 엔진 소리를 뚫고 예의 그 울부짖음이 들려왔다. 둔한 사람이라고 해도 조금만 신경을 쓴다면 확실히 들을 수 있을 정도로 정적을 찢어발기는, 날카로운 울음소리였다.

하지만 청력을 보호하고 서로 교신하기 위해 커다란 헤드폰을 쓰고 있던 소위와 두 명의 승무원만은 그 소리를 알아채지 못했다.

'이런 젠장.'

진우가 다시 한 번 장비를 점검하는 동안, 이번엔 소위도 분명히 알 수 있는 신호가 좀비들의 출몰을 알렸다. 완만한 곡선 고갯길을 넘자 아래로부터 이쪽을 향해 달려드는 수백의 좀비들이 스크린 위에 모습을 드러냈다.

그으으으와아악!

좀비들의 괴성이 열려 있던 조종석 해치를 타고 실내로 전달된다.

"12시 좀비 출현! 12시 좀비 출현! 규모는 삼! 규모는 삼!"

조종수가 다급하게 외치며 서둘러 해치를 닫았다. 소위가 소대 전체에 서둘러 명령을 내렸다.

"1호차 속력 올려! 2호차 지원! 3호차는 현재 위치에서 유류 운반차를 엄호한다. 1호차 기관총 사격!"

끼이잉—

요란한 소리와 함께 장갑차는 시속 55킬로미터까지 속도를 높였고, 포탑 위쪽에 자리한 7.62㎜ 기관총에서 불꽃을 뿜어내기 시작했다.

25톤이나 되는 무게로 좀비들을 일거에 뭉개 버릴 요량인 것 같다. 좀비들을 스무 마리 정도나 겨우 명중시킨 뒤 기관총 사수는 해치를 닫고 내부로 들어가 버렸고, 뭔가와 부딪치고 깔아뭉개는, 기분나쁜 질감이 엉덩이에 전해지면서 장갑차가 좌우로 가볍게 흔들렸다.

카메라 앞을 막아서던 좀비들이 속속 무한궤도 아래로 끌려 들어가 사라지거나 반 동강으로 무참하게 잘려 나간다.

우두두둑! 빠가가가각—!

좀비들의 단단한 두개골이 수십 개씩 터지며 소름 끼치는 울림을 만들어냈다.

파바바바바바—

2호차에서 발사된 총알들은 1호차가 놓치고 지난 좀비들의 몸을 벌집처럼 부순다.

"후진한다. 속도는 20."

소위의 명령에 따라 한참을 달려가던 장갑차는 다시 뒤쪽으로 내달렸다. 규모 셋을 순식간에 반 이상 섬멸시키는 장갑차의 활약을 보면서 보병들은 내심 감탄할 수밖에 없었다.

만약 그들이 위치하고 있는 곳이 주변에 장애물이 없는 넓은 벌판이었다면, 소위의 콧대는 더욱 올라갈 수 있었을 것이다. 아무리 맹렬하게 달려들어 봐도 좀비의 맨몸뚱이는 두꺼운 복합 장갑에 덮인 K21 장갑차에게 아무런 위협이 되지 못할 것같이 보였다.

일부러 들으라는 듯 잔뜩 거들먹거리면서 장갑차를 자유자재로 움직여서 좀비들을 짓밟던 소위에게 위기가 닥친 것은 측면의 자동차에서 점프한 좀비들이 용케 포탑 위에 달라붙으면서부터다.

좀비들은 안테나에 매달리고, 포탑 안에 손가락을 넣어 휘젓는가 하면, 외부 감지 카메라에 이빨을 들이댔다. 커다랗게 벌려진 아가리가 카메라 위에 덮쳐지는 것을 마지막으로 스크린은 온통 하얀 화면만을 내보냈다.

앞이 보이지 않는다!

분명히 장비가 파손되지는 않았을 테지만, 그 위로 겹쳐진 좀비가 떨어져 나갈 때까지 첨단의 장갑차는 장님과 다름없는 신세가 된 것이다.

소위의 목소리가 스피커를 타고 멈춰 서버린 장갑차 내부를 울렸다.

— 조종실, 시야 확보되어 있나?

— 불가합니다. 아무것도 식별되지 않습니다.

조종실 해치에 붙은 파노라마 카메라도 피와 체액으로 뒤덮여 엉망이 되어버렸다. 이제 해치를 열지 않으면 외부를 볼 수 없다.

— 당황하지 마라! GPS로 바꿔서 기동 가능하다!

말은 그렇게 하지만 정작 가장 당황한 사람은 그인 것 같았다. 스크린에 직선과 화살표로 이루어진 컴퓨터 그래픽이 떠올랐다. 활처럼 완만한 곡선을 이루던 실제 도로가 그래픽에서는 똑바른 직선으로 표시되어 있다.

— 2호차, 1호차 포탑 위에 붙은 좀비들을 기관총으로 요격할 수 있나?

소위는 근접해 있던 2호차에게 지원을 요청했다. 포탑 내부에 설치된 동축기관총이므로 해치를 닫은 상태에서도 충분히 사격이 가능하다.

— 가능하다! 시야 확보를 위해 포탑만 180도 회전하라. 가능하다!

보병들은 불안한 얼굴로 비닐 손잡이를 꽉 쥐었다.

잠시 후, 총소리와 함께 장갑차 내부가 가볍게 울려온다. 2호차가 쏜 기관총이 1호차를 명중시키고 있는 것이다.

"이거, 괜찮습니까?"

누군가 두렵다는 투로 묻자 이 병장이 고개를 끄덕였다.

"명색이 장갑차니까 이론적으로는 괜찮을걸? 저 정도 화력으로는 안 뚫려."

피빙— 핑— 핑—

기관총탄이 쇠를 튕기고 지나가며 계속 날카로운 소리를 내고 있는 걸 보면 아직도 좀비들이 다 떨어져 나가지 않은 모양이다. 조바심이 난 소위는 화면을 다시 열화상 쪽으로 전환시켰다. 하지만 여전히 온통 녹색일 뿐, 아무것도 보이지 않는다.

— 2호차, 아직 좀비들이 그대로 붙어 있다. 어떻게 된 건가?

— 적중시켰는데…….

치익—! 치, 치칙! 치익…….

잡음이 심해지더니, 갑자기 무선이 끊겨 버렸다.

— 2호차! 2호차!

소위의 얼굴에서는 점점 핏기가 빠져나갔다. 이쪽의 수신기에 문제가 발생한 것인지, 2호차의 송신 기능 장애인지조차도 파악이 안 된다.

소위는 다급하게 3호차를, 그래도 대답이 없자 그다음엔 유류 운반차까지도 호출해 봤지만, 역시 아무런 반응이 들려오지 않았다. 다급한 마음에 단안식 조준경에까지도 눈을 가져다 대보지만, 피와 뇌수로 범벅이 되어버렸는지 온통 뿌옇기만 하다.

이젠 정말로 눈과 귀가 다 막혀 버렸다.

4

파바바박! 피비빙—

외부의 총성이 계속 귀를 자극한다. 아직까지 후방의 아군이 싸워주고 있다는 의미여서 총소리는 그래도 반가운 소식이다. 장갑차 내부의 모든 승무원들은 침묵 속에서 다음의 행동에 대해 고민하고 있었다.

만약 총소리가 멎은 뒤에까지도 외부에서 아무 소식이 들려오지 않는다면, 그때는 어떻게 해야 할 것인가.

콰아앙!

커다란 폭발음과 함께 전차가 가볍게 흔들렸다.

뭐지? 뭐가 폭발한 거지?

다들 겁에 질린 눈만 마주 볼 뿐, 아무도 정확한 답을 알지 못했다. 아마도 길가에 세워져 있던 자동차 연료 탱크가 기관총탄에 맞아 폭발한 거라고밖에는 생각할 수 없다.

문제는 그게 얼마나 가까운 곳이었는가 하는 데 있었다. 만약 바로 곁에서 불이 난 거고 곧이어 연쇄 폭발이 이어질 거라면……. 장갑판을 뚫고 파편이 들어오지는 않겠지만, 쇳덩어리 내부에서 천천히 구워진다는 건 생각만 해도 끔찍하다.

— 차축 회전! 우로 90도!

소위의 명령을 조종수가 복창하자 장갑차가 제자리에서 크게 돌았다. 대비하지 못하고 있던 보병들은 앞으로 고꾸라지지 않기 위해 손잡이를 꽉 쥐면서 가볍게 비명을 지른다.

— 진정해! 뿌리칠 수 있다! 저속 전진!

장갑차는 크르릉거리며 천천히 앞으로 나아가 길가에 밀어둔 자동차를 밟아 뭉개기 시작했다. 장갑차 내부는 정신없이 출렁거렸다. 이 정도까지 했는데도 여전히 좀비들이 달라붙어 있는지, 시야는 계속 확보되지 않았다.

와그그그작— 우드득—

요란한 소리와 함께 차들의 지붕을 갈아 뭉개가면서 천천히 나아가는 동안 장갑차는 계속 기우뚱거렸고, 그러던 중 또 한 번의 폭발음과 함께 장갑차가 흔들렸다.

콰아아앙!

이번 충격은 아까보다 더 크고 강해서 보병들은 벽에 전투모를 부딪치거나 앞으로 넘어졌다. 조금 전의 폭발보다 더 근접한 곳에서 일어난 게 분명하다.

치이이익—

우우웅—!

갑자기 측면에서 공기가 주입되는 소리가 들리며 장갑차 차체가 왼쪽으로 기울었다. 소위가 짜증스럽다는 듯이 외쳤다.

— 뭐야?

— 우측면 에어백 부양 장치입니다. 한쪽만 부푸는 걸 보면 오작동인 것 같습니다.

조종수가 대답했다.

— 중지시켜!

— 통제가 안 됩니다! 명령이 듣지 않습니다!

측면 전체를 커버하는 긴 에어백이 어떻게 장애물들 사이로 교묘하게 걸쳐졌는지는 모르지만, 하여간 그것 때문에 무한궤도 한쪽이 들려버린 모양이다.

위이이잉—

공회전하는 엔진 소리만 요란하게 울릴 뿐, 기우뚱해진 장갑차는 좀처럼 전진을 하지 못하고 있다. 계속 보아왔던 장갑차 안의 붉은 조명이 갑자기 불길하게 느껴진다. 폐소공포증이 찾아온 한 병사가 식은 땀을 흘리며 숨을 몰아쉬다가 구역질을 하기 시작했다.

"나가고 싶습니다! 우웁! 허어, 허억— 병장님, 숨을 못 쉬겠습니다!"

"진정해! 금방 끝난다! 가슴을 펴고 숨을 들이마셔!"

이 병장이 달래보지만, 병사는 이미 패닉을 일으키기 직전까지 내몰려 있었다.

우지끈, 우두두둑!

가라앉은 왼쪽 무한궤도가 깔려 있던 자동차 지붕들을 완전히 갈아 무너뜨리면서 경사도는 더욱 심해졌다. 겨우 조금 더 전진하는가 싶던 장갑차는 이내 앞으로 급격하게 기울었다.

"으아앗!"

보병 탑승 구역에 앉아 있던 병사들은 포탑을 보호하고 있는 격벽에 거칠게 내동댕이쳐졌다. 좁은 포탑 내부 역시 사정은 매한가지여서, 소위와 사수는 앞으로 고꾸라지며 지휘 통제 장치를 들이받았다.

으직!

뼈가 부러진 소위의 코에서 뜨거운 피가 콸콸 쏟아져 위장 도색을 지우며 흘러내렸다.

"으윽!"

코를 움켜쥔 소위의 입에서 비명과 신음의 중간 정도 되는 소리가 고통스럽게 새어 나온다.

우웨에엑— 위생백을 미처 찾아내지 못한 병사가 구토를 시작하자 값비싼 전자 장치들 위에 토사물이 잔뜩 뿌려졌다.

쿠구구—

가뜩이나 전면이 무거운 K21은 한번 중심을 잃자 가속도를 붙이며 빠르게 앞쪽으로 기울어지며 넘어가기 시작했다. 여기에는 포탑 주변에 한데 몰려 엉킨 보병들의 무게도 한몫했다.

— 파도막이 전개!

소위는 안간힘을 썼다. 앞면에 설치된 넓은 쇠판을 열어서 그 힘으로 앞으로 고꾸라진 장갑차를 밀어내겠다는 것인데, 애초에 단순히 도하용 장비로 설계된 파도막이에 그만한 힘이 있을 리 없다.

위이이잉— 이이잉—

한계까지 내몰린 모터에서 귀에 거슬리는 소리와 함께 연기가 피어올랐다. 그래도 미련을 못 버린 소위가 버튼에서 손을 떼지 않자 넓지 않은 장갑차 내부는 금세 모터에서 피어오른 연기로 가득 차 버렸다. 납이 타는 냄새가 폐부를 찌른다.

— 쿨럭! 쿨럭! 조종석 해치 열겠습니다!

— 안 돼! 불가하다! 규정 외의 일이다!

조종사가 괴로워하지만 소위는 단호한 입장을 취했다. 병사들이 소화기를 찾아 불꽃이 튀는 쪽을 향해 뿌려 대는 동안에도 뿌연 연기는 훨씬 짙고 자욱하게 차올랐다.

조금 전 구토했던 병사가 눈을 까뒤집고 기절하는 것을 필두로 해서 차례로 모든 병사들이 기침과 구역질을 해 대기 시작했다. 더 이상 참을 수 없어진 조종사는 해치를 밀어 올렸다.

덜컥―!

뭔가 아래쪽에 걸린 해치는 몇 센티미터만 간신히 열렸다.

"장갑차장님! 쿨럭! 후방 해치 개방해 주십시오! 쿨럭, 쿨럭! 저희
가 나가서 싸우겠습니다!"

숨을 참다못한 이 병장이 간절하게 외쳤다. 이대로 이 안에서 개기
다가는 어차피 질식으로 모두 죽게 될 상황이다. 하지만 대답이 돌아
오질 않는다.

"장갑차장님! 소위님!"

이 병장이 아무리 외쳐 봐도 위쪽 포탑은 고요하기만 하다.

"우웩, 으~ 쿨럭! 이거, 아무래도 기절한 모양이지 말입니다!"

김 상병이 소매로 코와 입을 가리면서 외쳤다. 이 병장도 동의하는
표정을 짓는다.

"어쩌지? 젠장!"

"해치를 열고 나가야 합니다!"

그렇게 외치는 진우의 눈에도 눈물이 대롱대롱 달려 있다.

이 병장이 포탑을 가리키며 말했다.

"저기에서 엄호를 해줘야 나가지! 지금처럼 이렇게 거꾸로 처박힌
상태에서는 뛰어나가지도 못해!"

"그거 기다리다가 다 죽습니다!"

진우는 45도 정도 위쪽에 떠 있는 후면 해치의 철제 손잡이를 잡고
돌렸다.

끼이익―

안간힘을 써봐도 해치는 전혀 움직이지 않는다. 원래대로라면 바닥

에 떨어져 내릴 쇠문이지만, 지금 각도에서는 들어 올리는 모양새가 되어버려서 몇 배나 힘이 든 것이다.

이이익— 이 병장과 김 상병까지 달려들어 봤지만, 모터의 도움 없이 사람의 힘만으로는 도저히 무리였다.

탕—!

육중한 해치가 다시 닫히며 커다란 소리를 냈다. 그래도 이 시도로 건진 게 두 가지 있다. 하나는 비록 미량이기는 해도 맑은 공기가 유입되었다는 것이고, 두 번째는 바로 지근에 좀비들이 많지는 않다는 사실이다.

만약 근처에 좀비 떼가 있었다면 해치가 열리자마자 곧바로 달려들어 문 사이에 팔을 집어넣고 생난리를 치며 들어 올렸을 것이다.

"작은 해치로 나가자!"

김 상병이 좌석 손잡이를 잡고 서서 버티며 진우를 목말 태웠다. 이 병장도 또 다른 병사를 어깨에 올리고 진우를 돕게 했다. 사람 하나가 허리를 굽히고 빠져나갈 수 있을 만큼의 작은 수동문을 활짝 열어젖힌 다음, 진우는 소총을 사선으로 세운 채 빙 돌려 발사했다. 혹시 위쪽에 서 있을지 모르는 좀비들을 노린 것이었다.

퓨퓨퓨욱—

총구가 원을 3분의 1쯤 그렸을 때, 고깃덩어리를 총알이 꿰뚫는 소리와 함께 좀비의 울부짖음이 들려왔다.

그와아아악—

그리고 곧바로 좀비 한 마리가 해치 내부로 머리를 들이밀며 뛰어들었다.

"쏴! 쏴!"

당황한 병사들이 황급히 사격을 개시했다.

파바바박!

대여섯 개의 총구가 일제히 불을 뿜고, 뛰어내리던 좀비는 사지가 찢겨 나가면서 걸레처럼 너덜너덜해졌다.

핑— 티팅—!

누군가의 총알이 장갑차 내부에 맞고 튀었다.

"으악!"

곧이어 병사 하나가 허벅지를 움켜잡고 쓰러진다. 유탄이 꿰뚫고 간 자리에서는 금세 콸콸 피가 솟아올랐다.

"야! 얘 좀 챙겨! 묶어줘!"

비명을 지르며 버둥거리는 병사를 붙잡아 구석으로 당기며 이 병장이 고함을 질러 댔다. 하지만 다른 병사들은 좀비의 머리를 개머리판으로 사정없이 두드리는 데 혼이 팔려 있었다. 이미 죽은 좀비라는 걸 인식하지 못할 만큼 두려움이 이성을 압도한 것이다.

이 상태에서 두어 마리만 더 뛰어 들어온다면 서로에게 총구를 겨누는 사태까지도 일어날지 모른다.

시간을 끌어선 안 돼…….

탄창을 갈아 끼운 진우는 좌석 손잡이를 밟고 뛰어 올라가며 크게 외쳤다.

"쏘지 마! 나간다!"

해치 밖으로 뛰어나가기 직전, 진우는 전투모를 벗어 왼손으로 내부 끈을 쥔 채 들어 올렸다.

끄와아아악!

낚시에 걸려든 좀비 하나가 맹렬한 기세로 전투모를 향해 달려든다.

콰악.

좀비의 얼굴에 부딪친 하이바가 날아가고, 재빨리 손을 뺀 진우는 머리 위로 지나가는 좀비의 가슴과 배에 총알을 잔뜩 박아 넣었다.

타타타타타—

크웨에에—

엉망으로 훼손된 좀비의 몸뚱이가 장갑차의 외부에 내동댕이쳐지며 퉁, 퉁, 울린다.

"으아이아!"

진우는 죽음의 공포를 몰아내기 위해 큰 소리로 기합을 지르며 해치 밖으로 몸을 내밀었다. 포탑에 달라붙어 있던 네 마리의 좀비가 반색을 하고 달려든다.

파바박— 파박— 파바바박—

진우는 가까운 순서대로 사정없이 방아쇠를 당겼다. 대갈통이 박살나고, 목과 분리된 좀비들의 몸뚱이가 맥없이 장갑차 아래로 굴러 떨어진다.

급한 불을 끈 진우는 해치 밖으로 뛰어 올라가 45도로 기울어진 장갑차의 후면 위에 섰다. 다급하게 360도를 둘러보니 사방에서 수십 마리의 좀비들이 불이 붙어 활활 타고 있는 자동차들 사이를 풀쩍풀쩍 뛰면서 이쪽을 향해 돌진해 오고 있었다.

'이렇게 멀리까지 왔던가?'

탄약이 다 떨어져 버린 것인지, 아니면 저쪽 역시 시야를 상실한 것인지, 벌써 한참을 떨어져 있는 2호차는 더 이상 기관총을 발포하지 않았다.

미처 깔아뭉개지지 않은 좀비 잔당들을 요격하는 것은 훨씬 더 후방에 서 있는 3호차가 담당하고 있었다. 어찌 됐든 지근에서 달려드는 좀비 무리들을 물리쳐야 하는 것이 1호차 보병들의 몫이라는 사실만은 분명해졌다.

"위쪽 안전합니다!"

진우는 장갑차 내부를 향해 외친 다음, 열려 있는 해치에 등을 댄 채 가장 가까운 방향의 놈들부터 차례로 총알을 먹여줬다.

파바박— 파바박—

다른 장갑차의 라이트가 미치지 않는 범위의 지역에서 유령처럼 움직이는 놈들을 조준경으로 쫓고 있자면, 공포 영화 속에 빠져든 것 같아 소름이 끼칠 만큼 오싹해진다.

하지만 어제 밤새도록 그 끔찍한 물량을 경험하고 나니 이 정도는 충분히 견뎌줄 만하다. 게다가 저 좁고 냄새나는 장갑차 안에서 질식할 바에야, 언제라도 맑은 공기를 마시며 좀비와 싸우다가 죽는 쪽을 택하는 게 낫다.

"네 후방은 내가 맡는다! 자, 다들 빨리 기어 나와!"

두 번째로 장갑차 위에 올라선 것은 이 병장이었다. 이 병장은 진우와 등을 맞대는 위치로 가서 좀비들을 향해 한차례 난사를 퍼부은 뒤, 장갑차 내부를 향해 외쳤다. 커다란 얼굴과 달리 꽤나 엉덩이가 가벼운 사람이다.

김 상병과 다른 병사들도 차례로 해치 밖으로 몸을 내밀고 기침을 해가며 숨을 몰아쉬었다.

타바바바바― 투두두두두―

일곱 정이나 되는 K―2가 일시에 연사를 해 대자 달려들던 좀비들은 순식간에 절반 이하로 줄어들었다. 물론 김 상병의 예광탄은 오늘도 하늘로 솟구치기만 한다.

타앙! 타앙! 타앙!

진우는 방향을 바꿔가며 위협이 될 만한 좀비들을 저격했다. 조명이 어둡다는 점이 조금 어려움을 주지만, 거리만 확보된다면 이 정도 규모는 그 혼자서도 충분히 상대할 수 있는 양이다.

아군의 피해 없이 10여 분간 펼쳐진 교전이 끝을 맺은 뒤, 병사들은 함성을 내지르며 생존과 승리를 만끽했다. 그때쯤 2호차와 3호차 주변의 좀비들도 거의 정리가 마무리되어 가고 있었다.

"아직 움직이는 놈들이 있을지도 모른다! 각자 자신의 전방을 확실하게 살핀다!"

흥분이 한차례 휘몰아치고 간 뒤, 이 병장이 분대원들에게 지시를 내렸다. 그 명령에 따라 각자 개인화기에 장착된 플래시로 전방을 어지럽게 둘러보는 동안, 진우는 천천히 포탑 위쪽으로 걸음을 옮겼다.

중심을 잃지 않기 위해 포탑 뒤쪽에 달린 난간을 꽉 잡고 기울어진 장갑차의 앞쪽을 살폈다. 기관총 사격을 받아 꺾여 나간 안테나의 날카로운 단면에는 반 토막이 난 좀비의 하체가 꿰어져 있고, 조종석 해치는 엉망으로 부서진 트럭 짐칸에 꽉 끼어 있어서 열릴 것 같지 않았다.

그래도 부양 장치의 공기만 빼준다면 구난 전차를 부를 필요 없이 자력으로 이곳에서 탈출할 수 있을 것이다.

장갑차장석 해치 손잡이를 꽉 잡은 채 팔꿈치 위쪽이 잘려 나가 버린 좀비의 팔을 워커로 걷어차 날린 다음, 진우는 해치를 끌어 올렸다.

아직도 자욱하게 깔려 있던 연기가 빠져나가고, 비몽사몽 정신을 차리지 못하는 소위는 쿨럭거리며 기침을 해 댔다.

"소위님."

"……."

"소위님!"

"으… 웅? 웅?"

진우가 부르자 소위는 반쯤 감긴 눈으로 위쪽을 돌아본다. 피딱지가 앉은 소위의 코는 뼈가 어긋난 채 퉁퉁 부어올라 주먹만 하다. 눈물과 코피로 범벅이 되어 위장크림이 벗겨진 얼굴을 보고 있자니, 이 사람의 나약함이 고스란히 전해지는 것 같다.

"쿨럭! 쿨럭! 여기가… 지금?"

소위는 조금 전의 일이 기억나지 않는다는 식으로 머리를 감싸 쥐더니 진우를 향해 손을 내밀었다.

끝까지 고맙다거나 잘했다는 말은 안 하시겠다는 건가? 내 동생도 너보다는 어른스럽겠다…….

그 얄팍하고 유치한 자존심이 너무 같잖아서 오히려 웃음이 났다. 소위를 탱크 밖으로 잡아끌며 진우는 하루 종일 마음속에 담아뒀던 말을 건넸다.

　"진짜 전장에 오신 걸 환영합니다, 소위님!"

4장
열화지옥

1

"임수정 씨, 48시간 지나셨습니다. 소지품 챙겨서 나오세요."

격리 시설에 갇힌 지 50시간이 조금 넘게 흘렀을 때, 보초병들이 다가와 철창문을 열어주었다. 벽에 기대 쪼그리고 앉아 있던 임수정은 담요와 휴지, 물병을 챙기고 서둘러 좁은 우리 밖으로 빠져나왔다.

"아… 맞다."

자신이 사용한 변기가 신경 쓰여 다시 뒤돌아 들어가려는 임수정을 보초병이 만류한다.

"놔두십시오. 그런 거 치우시라고 하지 않습니다."

"그래도……."

"어차피 기계로 세척하니까, 손대지 마십시오."

병사의 목소리가 권유보다 명령에 가까웠기에 임수정은 더 말하지 않고 나왔다.

"아그그……."

허리를 쭉 펴려다가 묵직한 통증이 느껴져서 저절로 앓는 소리를 내며 엉거주춤하게 벽을 짚고 선 임수정에게 보초병들이 웃어주었다.

"허리가 아프시죠? 딱딱한 바닥에 이틀 동안 앉아만 계셔서 그렇습니다. 나오시는 분들 거의 대부분 비슷하시더라고요."

"어후, 그런가요?"

"네. 하루 정도 지나면 괜찮아지실 테니까 걱정하지 마십시오. 의무 지원 센터에 가시면 진통제나 파스도 드릴 겁니다. 자, 여기, 여기, 여기, 이렇게 세 군데에 사인하시고요……."

임수정은 감격스러운 표정으로 보초병이 내미는 서류를 바라보았다. 이제 이것에 이름만 몇 번 갈겨 쓰고 나면 이 지겨운 폐쇄 공간에서 빠져나갈 수 있다.

읽어보지도 않고 휙휙— 넘겨가며 시원하게 사인으로 동의를 해주고 싶지만, 그녀의 천성이 그렇게 생겨 먹지를 못했다.

"이게 무슨 서류인가요?"

질문을 던지며 서류를 찬찬히 살펴보는 임수정에게 보초병이 대답해 준다.

"맨 앞 장은 이곳에 계실 때 어떠한 가혹 행위도 당하지 않았다는 증명서이구요, 그다음 건 앞으로 이 보호 시설에 계시는 동안 규칙을 준수하고 관리자들의 지시를 따르겠다는 동의서, 그리고 마지막 장은 필요한 경우 징병 대상에 포함시켜 달라는 지원서입니다."

"입대 지원서라고요?"

서른이 넘은 여자에게?

게다가 필요한 때 아무 때라도 데려다가 쓰겠다고?

쩜쩜해진 임수정이 수상하다는 눈으로 쳐다보자, 보초병이 별것 아니라는 투로 말한다.

"아, 그건 뭐 신경 안 쓰셔도 되는 겁니다. 병무청에서 하라고 하니까 서류를 받고는 있지만, 아무도 실제 징병이 되지는 않았어요. 뭐, 열네 살짜리부터 육십 먹은 노인까지 다 하는 거니까 그냥 형식적인 거라고 생각해도 될 것 같습니다."

영 미심쩍은 이야기지만, 사인을 못하겠다고 버텨봤자 사정을 봐줄 성싶지도 않다. 임수정은 한숨을 내쉬며 내키지 않는 서류에 이름을 써줬다.

"네, 다 됐습니다. 자, 이 종이 가지고 이 앞 대민 지원 센터로 가시면 생필품을 드릴 겁니다. 거기에서 전달하는 지시 사항도 잘 들으시면 됩니다."

도장 찍힌 조그만 딱지를 받아 든 임수정은 어제 테라가 했던 것처럼 90도로 깊게 허리를 숙여 보초병들에게 감사하다는 인사를 하고 문밖으로 나왔다.

쉬이잉—

이틀 만에 맞아보는 외부의 바람이 머리칼을 흐트러뜨리자 임수정은 감격한 표정으로 갇혀 있지 않은 밤공기를 실컷 들이켰다. 맨발이지만 자유롭게 걷는다는 게 정말 기분이 좋아서 불편함을 느낄 겨를도 없었다.

"저… 여기로 가서 이걸 드리라고 하던데요."

대민 지원 센터는 격리실에서 멀지 않은 곳에 위치해 있었다. 딱지를 내밀자 뚱한 표정의 군인은 별다른 설명 없이 라면 박스만 한 종이 상자 하나를 집어 가라고 한다. 친절함이라는 단어를 집에 놔두고 입대한 녀석 같다.

"이게 뭐예요?"

억지로 웃는 표정을 지으며 묻는 임수정에게 군인이 싸가지 없는 투로 말했다.

"거기 써 있잖습니까, 구호품이라고."

"네. 그럼 이제 이거 가지고 가면 되나요?"

임수정이 애써 성질을 죽이면서 억지웃음을 지어 보이자 군인은 서랍에서 열쇠를 꺼내 탁자 위에 탁, 소리 나게 내려놓았다.

"이것도요."

"저… 이건……."

"어허, 거참! 딱 보면 사물함 열쇠지. 이 아줌마, 찜질방도 안 다녀 봤나?"

군인이 비아냥거리자 옆자리의 다른 군인들이 낄낄댄다.

아줌마라고? 이런 개… 으휴, 아니다. 그냥 참자. 후우…….

발끈하려던 임수정은 생각을 고쳐먹고 가벼운 한숨을 쉬면서 그 자리를 빠져나왔다. 그런 사소한 것들과 매번 정면으로 맞서기에 지금의 그녀는 너무 지치고 기운이 없는 상태였다.

"언니!"

담요를 어깨에 두르고 박스를 안은 채 1루 측 건물 내부를 너털너털 걸어가던 임수정에게 테라가 절룩이며 달려와서 안긴다.

"아, 테라야."

주변의 시선이 일제히 쏠리는 게 느껴져 임수정은 쑥스럽게 웃었다. 임수정이 가장 먼저 살핀 것은 테라의 발이었다. 아직 상처가 다 아물지 않아 어지간히 아플 텐데, 테라는 용케 그 불편해 보이는 분홍색 샌들을 신고 잘도 걸어 다닌다.

"시간이 지난 것 같은데도 계속 안 나와서 걱정했어요."

"그러게. 괜히 두 시간은 더 잡아둔 것 같아. 뭐지?"

"그 오빠들이 언니랑 조금이라도 더 같이 있고 싶었나 보네요. 후후."

임수정은 어처구니가 없어 웃음이 터졌다.

"얘는. 너라면 몰라도 나한테 그러겠니? 조금 전에도 이 박스 안에 뭐 들었는지 물어보려다가 아줌마 소리까지 들었어. 얼마나 떽떽거리던지."

"하하하, 그 박스 준 사람이죠? 콧구멍이 크고, 낙타처럼 생긴……. 신경 쓰지 마세요. 그 사람 유명해요, 못된 말 하는 걸로."

E열 사물함 앞에 서서 임수정의 번호를 찾기 위해 손가락으로 숫자를 따라 읽어가며 테라가 말했다.

"그래? 그럼 좀 위안이 되네."

"언니 사물함은 여기네요."

테라는 임수정의 사물함 열쇠 번호를 보고 자신과 근처라면서 좋아한다. 그녀의 조언대로 미리 박스를 뜯어 가져갈 물건만 가져가고, 남은 건 사물함에 넣어두기로 했다.

구호품 박스 안에는 은박으로 코팅된 돗자리, 이전에 지급 받았던 것보다는 조금 더 큰 담요 하나, 공기를 주입해서 쓰는 베개, 수건 두장, 두루마리 휴지, 생리대, 물 두 병과 건빵 두 봉지, 비닐봉지 몇 장과 아주 싸구려 티가 나는 프리 사이즈 트레이닝 복 한 벌, 그리고 열개들이 콘돔 한 박스가 들어 있었다.

다른 물건은 다 이해가 가는데 콘돔이 이 상황과 별로 어울리지 않아 보여서 임수정은 잠시 콘돔 박스를 들고 멍하게 바라봤다.

그녀의 마음을 읽은 테라가 귀엣말을 한다.

"근데, 그게 의외로 꽤 인기가 있나 봐요. 그거 한 박스가 건빵 두 봉지랑 교환된대요. 크크."

"그래?"

이 쉘터 내에서 건빵 두 봉지라는 게 얼마나 큰 가치가 있는 건지는 모르겠지만, 테라의 이야기를 들으며 임수정은 두 가지에 대해 놀랐다.

하나는 사람들이 이런 상황에서도 열심히 섹스를 한다는 것, 두 번째는 그녀보다 불과 하루 일찍 나온 테라가 꽤 많은 정보를 알고 있다는 사실이다.

"그런 이야기는 어디서 알았니?"

"하하, 언니도 참, 그런 걸 누가 가르쳐 줘요? 그냥 주변 사람들이 수군거리는 걸 들은 거예요."

"그런데 테라야, 가진 거라고는 달랑 이게 다인데, 이까짓 걸 굳이 사물함에 넣어둬야 하나……."

임수정이 고개를 갸웃거리자 테라가 슬픈 목소리로 대답해 주었다.

"달랑 그거밖에 없으니까 더 잘 보관해야 해요. 사람들이 막 훔쳐 가요."

"정말?"

"네. 저도 어제 나와서 멋모르고 자리 위에 박스째 올려뒀었거든요. 근데 화장실 다녀와 보니까 먹을 거랑 콘돔만 싹 가져가 버린 거 있죠? 히잉, 물 한 병은 좀 놔두지……."

헛! 서글픈 이야기라서 임수정은 혀를 쯧쯧, 찼다. 하긴, 세상 어디엘 가더라도 일정한 비율로 좋은 놈과 나쁜 놈, 베푸는 놈과 훔치는 놈이 있게 마련이다.

"그럼 너 어제부터 아무것도 못 먹었니?"

"아니요. 먹을 건 많이 있어요. 언니도 박스에서 먹을 건 따로 빼서 사물함에 미리 챙겨두세요. 제 걸 드릴게요."

먹을 걸 다 도둑맞았다더니… 뭔 소리를 하는 거지, 애는?

임수정이 쉽게 이해를 하지 못하고 있을 때, 정찰을 돌던 군인 두 명이 주변을 힐끔거리면서 다가왔다.

"테라 씨."

뒤쪽을 확인하고 난 뒤, 군인이 말을 건다. 다른 군인은 건빵바지에서 부스럭거리며 뭔가를 꺼내고 있다. 테라는 반갑게 미소를 지어주며 꾸벅 인사를 했다.

"네. 안녕하세요, 오빠."

"후우~! 테라 씨! 사랑합니다!"

한 발자국 다가온 건빵바지가 얼굴이 새빨개져서 속삭인다. 그가 내민 손에는 군인들에게 지급되는 음료수 두 개와 초코파이 두 봉지가 들려 있다. 테라는 주저하는 기색도 없이 두 손으로 음식들을 받으며 다시 한 번 고개를 숙였다.

"고맙습니다. 수고 많으십니다!"

군인 둘의 손을 한 번씩 꼭 잡아주며 테라는 고맙다는 말을 명랑하게 연발했다. 부끄러워 그런 것인지, 행복감에 그런 것인지 얼굴이 터지기 직전까지 달아오른 군인들은 목적을 달성하고 재빨리 멀어졌다.

뭔가 대단히 부당한 거래를 한 것 같아서 불안하게 주변의 눈치를 살피는 임수정과 달리, 테라는 평온한 모습으로 군인들의 뒷모습을 보고 서 있다.

"여기까지 왔으니까 조금 더 가져가야지."

테라는 팔목에 차고 있던 열쇠를 꺼내 자신의 사물함을 열었다. 가로 40센티, 세로 80센티 정도 되는 철제 사물함의 문이 열리자 엄청난 양의 음료수와 건빵, 초코파이 따위가 금방이라도 쏟아져 내릴 것처럼 높게 차곡차곡 쌓여 있다.

"세상에……."

테라의 사물함을 본 임수정의 입에서는 저절로 감탄사가 터져 나왔다.

"웬일이야? 이게 다 군인들이 준 거야?"

"음, 거의 그래요."

"이 정도 있으면 좀 전의 그 사람들 건 받지 말걸 그랬다."

"하지만 그 오빠들은 저한테 뭘 꼭 주고 싶어서 그런 거니까요……."

테라가 대답했다.

"거절하는 것보다 그냥 고맙게 받아야 그 오빠들이 더 기쁠 거라고 생각했어요. 게다가 어차피 전 벌써 훨씬 더 큰 걸 빚지고 있는걸요, 뭐."

그 말을 하면서 테라는 사물함 위쪽에 걸어둔 정글모를 인사하듯 바라보았다.

"씨발, 누구는 좋겠어……. 좆도."

십 대로 보이는 여자애들 서넛이 테라를 향해 들으라는 듯 욕설을 퍼부으며 근처를 지나간다. 테라는 고개도 돌리지 않고 사물함 문을 닫고 열쇠를 돌려 잠갔다. 그 정도로 부족했는지 여자애들은 몇 마디 험한 말을 큰 소리로 남기고 가버렸다.

"봤냐, 저년 발가락 잘라진 거? 아유, 존나 징그러워. 저러고서도 높은 샌들을 신고 다니고 싶나? 미친년이."

"얼굴도 씨발, 화장 떡칠 안 하니까 별것도 아니구만. 병신 된 년이 뭐가 그리 좋다는 건지 몰라. 킥킥킥!"

당사자가 아닌 임수정이 들어도 화가 나서 못 참을 수준이지만, 정작 테라는 아무렇지도 않은 얼굴로 임수정의 팔을 잡아끈다.

"가요, 언니. 이 코너만 돌면 제가 맡아둔 자리 있어요."

"괜찮아, 테라야? 저런 이야기 듣고? 기분 많이 상했지?"

"인기가 올라가면… 그만큼 싫어하는 사람들도 늘어나거든요. 저희 집에요, 눈만 도려낸 제 사진도 엄청 많이 날아왔어요. 피까지 뚝뚝 떨어뜨려서……. 처음엔 속상해서 많이 울었는데, 점점 익숙해지더라고요. 정말 힘들었던 일에 비하면 이 정도는 아무것도 아니에요. 그러니까 걱정하지 마세요, 언니."

테라가 임수정을 이끌고 간 곳은 원정 팀 더그아웃이 있는 내야석 건물 내부였다. 안쪽 벽에 세 줄로 돗자리를 깔고 맥없이 누워 있는 사람들은 대부분 임수정과 비슷하거나 좀 더 나이가 든 여자들이고, 이 쉘터에서는 정말 보기 드문 어린아이들 예닐곱이 웃으며 그 주변을 뛰어다닌다.

아마도 좀비 사태 속에서 남편과 헤어지게 된 아이 엄마들끼리 자연스럽게 뭉쳐 만든 무리일 것이다.

"어, 테라다."

테라를 발견한 여자아이가 달려와 다리에 안겼다. 다섯 살 정도나 되었을까, 이렇게 연약한 팔과 다리로 용케 저 이수라장을 빠져나와서 살아남았구나 싶을 만큼 어린 아이였다.

"언니라고 해야지!"

아이의 엄마가 가볍게 나무란다.

"하하, 괜찮아요. 소영이 안녕? 자, 언니가 뭐 가져왔나 보자… 짠, 우와! 맛있는 초코파이네!"

테라가 비닐봉지에서 과자 하나를 꺼내 주자 아이는 신이 나서 초코파이 봉지를 흔들며 엄마에게 뛰어갔다. 엄마가 '너 고맙습니다, 했어?' 라고 묻자 아이는 뒤늦게 돌아서서 배꼽인사를 한다. 테라가 아이에게 손을 흔들어주며 웃고, 아이 엄마와 가볍게 눈인사를 교환했다.

"테다야, 이거 가더."

아직 기저귀를 달고 있는 아기 하나가 짧은 다리로 뒤뚱거리며 걸어와서 동그랗게 대충 뭉쳐 놓은 종이를 건네며 혀 짧은 소리로 테라를 부른다. 테라는 환하게 웃으며 물었다.

"와아~ 이게 뭐야? 나 가져도 돼?"

"어, 그거 호두가다. 머거."

물론 호두과자가 아니라 휴지 쪼가리일 뿐이지만, 테라는 입에 가져가 맛있게 먹는 시늉을 했다.

"얌얌얌~ 아, 맛있네. 고마워, 왕자님~ 후후. 애들 귀엽죠, 언니?"

목적을 달성하고 신이 나서 호두과자를 더 만들기 위해 제 엄마의 품으로 돌아가는 아기의 손에도 테라가 쥐어 준 초코파이가 들려 있다. 모든 아이들에게 담아 왔던 과자며 주스를 골고루 하나씩 쥐어 주자 봉지는 거의 다 바닥이 났고, 그 대신 아이들의 웃음소리가 복도를 채웠다.

예전 같았으면 별것 아닌 간식이겠지만, 이런 상황에서는 아이들의 행복한 웃음을 이끌어내기에 충분한 선물이다.

사람들에게 인사를 하고 두어 개의 돗자리들을 지난 다음, 비어 있는 테라의 옆자리에 임수정이 가져온 돗자리를 깔았다.

이제 이곳이 내 집이 된 건가…….

허망한 마음으로 한숨을 짓는 임수정에게 테라가 주스와 초코파이를 권했다.

"언니도 드셔보세요. 저 이거 굉장히 오랜만에 먹는 건데, 이렇게 맛이 있는 거였는지 몰랐었어요."

자신의 돗자리에 앉은 테라가 웃으며 초코파이를 한입 베어 물었다. 그녀의 흰 얼굴과 오물거리는 핑크색 입술을 보고 있자니, 자기 간식을 아껴서 몰래 쥐어 주고 가는 군인들의 마음도 이해가 갈 것 같았다. 여자인 임수정조차도 흐뭇해질 만큼 예쁘다.

"고마워."

배는 고프지만 처지를 생각하면 심란해져서 임수정은 봉지도 뜯지 않은 과자를 들고만 있었다. 하필이면 테라가 아줌마들과 어린아이들이 모여 있는 곳에 자리를 잡는 바람에, 아줌마들의 수다와 아이들 투정 부리는 소리가 귀를 자극하며 울렸다.

그렇지 않아도 신경이 곤두서 있는데 앞으로 매일 저런 소음과 함께해야 한다니, 적잖이 스트레스가 될 것이다. 주변을 둘러보면 이보다 더 한적한 자리도 많은 것 같은데, 왜 얘는 하필 이런 곳에, 그것도 한가운데쯤에 들어와 자리를 잡은 걸까?

임수정이 그런 생각을 하는 동안에도 티 없이 뛰어다니는 아이 하나가 그녀의 어깨를 치고 지나간다. 아이들의 웃음소리에서 희망을 느끼는 것도 좋지만, 이런 환경이라면 제대로 잠도 이루지 못할 것 같다. 이틀 이상을 환히 밝혀진 철창 안에서만 지내고 나온 터라 임수정에게는 사적 영역이라는 게 절실했다.

'내일은 테라에게 좀 사람이 적은 곳으로 자리를 옮기자고 해야겠어. 가뜩이나 정신 산란한데, 애들 우는 소리에까지 시달리고 싶지는 않아.'

공기 튜브 베개를 베고 누운 임수정이 그런 생각을 하고 있을 때, 어디선가 아가씨의 날 선 목소리가 울렸다.

"어딜 만져요!"

고개를 들어 소리가 나는 방향을 돌아보니 20여 미터 떨어진 곳에 누워 있던 젊은이들 그룹이 시끄럽다. 뭔가 시비가 붙은 모양이다.

화를 내고 있는 것은 반바지를 입은 아가씨 두 명. 능글맞게 웃으면서 받아치는 것은 역시 그 또래의 사내들 서너 명이다.

"만지기는 누가 만졌다는 거야? 너 웃긴다. 사람을 이상한 놈 취급하네?"

"지금 내 엉덩이 만졌잖아요? 왜 가만히 자고 있는 사람 이불 속에 손을 집어넣는 건데요?"

"말했잖아! 자다가 돌아누운 거라고. 돌아누웠는데 거기 네가 있은 거지, 누가 너처럼 돼지 같은 걸 일부러 만지냐? 아, 씨발. 하필이면 옆자리에 이런 또라이 같은 게 걸려 가지고."

"뭘 옆자리에 걸려? 우리가 자고 있는데 너희가 바로 옆에 자리를 깔았잖아!"

화가 잔뜩 난 여자가 소리를 질러도 성추행 용의자는 당황하는 기색 하나 없이 빙글빙글 웃으며 오히려 여자를 놀렸다.

"아무나 쓰라는 시설에서 그냥 눕는 사람이 임자인데, 별걸로 다 지랄을 하네. 네 주변에 금테라도 두른 줄 아나? 야, 그리고 막말로 증거 있어? 내가 네 궁둥이 만졌다는 증거 있냐고? 없으면 괜히 시끄럽게 떽떽거리지 말고 그냥 조용히 처자. 미친년, 나이도 처먹은 게 쪽팔린 걸 몰라요."

"크크크, 야, 쟤가 너한테 신호 보내는 것 아니냐? 어떻게 좀 해달라고? 킥킥킥, 까짓거 해줘라. 어지간히 굶었나 본데."

당사자뿐 아니라 일행으로 보이는 사내들 역시 한마디씩 거들며 망신을 준다. 머리 스타일이며 옷 입은 꼴까지, 다들 여간 불량해 보이지 않는다. 딱 보기에도 사내들이 잘못한 것 같았다.

하지만 주변의 사람들은 공연히 남의 일에 끼어들고 싶지 않은지,

오히려 시선을 마주치지 않으려 애쓰고 있다. 아무도 도와주는 사람이 없자 처음 소리를 질렀던 여자 일행은 결국 사과는커녕 실컷 조롱만 받다가 짐을 챙겨 다른 곳으로 가버렸다.

"하아~ 웬일이야? 이 상황에서도 저러고들 싶나?"

임수정은 혼잣말을 중얼거리며 한숨을 내쉬었다. 서로 의지하고만 살아도 버티기 힘든 상황인데, 약자를 찾아 괴롭히는 놈들은 도무지 쉬려고 들지를 않는다.

군인들이 순찰을 부지런히 돌고는 있지만, 빈틈이 있게 마련이다. 저 정도의 사소한 양아치 짓까지 모두 적발하고 일일이 제재를 가하기에는 절대적으로 인력이 부족한 것이다. 조금 전 양아치의 말마따나 증거가 없으니 처벌을 요청하기도 어렵다.

처벌이라……. 애초에 이곳에서 경범죄를 처벌하기는 하는 걸까? 여기에 별다른 수용 시설이 있는 것도 아니고…….

"언니, 걱정하지 말고 자요. 여기는 괜찮아요."

조금 전의 양아치들을 경계의 눈초리로 바라보고 있는 임수정에게 테라가 속삭였다. 그 말은 사실일 것이다. 테라와 임수정의 주변에는 어린아이를 동반한 아줌마들이 두 겹으로 벽을 쌓아두고 있다.

만일 누군가 다가와 집적대려 했다가는 이들로부터 호된 반격을 당하고 쫓겨날 게 분명하다. 뭉쳐 있는 애 엄마들보다 강한 전투력을 가진 무리는 정말 드물 테니까.

그건 마치 아프리카의 초원에서 둥글게 원을 이뤄 어리고 약한 새끼들을 보호하는 영양 무리의 한가운데에 있는 것 같은 느낌이었고, 사자와 맞설 능력이 없는 초식동물에게 있어 최상의 포지션이었다.

물론 어미 영양들의 동의를 얻어내지 못하면 아무도 그 안전한 위치에 자신의 자리를 잡을 수는 없다.

임수정은 그제야 왜 테라가 하필 이 시끄럽고 번잡스러운 아줌마 그룹의 중앙에 자리를 잡았는지 이해할 수 있을 것 같았다. 그리고 그 자리를 무난히 얻어내기 위해 그녀가 기울였을 노력의 크기도 어렴풋이나마 짐작할 수 있었다.

불과 하루 만에 얼마나 아이들을 홀려놨는지, 아직 기저귀를 찬 꼬마 하나는 제 엄마 곁을 마다하고 테라의 옆에 누워 곤히 잠들어 있다.

임수정은 아이의 등을 살살 토닥여 주는 테라의 꿈같이 아름다운 얼굴을 물끄러미 바라보았다. 아이를 향해 지어주고 있는 그녀의 미소는 전혀 가식처럼 느껴지지 않는다. 그러나 이곳에 자리를 잡은 게 단지 아이들이 좋아서 생긴 우연이라고 하기에는 상황이 지나치게 공교로운 것도 사실이다.

'어쩌면 얘는 내가 생각했던 것보다 훨씬 더 겁이 많고 영악한지도 모르겠는걸……'

ㄹ

꼼짝없이 갇혀 있는 날들이 하루하루 지나갈수록 사람은 불안해지게 마련이다. 평생 동안 아수라장 속에서 피바람을 헤치며 살아온 육만배라 하더라도 예외는 아니다. 더구나 바깥이 온통 정체를 알 수 없는 괴물들로 가득 찬 상황이라면 말할 것도 없다.

어느덧 그의 나이도 예순에 가까워졌고, 늘 혀처럼 부리던 최성호도, 오른팔인 민구도 곁에 없는 상황이어서 육만배의 조바심은 더욱 커졌다.

요 이틀 사이 그는 그 어느 때보다도 자주 한숨을 쉬었고, 초조한 마음에 줄담배를 피우는 일도 늘었다. 마지막으로 통화를 했을 때 민구가 돌아오겠다고 말했던 날짜는 내일이지만, 도로 주변을 꽉 메우고 있는 괴물들을 생각하면 그 약속은 지켜질 것 같지 않았다.

"이 모든 게 다 작은 회장, 그 망나니 새끼 때문이야. 정신 나간 놈."

육만배는 문제의 7월 14일, 그 새벽을 떠올리며 담배에 불을 붙였다.

괴물들이 담긴 상자를 싣고 약속 장소인 인천공항 화물 터미널로 갔을 때, 그를 기다리고 있던 것은 황 회장도, 황 회장의 비서도 아니었다.

"하이고, 뭐 이렇게 한참 걸려? 하여간 노인네들이랑 일하면 아예 시계를 차고 오지 말아야 한다니까."

과장된 몸짓을 하며 다가온 30대 중후반의 남자는 황 회장의 아들, 일명 작은 회장이었다. 태양 그룹의 후계자가 곱상한 이미지와 달리 실은 천하의 개망나니라는 것은 이미 소문이 자자했고, 육만배 역시 부리는 식구들을 통해 직접 전해 들은 바가 있었다.

한데 그 망나니가 중간에서 뭔가 장난을 친 것이다. 나라를 홀딱 뒤집어놓을 만큼 크고 악질인 장난이었다.

돈이 어른인 세상이라 그저 아비의 후광만 믿고 미쳐 날뛰는 애송이에게 속았다는 걸 알고 나서도 육만배는 마음을 숨기는 미소를 보이며 공손히 허리를 숙일 수밖에 없었다.

"그래, 뭐가 들었습디까?"

짐을 카고 안으로 들이는 동안 작은 회장이 물었었다.

물론 육만배는 억울하다는 듯 두 손을 들어 손사래를 쳤다.

"하, 하하, 저야 그저 심부름이나 하는 놈인데, 어디 감히 회장님 물건에 손을 대겠습니까? 믿어주십시오. 그냥 얌전히 가지고만 와서 아무것도 모릅니다."

"캬하하하! 지금 그걸 믿으라고? 시발, 사람을 무슨 코찔찔이 중학생으로 아나? 크크크킄! 아, 뭐, 됐수다. 열어봤어도 뭐, 일개 양아치 새끼들이 어쩔 수 있는 물건도 아니고. 어이, 준비한 거 드려라."

그렇게 돈 가방 두 개를 받아 들고 돌아왔지만, 지금 돌이켜 보니 너무 헐값이었다. 아비 이름을 팔아 사람을 속인 그 애송이만 생각하면 벌써 며칠이 지났는데도 이가 바득바득 갈린다.

'그놈은 외국으로 떴으려나?'

담뱃재를 털며 육만배는 고개를 갸웃거렸다.

커다란 상업용 카고 안에 비치되어 있던 컨테이너들, 불길하게 등 뒤에서 울리던 비행기의 이륙 소리.

이제는 그 작은 회장 놈조차도 어디까지 알고서 이렇게 큰일을 저지른 건지 잘 모르겠다.

타앙! 타앙!

아래층에서 엽총 소리가 울려왔다.

또인가… 젠장, 밤낮을 가리지 않고 건물을 향해 달려드는 괴물들을 아무리 열심히 죽이고 또 죽여도 도무지 끝이 없다. 육만배는 담배에 불을 붙인 뒤, 시계로 눈을 돌렸다.

새벽 1시.

이놈들은 낮밤을 가리지 않는군…….

처음엔 공고하게만 여겨지던 1층의 방어선이 괴물들의 물량 공세를 이기지 못해서 무너진 것은 어제 아침이었다.

한꺼번에 너무 많은 괴물들이 몰아닥치자 방화벽이고 셔터 문이고 간에 도무지 견뎌내지를 못했고, 한 층씩, 두 층씩 위로 도망쳐 올라온 것이 이제는 10층 방화벽과 계단에 집기를 쌓아두고 대치 중일 만큼 빠르게 밀려 버렸다.

이런 식이라면 여기까지 뚫리는 것도 시간문제일 뿐이다. 물린 애들이 늘어나면서 심각한 수준까지 병력도 줄었다.

"으아악—! 이런 씨발 놈이!"

누구의 목소리인지 모르겠지만, 저런 비명 소리가 났다는 건 곧 졸이 하나 또 잡혔다는 의미다. 이 염병할 놈의 싸움은 살짝 스치기만 해도 고쳐서 쓸 수 없어진다는 게 아주 더럽다.

대체 무슨 조화인지, 지랄 맞은 괴물들은 눈, 코, 입이 다 없어져도 사람이 숨은 곳을 기가 막히게 찾아내서 달려들었다.

"기동아."

육만배는 손가락을 까딱여서 그의 경호실장을 가까이 오게 했다. 민구에 댈 수는 없겠지만, 그래도 현재 그가 데리고 있는 애들 중에서는 이놈이 제일 솜씨가 있다.

"네, 회장님."

기동이는 육만배의 곁으로 다가와 90도로 허리를 굽혔다.

"지금, 우리 애들 몇이나 남았나?"

"저까지 포함해서 싸울 수 있는 건 스물이 답니다, 회장님."

으음, 분노한 육만배의 눈꼬리가 경련하듯 떨렸다. 아직 일주일도 지나지 않았는데 첫날 데리고 들어왔던 애들의 육 할 이상을 잃었다. 게다가 거기에서 조금 전 비명을 질렀던 놈도 빼야 할 것이다.

탕— 탕—

계속해서 울려 대는 엽총 소리가 가뜩이나 기분이 상한 그의 신경을 긁어내는 것 같다. 병력을 쉽게 보충할 수 없는 상황인 것을 감안하면 애들을 아껴둬야 할 필요가 있다.

"아무래도 보험을 써먹어야 할 때가 온 것 같다."

육만배의 말에 경호실장이 물었다.

"그러시면… 민구 형님은 어떻게……?"

"강 실장 방에다가 편지라도 써놓든가 해라. 와서 보겠지. 기다려서 같이 움직이려고 했더니, 손실이 너무 커서 안 되겠어. 어이, 휴대폰 가져와라."

덩치가 커다란 경호원이 웃옷 주머니에서 핸드폰을 꺼내 공손히 건넨다. 안테나가 세 개나 떠 있는 것을 확인하고 육만배는 의자에서 일어나 방을 나섰다.

강남 일대의 휴대전화 통신망이 회복된 것은 벌써 사흘 전의 일이었고, 그가 직접 몇 군데 전화를 걸어 성능을 확인해 보기도 했다.

나름의 이유가 있어서 아직 보험을 고이 모셔만 두고 있었지만, 돌아가는 상황은 그가 여유를 부릴 수 있을 만큼 한가롭지가 않아졌다.

똑똑―!

푹신한 카펫이 깔린 복도를 지나 코너의 방문을 두드린 육만배는 사나운 표정을 지우고 직업적인 미소로 위장한 채 기다렸다.

"누구야?"

안쪽에서 중년 사내가 묻는다. 육만배는 공손한 목소리로 대답했다.

"저 육만배입니다, 의원님. 혹시 주무시는데 깨웠나요?"

안쪽에서 뭐라 대화를 나누는 소리가 들리더니, 잠시 후 육중한 나무 문을 열고 가운을 걸친 중년 사내가 얼굴을 내밀었다.

"오, 육 회장! 어서 와요! 그렇지 않아도 내가 육 회장을 부를까 했는데 잘 왔어. 우리 한잔하고 있었거든. 야, 이년들아. 내가 뭐 좀 걸치라고 했지?"

중년 사내가 나무라는 대상은 육만배가 관리하던 여자 탤런트들이다. 얼마나 술에 절어 있는지, 둘 다 도무지 제대로 몸을 가누지 못하다가 뒹굴고 있는 술병에 걸려 나자빠진다. 아마 자신이 지금 발가벗고 있다는 사실조차 모르고 있을 것이다.

아직 주연급은 아니어도 몇 편이나 드라마에 얼굴을 내밀었고, 공짜로 광고도 두어 개쯤 뛰었던 터라 나름 유명한 애들이었다. 덕분에 이런 놈들을 접대할 때는 아주 효과가 좋다.

첫날, 이 보험을 잡아두기 위해서 방에 같이 넣어뒀더니, 덕분에 근 일주일을 갇혀 있는 동안에도 별다른 군소리 없이 지내주었다.

"하하하, 의원님, 놔두십시오. 저맘때 애들이 다 그렇죠, 뭐. 저는 오히려 보기가 좋습니다."

"뭐, 그렇긴 해. 고년들 탱글탱글한 게 아주……. 그건 그렇고, 육 회장, 이거 가져왔나?"

중년 사내는 진땀을 흘리면서 자기 팔꿈치 안쪽을 가리키며 혀 꼬부라진 소리를 낸다. 마약을 달라는 소리다.

이 자식, 아직도 약기운이 다 안 빠졌나……. 하도 불안해서 자살이라도 할까 봐 약을 놓았더니, 이젠 아주 약쟁이가 다 돼버렸군…….

구조 요청 전화를 할 때, 이런 상태여선 곤란하다. 육만배는 부글거리는 속을 달래면서 억지로 가짜웃음을 지었다.

"그보다 더 좋은 소식이 있어서 이렇게 실례를 무릅쓰고 달려왔습니다, 의원님! 방금 막 휴대전화가 복구됐습니다! 이제 구조 헬기를 부를 수 있게 됐습니다! 의원님, 어서 돌아가셔서 국가를 위해 힘을 쓰셔야죠."

"아니, 그런 건 됐고……."

중년 사내는 육만배가 내민 휴대폰을 바닥에 집어 던져 버리고 한 손에 쥐고 있던 발렌타인 양주를 병째 나발 불었다.

"약 가져오라고! 응? 약!"

"아이고, 알겠습니다, 의원님. 지금 곧바로 가져오지요."

웃는 낯으로 인사를 하고 자신의 방으로 돌아온 육만배는 경호원들에게 명령했다.

"욕조에 찬물 받아서 저놈 집어넣고, 약기운이랑 알코올 싹 다 빠지는 대로 나한테 알려라."

"반항하면 어떻게 할까요, 회장님?"

"어차피 기억도 못할 테니까 적당히 물도 먹여가면서 말을 듣게 해. 남의 눈이 있으니까 목 위로는 때리지 말고."

"넵! 알겠습니다, 회장님."

덩치들은 곧바로 달려가 방문을 열고 중년 사내를 번쩍 들어서 욕실로 끌고 갔다. 여자들의 비명과 '내가 누군지 알아?'를 외치는 중년 사내의 목소리가 듣기 싫어서 육만배는 방문을 닫아버렸다.

타앙—

아직도 깊은 밤의 습격이 끝나지 않았음을 알리는 엽총 소리가 후 텁지근하고 고요한 밤공기를 뒤흔든다.

3

육만배의 보험은 확실하게 작용했다. 차가운 물속에서 한나절 이상 난리를 쳐 대다가 겨우 정신을 차린 중년 사내는 단 한 통화만으로 별 어려움 없이 구조 헬기를 불러냈다. 능력이라고는 개뿔어치도 없지만, VIP와 동향이라는 이유로 친동생처럼 총애를 받는다는 게 헛소문만 은 아닌 모양이다.

하지만 새벽 공기를 뚫고 날아온 헬리콥터 승무원들은 그의 기대와 다른 반응을 보였다.

"저분들은 누구십니까? 의원님 직계가족분들이십니까?"

중년 사내의 신원을 확인한 승무원이 육만배와 조직원들을 가리키 며 묻는다. 애초에 무의미한 질문이 아닐 수 없다.

배다른 아들만 잔뜩 낳은 것도 아니고, 젊고 건장한 남자만 20여 명이 모여 있는데, 가족일 리가…….

의원은 고개를 저었다.

"아니, 뭐, 가족은 아니지만, 가족 같은 사이야. 신원 확실한 사람들이니까 걱정하지 않아도 되네."

"저희가 받은 명령은 의원님과 그 직계가족을 제주도로 모셔오라는 것뿐입니다. 다른 분들은 함께 태울 수 없습니다."

"그게 무슨 소리야? 이 사람이 나한테 그동안 해준 게 있는데…….그러지 말고 위에다가 연락해서 일행도 같이 간다고 보고해. 내가 말한다고 하면 그러라고 할 테니까."

당황한 육만배를 대신해서 중년 사내가 편을 들어줘 보지만, 승무원들의 반응은 단호했다.

"곤란합니다. 지금 현재 민간인들은 제주도에 들어갈 수 없습니다."

"저, 그럼… 저희는…….."

부글거리는 속을 꾹 억누르며 육만배가 물었다. 기관단총을 멘 채 헬기에 탑승하고 있는 군인들만 아니면 다 죽여 버리고 싶을 정도다.

부사관 하나가 무표정하게 답했다.

"…따로 구조용 헬기를 파견해 달라고 보고하겠습니다. 그쪽에서 민간용 쉘터로 보내 드릴 겁니다. 그 정도가 저희들이 해드릴 수 있는 최선입니다. 몇 분이십니까?"

"스물두 명입니다. 그 쉘터라는 데는 대체 어딥니까?"

밤새 죽은 놈들이 셋이나 돼서, 이제는 요리사 둘과 계집애들, 그리고 자신까지 셈에 넣어도 그게 전부다.

"아마 잠실로 모셔갈 겁니다. 22명! 보고를 해놓을 테니, 대기하십시오. 오늘 내로 구조대가 도착할 겁니다. 자, 이제 탑승해 주십시오, 의원님."

잠시 버텨보던 중년 사내는 못 이기는 척 승무원들이 이끄는 대로 헬기에 올라타며 육만배를 돌아보았다.

"허허, 나 이거참. 어이, 육 회장! 그래도 구조는 해준다니까 거기서 버티다 보면 좋은 세상 오겠지, 뭐. 그때 다시 만납시다!"

중년 사내의 뻔뻔한 웃음만을 남기고 하늘로 날아오르는 국방색 헬리콥터를 보면서 육만배는 이를 빠득, 갈았다. 하지만 그 정도 외에는 할 수 있는 게 전혀 없었다.

이대로 무너질 수는 없지…….

육만배는 분노로 떨리는 목소리를 가다듬으며 경호실장에게 명령했다.

"기동아, 들었지? 강 실장 방에다가 메모 커다랗게 남겨라. 잠실 쉘터라는 데에서 기다린다고."

☙   ♥   ☙

"후욱, 후욱~"

민구는 자극을 느끼면서 천천히 푸시업을 계속했다. 며칠 동안 얌전히 모셔만 뒀던 근육은 아직 100퍼센트의 감을 되찾지 못했고, 그런 건 용납이 되지 않는다. 그의 몸은 정확하게 자신이 원하는 속도와

강도로 움직일 수 있어야만 한다.

부상으로부터 어느 정도 회복되자 그는 매일 세 시간 이상을 운동에 투자했다. 비록 나이롱환자가 많다고는 해도 교통 사고 전문 병원답게 재활용 운동기구들도 갖추어져 있었지만, 민구가 택한 것은 좀더 원시적인 방법이다.

시체들 사이를 피해 빠르게 계단을 뛰어오르고, 윗몸일으키기와 푸시업을 하면서 민구는 그의 몸 전체를 다시 각성시키는 중이었다.

"끄응~"

운동을 끝내고 몸을 일으키자 온몸에서 땀이 뚝뚝 떨어져 내린다. 아침마다 옥상 위에서 햇살을 받으며 운동을 한 덕에 원래부터 구릿빛이었던 그의 피부는 더욱 강인해져서, 단단한 복근은 칼날도 튕겨낼수 있을 것처럼 보였다.

민구는 옆에 놓아둔 여섯 팩들이 맥주 캔 중 하나를 따서 들이켜고는 담배에 불을 붙였다.

"후우우~"

그가 내뿜은 담배 연기가 바람을 타고 퍼진다. 민구는 맥주를 들고 옥상의 난간을 향해 걸어갔다.

"새끼들… 질긴데?"

아래쪽의 도로를 점거하고 있는 괴물들을 보면서 민구는 대견하다는 표정을 지었다. 일주일이 지날 동안 뭘 제대로 먹은 것 같지도 않고 딱히 휴식을 취하는 것처럼 보이지도 않는데, 놈들은 처음과 다름없이 분주하게 움직이면서 괴성을 질러 대고 있다.

"괴물은 괴물이군."

민구는 눈에 보이는 범위의 괴물들을 하나씩 세어봤다. 병원 건물 바로 앞에 대여섯, 진입로와 이어진 큰길 방향에 또 대여섯. 확실히 며칠 전보다는 그 수가 줄었다.

어디로 간 걸까? 죽지는 않았을 텐데······.

반면, 4차선 도로 건너편의 주상 복합 빌딩에는 아직도 서른 마리 이상이 뭉쳐서 주변을 빙글빙글 돌고 있다. 그리고 지금 눈에 띄지는 않지만, 하루에 두어 번 아주 커다란 무리가 이 앞 도로를 지나곤 한다.

민구는 시선을 돌려 주상 복합 빌딩 우측에 위치한 자신의 목표물을 살펴봤다.

다행히 아직 잘 있군.

민구는 그리운 사람을 바라보듯 애잔한 미소까지 지었다.

"짠!"

소리를 죽이려고 구두까지 벗어 든 채 몰래 다가왔던 간호사가 민구의 등을 끌어안기 위해 달려들었다. 민구는 가볍게 몸을 틀어 그녀를 피하며 오히려 뒤쪽에서 목을 틀어잡았다.

"나는 놀라는 걸 좋아하지 않아."

잡고 있던 목을 풀어주며 아무런 감정이 담겨 있지 않은 말투로 민구가 말했다. 그런 취급을 받고 나서도 간호사는 여전히 땀으로 젖은 민구의 등을 쓸며 치근덕거렸다.

"의리 없이 혼자서만 한잔하시기예요? 아이, 차암~"

간호사는 민구가 마시던 맥주를 집어 한 모금을 마시며 끈적한 시선으로 그의 몸을 훑었다. 민구는 아무 말 없이 새 맥주를 따서 입가에 가져갔다.

"뭘 보고 계셨어요?"

여자가 물었다. 민구는 도로 건너편의 주상 복합을 가리켰다. 박살 난 1층 유리문 사이로 괴물들이 자유롭게 드나들고 있다.

"저거."

"아으, 징그러워라. 바퀴벌레도 아니고, 대체 왜 저 건물 주변에만 잔뜩 모여 있는 걸까요? 이쪽에는 별로 없잖아요."

"저 건물에 아직 살아 있는 사람이 많다는 의미야. 먹이가 있어야 꼬이는 법이지."

"어머, 정말요? 그럼 저 사람들은 이제 어떡해요?"

"안에서 굶어 죽든가, 아니면 나와서 싸우든가, 둘 중의 하날 택해 야지."

"어느 쪽일 거라고 보세요?"

민구의 등에 착 달라붙은 간호사는 말을 하면서도 쉬지 않고 손을 놀려 그의 단단한 몸을 쓰다듬었다. 어지간히 밝히는 여자처럼 굴고 있지만, 이 여자가 실제로 원하는 게 뭔지 민구는 잘 안다.

순진하게도 탈출하는 내내 지켜줄 순정을 기대하는 거겠지, 훗.

"싸울 거였으면 벌써 나왔어야 해. 일주일이면 이미 늦었어. 이 병 원처럼 큰 매점이 있는 것도 아니고, 아마 물이 떨어진 지도 며칠이나 지났을 테니. 저렇게 아무 계획도 없이 그저 기다리고만 있는 놈들은 그냥 뒈지는 거야."

민구가 차갑게 내뱉자 간호사가 웃는다.

"풋, 근데 실은 우리도 마냥 기다리고만 있잖아요. 민구 씨는 무슨 계획이 있는데요?"

"내 계획은……."

민구는 흉터를 일그러뜨리며 미소를 지었다.

"저 건물에 있는 새끼들이 다 굶어 죽을 때까지 기다리는 거. 그러면 저 괴물들도 다른 먹잇감을 찾아 떠날 테니까."

"그전에 구조대가 와 줬으면 좋겠는데……."

간호사가 입술을 삐죽거렸다.

"구조대?"

"네. 군인들이나 경찰이나… 뭐, 아무나 구조하러 와주지 않을까요? 아무도 더 안 죽었으면 좋겠어요. 우리도 그렇고, 저기 저 건물 사람들도 그렇고."

헬기 소리는 간간이 들리지만, 그들이 있는 건물 근처로는 오지 않았다. 구조 같은 걸 기대하지도 않던 민구는 냉소적으로 웃으며 말했다.

"최소한 저놈들보다는 우리가 오래 살 테지. 여기는 세 명에서 매점을 나눠 쓰고 있으니까 말이야."

병원 매점이란 게 꽤 편해서 당장 필요한 것은 거의 다… 라고 할 만큼 있다. 운동을 마친 뒤 단백질과 수분을 보충해 줄 연어 통조림과 생수, 게다가 나이롱환자 전문 병원답게 담배나 술도 잔뜩 쌓여 있으니, 당장 더 바랄 건 없었다.

그는 그저 조금만 더 기회를 기다리기만 하면 된다.

간호사의 기도가 닿은 것일까?

그로부터 채 한 시간도 지나지 않아서 정말로 헬기가 나타났다.

콰콰콰콰콰.

별다른 표식도 없이 온통 새까맣게 칠해진 헬리콥터가 프로펠러로 요란하게 공기를 가르며 병원 주변 상공을 천천히 돈다.

"허!"

아직 옥상에서 운동을 하고 있던 민구는 담배에 불을 붙이며 헛웃음을 지었다.

'뭐지, 저놈들?'

민구는 수상하다는 눈초리로 검은 헬기를 바라보았다. 상공을 배회하던 헬기가 삐— 하는 마이크 소음과 함께 방송을 시작했다.

— 생존자 여러분! 저희는 긴급 구조대입니다! 생존자들께서는 창문을 열고 손을 흔드시거나, 계시는 건물의 옥상으로 이동해 주십시오. 순차적으로 모두 구조해 드리겠습니다! 이 지역에서 저희가 철수하기 전 마지막 기회입니다. 다시 한 번 말씀드리겠습니다. 생존자 여러분! 저희는 긴급 구조대입니다! 생존자들께서는 창문을 열고…….

확성기로 방송하는 구조 메시지가 메아리를 만들어내며 귀를 왕왕 울렸다. 스피커의 성능이 얼마나 좋은지, 천둥 같은 프로펠러의 소음도 깨끗이 집어삼키고 있다.

죽을 날만 기다리고 있던 도로 주변의 생존자들은 갑자기 단비를 만난 듯 화색을 띠고 소리를 질러 대기 시작했다. 건물 여기저기에서 창문이 열리고 수건이든 옷이든, 아무거나 색깔 있는 천을 다급하게 집어 든 사람들이 팔을 내밀어 흔든다.

"…생각했던 것보다 더 적군."

민구는 주위의 풍경을 가만히 둘러보며 생존자들의 수효를 헤아렸다. 이 넓은 거리와 여러 개의 빌딩들 속에서 불과 몇 분 만에 흔들어 대는 수건의 개수를 대충 파악 가능하다는 건, 첫날 건물 안으로 숨어 들었던 생존자들 중 꽤나 많은 수가 이미 죽어버렸다는 의미다.

아마 수분 섭취를 못해서겠지…….

민구는 고개를 끄덕였다. 물론 창문 앞에 달라붙을 수 있는 사람의 수에 제한이 있으니, 실제 생존자는 흔들리는 수건의 두세 배 정도쯤 될지도 모르겠다.

"살려주세요! 살려주세요!"

일주일 만에 들어보는 낯선 이들의 목소리가 봇물 터지듯 흘러나오고, 헬기 하나만으로 간만에 거리 전체에 활기가 돈다. 민구가 눈여겨 보고 있던 주상 복합 건물의 옥상에도 어느새 몰려나온 사람들이 펄쩍 펄쩍 뛰어 대며 단비 같은 구조대를 반기고 있었다.

재미있군. 덕분에 시간이 꽤나 단축되긴 하겠어…….

민구는 상처를 긁적이며 미소 지었다. 놈들이 모조리 구출되든, 아니면 죽든, 민구에게는 아무런 차이가 없다. 그저 놈들 때문에 아직도 건물 아래를 떠나지 않고 있는 괴물들만 사라져 주기만 하면 되는 일이다.

"와아아! 민구 씨! 지금 저거 들으셨어요? 구조대래요! 구조대! 우리 이제 살았어요! 여기요! 여기예요!"

간호사도 옥상으로 뛰어나와 수술용 푸른색 시트를 정신없이 흔들며 흥분한 목소리로 외쳤다. 가뜩이나 시끄러운데 그녀의 째지는 목소리까지 더해지자 신경이 날카로워진다. 민구는 새끼손가락으로 귀를 후비며 말했다.

"좀 진정하고 있지그래?"

"네에? 그게 무슨 말이에요? 구조대라고요. 우리가 여기 있다는 걸 알려야죠. 여기요! 여기도 사람 있어요!"

민구의 경고를 받은 이후에도 간호사는 열심히 시트를 흔들며 고함을 쳤다. 흠~ 더 말해봐야 소용이 없을 것 같아서 민구는 의자를 옥상 뒤쪽으로 옮겨 앉았다. 정신없이 흔들어 대는 그녀의 엉덩이가 자연스럽게 민구의 시선을 잡는다.

먼저 달라고 한 적은 없지만, 그래도 어쨌거나 며칠 동안 살을 섞은 사이. 한 번 더 이야기해 줄 의리 정도는 있을 것 같다. 민구는 그녀에게 다가가 어깨를 잡았다.

"이봐… 이봐!"

얼마나 흥분했는지 민구의 목소리를 듣지 못하던 여자는 거칠게 어깨를 잡아채인 후에야 그를 돌아봤다.

"네? 왜 그러세요, 민구 씨?"

겁에 질린 얼굴로 여자가 물었다.

"이거 뭔가 구려. 그러니까 좀 잠자코 있어봐."

"구리다니, 뭐가요? 도대체 뭐 때문에 그런 말씀을 하시는지……."

"저 새끼들이 방송하는 걸 잘 들어보라고. 냄새 안 나?"

여자는 감각을 집중하기 위해 눈을 오른쪽으로 치켜뜨고 가만히 귀를 기울였다. 아직도 검은 헬기에서는 앵무새처럼 같은 말들이 반복되어 울려 나오고 있다.

— 생존자들께서는 창문을 열고 손을 흔드시거나 지금 건물의 옥상으로 이동해 주십시오. 순차적으로 모두 구조해 드리겠습니다! 이 지역에서 저희가 철수하기 전 마지막 기회입니다. 다시 한 번 말씀드리겠습니다. 생존자 여러분! 저희는 긴급 구조대입니다!

"안 이상한데요? 구조대라잖아요?"

간호사는 조금도 의심할 게 없다는 표정이다.

민구는 천천히 이야기했다.

"그동안 여기에서 단 한 번이라도 헬리콥터 본 적 있나? 그런데 오늘이 철수하기 전 마지막 기회라는 말이 영 뜬금없잖아?"

"글쎄요……. 우리는 몰라도 다른 동네에서 구조했겠죠. 민구 씨, 오늘 좀 이상해요. 왜 그러세요? 혹시 제가 마음 변할까 봐 걱정돼요? 아잉~ 그런 건 걱정하지 말아요."

여자는 되도 않을 소리를 하고 민구의 팔짱을 한 번 꽉 낀 다음, 다시 시트를 흔들며 소리를 지르기 시작했다.

생전 문밖으로 나올 생각을 않던 의사도 언제 기어 나왔는지, 쇠약할 대로 쇠약해진 몸으로 가운을 벗어 펄럭거리고 있다.

다들 눈이 뒤집혔군. 내가 무슨 말을 해봐야 들리지도 않겠어…….

민구는 더 이상 이야기하지 않기로 마음먹고 의자에 앉아 맥주 캔을 땄다.

콰콰콰콰—

한참 동안이나 시끄럽게 떠들어 대던 검은 헬기가 방송을 중단하고 상공으로 올라가자 사람들이 느끼는 긴장감이 멀리 떨어진 민구에게까지도 고스란히 전해졌다. 간호사와 의사가 겁에 질린 얼굴로 민구를 돌아보며 물었다.

"봐, 봤을까요?"

"그렇게 난리를 치는데 못 보기가 더 어렵지."

그래도 불안했는지 두 사람은 간절한 목소리로 다시 외치기 시작했다.

"여기요! 여기 있어요!"

얼마나 목청껏 소리를 질러 댔는지는 그들의 쉬어버린 목소리가 증명을 해준다. 갑작스러운 소음에 어지간히 질린 민구는 뜨끈해져서 오줌 맛이 나는 맥주를 한 모금 더 들이켜며 그들을 만류했다.

"어이, 소용없어. 저렇게 높이 올라가 있는데 그 정도 소리가 들릴 것 같아?"

"하지만, 혹시 모르는 일이잖아요. 이렇게라도 해야죠. 여기요! 사람 살려요!"

간호사는 자신의 삶에 찾아온 마지막 기회를 대하듯 바락바락 소리를 지르면서 시트를 흔들었다. 지난 일주일간 운동이라곤 하지 않던 의사는 이내 지쳐서 바닥에 퍼질러 앉은 채 숨을 헐떡였다.

그녀의 지극한 정성 덕인지 검은 헬리콥터는 다시 조금 고도를 낮추었고, 거기에 더해 조금 더 덩치 큰 헬리콥터 하나가 동쪽에서부터 날아왔다.

새로 등장한 헬기의 아래쪽에는 컨테이너 크기의 그물망이 달려 있다. 두 대의 헬기는 민구가 위치한 병원 건물 위를 한 바퀴 빙 돈 뒤, 주상 복합 부근 상공에 떠서 제자리 비행을 한다.

한쪽으로 비켜서 있으라는 안내 방송 후에 검은 헬기에서 옥상을 향해 로프가 내려지고, 검은 옷을 입은 세 명의 구조대가 내려왔다. 사람들을 줄 세운 구조대가 신호를 보내자 이번엔 대형 헬기가 다가와 그물망을 옥상에 댄다.

"아아, 저 사람들 너무 좋겠다. 여기도 빨리 좀 구조하러 와줬으면……."

간호사가 두 손을 모으고 기도하듯 중얼거리고, 의사도 그 말에 동의한다는 듯 고개를 끄덕였다.

민구는 콧방귀를 뀌었다.

"이봐, 그동안의 정리로 한마디만 더 해줄게. 저것들 암만 좋게 봐줘도 군인은 아니야. 그것만 감안하고 움직여."

의사와 간호사는 불신이 가득한 얼굴로 민구를 한 번 힐끔 돌아보고는 곧바로 다시 헬기를 향해 팔을 휘젓는다.

뭐, 자기 인생이니까…….

자신이 하고 싶은 말은 다 한 터라 민구 역시 크게 신경이 쓰이지는 않았다.

4

그물망 안에 사람들을 다 몰아넣고 나서 구조대가 자물쇠를 잠그면, 대형 헬기는 떠나고 검은 헬기가 내려서 총으로 무장한 구조대들을 다시 태운다. 흔들리는 그물 안에 든 채로 공중에 매달려 있으면서도 사람들은 이제 살아났다는 기쁨에 바깥으로 팔을 내밀어 흔들었다.

"아, 어떡해! 어떡해! 가지 마요! 여기도 있어요!"

헬기가 떠나 버릴까 봐 두려워진 간호사는 발을 동동 굴렀다. 세 개의 건물 옥상을 거치며 생존자들을 쓸어 담은 헬기는 마침내 병원 위에까지 이르렀다.

— 생존자 여러분, 옥상 구석에 모여 계십시오. 신속한 구조와 여러분의 안전을 위한 부탁입니다. 옥상 구석 쪽으로 이동하세요.

프로펠러가 일으키는 바람 때문에 머리가 엉망으로 엉켜 버린 간호사와 의사가 순순히 한쪽 끝으로 달려가 기다리자, 헬기에서 레펠용 로프가 내려졌다.

민구는 조금 전 그가 자리를 잡은 옥상 문 근처에서 한 발짝도 움직이지 않은 채 그대로 앉아 맥주 캔을 기울였다. 구조대 중 인솔자로 보이는 사내가 먼저 발을 옥상에 딛고 총을 겨누자 나머지 둘도 줄을 타고 따라 내려왔다.

"세 분이 답니까?"

반가움에 어쩔 줄 몰라 하며 달려와 울음을 터뜨린 간호사에게 구조대 중 한 녀석이 물었다. 얼굴이 유난히 희고 입술이 얇다.

"네! 네! 감사합니다! 감사합니다!"

간호사가 눈물범벅이 된 얼굴로 달려들려 하자, 그녀를 밀어낸 구조대가 손짓으로 그물망을 부른다.

"자, 한 분씩 들어가십시오!"

그물망이 옥상 위에 걸쳐지자 인솔자가 자물쇠를 돌려 문을 열며 말했다. 안에 들어 있던, 미리 구조된 사람들이 손뼉을 치며 함께 생존을 축하한다. 간호사와 의사는 뒤도 돌아보지 않고 안으로 뛰어 들어갔다. 제왕처럼 의자에 깊숙이 기대앉은 민구에게 구조대가 외쳤다.

"자, 선생님께서도 빨리 탑승하세요!"

민구는 대꾸하지 않았다.

"선생님!"

흰얼굴이 다른 대원 하나와 함께 다가오며 위압적인 목소리를 냈다.

"선생님, 어서 일어나십시오. 지금 다른 지역에도 구조를 기다리는 생존자가 많이 있기 때문에 바쁩니다. 서둘러 주십시오."

민구는 같잖다는 표정을 지으며 좌우에 버티고 선 놈들을 위아래로 훑어보았다. 검은색 군화부터 깔맞춤으로 뽑은 복장, 레인저용 조끼, 탄띠, 헬멧, 기관총에 대검, 삼단봉까지……

잘 모르는 사람이 보면 특수부대처럼 보일 이 그럴듯한 꼴은, 예전에 분명히 어디선가 본 적이 있다. 한참을 쳐다보던 민구가 정면으로 시선을 돌리며 말했다.

"난 됐으니까 가보슈."

하지만 놈들은 포기할 의사가 없었다. 흰얼굴이 협박에 가까운 투로 말했다.

"선생님, 지금 바로 자리에서 일어나십시오."

반대편에 서 있는 놈은 각진 턱을 갸웃거리며 험상궂은 표정을 지어보려 애썼다.

클클클, 그 기분 잘 알지. 이런 건 위신 문제니까……

웃음이 터져 나올 것 같았다. 민구가 말없이 앉아서 맥주 캔을 입에서 떼지 않고 있자 각진턱이 다시 위협했다.

"이렇게 나오시면 일행분들도 모두 구조 대상에서 제외됩니다. 제

말 아시겠습니까?"

"풋, 그런 건 너 좋을 대로 해. 내 알 바 아니니까, 인마."

민구는 빙글거리며 왼손 잽으로 각진턱의 샅타구니를 가볍게 건드렸다. 워낙 빠른 주먹이 생각지도 못한 타이밍에 날아오자 깜짝 놀란 각진 턱의 입에서 흑, 하는 비명이 새어 나왔다. 엉덩이를 뒤로 빼고 있는 각진턱을 보며 민구가 유쾌하게 웃었다.

"큭, 새끼, 겁먹기는……. 후후, 괜찮아. 한 번 봐줬으니까 이제 얼른 꺼져."

"일어나! 지금 당신은 공무집행 방해를 하고 있어!"

흰얼굴이 총을 고쳐 쥐며 목소리를 높인다.

"큭큭큭, 공무집행? 어이, 아저씨. 말 잘했어. 어디 쯤 구경 좀 해 봅시다?"

두 놈이 멈칫하며 입을 열지 못하자 민구가 더 소리를 높여 낄낄댔다.

"크크크! 야, 아까부터 계속 생각했는데, 너희 어디서 봤는지 이제 대충 기억나는 것 같다. 그 복장하며 나랏밥 먹는 놈들인 척 구라 치는 꼬라지하며……. 그래그래, 예전에 내가 너희 선배들이랑 한 번 같이 일했었다. 그게 아마 2년 전쯤에 재개발 반대하는 애들 싹 털 때였나, 그랬지? 후후."

말을 끊은 민구는 갑자기 정색을 하면서 나직이 내뱉었다.

"야, 그냥 꺼져라. 저것들 데려다가 뭘 하려는지 모르겠지만, 터치 안 할게."

구조대원들은 민구의 말에 급소를 찔린 것처럼 흥분해서 날뛰기 시작했다.

"뭐야, 이 새끼? 무슨 개소리야? 이 씨발!"

"이 새끼 봐라? 이건 말로 하면 안 되겠는데? 야, 아이, 씨발 놈아, 네가 뭘 아는데? 응?"

금방 밑천이 드러난 구조대원들이 민구의 멱살을 쥐고 흔들었다.

"왜 그래? 무슨 일이야?"

민구의 주변이 소란스러워지자 계속 그물망 앞에서 기다리고 있던 인솔자가 고함을 쳤다.

저 사람, 뭐해?

아유, 어딜 가나 미친놈들 꼭 있어.

아, 빨리 타요…….

구조 받은 사람들도 그물망 안쪽에서 원성을 토해내기 시작했다.

흰얼굴이 인솔자를 돌아보며 손으로 엑스 모양을 만들자, 인솔자는 그물망 문을 잠그고 줄을 두 번 당겨 올리라는 신호를 보냈다. 대형 헬기가 위로 올라가 버리고 난 뒤, 인솔자가 다가와 물었다.

"왜? 이 새끼가 어쨌는데?"

다짜고짜 욕지거리군…….

민구는 인솔자의 얼굴을 빤히 쳐다봤다. 이제 서른 정도나 되었을까? 나름 산전수전 다 겪은 척하고 있지만, 개뿔도 아니라는 게 서 있는 자세만 봐도 드러난다. 도긴개긴이기는 하지만, 이놈보다는 오른편에 서 있는 흰얼굴 쪽이 더 나을 것 같다.

"이 새끼가 저희 소속을 아는 척하고 자꾸 엉깁니다."

흰얼굴이 민구의 머리끄덩이를 잡으며 흔들었다. 인솔자는 당황한 듯 뒤쪽을 돌아보며 만류했다.

"야, 야, 왜 그래? 보는 눈들이 있어."

"봐도… 그냥 물린 새끼라서 처리하는 걸로 알지 않겠습니까?"

"하긴 어차피 저것들이야 무작정 살려 달라고 빌 놈들이니까……. 그럼 버릇 좀 가르쳐 줄까? 야, 씨발아, 일어나. 뭘 믿고 개겨? 응?"

인솔자가 거칠게 의자를 걷어찼다.

"어이쿠!"

과장되게 소리를 지른 뒤, 의자를 똑바로 놓고 다시 앉으며 민구가 말했다.

"하여간 재미있어. 그냥 보내준다는데도 싫다는 건 대체 뭐지? 꼭 이렇게 제 명 재촉하는 새끼들이 있다니까? 야! 너희 이제는 후회해도 늦었다? 알지?"

각진턱이 삼단봉을 촤악, 펴며 윽박질렀다.

"닥치라고, 개새끼야! 좆만 한 게 입만 살아서 건방지게……."

"야, 너희… 총도 있고 칼도 있으면서 왜 그딴 걸 꺼내고 그래?"

마시던 맥주를 다 비운 민구는 빈 캔을 반으로 접어 주무르며 비아냥거린다. 각진턱이 삼단봉을 머리 위로 들어 올렸다가 내려치며 소리를 질렀다.

"왜냐면! 너 같은 개새끼는 이걸로 천천히… 컥! 커컥!"

각진턱은 말을 끝내지 못하고 목을 움켜쥐며 무너져 내렸다. 손가락 사이로 붉은 피가 콸콸 솟아오른다.

탱그렁—

각진턱이 놓친 삼단봉이 바닥에 뒹군다. 민구의 손에 들려 있는, 알루미늄 캔의 접힌 단면이 위협적으로 번뜩였다.

"이런 씨발!"

멜빵에 건 채 옆으로 차고 있던 기관총을 고쳐 잡으려는 인솔자의 무릎에 민구의 발차기가 날아들었다.

아악—! 무릎이 반대로 꺾인 녀석이 비명을 지르기 위해 입을 크게 벌렸을 때, 민구는 각진턱의 피가 묻어 번들거리는 맥주 캔을 그 입술 안쪽에 박아 넣었다.

콰작—!

아직 그 끔찍한 고통에 대한 비명이 인솔자의 입에서 터져 나오기도 전에 민구는 몸을 옆으로 돌려서 흰얼굴의 공격을 피했다.

파바바박—!

흰얼굴이 발사한 기관총알이 각진턱의 몸을 꿰뚫으며 걸레를 만들었다. 민구는 재빨리 흰얼굴의 뒤로 돌아가 헬멧을 잡아당기면서 허리를 걷어찼다.

으드득!

척추가 부러지는 소리와 함께 흰얼굴의 몸에서 힘이 빠져나간다. 민구는 아직 헬멧을 놓지 않은 채 걷어찬 반동을 그대로 살려 뒷발차기로 인솔자의 얼굴을 날렸다.

"커어억—!"

턱이 빠져 버린 인솔자가 눈을 까뒤집으며 쓰러지는 것과 동시에, 입에 박혀 있던 캔이 날아가 땡그랑, 소리를 내며 뒹군다. 민구는 흰얼굴의 헬멧을 잡아끌고 인솔자에게 다가가 기관총을 멀리 걷어차 버렸다. 캔으로 각진턱의 목을 그었을 때부터 불과 몇 초 만에 일어난 일이었다.

"끄으으......"

무릎을 꿇은 흰얼굴의 벌어진 입에서 비명이 새어 나온다. 민구는 놈의 조끼 윗부분에서 핸드 가드를 풀고 칼을 꺼내며 속삭였다.

"야~ 너 칼 좋은 거 가지고 다니더라? 5160강이냐, 이거?"

"으으으~"

불행히도 의식이 남아 있는 흰얼굴이 고통과 공포가 한데 엉킨 숨소리를 힘겹게 뱉어낸다. 민구는 평온한 어조로 말했다.

"알아. 좆 나게 아픈데 기절도 안 하지? 왜 그런지 이야기해 줄까? 내가 그렇게 찼거든. 그러게 왜 남의 머리를……."

갑자기 말을 끊은 민구는 흰얼굴을 내던지고 옥상문 안으로 몸을 날렸다.

파파파파팍— 파파파파팍—!

검은 헬기에서 발사한 기총이 옥상 위를 두 줄로 훑고 간다. 민구가 잡고 있던 흰얼굴의 몸통과 인솔자의 다리가 총탄에 맞으며 사방팔방으로 피가 튀었다.

파파파팍— 파파팍—!

다시 한 번 더 날아든 총알들이 옥상 문에 커다란 구멍을 내고 콘크리트를 쩍쩍 갈라지게 만들었다. 하지만 이미 건물 내부로 숨어든 민구에게 그것은 대단한 위협이 되진 못했다.

위이이잉—

천천히 건물 주변을 돌던 검은 헬기는 더 이상 위험을 감수할 수 없다고 생각했는지, 잠시 후 기수를 돌려 돌아가 버렸다. 헬기의 크기로 보아 남아 있는 전투 요원이라야 두 명 정도일 테니, 나름 냉정한 결정을 내린 것이다.

"젠장, 귀찮게 됐네."

문틈으로 헬기가 돌아가는 걸 확인한 민구는 의식을 잃고 쓰러져 있는 인솔자를 향해 서둘러 뛰어갔다.

찌이익, 흰얼굴에게서 빼앗은 칼로 간호사가 흔들던 시트를 잘라내서 인솔자 놈의 허벅지를 힘껏 졸라 묶었다. 그렇게 해도 기관총에 관통돼 박살이 난 놈의 다리에서는 피가 계속 솟아오르며 좀처럼 멎지 않았다.

"야! 야! 이 새끼야! 일어나!"

민구는 엉망으로 찢어진 인솔자의 뺨을 사정없이 때려 깨웠다.

끄으으— 으아아아! 녀석은 눈을 뜨는 것과 거의 동시에 비명을 질러 댔다.

"시끄러!"

민구는 놈이 비명을 멈출 때까지 계속 뺨을 후려갈겼다. 찢긴 볼의 살에서 피가 흐를 때쯤 비로소 녀석이 입을 다물었다.

내 이럴 줄 알았지. 이놈, 아직 두 팔이 멀쩡한데 덤벼볼 엄두도 못 내는군…….

빠져 버린 놈의 턱을 탁, 쳐서 끼워 맞춰주고, 민구는 담배 두 개비에 불을 붙인 뒤 하나를 물려주며 물었다.

"쟤네들 뭐하려고 데려간 거냐? 아, 아닌가? 어디로 데려갔는지부터 물어봐야 되나?"

놈은 두 개의 질문에 모두 대답하지 않고 쿨럭거리며 힘겹게 담배만 빨았다.

"하여간에 혀가 무거운 척하는 새끼들이 있어요……. 야, 나 이런 거 있어."

민구는 녀석의 눈앞에 빼앗은 대검을 들이댔다가 곧바로 옆구리를 푹, 찔렀다.

"끄아악―!"

녀석이 비명을 지르자 민구는 또 뺨을 후려갈겼다.

"살살 찔렀어, 이 새끼야. 엄살 부리지 마."

인솔자 녀석의 눈이 격하게 흔들렸다. 자신이 미친놈의 손아귀 아래 무방비로 놓였다는 것을 뒤늦게 깨달은 모양이다. 민구는 칼에 묻은 피를 녀석의 옷에 문질러 닦으면서 말했다.

"다시 물어볼게. 쟤들 어디로 왜 데려갔냐고?"

"혀, 형님! 저는 그저 시키는 대로 심부름만 한 것뿐입니다. 저는 죄 없어요."

민구가 꽤 많은 걸 알고 있다는 착각을 했는지 인솔자가 엉뚱한 고백을 한다.

"그러니까 그 심부름이 뭔데?"

인솔자의 조끼를 뒤져 쓸 만한 것이 있나 찾아보면서 민구가 물었다. 대답이 없자 다시 녀석의 옆구리에 칼날이 얕게 박혔다.

"끄아아악―!"

비명을 지르면 어김없이 따귀에 불이 난다.

후우우~ 후우우~ 이를 악물고 고통을 삼키는 인솔자의 얼굴은 왈칵 쏟아진 눈물과 피로 범벅이 되었다. 잠시 더 버티던 녀석이 조끼

주머니에서 뭔가를 몰래 꺼내려다가 민구에게 팔목이 잡혔다.

"이놈! 후후후, 이건 또 뭐야? 독침이냐, 이 새끼야?"

녀석의 팔목을 비틀어 올리며 민구가 물었다. 볼펜을 1/2 크기로 축소해 놓은 것 같은 크기와 모양의 투명한 붉은색 도구였다. 끝부분에는 안전 커버가 있다. 입을 다물고 있던 녀석은 몇 번이나 더 민구로부터 고통을 받고 나서야 사실을 털어놓았다.

"끄으응… 뭔지는 몰라요, 형님. 그거… 그건 D.E.M.이라는 건데, 일시적으로 심장마비를 일으킨다고…….."

민구는 안전 커버를 벗겨내고 내부를 살펴보았다. 스프링이 달려 있어 근육에 대고 꽉 누르면 침이 튀어나오는 방식인 것 같다.

"아예 죽이는 것도 아니고, 그런 걸 뭐하러 가지고 다녀?"

"후우… 좀비들에게 포위되거나 했을 때… 후우… 도저히 승산이 없다고 판단이 되면… 그걸 주사하라고… 후우, 그렇게 들었습니다. 그러면 10분간 심장이 멎은 상태가 돼서 좀비들이 그냥 지나친다고… 끄으으."

"구라 치지 마, 이 새끼야. 그랬다가는 뇌도 같이 뒈져 버릴걸?"

"으으으, 그런 건 몰라요……. 무슨 약이 어떻게 해서 괜찮다고 했……."

"그으래?"

민구는 길게 끌지 않고 곧바로 놈의 팔뚝에 도구를 박아 넣었다.

끄아아아악—!

놈이 몸을 채며 발광을 하다가 몇 초 만에 뻗어버린다. 민구는 미심쩍은 표정으로 녀석의 맥을 짚어보았다. 뛰지 않는다. 기관총에 작살

난 녀석의 다리에서 쏟아지던 피도 기세가 약해졌다.

별게 다 있군……

민구는 여섯 팩들이에서 세 번째 캔을 따서 입으로 가져가며 놈의 시계로 시간을 쟀다.

"푸아아— 캑! 헉… 헉!"

정말로 정확히 10분이 경과하자 녀석이 몸을 일으키며 거칠게 숨을 토해낸다.

우웨엑—

구역질을 해 대면서도 별로 놀라거나 당황하지 않는 걸 보면 뻗기 전의 기억까지도 고스란히 가지고 있는 모양이다.

푸슛, 놈의 허벅지에서 다시 피가 솟기 시작했다. 이미 꽤나 많은 피를 잃어서 녀석의 얼굴빛은 외계인처럼 파랗다. 상태가 이쯤 되면 사리 판단이 상당히 어려울 것이다.

"자, 이제 말해. 아까 걔들 어디로 데려가서 뭔 짓을 하는지."

민구는 피딱지가 말라붙은 놈의 주둥이에 맥주를 기울여 부어주며 물었다. 놈이 입을 달싹거리긴 하는데 뭔 말을 하는지 좀처럼 들리지 않는다. 기운이 없어서 목소리가 제대로 나오지 않는 모양이다.

귀를 가까이 대자 비로소 조금 알아들을 만했다. 마지막까지 몰리자 놈은 힘겨워하면서도 고해성사를 하는 것처럼 아는 것들을 다 털어 놓았다.

흐흠, 그런 거란 말이지……. 그런 거라면 대충 견적이 나온다. 양아치 새끼들……. 나 같은 깡패 새끼보다 더 미친 놈들이라니까.

고개를 든 민구는 만족한 얼굴로 물었다.

"너 말이야, 지금 피를 많이 흘려서 어차피 살 수는 없어. 내가 금방 끝내줄까, 아니면 그냥 놔두고 갈까? 1번… 2번?"

놈의 눈이 2번을 간청한다. 민구는 그럴 줄 알았다는 표정으로 고개를 끄덕였다. 예전에도 그가 같은 질문을 던졌을 때, 대부분의 사람들이 더 아프고 힘든 길을 택했다.

민구는 모래시계처럼 생명을 잃어가는 녀석을 내버려 두고, 계단을 통해 병실로 돌아와 이곳을 떠날 준비를 하기 시작했다. 여러 가지 이유로 인해 한시라도 빨리 여기서 벗어나야 할 시간이 되었다. 놈의 동료들이 보복을 위해 되돌아올 가능성도 있다. 양아치들은 다 그렇게들 하니까.

5

며칠 동안 운동을 하면서 편하게 입었던 환자복들을 벗어 던지고 자신의 와이셔츠와 바지로 갈아입은 민구는, 의사의 가방을 열고 거꾸로 털어 안을 다 비운 다음 매점으로 가서 필요한 물건들을 담았다.

담배 한 보루, 여분의 라이터, 작은 생수 세 병.

거기까지만 챙기고 나서 단호하게 지퍼를 닫고 그곳을 빠져나왔다. 가방을 사선으로 멨을 때 중심이 흐트러지지 않아야 하므로 더 이상의 욕심은 부리지 말아야 한다.

"흐으으… 흐으으… 끄으으……."

민구가 다시 옥상으로 올라왔을 때, 인솔자 녀석은 아주 천천히, 그리고 힘겹게 마지막 숨을 몰아쉬고 있었다. 이미 주변의 상황을 인지

할 수 있는 능력은 상실된 것처럼 보였다. 녀석의 장비가 꼭 필요한 상황도 아니어서 다른 두 놈들의 장비들을 털어 가방에 던져 넣었다.

칼과 삼단봉을 한 자루씩 더 집어 들었고, 탄창, 플래시, D.E.M.이라는 빨간약이 든 독침 두 개까지 챙겼다. 그리고 기관단총.

철컥─!

아까 걸어차 놓았던 기관단총을 주워 든 민구는 탄창을 빼서 실탄이 제대로 들었는지를 확인한 뒤, 옥상 난간으로 걸어가 건너편의 주상 복합을 살폈다.

며칠째 눈독을 들이던 사냥감들을 갑자기 잃어버린 괴물들은 사방으로 뿔뿔이 흩어져 우왕좌왕하며 거리를 배회하는 중이었다. 놈들을 모두 쫓아다니며 죽일 게 아니라면, 길을 나서기에는 최적의 조건이라고도 할 만하다.

게다가 생각지도 않은 놈들이 제 발로 찾아와 준 덕에 싸구려 식칼 대신 제대로 날이 선 칼을 쥐고 싸우게 되었다는 점 역시 마음에 든다.

"좋아……."

발아래를 굽어보며 낮게 중얼거린 민구는 일주일 만의 외출을 위해 천천히 계단을 내려갔다.

그롸아아아악─

그간 계속 병원 문 앞에서 서성이고 있던 괴물들이 다가오는 사람의 기척을 느끼고 또다시 거슬리는 소리를 내자 민구는 새로 손에 넣은 칼을 가볍게 놀려보다가 다시 칼집에 꽂으며 미소를 지었다.

"그렇게 좋아? 후후후, 나도 그렇다, 이 개새끼들아."

민구는 열어젖힌 2층 창문 사이로 몸을 날렸다. 그의 발이 가볍게 땅을 딛고 내려서자, 정문 셔터 앞에서 울부짖어 대던 괴물 네 마리가 몸을 돌리고 정신없이 달려 들어온다.

그롸아아아—

저 과감하게 몸을 내던지는 용기 하나만은 몇 번을 봐도 맘에 든다.

"오랜만이니까 좀 놀아줄까?"

민구는 총을 바닥에 내려놓고 허리띠에 고정시켜 두었던 대검 두 자루를 뽑았다. 칼날이 바깥쪽으로 오도록 잡은 왼손으로 가장 앞서 오는 녀석의 손목을 쳐 흘리고, 몸을 빙글 돌리면서 오른쪽에 쥔 대검을 두 번째 녀석의 옆 목에 박아 넣었다.

푸슉—

오랜만에 손에 전해지는 안정적인 관통의 느낌!

민구는 그대로 오른팔을 쫙 밀어냈다.

촤악!

그의 칼이 근육과 피부를 끝까지 갈라 목이 반 이상 잘려 나간 괴물은 대가리를 덜렁거리며 나자빠졌다. 힘없이 겨우 붙어 있는 녀석의 머리를 걷어차 날려 버린 민구는 힘차게 앞으로 달려 나가며 양손으로 각각 하나씩 괴물의 목을 그었다.

크와아아아—

아직 성대가 남아 있는 첫 번째 괴물이 방향을 바꾸어 괴성과 함께 몸을 날린다. 민구는 몸을 젖히면서 왼 칼을 놈의 왼쪽 목에 찌르고 녀석의 관성을 역으로 타고 오르며 잘라냈다.

상대가 살아 있는 사람이었다면 피가 대책 없이 튀어 시야를 흐렸을 행동이지만, 바짝 말라붙은 괴물들의 몸을 토막 낼 때에는 그런 걱정을 할 필요가 없다.

"확실히⋯⋯."

엉망으로 나뒹굴었다가도 다시 벌떡벌떡 몸을 일으켜 뛰어오는 괴물들을 보며 민구가 말했다.

"너희, 재미있는 놈들이긴 하다."

빙글— 칼을 돌려 날이 엄지 쪽으로 향하도록 고쳐 쥔 민구는 달려드는 순서대로 놈들을 끝장냈다. 이미 절반 이상 잘라놓았던 터라 더욱 깊고 날카로운 두 번째 공격이 훑고 지나자 놈들의 머리통은 더 이상 버티지 못하고 어깨 아래로 굴렀다.

툭, 투둑.

무성하게 자라 있던 병원 잔디밭 위로 머리 없는 괴물들이 맥없이 고꾸라진다. 민구는 칼날에 묻은 피와 기름을 나무에 닦아내고서 다시 칼집에 꽂았다. 저 괴물들을 단번에 쓰러뜨리기엔 길이가 좀 짧고 무게도 부족하지만, 그래도 이만하면 나쁘지 않은 칼이다.

민구는 허세를 부리던 놈들의 모습을 떠올렸다.

그따위 실력으로 한 자루에 수십만 원짜리 칼을 잘도 들고 다녔군.

그롸아아아악—!

내려놓았던 기관총을 다시 집어 드는 동안, 병원 진입로를 배회하던 녀석들이 귀신같이 사람 냄새를 맡고 달려온다.

"마침 잘 왔어."

호기심이 동한 민구는 기관단총을 연사로 맞추고 놈들을 향해 갈겼다.

드르르르륵— 드르르륵—

40발들이 탄창을 순식간에 비웠는데도 나란히 뛰어오던 여섯 마리 중 한 놈을 겨우 쓰러뜨렸을 뿐이다. 대부분의 탄알은 괴물의 몸이 아니라 4차선 도로에 세워진 자동차 유리들을 박살 냈다. 애초에 챙길 때부터 장난감 이상의 의미를 부여하지는 않았지만, 이건 쓸모없는 정도가 심하다.

"더럽게 못 쏘는구만."

총을 내던지며 자조적으로 웃은 민구는 배운 도둑질을 하기 위해 나이프를 다시 꺼내 들었다. 한 발을 왼쪽으로 내딛다가 곧바로 중심을 오른쪽으로 옮기자 가장 앞서 달려오던 놈이 급하게 방향을 바꾸면서 중심을 잃는다.

민구는 버둥거리는 녀석에게 별로 힘도 들이지 않고 칼 두 개를 차례로 찔러 넣고, 두 번째 놈도 같은 방법으로 처리했다.

'설마……'

뛰어난 운동 능력에 비한다면 정말 어처구니없는, 초보적인 실수를 계속해서 저지르는 놈들을 보고 있으면서, 민구는 새로운 특성을 발견했다.

이 강인한 괴물들의 가장 큰 단점은 속임수를 쓸 줄도, 눈치챌 줄도 모른다는 것이고, 그것은 신체적 강점을 상쇄하고도 남을 만큼 치명적이었다. 자신의 머릿속에 거짓말이라는 개념이 없으니 상대의 행동에서도 페이크를 읽어내지 못하는 것이다.

달리는 방향을 갑자기 트는 것만으로도 놈들은 발이 엉켜 나뒹굴기 일쑤였다. 어둠 속에 기척 없이 숨어 있다가 몰래 발목을 긋는 인간에 비하면, 이 괴물들은 오히려 정정당당하기까지 하다.

그러나 룰이 없는 싸움을 할 때 정직함을 고수하는 것은 곧 패배의 어둡고 깊은 구덩이 속으로 스스로 걸어 들어가는 것과 다를 바가 없는 행위다.

"팔다리가 고생한다, 멍청한 새끼들."

민구는 빠른 스텝으로 동선을 바꿔가면서 강아지를 다루듯 괴물들을 몰고 다녔다.

타— 타— 탁!

몸을 띄운 민구가 직각으로 놓인 담장 벽을 한쪽씩 타고 지나자, 전속력으로 뒤를 쫓던 괴물은 머리가 터져 나가는 소리를 내면서 벽을 들이받았다.

맥없이 쓰러지는 녀석을 내버려 두고, 민구는 다시 몸을 돌려 다른 놈들의 목부터 그었다. 몰렸는가 싶을 때에도 몸을 회전시켜 방향을 바꾸면 놈들은 어김없이 허공을 향해 뛰어들었다.

더 이상 상대해 봐야 재미도 없을 것 같아, 민구는 목 뒷부분만 노려 서둘러 싸움을 끝냈다. 힘줄에 연결된 근육만 끊어내 버리면 아무리 단단한 몸이라고 해도 힘을 쓰지 못하고 무너지게 되어 있다.

촤악—!

무기를 칼에서 거리가 확보되는 삼단봉으로 바꾼 민구는 멈춰 서 있는 자동차 위로 옮겨 다니며 빠르게 4차선 도로를 건넜다. 아직도 미련을 버리지 못한 채 주상 복합 빌딩 주변에서 서성이던 괴물들이 관심을 보이며 달려온다. 그러나 모래알처럼 흩어진 몇 마리쯤은 위협이 되지 않는다.

민구는 비교적 체고가 높은 4륜구동 차의 지붕 위로 올라가서 놈들이 다가오기를 기다렸다. 그런 후, 자동차 보닛을 짚고 네 발로 뛰어오는 놈들의 관자놀이를 순서대로 호되게 갈겼다. 스피드가 실린 삼단봉이 채찍처럼 춤을 추며 단순한 진압 무기 이상의 위력을 발휘했다.

빠악!

꾸에엑—!

뼈마디가 부러지는 기분 나쁜 소리와 함께 괴물들의 시체가 자동차 아래로 떨어져 내린다.

민구는 서너 마리를 상대하고 나서 지그재그로 뛰어 다른 차 지붕으로 장소를 바꿨다. 이렇게 하면 그때마다 꽤 시간을 벌 수 있다. 유일하게 경계해야 하는 것은 자동차 아래에서 팔을 휘둘러 낚아채는 공격 정도뿐이지만, 그마저도 미리 소리를 내 자신의 위치를 알려주는 놈들의 정직한 특성 때문에 생각처럼 위협적이지는 않았다.

으직!

민구는 자신의 다리를 움켜쥐려 뻗어온 괴물의 손가락을 후려쳐서 박살을 내고, 딱 차기 좋은 높이에 위치한 놈의 관자놀이를 걷어찼다.

와장창!

빠르게 넘어지며 옆 차의 유리창에 머리를 박고 쓰러진 괴물의 척추를 밟자 으득, 하고 골반 아래가 내려앉는다. 이제 놈은 더 이상 몸을 똑바로 펼 수 없을 것이다.

"겨우 이 정도밖에 안 되냐?"

건너편 차 위로 올라간 민구는 쾌감이 가득한 얼굴로 삼단봉을 휘둘러 놈의 허리를 두드리며 기세 좋게 소리쳤다. 그러나 확실히… 포기할 줄 모르는 상대와의 싸움은 일방적인 공격을 퍼붓는 민구에게서도 상당한 에너지를 빼앗아갔다.

자신의 동료들이 모두 가장 잔인한 방법으로 처형당할 때조차 감정이 조금도 담겨 있지 않은 표정으로 최후의 한 마리까지 달려드는 괴물들의 끔찍한 얼굴을 보고 있자니, 그 박력에 진저리가 쳐졌다.

스스로에 대한 확신이 없거나 죽음에 대한 두려움이 크다면 어느 정도 실력이 있어도 이런 놈들의 모습에 기가 질리고 위축될 것이다.

빡— 빠박— 빠가각!

4차선을 거의 다 건너간 시점에서 마지막으로 달려들던 녀석의 턱을 삼단봉으로 돌린 민구는 다시 일어서려는 놈의 뒤통수를 사정없이 계속 내려쳤다.

끄웨에에—

울부짖으며 발버둥을 치던 괴물이 마침내 사지를 쭉 뻗고 쓰러지자 순식간에 사방이 고요해졌다.

"후우, 후우……."

목표로 삼았던 오토바이 가게까지 다다랐을 때, 조금 차오른 숨을 내쉬면서 자신이 지나온 길을 되돌아보았다. 움푹움푹 찌그러진 자동차 지붕마다 엉망으로 훼손된 괴물들의 시체가 발자국처럼 점점이 널려 있다.

대충 계산을 해보니 병원 앞에서 그었던 놈들까지 더해 열대여섯 마리 정도는 해치운 것 같다. 물론 그러는 동안 손바닥과 어깨가 뻐근해질 정도로 힘을 써야 했지만.

'묵직한 마세타라도 있으면 모를까, 한 번에 이 이상은 어렵겠군…….'

매 순간 전력으로 깊숙하게 칼을 꽂아 넣어야만 괴물들이 쓰러지기 때문에 그 점이 낯설고 힘들다. 핏줄 지나는 자리만 적당히 그어놓으면 알아서 천천히 죽어주는 인간과의 싸움하고는 또 다른 차원인 것이다.

그로아아아아아악!

담배를 꺼내 불을 붙이고 있을 때, 저 멀리에서 괴물들의 커다란 함성이 들려온다.

아차차, 놈들이 지나가던 게 이 시간대였나? 그놈의 검은 헬기에 홀려서 깜빡하고 있었군…….

민구는 자동차 위로 풀쩍 뛰어 올라가 눈을 가늘게 뜨고 소리가 나는 방향을 살폈다.

4차선 도로를 꽉 메우고 천천히 걸어오는 괴물들의 난폭한 기운이 여기까지 전해진다. 하루에 두어 번, 놈들이 지나갈 때 어렴풋이 본 것만으로도 그 수효가 천 단위를 훌쩍 넘어간다는 정도는 확실히 알고 있다.

'여기까지 도달하는 데 얼마나 걸리려나…….'

대충 놈들의 속도와 거리를 계산해 본 민구는 승산이 있다고 판단하고 담배를 깊이 빨며 오토바이 가게로 뛰어가 문을 활짝 열어젖혔다.

중국제 스쿠터부터 꽤나 그럴듯한 레플리카까지, 다양한 모델들이 나란히 늘어서서 아직도 광택을 잃지 않고 반짝이며 누군가 타주기만을 기다리고 있다.

그중에서도 카나리아 색 스즈키 오프로드 모델이 유독 강렬하게 민구의 눈길을 사로잡았다. 카본과 커스텀 스티커로 잔뜩 멋을 부려놓은 오토바이 핸들 위에는 모델명과 가격이 붙어 있다.

이 정도면 엉망인 도로를 헤치고 나갈 수 있겠어…….

민구는 카운터 뒤에 걸려 있는 열쇠들 중에서 RMZ 450이라는 태그가 붙은 키를 집어 오면서 고글도 하나 챙겼다.

"배터리가 살아 있어야 하는데……."

일주일이면 충분히 방전이 될 수도 있는 기간이라 키를 꽂으면서도 걱정이 들었다. 그러나 우려와 달리 스타트 버튼을 누르자 제법 힘찬 소리와 함께 시동이 걸렸다.

하하, 민구는 처음으로 오토바이를 훔친 십 대 아이처럼 웃으며 활짝 열려 있는 문을 통과해 달려 나갔다.

크와아아악—

어느새 꽤나 가까이 다가온 괴물들의 역겨운 냄새가 거리를 가득 메우고 가까워져 있다. 고글을 걸치며 비웃는 얼굴로 놈들의 모습을 슬쩍 바라보던 민구는 도로와 인도를 번갈아가며 장애물을 피해 내달렸다.

부우웅—

민구가 스피드를 올리자 요란한 엔진 소리가 울리면서 시원한 바람을 끌어와 앞섶을 헤집는다. 사이드 미러를 가득 메우던 괴물들의 행진은 순식간에 점처럼 작아졌고, 모든 것이 멈춰 있는 도시 속에서 오로지 그만이 천둥소리를 몰고 다니며 빠르게 움직였다.

온몸으로 느껴지는 진동이 마음에 든 민구는 천천히 고개를 끄덕거렸다. 게이지의 중간을 가리키는 연료 탱크가 그의 자유를 보장해 주고 있었다.

6

민구의 바이크가 미로처럼 막힌 도심을 달리고 있을 때, 킹메이커는 강정 해군 기지 내의 골프장 레스토랑에서 조금씩 노을이 깃들기 시작하는 제주의 하늘을 바라보는 중이었다.

골프장 코스 자체는 밋밋해서 도무지 도는 재미가 없었지만, 바닷가를 연해 높게 지어놓은 레스토랑의 경치만은 제법 봐줄 만했다. 특히 전면 창으로 시야를 확보해 놓은 덕에 바닷바람을 맞지 않으면서도 해가 지기까지의 풍광을 고스란히 즐길 수 있다는 게 좋았다.

하지만… 며칠이 지났어도 이 세련된 맛이라고는 없는 스테이크에는 도무지 적응이 되질 않는다.

"으음."

입맛이 떨어진 킹메이커는 포크와 나이프를 내려놓으며 짧게 헛기침을 했다. 아무리 경황이 없었다고는 해도 그날 가야호텔 셰프를 구해 오지 않았던 건 정말 큰 실수였다. 둥근 얼굴의 그가 웃으면서 내오던 샤토브리앙 스테이크를 이제 더 이상 먹을 수 없게 되었다니, 그 것만으로도 기운이 빠진다.

헬기에 오르면서 곧바로 가야호텔에 인원을 파견하라는 명령을 내렸어야 하는 건데, 왜 그런 실수를 했을까……

킹메이커는 넓어진 이마를 가볍게 두드리며 자신답지 않은 경솔함을 자책했다.

"입에… 영 안 맞으시는가 봅니다."

언제 들어왔는지 교수가 테이블 맞은편에 앉으며 인사를 건넨다. 킹메이커는 금세 주름진 얼굴을 펴며 가볍게 웃었다.

"아이구, 하하, 한 교수님, 거, 무슨 그런 말씀을. 지금 시국이 이런데 어디 음식이 넘어가겠나요? 그래도 아직 할 일이 산더미같이 남았으니까 약처럼 억지로라도 먹고 기운을 좀 낼까 했더니, 걱정이 많아서 그런지 꼭 모래를 씹는 것 같습니다. 휴우~"

"장관님, 그래도 뭘 좀 드셔야죠. 어이, 여기 그거 가져와라."

교수가 손가락을 튕기자 흰 블라우스에 타이트한 정장 치마를 입은 직원이 포도주와 치즈를 담은 카트를 끌고 다가왔다.

그거라니, 뭘 가지고 저렇게 잘난 척을 하는 걸까…….

킹메이커는 별다른 기대 없이 교수의 행동을 무표정하게 지켜봤다. 다만, 서빙을 하는 여직원은 나름 훌륭하다. 반년 전에 찾았을 때 이곳에서 보았던, 수더분한 종업원들은 어디론가 사라지고, 피난 첫날부터 저렇게 오피스 룩을 깔끔하게 갖춘 여자들로 싹 물갈이가 된 것이 누구의 짓일까에 대해서는 킹메이커도 조금 흥미를 가지고 있었다.

외모도 외모지만, 술을 따르는 솜씨라든가 서빙하는 매너가 꽤나 능숙한 아이들이어서, 그것만으로도 조금은 숨통이 트이는 기분이다.

"96년산 로마네 콩티입니다."

테이블 앞으로 다가와 허리 숙여 인사부터 한 종업원은 살짝 웃으며 라벨이 보이도록 와인 병을 들어 보인다. 병목에 붙어 있는 반달 모양의 라벨을 보자, 며칠 제대로 된 것을 먹지 못한 킹메이커의 입안에 침이 고였다.

"허허, 이런 게 아직 남았나요? 그저께부터는 싹 다 바닥이 났다고 생각했었는데⋯⋯."

킹메이커가 신기하다는 얼굴로 묻자 교수가 고개를 끄덕였다.

"장관님 말씀이 맞습니다. 뭐, 여기 내려오자마자 다들 병째 나발을 불어 대는 통에 제주도 호텔에 있던 아까운 고급 와인들은 사흘 만에 작살이 났었죠. 하여간에 맛도 제대로 모르는 돼지 같은 것들까지도 달려들어서 꿀꺽꿀꺽 처먹는 꼴이라니⋯⋯."

"그럼 이건?"

"채 장군 솜씹니다. 애들을 보내서 서울 유명 호텔들과 고급 회원제 바만 털어 공수해 온다더군요. 이건 어젯밤 늦게 헬기를 타고 날아온 녀석일 겁니다."

"애들이라면⋯⋯."

"뭐, 특전사 애들이겠지요. 채 장군이 당부하는 게, 몇 병을 마시든 그건 상관이 없지만, 우리끼리만 조용히 즐겨 달라고 하더군요. 어디서 근본도 없는 놈들까지 기웃거리는 꼴은 못 봐주겠다나요?"

"흐흠, 당부라⋯⋯."

기분이 상한 킹메이커는 내색을 하지 않은 채 조용히 입맛을 다셨다.

당부라니⋯⋯. 제까짓 게 언제부터 나나 한 교수와 어깨를 마주하고 이야기를 했다는 건지, 세상이 어수선해지니 그 뚱뚱한 뱃속에도 바람이 잔뜩 들어간 모양이군⋯⋯.

킹메이커의 기분을 아는지 모르는지 교수는 와인을 개봉하고 디켄팅을 하는 종업원의 엉덩이를 툭툭, 두들기며 가벼운 농담을 건넨다.

"그래, 어르신들 뵙고 눈도장 많이 찍었나?"

"아니요, 교수님만 계속 기다리고 있었는데요. 후후."

여자는 별로 놀라는 기색도 없이 배시시 웃으며 가볍게 농담을 흘려 받는다. 둘이 하고 있는 꼴을 보니, 이 여종업원들을 누가 어디에서 데려왔는지 킹메이커는 대충 짐작이 갈 것 같았다.

"그럼, 이만 물러나겠습니다."

디켄팅한 와인을 잔에 따라 주고 치즈까지 종류별로 먹기 좋은 사이즈로 잘라놓은 뒤, 여자는 공손히 고개를 숙이며 사라졌다. 팽팽한 스커트 뒷자락을 음미하듯 바라보던 교수가 소리를 낮춰 물었다.

"마음에 드십니까? 쟤들 전부 제가 즐겨 찾던 클럽에서 데려왔습니다."

"허허, 그래요? 한 교수님, 역시 배짱이 대단하신데요? 그 와중에 저런 애들까지 챙기셨으니 말이에요."

킹메이커가 가볍게 비꼬자 교수는 손사래를 치며 웃었다.

"어이쿠, 어디 일부러야 챙기겠습니까? 그날 새벽에 장관님이랑 헤어지고 나서 술이나 한잔할까 싶어서 쟤들이 있는 곳에 갔었습니다. 그러다가 어영부영 잠이 깜빡 들었는데, 그… 난리가 나버리지 않았겠습니까. 그래서 에이, 까짓것 잘됐다 싶어 함께 타고 왔습니다. 어차피 초면인 애들 곁에 두고서야 은밀한 이야기도 제대로 못 할 것 같아서요. 자, 건배 한 번 하시죠."

킹메이커와 교수는 엷은 미소를 지으며 와인글라스를 가볍게 부딪쳤다. 크리스털로 만들어진 잔에서는 챙, 하고 맑은 소리가 났다.

가볍게 잔을 흔든 킹메이커는 코로 향기를 음미하며 천천히 와인을 입안에 흘려 넣었다. 풍부하고 꽉 조여진 맛을 혀와 목구멍으로 만끽한 뒤, 킹메이커가 입을 열었다.

"그래, VIP께서는 무슨 별다른 말씀이 있었나요?"

"아닙니다. 뭐, 언제는 생각이 있던 양반도 아니고… 그저 언제쯤 다시 올라갈 수 있느냐는 말씀만 계속하시고 있습니다."

"뭐라고 대답하셨어요?"

"곧 된다고, 걱정 마시라고 했습니다. 참, 내가 할 말은 아니지만… 저렇게 사리분별이 안 돼서야……. 그건 그렇고 장관님, 혹시 요즘 위쪽이랑 연락이 잘 닿으십니까? 저도 계속 핫라인을 돌려보고는 있는데, 도통 통화를 해본 적이 없어서 드리는 말씀입니다."

"그러게요. 참 희한하죠? 일이 이 지경쯤 됐으면 전시라 간주하고 끼어들 만도 한데, 미군 쪽에서도 전혀 콘택트가 없고……. 저 역시 아무래도 저쪽이 지금 뭔가 수상하다고 생각하는 중이에요."

킹메이커는 교수에게 진심을 반 이상 털어놓았다. 뭉뚱그려 8인의 중요 인사라고 부르고는 있지만, 어차피 다들 출신 성분이 다르기 때문에 그와 교수를 제외하면 미국과 직접 연결될 수 있는 사람은 없다.

그래서 지금까지 그들의 지위가 가장 위에 있던 것이고, 따라서 미국과의 연락이 두절된다는 것은 킹메이커와 교수에게 그만큼 심각한 위기인 것이다. 이런 상황에서 같은 편에게까지 두 수, 세 수 앞을 속여둘 필요는 없다. 두 사람은 협력해야 한다.

"그럼, 이제……."

교수가 뭐라고 더 말을 이으려 들었지만, 킹메이커가 손짓으로 제지했다. 입구에 서서 좌우를 두리번거리는 채 장군의 모습이 눈에 들어왔기 때문이다.

"아! 여기들 계셨군요! 안녕하십니까? 후우, 후우~"

급하게 뛰어온 것인지 채 장군이 거친 숨을 내뿜으며 커다란 목소리로 인사를 한다. 교수와 킹메이커는 가볍게 고개만 까딱거리고 자리를 권했다.

"하하, 어딜 그렇게 숨이 차게 다녀오세요, 채 장군님? 자자, 앉으세요. 술이라도 한잔하시고 숨 좀 돌리시죠. 이거, 보는 사람이 다 힘이 드네요."

"후우, 감사합니다."

의자에 앉은 채 장군은 와인 두 잔을 연거푸 급하게 들이켜고 나서야 조금 갈증이 가시는지, 이마의 땀을 닦아내며 숨을 골랐다.

"장관님!"

채 장군이 곧바로 얼굴을 바짝 들이대며 입을 뗐다.

"네, 말씀하세요."

"오늘은 꼭 좀 폭격 허가를 받아주십시오."

채 장군은 간절함 반, 협박조 반의 표정을 지으며 킹메이커의 눈을 똑바로 응시했다. 킹메이커에게는 적잖이 불쾌한 순간이었다.

"…폭격은 안 된다고 이미 말씀드렸을 텐데요."

대답을 하는 킹메이커의 눈은 더 이상 웃지 않았다. 조금 기세가 죽은 채 장군이 다급하게 말을 이었다.

"장관님, 그… 기반 시설이나 빌딩을 소중하게 여기시는 건 잘 알겠습니다. 하지만 암만 그래도 상황이 이러니까, 딱 세 군데만 때리겠습니다. 몰려 있는 곳에다가 네이팜을 써서 싹 쓸어버리고 거기에 임시 거점 시설들을 설치하면 됩니다. 지금 육지에 제대로 된 거점이 없다고 밑에서 아주 죽는소리를 하면서 치받치는 통에 피가 바짝바짝 마르는 것 같습니다. 미 합참에다가도 좀 말씀을……."

킹메이커는 대답 대신 차가운 시선으로 채 장군을 빤히 쳐다보았다. 사실 좀비 무리가 아니라 살아 있는 사람들 머리 위로 네이팜탄을 퍼붓는다고 해도 그는 별 상관이 없다.

어차피 인구의 반 이상이 변종에 감염된 마당에 까짓 몇 만이 더 죽는다고 해서 딱히 불쾌하거나 기분 상할 일도 아니다.

하지만 킹메이커가 참을 수 없는 것은 일단 내려간 명령에 대해 감히 반기를 들어보겠다는 불온한 시도와, 그를 직접 찾아와 저런 식으로 졸라대는 버르장머리다. 이런 것을 한 번 넘어가주면 그다음부터는 영이 제대로 서질 않는다.

"채 장군님……."

킹메이커가 나지막이 부르자 채 장군이 쭈뼛거렸다.

"지금, 밑에서 치받치고 올라오는 통에 피가 마르는 것 같다고 하셨나요?"

"네, 그, 그렇습니다, 장관님."

"전 그 말씀이 꼭 장군님께서 더 이상 군을 제대로 장악하지 못하고 계시다는 의미로 들리네요. 그렇게 이해해도 될까요?"

"아, 아닙니다. 그런 건 절대로……."

"그렇지 않다면 다행이네요. 아, 그건 그렇고, 저희는 지금 가볍게 와인 한잔하는 중이었는데요."

킹메이커의 말뜻을 알아들은 채 장군은 서둘러 의자에서 몸을 일으키고 고개를 숙였다.

"실례했습니다. 장관님, 교수님. 저는 이만."

황급히 사라지는 채 장군의 뒷모습을 보며 킹메이커는 곰곰이 생각했다. 저런 놈들이 슬슬 기어 올라와 건드려 보는 꼴을 보니, 아무래도 자신과 미국 간의 커넥션이 끊어져 버렸다는 소문이 슬슬 돌고 있는 모양이다.

이거, 이거, 미국 쪽에서 폭격을 금지시켰다는 거짓말이 어쩌면 더 이상 통하지 않을는지도 모르겠는걸……

킹메이커는 쓸쓸한 표정으로 와인 잔을 기울였다. 자신의 지위를 지금처럼 안정적으로 계속 유지하기 위해서는 하루라도 빨리 미국의 정식 방문을 받아야 할 필요가 있다. 그게 정 어렵다면 본보기로 하나나 둘쯤 숙청을 해서 기강을 바로 잡든지.

군이라……. 채 장군과 대립각을 세울 만한, 그러면서도 내 수족처럼 편하게 부릴 수 있는 인물이 누가 있었지?

슬슬 장밋빛이 널리 번져 가는 저녁 하늘을 등지고 앉아 손가락으로 의자 팔걸이를 두드리면서, 킹메이커는 머릿속에 떠오르는 인물들을 하나씩 정리해 보았다. 그러는 동안에도 여전히 마음 한구석에 남아 있는 강한 의혹은 모두지 가시질 않았다.

'왜 미국이 이렇게까지 갑자기 연락을 끊어버린 걸까?'

※　▲　※

같은 시각, 미 동부 시간으로 오전 여섯 시가 되었을 때, 플로리다

동쪽 해안에서 300마일 떨어진 대서양을 항해 중이던 니미츠 급 항공모함 CVN-77, 조지 H. W. 부시 호의 비행갑판에서는 여덟 대의 슈퍼 호넷 전투기가 차례로 발진했다.

모든 호넷의 양 날개와 몸체에는 육중한 공대지 무기가 달려 있었다. 한 발로 3,000평방 야드를 불태워 버릴 수 있는 네이팜탄들이다.

슈퍼 호넷 2개 편대는 시속 850마일의 속도를 유지하며 서쪽을 향해 비행을 계속했다. 편대장이 20분 뒤 쓰리 마일 브리지에 도착할 것임을 알려오자, 관제 센터 내부는 조용한 침묵 속에 빠져들었다. 그리고 컴퓨터 화면에 설치된 카운트다운 시계가 작동을 시작했다.

"마지막으로……."

넥타이를 맨 채 가죽점퍼를 입고 있는 사내가 바짝 말라붙은 입을 열었다. 대통령 존스 린드버그이다. 린드버그는 옆자리에 선 함장에게 말했다.

"마지막으로 한 번 더 펜사콜라 해변을 보고 싶군."

린드버그의 얼굴에는 고뇌의 빛이 가득했다. 임기를 겨우 반년도 남겨두지 않은 그는 20분 후면 자국 내 영토에 대규모 폭격을 허락한 미국 역사상 첫 번째 대통령으로 기록될 터였다. 함장 역시 경직된 얼굴로 승조원들에게 지시를 내렸다.

"드론으로부터 영상을 받을 수 있나?"

"가능합니다, 함장님."

"메인 스크린에 띄우게."

"열화상과 DSA, M-DSA 중 어떤 걸 보시겠습니까?"

린드버그가 알아듣지 못해 함장을 돌아보자, 함장이 풀어서 이야기를 해준다.

"녹색 화면, 흑백 화면, 컬러 화면 중에서 고르시라는 말씀입니다, 대통령 각하."

"컬러로 부탁하네. 청록색 바다와 흰 별장들을 보고 싶으니."

"알겠습니다. M—DSA로."

승조원이 자판을 두들기자 관제 센터 한쪽 벽면을 온통 채우고 있는 멀티스크린에 멕시코 만과 경계를 이루며 가느다란 줄처럼 길게 뻗은 펜사콜라 비치의 모습이 들어왔다.

한 시간 전부터 플로리다 해안을 돌며 정찰 영상을 보내던 드론의 카메라가 비추는 화면이다. 왕복 2차선 도로의 양옆에는 백사장 위에 지어진 3층짜리 고급 목조 주택들이 아름다운 자태를 뽐내고 서 있다.

몇 년에 한 번씩 큰 태풍이 불어올 때면 깡그리 부서졌다가 새로 짓고 또 태풍을 맞아 부서지기를 반복하는 통에, 애초에 펜사콜라 비치에는 낡고 추한 집이란 없다.

이런 사태가 벌어지지 않았다면 뉴욕이나 필라델피아의 부유한 사업가가 저곳에서 여느 때처럼 휴가를 보내고, 막 대학생이 된 아이들은 광란의 맥주 파티를 열었을 것이다.

'나도 저곳에서 주디를 만났었지……'

린드버그는 지금의 아내를 처음 알게 된 78년 스프링 브레이크를 떠올렸다. 그가 스물두 살일 때 싸구려 노바의 창문을 열어젖히고 달리던, 걸프 블러바드 주변의 풍경은 지금도 거의 변한 것이 없었다.

달라진 것이 있다면 단 한 가지, 지금은 수영복 차림의 좀비들이 길거리를 가득 메우고 있다는 사실뿐이다.

드론이 조금 고도를 낮추자 좀비들의 모습이 클로즈업되어 화면을 채운다. 불과 사흘 전만 해도 싱싱한 젊은 생명이었을 몸뚱이들이 지금은 썩어 문드러진 채 천천히 걸음을 옮기고 있다.

"역사는 나를 뭐라고 기억할까?"

린드버그가 혼잣말처럼 질문을 던지자, 그의 곁에 서 있던 국무장관이 대답했다.

"국난 속에서 냉철한 판단으로 가능한 한 많은 미국인을 구한 대통령이라 기억할 겁니다, 각하."

"자국인의 머리 위에 불벼락을 내린 미치광이가 아니고?"

린드버그가 자조적으로 말하자, 그의 스탠포드 동창이기도 한 국무장관은 고개를 저었다.

"존스, 저들은 더 이상 미국인이 아닙니다. 좀비들일 뿐이에요."

이성적으로는 그의 말이 옳다는 걸 린드버그도 잘 알고 있다. 하지만 저 염병할 좀비들은 대부분 금발의 20대들이고, 잠시 후 피폭 지역에 포함될 펜사콜라 만 일부의 도심지 건물 내에는 아직 많은 생존자들이 숨어 있다는 사실 역시 똑똑히 인지하고 있다. 그것이 그를 괴롭게 했다.

"네이팜을 쓰면 그 좀비들과 세균이 정말 청소가 되기는 하는 거고?"

"섭씨 1,500도 이상의 화염과 고온이니까요. 그것들이 이리듐 기반 생명체가 아닌 이상 버틸 수 없습니다."

잠시 후, 무전기에서 FA—18 편대의 보고가 울렸다.

— 벌집, 벌집. 여기는 슈퍼 호넷 1호기. 2분 뒤 펜사콜라 만에 도

착한다. 최종 폭격 승인을 요청한다.

라디오를 타고 전해지는 편대장의 목소리에서는 아무런 감정이 느껴지지 않았다. 작전의 총책임자로 임명된 함장은 잠시 가볍게 한숨을 쉰 뒤에 마이크에 대고 말했다.

"승인한다. 반복하겠다. 승인한다."

— 승인 확인했다. 라져. 백 투 스쿨 파이어 세일. 지금부터 시작한다.

하여간 국방부 놈들은…….

린드버그는 체념한 듯 작게 고개를 저었다. 이렇게 우울한 작전의 이름을 붙이는 데에도 미친 유머 감각을 포기하지 못하는 놈들이라니…….

방학이 끝나가는 시기, 전국의 상점들이 모든 것을 반값에 후려칠 때쯤이면 휴양지는 텅 비어 버린다. 펜사콜라의 좀비들을 모두 태워 버리는 일을 파이어 세일에 비유한 것이다.

드론은 호넷의 폭격에 방해가 되지 않기 위해 다시 고도를 높였다. 드론이 비추는 펜사콜라 해변이 지도에서 보는 것처럼 멀어졌을 때, 아래쪽으로 호넷이 빠르게 지나가는 모습이 잡혔다.

그리고 곧바로 지도 위에 엄청난 크기의 불길이 일었다. 호넷이 투하한 네이팜탄이 성공적으로 폭발한 것이다. 8마일 길이의 아름다운 해변은 순식간에 사라지고, 화면 가득히 잡히는 것은 노랑과 빨강, 검정으로 이루어진, 이글거리는 화염뿐이었다.

펜사콜라 비치를 지나쳐 나바레 지역으로 날아간 두 번째 편대가 또다시 네이팜탄들을 투하하자, 이내 그곳 역시 불꽃으로 뒤덮였다.

그러는 동안에도 장차 이루어질 구출 작전에서 가장 중요한 키포인트가 되어줄 예정인 걸프 브리즈 다리와 쓰리 마일 브리지는 교묘하게 피폭을 피해 보존되었다.

마지막으로 호넷들은 고도를 낮춰 날며 펜사콜라 만을 향해 기수를 돌렸다. 이제 그들이 목표로 해야 하는 것은 지금까지처럼 야트막한 목조건물들이 늘어선 휴양지가 아니라, 집들이 빽빽하게 들어 찬 주거지역이다.

세워둔 계획대로라면 불길의 경계는 세르반테스 거리가 될 것이고, 그 아래쪽 세로 10여 개, 가로 40여 개의 블록들은 신형 네이팜 G탄에 의해 모두 섭씨 1,600도까지 올라가는 불지옥으로 변해버릴 것이다.

이 계획 속에서 예상되는 콜래트럴 대미지는 약 4만 5천여 명. 여름이어서 관광객이 몰려 있던 시점이었고, 덕분에 피해자의 수는 몇 배나 늘어날 전망이다.

'신이여, 용서해 주소서.'

린드버그는 마음속으로 기도했다. 아무 성직자라도 붙들고 자신들이 이렇게까지 무리한 작전을 펼친 이유에 대해 길고 자세하게 설명하고 싶은 충동을 느꼈다.

미 동부를 기점으로 하여 대규모의 좀비 바이러스가 창궐한 것은 불과 사흘 전. 보스턴부터 시작해서 필라델피아로, 그리고 곧이어 뉴저지와 뉴욕에까지…….

좀비라는 검색어가 갑자기 수천 배 이상 급증했다는 보고를 구글로부터 받는 것과 거의 동시에, 바이러스는 미 전역으로 확산되어 갔다.

손을 쓸 시간도 부족했고, 방법도 없었다.

그리고 어젯밤 국방부에서는 앞으로 사흘이 더 지나면, 대도시의 빌딩 속에 갇혀 있는 모든 시민들이 결국 갈증을 이기지 못해 물을 찾아 좀비들이 가득한 거리로 나서게 될 것이라고 경고했다. 만약 그런 일이 벌어진다면 광활한 중서부를 제외한 모든 지역의 미국인들이 좀비로 변하고 말 것이다.

그래서 그들은 어제 밤새 계속된 회의 끝에 플로리다의 펜사콜라 비치를 제1작전지로 확정했다.

첫 단계는 그곳을 네이팜으로 정화하는 것이다. 그리고 그 자리에 쉘터를 만든 뒤, 쓰리 마일 브리지를 건너 플로리다 도심으로 진입해 조금씩 영역을 넓혀가며 구조된 시민들을 후송하기로 했다.

펜사콜라가 시뮬레이션의 최적지로 선정된 데에는 몇 가지 이유가 있었다.

가장 먼저 인구가 밀집된 뉴욕과 물리적 거리가 가깝기 때문에 성공을 확인한 즉시 본 작전에 돌입할 수 있다.

둘째, 거의 모든 건물이 나무로 지어진 낮은 집들이어서 불 청소의 효과를 확실하게 볼 수 있다.

셋째, 동부 해안 도시치고는 인구의 밀집도가 낮은 지역이어서 부수적 피해자의 수가 적다.

만약 이 작전이 성공을 거둔다면, 그 즉시 스케일을 확장하여 뉴욕 구조 작전을 펼쳐야 한다. 진입 방법은 동일하고, 루트는 존스 비치를 정화한 후, 롱 아일랜드를 차례로, 더 나아가서는 퀸즈와 맨해튼까지 2일 내에 진입하는 것이다.

이 작전에서 가장 중요한 점은 좀비들의 대형 웨이브를 만나게 될 경우, 물러나서 재정비를 도모할 수 있는 퇴로와 거점을 네이팜으로 확보해 두는 데 있다. 그리고 다리라는 좁은 공간을 사이에 둔 채 좀비들과 대치함으로써 포위되는 위험을 현저히 낮출 수 있다.

— 파이어 세일이 모두 끝났다. 말벌들은 벌집으로 돌아가겠다.

"알겠다. 귀환을 허락한다."

린드버그와 각료들이 저마다의 상념에 빠져 있는 동안, 가지고 간 모든 폭탄을 쏟아부어 펜사콜라 만 주변을 온통 뜨거운 화염으로 뒤덮어 버린 호넷의 편대장이 임무 완료를 보고했다.

그 순간, 드론의 카메라가 비추고 있는 장면은 불길이 치솟는 링컨 파크의 잔디밭에서 불덩어리가 된 이후에도 여전히 움직이고 있는 수천의 좀비들이었다. 주변의 온도가 1,300도를 넘어서자 두개골을 비롯한 좀비들의 뼈가 순식간에 바스러지기 시작했고, 사람 크기의 불덩어리들은 여러 조각으로 갈라져 큰 화염 속에 삼켜졌다.

"그래도 성공입니다, 각하. 이제 불길이 가라앉기만 기다리면 되겠군요."

화면을 보고 있던 국방장관과 함장이 바짝 굳어 있는 린드버그를 위로했다. 이제 온도가 내려갈 때까지 하루를 보내고 해병대와 상륙정을 투입하기만 하면 구출 작전은 절반 이상 완료되는 것이다.

"그렇군. 여러분, 수고 많았습니다."

린드버그도 관제 센터 내의 장군들과 장관들, 그리고 승조원들을 돌아보며 힘겹게 격려의 인사를 했다.

하지만 화면만 보아서는 절대 알 수 없던 아주 중요한 사실을 그들은 놓치고 있었다. 좀비들의 몸을 둘러싼 불길이 1,300도를 넘었을 때, 잘게 부서지며 타오른 그 세포들은 이전과 뭔가 달라져 버렸다.

관점에 따라서는 진화라고도 부를 수 있을 만한, 그런 종류의 변화였다.

ㄱ

다음 날 이른 새벽, 펜사콜라 해변의 검게 그을린 모래 위에 가장 먼저 발을 디딘 병력은 노스캐롤라이나의 캠프 러전에서 출발한 미 해병 특별 전투단 소속의 해병들이었다.

멕시코 만의 파도를 가르며 한 시간 가까이 물 위를 내달린 수십 대의 상륙돌격장갑차 AAV—P7A1이 펜사콜라 비치의 동쪽 끝자락에 도착하자, 상공을 선회하며 정찰 중이던 해병 전용 바이퍼 헬기로부터 축하의 메시지가 전달됐다.

— 셈퍼 피! 여기는 줄루 코브라 7! 상륙을 허가한다. 방해물은 없다. 깃발을 꽂는 건 언제나 우리 데빌 독스지!

"Semper Fi! 고맙다! 줄루 코브라 7! 2마일 더 전진한 후 해병들을 상륙시키겠다."

— 라져! 경계 근무에 들어가겠다.

바이퍼는 크게 선회한 뒤 해변의 반대편 끝을 향해 날아가 버렸다. 네이팜의 후폭풍으로 인해 해변에는 비가 계속 내리고 있었다. 상륙정 안의 모든 해병들은 자신이 이 작전의 첫 번째 상륙자로서 성조기를 꽂는 대신에, 바이퍼 헬기들의 작전 반경이 쓰리 마일 브리지 남쪽으로만 제한되었다는 것을 잘 알고 있다.

덕분에 지금 다리 건너편의 펜사콜라 만 상공을 지키고 있으며, 후일 이 주민 구출 작전의 가장 큰 지원 화력으로 기록될 이름은 육군의 아파치가 될 예정이다. 얻는 것이 있으면 주는 것도 있어야 하는 법이다.

"고! 고! 고!"

하지만 사진으로 남는 것은 역시 영토를 수복하는 바로 그 순간이다. 가장 앞서 달리던 상륙정의 해치에서 뛰어내린 일곱 명의 병사들은 거대한 성조기를 들고 빠르게 달려 나갔고, 열네 명의 리포터, 카메라맨, 사진작가들이 그 뒤를 급히 쫓았다.

미리 지정해 뒀던 모래 언덕 위에 성조기를 세우고, 깃발이 바람에 나부끼기 시작하자 카메라 플래시가 정신없이 터졌다.

"우와! 여기가 정말 좀비들이 우글대던 곳 맞나?"

인기척이라고는 찾아볼 수 없는, 젖은 도로 위에 발을 내디디며 어린 해병 하나가 신기하다는 표정을 짓는다. 뒤의 동료가 고개를 설레설레 저으면서 덧붙였다.

"난, 그보다 여기가 미국이라는 게 더 신기해."

그 말대로 네이팜탄이 휩쓸고 간 주변에는 문명의 흔적이 거의 남아 있지 않았다. 불에 타서 숯처럼 돼버린 목재 기둥의 잔해들이 가끔씩 눈에 띄기는 하지만, 그마저도 대부분 바다 쪽에서 불어오는 센 바람에 산산이 흩어져 버린 지 오래다. 완전연소를 통해 재가 됐을 좀비들의 흔적은 말할 것도 없다.

예정보다 조금 더 빨리 표면 온도가 식어버린 펜사콜라 해변에는 그저 검게 탄 모래에 푸른 파도가 부딪치며 포말을 만들어낼 뿐이었다.

한 대당 21명씩 총 400의 병력과 장비들을 쏟아낸 상륙돌격장갑차들은 해변을 가로지르며 반마일 북쪽으로 달려간 뒤, 나란히 늘어섰다. 혹시라도 다리에 문제가 생기면 이 상륙정들이 생존자를 수송하는 중요한 수단이 되어줄 것이다.

구우우웅—

해병들이 쓰리 마일 브리지 앞에 바리게이트와 기관총 발사대를 설치하는 동안, 상공에서 대기하고 있던 다섯 기의 거대한 C—17 글로브마스터 수송기는 해변의 긴 서쪽 도로를 활주로 삼아 차례로 착륙하고 병력들과 장비를 내려놓았다.

쿠르르릉—

여덟 개의 바퀴가 달린 차륜형 장갑차 스트라이커들이 요란한 엔진 소리와 함께 글로브마스터의 배 속으로부터 달려 나와 곧바로 다리 경계 임무에 들어갔고, 그것의 엄호 아래 보병과 공병들이 차례로 쏟아져 내렸다.

한산하던 해변은 순식간에 군인들의 구령과 엔진 소리로 가득 채워졌다. 공병들이 임시 막사를 치고 글로브마스터가 원래 그들이 소속되어 있던 뉴욕 방위군으로 돌아간 다음에는, 컨테이너를 와이어로 매단 채 날아온 치누크들이 파티에 합류했다.

이 작전 기간 내내 임시 작전 본부로 사용될 장교용 컨테이너가 땅에 내려지자, 공병들이 크레인을 동원해 위치를 조정한 후 전산 장비를 설치했다.

씨이이잉—

약 700여 명의 병사들이 바쁘게 움직이는 동안에도 다리 건너편 번화가와 나바레 구역을 담당하고 있는 아파치와 블랙호크는 쉴 새 없이 하늘을 오가며 혹시 다가올지 모르는 위협에 대비했다.

그때의 시간이 동부 기준으로 04시 50분.

여름의 절정에 들어간 태양은 이른 시간부터 높이 떠올라 대지를 뜨겁게 달굴 채비를 하고 있었다.

작전의 총책임자인 트로이 중장이 블랙 호크를 타고 날아온 것은 그로부터 세 시간이 지난 뒤였다.

"좋아!"

굵은 시가를 물고 땅에 발을 내린 그가 감탄으로 첫마디를 연 것은, 믿을 수 없을 만큼 빠른 작업 속도 때문이었다. 아무리 중장비를 갖춘 공병대가 공수되었다고는 하지만, 불과 몇 시간 만에 8마일에 달하는 북쪽 해변 전체에 철책과 바리게이트를 2중으로 세우고, 수천의 대피 인원을 동시에 수용할 수 있는 조립식 막사 건설까지 거의 다 마무리 했다는 것은 분명 놀라운 속도였다.

"장관이구만! 아주 빠르게 잘 진행하고 있어!"

트로이 중장은 헬기를 마중 나와 보고하는 해병 중령의 어깨를 두드리며 크게 외쳤다.

"감사합니다, 장군님!"

"시간이 관건이었으니까요."

그와 함께 내린 참모 개리슨 대령이 당연하다는 얼굴로 말한다. 다

수의 자국민이 희생당할 것임을 뻔히 알면서도 서둘러 이 지역을 네이팜으로 불 청소한 것은 그만큼 다급했기 때문이다. 이제부터는 최대한 효율적으로 시간을 관리해야 한다.

"훗, 자네는 너무 눈이 높아, 개리슨. 칭찬도 좀 해주게. 안 그런가, 해병? 잘하고 있지?"

"넵! 장군님! 잘하고 있습니다!"

컨테이너로 만들어진 작전 본부를 향해 걸어가면서 트로이 중장은 경계를 서는 해병들과 계속 눈을 맞추고 인사를 건넸다.

"오! 저건가? 2세대 헐크라는 놈이?"

외골격 강화 슈트를 걸친 채 무장한 육군들이 열을 맞춰 걸어가는 걸 보면서 트로이 중장은 호기심을 보였다. 록히드 마틴이 겨우 납품 시기를 맞춰 육군에게 공급한 차세대 강화 아머는 다리와 허리에만 사용되던 전작들과 달리 두 팔까지도 외골격 갑옷이 보조를 해주는 방식이었다. 때문에 군인들로부터 커다란 기대를 받고 있었다.

1세대 복합 적재—수송 장비(Human Universal Load Carrier = HULC)가 그저 좀 더 많은 등짐을 지고 오랫동안 산길을 달리게 도와주는 것이라면, 이번에 개발된 2세대는 두 팔에도 강력한 힘을 부여해줌으로써 전투 장비에 훨씬 가까워졌다.

출력도 이전 모델에 비해 30% 늘어나서 착용자는 별다른 힘을 쓰지 않고도 120킬로그램까지 메거나 들어 올릴 수 있으며, 그러면서도 충전지 연속 사용 시간은 96시간을 그대로 유지하였다.

전방을 둘러보니 헐크를 착용한 병사들이 커다란 자재 박스를 두 손으로 들어 옮기고 있다. 박스당 80킬로그램이 넘는 물건들이지만,

아무도 인상을 쓰거나 힘겨워하는 사람은 없다.

"공사 시간을 단축한 게 저 장비 덕인가?"

컨테이너 세 개를 연결해 만든 작전 본부에 들어온 뒤에도 여전히 헐크에게 관심을 두고 지켜보며 트로이 중장이 물었다. 근무병으로부터 커피 두 잔을 건네받은 개리슨이 그중 한 잔을 전해 주면서 대답했다.

"기여도가 없지는 않을 겁니다. 육군에서는 오늘 작전에 200기를 공급했고, 큰 기대를 가지고 있다고 하더군요. 실적이 나와야 대량 계약을 끌어낼 수 있을 테니, 제작사인 록히드 마틴도 아마 절박할 테고요."

"저 정도 힘이면 잠겨 있는 문을 그냥 뜯어낼 수 있을 테니, 도심 수색 작업을 하는 동안 그건 편하겠군."

"글쎄요, 장군님. 저라면 저런 걸 걸치느니 그냥 예전에 하던 대로 샷건을 쓸 것 같습니다."

"하하, 개리슨. 좀 긍정적인 면을 보라고. 읍, 이 커피는 너무 써서 무슨… 벌을 받는 것 같은 맛이군. 이봐, 설탕 있나?"

트로이에게 설탕을 건네려던 당번병이 갑자기 고개를 옆으로 젖힌 채 기침을 하기 시작했다. 참아보려 애를 쓰지만, 뜻대로 되지 않는 모양이다.

"쿨럭, 쿨럭, 큽, 죄, 죄송합니다, 장군님."

"아니, 괜찮아. 그런데 자네, 감기가 심하군. 언제부터 아팠나?"

"아닙니다! 멀쩡합니다!"

훗, 트로이는 고개를 저으며 만족한 웃음을 지었다.

"좋아. 감기 따위로 엄살을 부리면 자헤드가 아니지."

"그러나 확실히……."

창가에 서서 바깥을 살피던 개리슨이 중얼거렸다.

"기침을 하는 병사가 눈에 많이 띄기는 하는군요. 캠프 러전 취침 시 막사 에어컨 온도를 좀 올려두라고 말할 필요는 있을 것 같습니……."

말을 다 맺는 것도 잊을 만큼 개리슨이 심각해졌다. 건너편 막사 앞에서 기침을 하고 있던 의무병 때문이었다.

"쿨럭! 쿨럭! 쿨럭! 큭!"

격하게 기침을 해 대던 의무병은 결국 그 자리에 쓰러져서 구토를 하기 시작했다.

"우웨에엑! 우욱!"

짙은 녹색의 토사물들을 쏟아내던 의무병의 고개가 푹 숙여진다. 그리고 움직임이 멈췄다.

'설마…….'

개리슨은 자신도 모르게 허리에 찬 권총을 꽉 쥐었다.

1초, 2초…….

긴장 속에서 시간이 아주 천천히 흐른다. 맥없이 고꾸라져 있던 의무병이 다시 일어난 건 10여 초가 지난 후였다.

"휴우~"

사람을 놀라게 하는군. 모자란 녀석, 고작 감기 따위로……. 개리슨이 가벼운 한숨을 내쉬며 권총집에서 손을 떼었을 때, 의무병이 꾹 감고 있던 눈을 떴다.

눈동자가 하얗다!

"젠장!"

개리슨의 입에서 욕설이 흘러나오기도 전에 의무병은 창문을 향해 전속력으로 달려오며 입을 쫙 벌렸다.

그롸아아아악!

〈『좀비묵시록 82─08』 제4권에서 계속〉

외전
헬 게이트

이 이야기는 좀비 세상 첫날,
박테리아가 확산되는 과정을 담고 있습니다.

1

"비켜! 비켜!"

새벽 네 시. 조용하던 용산 프란체스코 병원 응급실의 문이 열리고 한 무리의 검은 양복을 입은 덩치들이 들이닥쳤다. 험상궂은 그들은 닥치는 대로 사람들을 밀치며 들어와 사방을 두리번거리며 무언가를 찾았다.

그들 중 맨 뒤의 남자가 들쳐 업고 있는 것은 만배파의 넘버 투, 최성호.

"으~으으!"

천오백만 원짜리 양복을 온통 피로 적신 채 의식을 잃고 널브러져 있는 최성호의 입에서 신음이 흘러나왔다.

"의사 나와!"

빡빡 깎은 머리의 사내가 응급실이 떠나가라 외쳤다. 응급실 침대에 누워서 고통을 호소하던 다른 환자와 보호자들은 겁에 질려 눈을 마주치지 않기 위해 힘겹게 돌아누웠다.

"응급실에서 이러시면 안 돼요. 먼저 수속부터 밟으시고……."

용기가 있는 것인지, 분위기 파악을 못하는 것인지 알 수 없는 간호사 하나가 다가가서 사내들을 진정시켜 보려 했지만, 그들은 예의를 갖추기엔 너무 다급했다.

빡빡머리사내는 옷깃을 잡으려는 간호사의 따귀를 사정없이 후려치며 악을 썼다.

"안 되긴 뭐가 안 돼, 이 싸가지 없는 년아! 여기 이분이 누구신 줄 알고! 야이… 씨발, 의사 안 나오고 뭐하나?"

간호사의 편을 들기 위해 다가오던 인턴들은 그 장면을 보고 그대로 얼어붙어 버렸다.

"용식아!"

중년의 사내 하나가 근엄하게 이름을 부르자 핏대를 세우던 빡빡머리는 곧 입을 다물었다.

"이봐, 거기, 의사 선생."

중년 사내가 손을 들어 바짝 긴장해 있는 인턴들 중 하나를 가리켰다.

"빨리 외과 과장 호출해서 내려오라고 해. 오는 길에 전화해 놨으니까, 육 회장님이 보낸 분이라고만 하면 알 거야."

그의 말이 다 끝나갈 때쯤, 응급실 반대편 문을 열고 외과 수술팀이 급하게 뛰어 들어왔다. 스태프들이 수술용 침대에 환자를 옮겨 눕히고 각종 측정기를 매다는 동안 젊은 의사가 숨을 헐떡이며 물었다.

"헉, 허억, 최성호 님 보호자분이시죠? 지금 곧바로 수술 들어가겠습니다."

"누구지? 낮이 선데? 조 박사님이 집도하는 거 아니었나?"

중년 사내가 의심쩍은 눈초리로 물었다.

"전 외과 2팀장입니다. 조 박사님도 곧 도착하신다고… 일단 응급처치는 제가 맡습니다."

의사는 말을 마치자마자 돌아서서 최성호의 상태를 보고 받았다. 심각했다. 한눈에도 알 수 있는 과다출혈에, 호흡도 불안정하고 심박수는 20 언저리에 머물고 있었다. 게다가 어찌 된 영문인지 그렇게 피가 돌지 않는데도 온몸이 불덩어리처럼 뜨겁다.

동공의 반응 역시 간헐적으로만 일어났다. 그는 일단 강심제와 혈액 투여부터 명령했다. 이대로 두었다간 뇌까지 산소가 닿지 못해 몇 분 내에 뇌사가 일어날 수 있었다.

'아니, 어쩌면 이미 늦었을지도…….'

그런 생각이 들자 젊은 의사의 목덜미에는 식은땀이 흘렀다. 전국 최대의 폭력 조직 넘버 투가 자기가 집도하는 수술에서 죽었다가는 골치가 아픈 정도로 일이 끝나지 않을 것이다.

"수술실로 곧바로 이동한다. 마취팀, 준비됐지?"

스태프들을 다그치는 젊은 의사의 목소리가 더욱 다급해졌다.

"네!"

수술용 침대를 밀며 수술실로 뛰어가려는 그를 중년 사내가 붙잡았다. 중년 사내의 손은 피에 절은 붕대로 감겨 있었고, 그 피는 고스란히 의사의 하얀 가운에도 묻어 붉게 번졌다.

"젊은 선생!"

"뭡니까?"

"부디 잘 부탁드립니다. 저희에게는 목숨보다 귀한 형님이십니다."

그런 말을 하면서도 사내의 눈은 의사를 똑바로 노려보았다. 그것은 또 다른 형태의 협박이었다. 중년 사내가 고개를 숙이자, 뒤에 서 있던 덩치들도 일제히 허리를 90도로 굽히며 크게 합창을 했다.

"잘 부탁드립니다!"

"그, 그만두세요. 이럴 시간이 없습니다!"

어지간히 질린 젊은 의사는 곧바로 뒤돌아 뛰었다. 그가 긴 복도를 지나 수술실 문을 양쪽으로 젖히고 들어가는 것과 동시에 문 위에는 수술 중이라는 램프에 불이 들어왔다.

"수, 수술실 왼편에 대기실이 있습니다. 수술이 끝나자마자 만나실 수 있으니, 그쪽에서 기다리시는 게……."

인턴 하나가 다가와 쭈뼛거리며 말했다. 돌려 말하고는 있지만, 응급실 분위기 험악하게 만들지 말고 이제 좀 다른 사람들 시야 밖으로 사라져 달라는 주문이었다.

"…그럽시다."

선선히 대답을 한 중년 사내가 뒤에 섰던 덩치들을 거느리고 사라지자, 그제야 응급실을 가득 채우고 있던 긴장감이 걷히며 여기저기서 한숨이 터져 나왔다.

"충기 형님, 여기 앉으십시오. 고생 많으셨습니다."

대기실에 들어서자마자 빨간 구두를 신은 녀석 하나가 앞질러 달려가 의자의 먼지를 털어낸 뒤 중년 사내에게 자리를 권했다.

"어흐으!"

의자에 엉덩이를 걸치자마자 중년 사내의 입술 사이로 가볍게 앓는 소리가 삐져나왔다. 강서 정수장에서 프란체스코 병원이 있는 용산까지, 새벽 서울 도로를 신호도 무시하고 시속 200킬로미터 가까이 내달렸던 긴장이 조금은 풀어진 탓이었다.

건달 밥을 먹은 지 20년이 되었지만 오늘 밤같이 지랄 맞은 경험은 처음이었다. 사시미 칼을 맞고도 고꾸라지지 않는 괴물들을 다 만나게 될 줄이야.

"야, 커피 한 잔 뽑아 와라. 형님 목마르시겠다."

충기에게 의자를 권했던 빨간구두가 대기실 입구를 막고 나란히 서 있는 부하들에게 명령을 했다. 충기는 붕대 감은 손을 내저으며 말했다.

"커피는 됐고, 소주나 두어 병 사 와. 다들 어지간히 기운도   으니까 술심이라도 빌어서 버텨야지. 수술도 길어질 것 같으니까… 어이, 담배 하나 줘라."

빨간구두는 잽싸게 담배를 꺼내 라이터를 켰다. 비에 흠뻑 젖은 담배에 겨우 불을 붙여 왼손에 끼워 주자, 충기는 깊이 한 모금을 들이켠 뒤 천천히 내뱉었다. 차갑고 청결한 냄새가 나는 수술 대기실의 공기 속으로 뿌연 담배 연기가 번졌다.

"윽!"

긴장이 풀어진 몸에 고통이 번져서 충기는 잠시 미간을 찌푸렸다. 정체 모를 괴물에게 물려 잘려 나간 오른손 검지에서는 아까부터 불로 지지는 듯한 통증이 계속 그를 자극하고 있었다.

하나 그보다 더 괴로운 것은 간간이 오른팔 전체로 번져 올라오는 저릿저릿한 감각이었다. 누군가 그의 팔에다가 전깃줄을 꽂아두고 스위치를 켰다 껐다 하는 것 같았다.

"형님도 이거 치료 받으셔야 하는데……."

곁에 서 있던 빨간구두가 충기의 다친 오른손에 시선을 두며 아첨이 섞인 걱정을 했다. 충기는 담배를 이로 문 채 과장스럽게 턱을 치켜들며 대수롭지 않다는 듯 대꾸했다.

"야, 이놈아, 지금 성호 형님이 큰 수술을 받으시는데 이까짓 손가락 한두 개가 뭐 대수라고."

"역시 형님께서는 진짜 사나이십니다. 제가 또 배웁니다."

두 건달이 입에 발린 소리들을 늘어놓고 있는 동안 심부름을 갔던 녀석이 소주를 사서 돌아왔다. 충기는 종이컵을 꽉 채워 한 잔을 들이켠 후, 나머지를 부하들에게 돌렸다.

"그거 마시고 다들 기합 바짝 넣어라. 성호 형님 무사히 나오실 때까지 우린 이 자리에서 한 발짝도 움직이지 않는다."

"네! 형님!"

말은 그렇게 해두었지만 피로가 무겁게 짓누르는 새벽 시간인데다가 비에 흠뻑 젖고 피까지 흘린 덕에 충기의 눈꺼풀은 매초, 매초가 흐를 때마다 점점 더 무거워졌다. 줄담배를 피워 물었다가 바닥에 비벼 꺼보기도 하고, 자리에서 일어나 서성대 보기도 했지만, 그래봐야 잠시였다.

오히려 지독한 통증이 머리까지 번지는 바람에 하마터면 부하들이 보는 앞에서 헛구역질을 할 뻔했다.

…나이는 못 속이는 건가.

고작 이 정도의 부상에 정신을 차리지 못할 만큼 약해진 자신을 느끼며 충기는 속으로 한숨을 쉬었다. 정신이 몽롱해지는 가운데 그는 깜빡 졸고 말았다.

잠에 빠져들기 전, 그가 마지막으로 인식했던 것은 급하게 수술실 안으로 들어가는 조 박사의 모습이었다.

☆　♥　☆

한편, 육만배의 수행 차량과 괴물을 실은 봉고는 그 시각에 인천공항 화물 터미널에 막 도착해 있었다. 갑자기 전화가 와서 접촉 장소를 이곳으로 바꾸는 바람에 방향을 돌려 달려온 것이다.

길게 늘어서 있는 여러 개의 거대한 상업용 항공 화물 카고들을 지나 거의 끝에 이르자, 전해 들었던 대로 간판도 없는 카고에서 그들을 마중하는 불빛이 비쳤다.

"저기에다가 세워."

육만배가 손짓을 하자 두 대의 검은 승용차와 승합차는 나란히 카고 앞에 멈춰 섰다. 경호원이 문을 열어주고 육만배가 차에서 내려서자, 안쪽에서 경박한 목소리가 들려왔다.

"하이고, 뭐 이렇게 한참 걸려? 하여간 노인네들이랑 일하면 아예 시계를 차고 오지 말아야 한다니까."

30대 중후반의 남자 하나가 과장된 몸짓을 하며 다가온다. 곱상한 이미지와 달리, 실은 천하의 개망나니라고 소문이 자자한 태양 그룹의 후계자였다.

젠장, 속았나…….

남자의 얼굴을 본 육만배는 속으로 끌탕을 했다. 어제 회장의 직속 비서가 찾아와 이 건을 부탁할 때만 해도 육만배는 그것이 태양 그룹 황 회장의 주문이라고만 생각했었다.

하지만 이제 와 생각해 보니 아무래도 지금 그의 눈앞에서 사악하게 웃고 있는 저 망나니가 중간에서 뭔가 장난을 친 모양이라는 생각이 스쳤다.

"작은 회장님, 오셨습니까?"

육만배는 마음을 속이는 미소를 보이며 공손히 허리를 숙였다. 돈이 어른인 세상이라, 이 망나니가 이 나라에서 두 번째로 높은 사람인 것이다. 작은 회장이 낄낄대며 말했다.

"아이구, 왜 이러셔? 당신도 회장이잖아, 육 회장. 씨발, 그러고 보니 내 주변엔 개나 소나 다 회장이야. 우리 집 노친네도 회장, 울 할망구도 뭔 협회 회장, 그리고 지금 육 회장. 어이, 육 회장. 고개 들어요! 난 사장이니까 당신이 더 높잖아."

"천만의 말씀을 다 하십니다. 저야 그저 애들 몇 명이랑 밥값이나 벌어보자고 뛰어다니는 중입니다. 어디 비교가 되겠습니까."

굴욕적인 말이지만, 동시에 사실이기도 했다. 사람들이 육만배를 가리켜 밤의 황제이니 전국구 보스니 하지만, 황 회장이 마음만 먹으면 단 며칠 만에도 그의 조직은 먼지처럼 산산이 부서져 버릴 터였다.

"아, 아, 그런 소리 들으러 온 거 아니니까 됐고, 물건이나 넘겨받읍시다. 잘 가지고 왔수?"

"네, 저기 승합차 안에… 얘들아, 어서 물건 옮겨 넣어드려라."

"아니야! 너넨 그냥 문이나 열어두고 가만히 있어. 어디, 태양 그룹 소유지에 깡패 새끼들이 더러운 족발을 들이밀려고. 야, 챙겨."

작은 회장이 손가락을 튕기자 창고 안쪽에서 경찰 특공대처럼 검은 헬멧에 마스크까지 긴 녀석들이 우르르 뛰어나와 승합차를 점거했다. 그리고 지게차가 작은 컨테이너를 싣고 접근했다. 컨테이너의 내부를 힐끔 보니 두터운 금속으로 둘러싸여 있었다.

아마 납일 것이다. 납으로 싸두면 혹시 있을지 모르는 GPS 발신도 차단하고, X─레이 투시도 막아준다. 작은 회장 뒤에 버티고 선 경호원들에게 시선을 돌리니, 양복이 유난히 불룩한 것이 육만배의 눈에 들어왔다.

'기관단총을 채워놨군. 겁쟁이 놈…….'

사람에게 심부름을 시켜놓고는 총을 찬 채 맞이하다니, 그리고 그런 사실을 굳이 숨기려고도 하지 않다니…….

이런 방식의 거래는 반감만 산다. 무력에 그렇게 자신이 있었다면 남에게 시키지 말고 자신의 손으로 했으면 될 일이다. 이 망나니 자식은 말만 번지르르하지, 도무지 제대로 하는 게 없다.

눈빛과 목소리만으로도 상대를 제압하던 제 아비에 비하면 이런 건 그냥 잔챙이도 못 된다. 그저 아비의 후광만 믿고 미쳐 날뛰는 애송이에 불과했다.

"그래, 뭐가 들었습디까?"

짐을 카고 안으로 들이는 동안 작은 회장이 물었다.

육만배는 억울하다는 듯 두 손을 들어 손사래를 쳤다.

"하, 하하, 저야 그저 심부름이나 하는 놈인데, 어디 감히 회장님 물건에 손을 대겠습니까? 믿어주십시오. 그냥 얌전히 가지고만 와서 아무것도 모릅니다."

"캬하하하! 지금 그걸 믿으라고? 시발, 사람을 무슨 코찔찔이 중학생으로 아나? 크크크큭! 아, 뭐, 됐수다. 열어봤어도 뭐, 어쩔 수 있는 물건도 아니고. 어이, 준비한 거 드려라."

경호원 중 하나가 다가와 007가방 두 개를 내밀자 육만배의 경호원이 나서서 받아 들었다.

"안 세어봐요? 얼마인지도 모르잖아?"

돈 가방을 트렁크에 실을 때, 작은 회장이 놀리는 것처럼 물었다. 순박한 사람의 가면을 쓰고 있는 육만배는 뒷머리에 손을 올리며 대답했다.

"허허허, 무슨 그런 섭섭한 말씀을. 작은 회장님께서 저희를 신경 써주신 것만 해도 그저 감사한데, 액수야 문제가 되겠습니까?"

"흥, 그럼 줄 거 줬고, 받을 거 다 받았으니, 가쇼. 애들 입단속 잘 시키고. 멀리 안 나갑니다."

육만배가 재차 허리를 숙이고 있는 동안 작은 회장은 카고 안으로 들어가 문을 쾅! 닫았다. 다시 고개를 들 때, 육만배의 얼굴에서는 약자 특유의 독기가 잔뜩 풍겨져 나왔다.

"공항이라니, 이걸 수출이라도 할 셈인가……. 대체 뭘 하자는 거야, 저 미친 망나니 놈이."

서울로 돌아오는 차 안에서 육만배는 담배 연기와 함께 욕설을 내뱉었다.

쿠우우—

새벽 첫 비행기들이 이륙하는 소리가 등 뒤에서 육중하게 울렸다.

己

"…님!"

"형…님!"

"형님!"

혼탁해진 머릿속을 헤집고 들어와 먼 메아리처럼 울리는 큰 소리 때문에 충기는 깜짝 놀라 얕은 잠에서 깨어났다. 빨간구두가 곁으로 다가와 조심스럽게, 하지만 목청을 높여서 그를 부르고 있었다.

"…큼, 큼, 뭐야?"

"수술실이 너무 시끄럽습니다. 이상합니다."

"이상하긴, 이 새끼야. 네깟 새끼가 수술에 대해서 뭘 안다고!"

졸고 있었다는 것을 들킨 게 부끄러워 충기의 언성이 높아졌다. 하지만 빨간구두는 다급했다.

"좀 들어보십시오. 수술을 하면서 저런 소리가 납니까? 저는 당최 이해가……."

"끼야아악!"

수술실 안쪽에서 들려오는 비명 소리에 빨간구두는 말을 채 끝맺지 못했다. 여러 겹의 문을 넘어 들려오는 것이어서 큰 소리는 아니지만, 그것은 분명히 여자의 날카로운 비명이었다. 놀란 충기는 자리에서 벌떡 일어나 수술실 문 앞으로 다가갔다.

'대체 무슨 일이 벌어지고 있는 거야?'

빨간구두와 부하들 역시 그의 바로 뒤에서 숨을 죽인 채 귀를 기울였다.

"잡아! …지 말고 눕혀! 진정제! 디프리반! 디프리반 20밀리 투여해!"

"벌써 주사했… 니다! 이게 벌써 …번 째입니……."

"끄아악! 이 사람! 떼어내! 으악!"

가끔 끊겨 들리기는 해도 뭔 일이 벌어지고 있는지는 대충 다 그려졌다. 이건 심상치 않다. 듣고 있던 충기와 빨간구두의 눈이 마주쳤다. 빨간구두는 충기의 명령을 기다리고 있었다.

어쩌지? 수술실에 난입했다가 혹시라도 그게 문제를 일으켜 수술이 잘못되기라도 하면…….

아주 짧은 시간 동안 충기는 고민했다. 그때, 그의 우유부단함을 비웃기라도 하는 듯 수술실의 문이 쾅! 소리를 내며 열리고 여자 간호사 하나가 뛰어나왔다.

"아아아악!"

왼 팔목을 부여잡고 미친 듯이 울부짖으며 달려 나오던 간호사는, 미처 그녀를 피하지 못한 빡빡머리에게 부딪쳐 나동그라졌다. 살이 움푹 잘려 나간 그녀의 팔목에서는 말 그대로 피가 샘솟고 있었다.

얼굴이 완전히 파랗게 질린 그녀는 대리석 바닥과 흰 간호사복을 온통 붉은 피로 물들이며 일어나기 위해 버둥거렸다.

"읍! 으, 우웨에엑!"

갑자기 쇼크가 온 때문일까, 간호사는 토사물을 쏟아내기 시작했다. 그와 더불어 로비와 응급실 주변을 서성이던 사람들의 시선도 대기실을 향해 집중되었다.

"대체 뭔 짓거리를 하고 있는 거야!"

더 이상은 참고 볼 수 없어진 충기와 부하들은 문을 열어젖히고 안으로 들어갔다. 제지하는 사람 하나 없는 널찍한 마취실을 지나 걸어가는 동안, 수술실에서는 계속해서 엄청난 고함과 비명이 들려왔다.

설마, 설마… 앞쪽으로 발걸음을 떼면서도 충기는 자꾸 뒤돌아 뛰고 싶은 충동에 시달렸다. 뭔가 보아서는 안 될 것을 목도하게 될 것만 같아 두려웠다. 딱딱하게 굳은 표정의 충기가 문제의 소란스런 수술실을 열었다.

"이런 씨발……."

눈앞에 펼쳐진 광경은 충기에게 저절로 욕설을 내뱉도록 만들었다. 수술실 내부는 그야말로 아수라장이었다. 바닥에 쓰러져 있는 간호사들과 스태프들, 그리고 그들에게서 쏟아져 나온 것이 분명한 엄청난 양의 피. 수술 도구와 기계들은 엉망으로 흩어져 있고, 한 무리의 의사들이 최성호에게 달라붙어 있었다.

그롸아악!

최성호가 비명 같은 고함을 지르며 팔을 거세게 휘두르자 그의 팔을 잡고 있던 의사가 벽에 내동댕이쳐졌다. 조금 전까지 의식을 잃고 쓰러져 있던 사람이라는 게 믿기지 않을 만큼 대단한 힘이었다. 최성호의 얼굴은 피로 범벅이 되어 있고, 목에는 주사기가 박혀 덜렁거렸다.

"…형님! 성호 형님!"

빨간구두가 소리를 질렀다. 하지만 그의 말에 반응을 보인 것은 최성호가 아니라 조 박사였다. 최성호의 턱을 밀어내느라 안간힘을 쓰고 있던 조 박사가 필사적으로 외쳤다.

"아! 그래! 자네들, 이 사람 좀 떼어내! 빨리!"

빨간구두와 부하들이 일제히 최성호에게 달라붙었다. 조 박사를 물어뜯기가 어려워지자 최성호는 곧바로 방향을 바꾸어 가장 가까이에 있는 빡빡머리의 두툼한 가슴팍을 노렸다.

"끄윽! 허, 형님! 왜, 왜 이러십니까? 끄윽!"

가슴팍을 물린 빡빡머리는 비명을 지르며 사정을 했다. 그러나 있는 힘껏 턱을 꽉 다물며 사방으로 피를 튀기는 최성호의 눈빛에 이미 자비심 따위는 없었다.

만배파 조직원들은 이러지도 저러지도 못하고 그저 최성호의 몸을 잡아끌 뿐이었다. 그 사이를 틈타 재빨리 뛰어 나가려는 조 박사의 수술복 자락을 충기가 붙잡았다.

"이게 무슨 일입니까?"

"이거 놔!"

조 박사가 노기 어린 목소리로 소리를 내질렀다. 그 굉장한 박력에 충기는 자신도 모르게 손에서 힘을 뺐고, 풀려난 조 박사는 벽에 붙어 있던 비상 경보 스위치를 누르고 그 자리에 털썩 주저앉았다.

얇은 플라스틱 커버가 부서지면서 빨간 스위치가 쿡, 눌리자 삐잉! 삐잉! 하는 사이렌이 병원 전체에 울려 퍼졌다. 그러는 동안에도 여전히 최성호는 괴력을 휘두르며 부하들의 몸에서 닥치는 대로 살점을 뜯어내고 있었다.

　"……."

　충기는 붕대로 감은 오른손을 들어 이마를 감쌌다. 모든 게 꿈속처
럼 아득하고 어지럽다. 주변이 너무나 시끄러워 오히려 귀에는 아무것
도 들리지 않게 되어버렸다.

　앞쪽에서 벌어지고 있는 부하들과 최성호의 피 튀기는 활극, 쓰러
져 죽어가는 의사들과 간호사들, 생전 처음 들어보는 병원 내의 경보
음. 그 모든 것이 현실이라기엔 너무나 기괴했다.

　"끄ㅇㅇㅇㅇ~!"

　혼란스러워서 멍하게 서 있던 충기는 누군가 피 끓는 소리를 내며
안기는 바람에 흠칫 놀라 한 발짝 뒤로 물러났다. 조금 전, 응급실에서
보았던 그 젊은 의사였다.

　그는 어떻게든 충기에게 기대보려고 간절히 손을 뻗다가 쓰러져 버
렸다. 의사의 얼굴이 충기의 배와 다리를 타고 힘없이 미끄러져 내려
갔다.

　"흐ㅇㅇ~ 끄극, 끅."

　목이 뜯겨 나간 젊은 의사는 벌어진 입술 사이로 피를 쏟아내며 눈
으로 애원을 했다. 비록 그의 입에서 흘러나오는 소리는 아무 의미 없
는 신음뿐이지만, 충기는 젊은 의사가 하고 싶은 말을 다 알아들을 수
있었다. 충기는 의사를 향해 고개를 저으며 발목을 잡으려는 그의 손
을 뿌리쳤다.

　"…무리야. 이미 너무 늦었어."

　방금 전까지만 해도 촉망 받는 인생을 살던 젊은 의사의 처참한 몰

골은 충기에게 현실적인 감각을 되돌려 주었다. 그는 치열한 몸싸움을 벌이고 있는 최성호와 부하들을 그대로 남겨둔 채 뒷걸음질을 쳐서 혼자만 수술실을 빠져나왔다. 이제 충성이니, 의리니 찾는, 빤한 가면 놀이를 끝낼 때가 온 것이다.

"제기랄, 왜 이렇게까지 일이 커진 거지?"

얼굴을 가린 채 빠른 걸음으로 병원 복도를 가로지르면서 충기는 어떻게 할 것인가에 대해 생각했다. 어찌 된 영문인지는 몰라도 최성호가 되살아나 미친 새끼처럼 의사들을 죽여 버린 덕에 오늘 그들이 벌인 범죄들, 국가 요원 살해에 주요 기밀 강탈까지… 그 모든 것들은 이제 비밀로 남겨지기 어렵게 됐다.

잡혔다간 일이십 년 감옥에서 썩고 나온다고 될 일들이 아니었다.

아마 죽을 때까지 바깥 공기는 못 마시게 될 테지…….

충기는 늘 이런 날이 올 때를 상상하며 어떻게 빠져나갈 것인가를 궁리해 왔다. 가능한 한 빨리 해외로 달아나야 한다.

"가게! 내 가게로 가야 해, 먼저."

가산 디지털 단지에는 그가 운영하는 룸살롱이 있다. 가게 사무실 금고에 보관해 두었던 달러와 엔화를 챙겨서 곧바로 공항으로 가면 아직 수배가 내려지기 전에 이 나라를 뜰 수 있을 것이다. 다행히 그는 은행보다 지폐를 더 신뢰하던 사람이어서 항상 달러를 넉넉히 꿍쳐 두어 왔다. 나머지는 차후에 마누라에게 챙겨 오라고 하면 된다.

"열쇠! 열쇠 내놔!"

주차 관리소의 창문을 거칠게 두드리면서 충기는 고래고래 소리를 질렀다. 단 1초라도 낭비할 시간이 없었다.

"무슨 열쇠요?"

주차 관리원이 무슨 말인지 모르겠다는 표정을 지었다.

"좀 전에 타고 왔던 검은색 아우디! 이 개새끼야, 빨리!"

"여, 열쇠, 저한테 없어요. 여기 맡겨야 한다니까 그, 그냥 가셨잖아요."

그 말을 하는 주차 관리원의 목소리는 잔뜩 겁에 질려 있었다.

그랬었지…….

충기에게도 기억이 되살아난다. 자동차 열쇠는 운전을 했던 빡빡머리의 주머니 안에 있다. 그리고 지금 그 빡빡머리에게 되돌아가서 열쇠를 찾아오려 했다가는 오히려 발목을 붙들리게 될 것이다.

차는 포기해야 한다. 덜덜 떠는 주차 관리원 뒤편에는 무수한 자동차들의 열쇠가 유혹하듯 걸려 있다. 저 열쇠 중 아무거라도 하나 집어 들고 잠시만 차를 빌리고 싶은 유혹에 1초쯤… 충기는 갈등했다.

하지만 이내 그 생각을 접었다. 만약 그랬다간 저 멍청한 새끼가 신고를 할 테고, 괜히 긁어 부스럼만 될 것이다. 이제부터는 외국행 비행기에서 내릴 때까지 가능한 한 눈에 띄는 짓은 하면 안 된다.

"이런 씨발!"

마음이 급해진 충기는 욕설을 내뱉으며 거리로 뛰어나갔다. 까짓 거, 택시를 잡아타면 된다. 아니, 어쩌면 이 몽롱한 정신으로 운전을 하는 것보다 그 방법이 더 나을지도 몰랐다.

어느새 동이 터 오는 거리에 발을 내딛자 피로에 지친 몸이 휘청거렸다. 아직 출근 시간 전의 거리에는 빈 택시가 오가는 사람보다 많았다.

"택시! 어이, 택시!"

충기는 크게 손을 저으며 애타게 택시를 불렀다. 간간이 병원 쪽에서 들려오는 괴성과 비명은 그의 마음을 더욱 조급하게 만들었다. 하지만 어찌 된 일인지 택시들은 그를 보지 못하는 것처럼 멈춤 없이 쌩쌩 지나가 버렸고, 개중에는 일부러 피하는 놈들까지 있었다.

"왜 이러는 거야? 개새끼들이 단체로 나를 엿 먹이는 것도 아니고……."

한참 동안 허탕을 친 충기는 이해할 수 없다는 듯 투덜거렸다. 신호에 막혀 그의 앞에서 멈춰 선 검은 자동차에 비친 자신의 모습을 보지 못했다면, 훨씬 더 오랫동안 그 이유를 알 수 없었을 것이다.

"이… 이런 씨발, 이러니까 택시들이 부리나케 도망을 쳤지……."

검은 자동차에 비친 그는 얼굴부터 허벅지에 이르기까지 온통 시뻘건 피를 뒤집어쓰고 있었다. 그야말로 야차의 모습이다. 하얀 와이셔츠의 가슴부터 배까지가 빨갛게 물들어 있어서 해부실에서 막 튀어 나왔다 해도 믿어질 정도였다.

"이게 대체 어디서 이런 거야?"

이유를 생각하자마자 떠오른 것은 최성호가 날뛰던 수술실에서 자신에게 기대보려던 젊은 의사였다. 그의 목과 입에서 줄줄 흘러내리던 피의 색깔이 눈에 선했다.

"맞아, 그 개새끼가 피 칠갑을 하고 있었지. 그때 묻었구나."

충기는 답답한 마음에 혀를 끌끌, 찼다. 확실히 지금 자신의 꼬라지를 보고도 태워줄 택시 기사는 없을 것이다.

"어떻게 하지… 병원 화장실에라도 가서 좀 씻고 와야 하나?"

고민을 하고 있을 때, 맞은편 차로에서 사이렌을 울리며 달려온 경찰차 세 대가 병원 안으로 들어갔다. 아까 조 박사가 울렸던 경보를 듣고 달려온 것이리라.

이제 병원에 돌아갈 수는 없다. 가뜩이나 눈에 띄는 덩치와 외모인데, 이렇게 피까지 뒤집어쓴 채 어슬렁거렸다간 곧바로 체포될 것이 분명하다.

충기는 다른 방법을 찾기로 하고 일단 병원에서 벗어나기 위해 걸음을 재촉했다.

"윽!"

또 팔이 찌릿해지며 마비가 온다. 잘린 손끝에서 시작된 통증은 이제 목덜미까지 옮아갔다. 충기는 이를 악물고 버티며 필사적으로 주위를 둘러봤다.

어떻게 하면 빨리 가게까지 갈 수 있을까… 지금 여기서 잡히기에는 목숨을 걸고 살아왔던 지금까지의 세월이 아깝다.

"어푸, 어푸, 으으, 씨발. 퉤!"

썩 내키지는 않지만, 어젯밤에 내렸던 빗물이 고인 곳을 찾아 얼굴이나마 대충 피를 씻어냈다. 담배꽁초가 떠다니는 물에서는 지린내가 났다.

이른 출근을 위해 지하철역을 빠져나오던 사람들이 더러운 물로 얼굴을 씻는 충기의 별난 꼴을 보고 놀라 슬금슬금 갓길로 피해갔다.

"하필이면 사람들 많은 지하철 쪽으로 와버렸군……."

투덜대던 충기는 정신이 버쩍 드는 것 같았다.

지하철! 그랬지……

높은 계단 위에 박혀 있는, 용산역이라는 세 글자가 구원처럼 다가왔다. 왜 그 생각을 못했던 건지 우습기까지 했다. 가게 자리를 알아볼 때 역세권에 사야 한다고 그렇게 신경을 썼으면서…….

구로까지만 가면 그의 룸살롱에서 그리 멀지 않다. 충기는 미친 사람처럼 허우적거리며 역 계단을 뛰어올랐다.

"까아아악!"

탕! 탕!

역 안에 들어서기 직전에 병원 쪽으로부터 들려오는 비명과 총소리에 충기는 잠시 경직되어 뒤를 돌아보았다. 몇 명인가 피를 흘리는 사람들이 병원 정문 밖으로 뛰어나오며 살려 달라고 고함을 치는 중이었다.

"어어! 저, 저거!"

충기는 자기도 모르게 큰 소리를 질렀다. 조금 전, 병원 안으로 들어갔던 경찰차 중 한 대가 사람들을 깔아 죽일 기세로 급하게 달려 나온다.

비명과 브레이크, 경적 소리를 뚫고 도로로 진입한 경찰차는 채 몇 미터도 지나지 않아 달려오던 차들에 받혀 중앙선 너머로 미끄러졌다.

빠아아앙~!

마주 오던 차들이 경적을 울려봤지만, 이미 경찰차는 제어 능력이 없었다.

콰콰쾅!

대여섯 대의 차들이 연쇄 추돌을 일으켰고, 경찰차는 날아가다시피 밀려 상가 유리창을 박살 냈다.

와장창!

날카로운 유리 조각이 사방으로 튀었다.

순식간에 꽉 막혀 버린 용산역 앞 6차선 거리에는 소음과 고성이 난무했고, 그렇게 멈춰 선 자동차들 사이를 피투성이가 된 병원 탈출자들이 헤집으며 뛰어다녔다.

탕―!

병원 안쪽에서는 다시 한 번 총성이 울렸다.

"지옥이 따로 없네……. 미친 새끼들, 잘해봐라. 난 뜬다."

3

충기는 저주를 떼어내듯 침을 탁, 뱉은 후, 지하철 역 안으로 뛰어들어갔다. 그가 가장 마지막으로 지하철을 타봤던 것은 아마 15년 전이었을 것이다.

역 내부의 풍경은 모든 것이 낯설기만 해서 충기는 잠시 우왕좌왕해야 했다. 표를 파는 곳도 없고, 역무원도 보이지 않는다.

"에라이!"

표 사는 것을 포기한 충기는 개찰구를 풀쩍 뛰어넘었다.

혹시 나중에 문제가 생기면 돈으로 물어주면 될 테지…….

"후웁, 욱!"

머리가 흔들렸더니 또다시 구토가 밀려와 충기는 입을 막으며 플랫폼을 향해 걸었다. 몸이 점점 뜨거워진다. 그리고 주변의 소음들이 조금씩 메아리치며 웅웅― 울리기 시작했다.

악몽을 꿀 때처럼 무거워져서 도무지 말을 듣지 않는 다리를 억지로 움직이며 세 번의 구토를 거친 끝에 충기는 겨우겨우 플랫폼 위에 도달했다.

"허억, 허억……."

피가 튄 양복과 와이셔츠를 걸친 충기가 비틀대며 사람들과 부딪칠 때마다 모세의 기적처럼 그의 앞쪽으로 길이 트였다.

사람들은 수군대거나 혹은 외면하면서 가능한 한 그에게서 멀찌감치 떨어져 있기를 원했다. 열차가 도착해서 문이 열렸을 때도 마찬가지였다. 사람들로 붐비던 객차지만, 충기의 주변만은 한산했다.

'여섯 정거장을 가야 하는 건가……. 젠장, 견딜 수 있을까? *끄으웅, 으윽!*'

머리가 욱신거리고 눈이 가물거려서 문가에 붙은 노선도를 알아보는 데만도 한참이 걸렸다. 고통이 파도처럼 휩쓸고 가는 주기가 점점 더 짧아져서 이제 30초가 길다 하고 머리가 쪼개지는 것 같았다.

충기는 기둥을 붙잡은 손에 힘을 꽉 주면서 쓰러지지 않기 위해 노력했다. 그의 입에서 신음 소리가 흘러나올 때마다 그의 주변에 둘러져 있던 사람들의 원은 더욱 넓어졌다.

"웅? 여기가……."

또다시 발작처럼 온몸이 불붙는 것 같은 통증이 지나가고 눈을 떴을 때, 충기는 자신이 어디에 있는 것인지 깨닫지 못했다.

"뭐지? 여기가 어디야? 사람이 왜 이리 많아? 웅? 기차인가? 기사 놈은 어디로 가고 내가 이런 걸……."

머리통 한구석이 싹 비워진 것처럼 아무것도 기억이 나지 않는다.

욱씬!

혼란스런 머리가 정리되기도 전에 재차 찾아오는 통증!

충기는 귀신들린 사람처럼 눈을 까뒤집고 거품을 물어가며 비명을 질렀다. 같은 칸에 타고 있던 사람들은 그런 충기의 기행을 보면서 불평스런 혼잣말을 수군거렸다.

"어우, 무서워. 저 사람, 왜 저래?"

"아, 씨발. 아침부터 재수 없게… 뭐야?"

"정신병자가 어디서 뭔 사고를 치고 왔나, 가뜩이나 좁아 죽겠는데. 쯧!"

그리고 몇 초 후에 광기 어린 발작을 멈추었을 때, 거기에 웅크리고 있는 것은 더 이상 예전의 충기가 아니었다. 방금 전까지만 해도 검게 번들거리던 눈동자에는 하얀 막이 씌워졌고, 이빨 사이에서는 고약한 냄새를 풍기는 점액이 끊임없이 흘러나왔다.

그르르……

주위를 둘러보던 충기가, 아니, 한때 충기였던 괴물이 목젖을 울리며 그르렁거렸다. 그 소리는 가뜩이나 눈살을 찌푸리며 긴장하고 있던 사람들이 더더욱 뒷걸음질을 치도록 만들었다.

하지만 괴물의 몰골을 보지 못하는, 객차의 반대편에 서 있던 승객들은 그들의 자리를 비집으며 밀고 들어오는 사람들의 무례함에 오히려 짜증을 부렸다.

"아, 그만 좀 미세요! 여기도 자리 없어요."

"그게 아니라 뒤에서 자꾸 밀어서 저도 밀리는 거예요."

괴물이 최초의 희생자로 점찍은 것은 그로부터 가장 가까이에 서 있던 중년의 여성이었다. 힘 싸움에 밀려 도무지 안쪽으로 들어가지 못한 채 겁에 질린 눈으로 괴물을 바라보고 있던 중년 여성에게 괴물이 달려들었다.

괴물은 중년 여성이 반사적으로 들어 올려 막은 작은 핸드백을 후려치고 주름이 생기기 시작한 볼에 송곳니를 박아 넣었다. 주변의 사람들이 말리거나 가로막을 수 없을 만큼 순식간에 일어난 일이었다.

"까아악!"

중년 여성이 비명을 지르며 괴물을 밀쳐 내봤지만 괴물의 힘은 상상 이상으로 셌고, 볼 살을 물어뜯는 힘은 더욱 강해졌다.

으득!

마침내 살점이 뜯겨져 나가고 중년 여성의 얼굴은 곧장 피범벅이 되었다.

그라아악!

괴성과 함께 괴물이 두 번째 공격을 가했다. 이번엔 얼굴을 감싸 쥐고 있는 여자의 손이었다.

빠드득!

손등의 가느다란 뼈들이 부러지는 소리와 함께 핏줄이 터졌다.

"뭐, 뭐야, 이게!"

잠시 얼어붙어 있던 주변 사람들이 정신을 차리고 괴물의 얼굴과 몸을 밀쳐 냈다. 개중에는 용감한 이들도 있어서 괴물을 진압하기 위해 적극적으로 주먹을 휘두르고 발길질을 하기도 했다.

처음엔 요지부동이던 괴물도 한꺼번에 대여섯 명이 달려들자 결국 그 힘을 이기지 못하고 밀려 넘어졌다.

"야이, 미친 새끼야!"

파란 폴로셔츠를 입은 청년과 알로하셔츠 차림의 아저씨 둘이 가장 적극적으로 개입하여 욕설을 퍼부으며 괴물의 옆구리를 걷어찼다. 다른 사람들은 졸지에 봉변을 당한 중년 여성의 상태를 걱정스럽게 살폈다.

"아이고, 아이고… 이 사람 어떡해. 아줌마, 정신 좀 차려봐요!"

아무리 애타게 불러봐도 피를 사방에 흩뿌리며 사람들에게 안긴 중년 여성은 깨어나질 않았다.

"누가 119에 전화 좀 해요!"

"세상에, 이게 웬일이야……."

승객들의 관심이 반쯤 피해자에게 옮겨갔을 때, 괴물에게 발길질을 하던 알로하셔츠가 고통 어린 비명을 질렀다.

"으아악!"

괴물은 알로하셔츠의 허벅지를 꽉 잡고 몸을 날리면서 올라타 옆구리를 깨물고 비틀어 댔다. 폴로셔츠가 아무리 발로 차고 등에 주먹질을 해봐도 괴물은 꽉 다문 턱에서 힘을 뺄 생각이 없어 보였다.

"끄으윽!"

솟아나온 피로 옆구리를 물들인 알로하셔츠의 비명이 높아지면서 그 사이로 우적우적! 사람의 생살을 씹어 삼키는, 생전 처음 들어보는 소리가 섞여 아수라장이 된 지하철 안을 울렸다.

"이런 씨발 새끼가!"

분노한 한 무리의 승객들이 들고 있던 가방을 휘둘러 괴물의 머리를 후려치고, 구둣발로 얼굴을 걷어찼다. 일부는 괴물의 등 뒤로 돌아가 머리채를 잡아당기기도 했다.

하지만 여전히 괴물은 알로하셔츠의 옆구리를 파먹는 데에만 집중했다. 그 모든 노력들이 수포로 돌아가고, 마침내 알로하셔츠가 단말마를 남긴 채 숨을 거두고 나서야 괴물은 입을 떼고 머리를 들었다.

주르르, 알로하셔츠의 뻥 뚫린 상처에서는 피에 섞여 내장이 흘러내렸다. 그 끔찍한 참상에 사람들은 다시 한 번 비명을 질렀다.

"비켜요, 비켜! 아, 좀 제발!"

"아악! 내 팔! 악!"

"사람 넘어졌어요! 밀지 마!"

뒷줄 대부분의 승객들은 어떻게든 다음 칸으로라도 피신하기 위해 문가에 몰려 난리를 치르고 있었다.

문틈에 끼인 사람, 넘어져 깔린 사람, 옴짝달싹도 할 수 없이 앞뒤로 꽉 밀려 숨조차 쉬지 못하는 사람들이 일제히 고성을 질러 대는 바람에 객차 내부는 극도로 혼란스러워졌다.

그르르르……

고개를 돌린 괴물의 흰 눈동자가 번득이고, 피가 줄줄 흐르는 입이 벌어진다. 가장 용감하게 발길질을 해 대던 사람들조차 이미 섬뜩한 공포를 느끼고 주춤주춤 뒷걸음질을 치는 중이었다. 괴물이 일어나는 동안에도 그들에게는 달아날 공간이 없었다.

서로 밀치고 밀쳐지며 엎치락뒤치락해 보지만, 그래봐야 결국 괴물로부터 몇 미터도 멀어지지 못한다. 괴물이 한 발짝, 한 발짝을 내디딜때마다 미처 달아나지 못한 사람들의 가슴은 얼음처럼 차갑게 쪼그라들었다.

"제발, 제발, 제발… 으아아, 안 돼! 안 돼!"

그롸아아악!

간절한 애원 소리는 괴물의 울부짖음으로 덮였고, 몸을 날린 괴물은 애꿎은 한 사내의 목덜미를 덥석 깨문 뒤 마구 흔들어 댔다.

피시싯!

찢어진 사내의 경동맥에서 분사기처럼 뿜어져 나온 핏방울들로 지하철 한쪽이 붉게 물들었다. 피를 뒤집어쓴 사람들의 비명 소리는 더없이 높아졌다.

사내의 몸이 축 늘어지자 괴물은 제4의 먹잇감을 고르기 위해 눈을 희번덕거렸다. 괴물이 다가오는 것을 막아보려던 사람들의 손가락이, 그리고 뒤돌아서서 달아나려던 이들의 귀가 차례로 잘려 나갔다.

괴물은 아가리를 크게 벌린 채 닥치는 대로 잡아당겨 깨물고 할퀴고 찢었다. 아무도 이렇다 할 저항 한 번 해보지 못한 채 다들 달아나기만 급급하던 그때, 괴물의 뒤쪽에서 폴로셔츠가 고함을 내질렀다.

"이야아아!"

그새 어디서 구한 것인지, 큼직한 소화기를 휘두르며 폴로셔츠가 몸을 날렸다.

빠가각!

두 손으로 내려찍은 소화기가 괴물의 등뼈를 박살 냈다. 휘청하던 괴물이 곧바로 몸을 돌려 폴로셔츠의 팔목을 향해 이를 드러내고 달려들었다.

아그작!

얕게 물린 상처의 고통을 이겨내며 폴로셔츠는 괴물을 사정없이 내려찍었다.

콰직! 콰직!

단단한 소화기에 갈비뼈와 어깨가 차례로 부서졌지만, 괴물의 공격은 멈추질 않았다.

"죽어! 이 씨발!"

두어 발짝 물러난 폴로셔츠는 자신의 키보다 높은 곳에 있는 괴물의 머리를 후려치기 위해 있는 힘껏 소화기를 휘둘렀다.

부웅—!

첫 번째 스윙은 허공을 갈랐고, 폴로셔츠는 중심을 잃은 채 비틀거렸다.

대엥~!

소화기에 맞은 지하철의 기둥 손잡이가 큰 소리로 울렸다. 등을 보인 폴로셔츠를 향해 괴물이 달려들려는 바로 그때, 건장한 남자 하나가 괴물을 향해 몸을 날렸다.

"이야!"

건장한 남자는 이종격투기의 태클처럼 두 팔로 괴물의 다리를 안고 밀어 쳤다.

쾅!

넘어지며 날아가던 괴물의 머리가 노약자석 창문에 부딪치며 엄청난 소리를 냈다. 기묘한 각도로 꺾여 의자와 바닥에 널브러진 괴물에게 올라탄 건장한 남자는 쉴 새 없이 펀치를 날렸다.

"빨리 소화기로! 빨리!"

구경하던 승객들이 폴로셔츠에게 응원과 주문을 섞어 일제히 외쳤다. 폴로셔츠는 소화기를 높이 들고 괴물을 향해 뛰었다.

"아저씨, 비켜요!"

폴로셔츠가 소리를 지르자, 괴물에게 파운딩을 하고 있던 건장한 남자가 몸을 뺐다.

빠각!

떡메를 휘두르듯 내려친 소화기에 괴물의 얼굴과 머리통은 박살이 나버렸다. 하지만 광기에 가까울 만큼 흥분한 폴로셔츠는 두 번, 세 번 같은 자리에 소화기를 내려찍었다. 괴물의 얼굴은 곤죽이 되었고, 이빨과 뼛조각이 사방으로 튀었다.

그것은 보고 있기 끔찍한 광경이었지만, 그를 말리려고 하는 이는 아무도 없었다. 인정을 두기에 저 괴물은 너무 위험하다는 것을 다들 절실하게 경험했기 때문이다.

"허억, 허억……."

마침내 탈진한 폴로셔츠가 소화기를 떨어뜨리며 주저앉았을 때, 분사구를 꽉 움켜쥐고 있던 그의 손은 엉망으로 찢어져 피투성이가 되어 있었다.

"고생했어요."

건장한 남자가 손을 내밀어 폴로셔츠에게 악수를 청하자 어떤 승객들은 박수를 치면서 용기 있는 두 사람에게 감사의 뜻을 전하기도 했다. 그러나 박수 소리보다 더 크고 자주 울린 것은, 찰칵거리는 카메라 셔터 소리였다.

이제까지 계속 달아나려고만 했던 사람들이 이번에는 한 발짝이라도 더 앞쪽으로 나오기 위해 몸싸움을 벌였고, 핸드폰을 꺼내 신들린 것처럼 사진을 찍어 댔다.

잠시 후, 지옥 같던 한 정거장의 여행이 끝나고 대방역에 도착한 지
하철의 문이 활짝 열렸을 때, 사람들은 눈물과 피가 범벅이 된 채 앞
다투어 기차 밖으로 뛰어나가면서 진저리를 쳤다.

그들의 인생에서 가장 끔찍했던 3분이었다고, 그렇게 생각하면
서……

ㄴ

구로역이나 신도림역을 이용하는 사람들이 들으면 콧방귀를 뀌며
비웃을 테지만, 6호선도 출근 시간대에는 꽤나 붐빈다.

아침부터 끈적거리는 땀 냄새와 불쾌한 열기가 가득 차 있는 승강
장에서 인파에 부대끼며 열차를 기다리고, 그보다 더 붐비는 열차 안
에서 한 시간여를 시달리고 나면 사람의 인내는 한계까지 내몰린다.

그 짓을 매일 아침 반복해야 한다니, 믿을 수 없는 일이지만 사람이
란 적응의 동물이니까 참고 또 익숙해지기 마련이다.

스물다섯 살 성준에게도 녹사평에서 출발해 2호선으로 갈아타야
하는 매일의 등교 시간은 몸에 익은 고통이었다.

하지만 요 근래 두어 달, 성준은 그 괴로운 시간을 오히려 즐기며
기다리게 되었다.

"흠, 흠, 흠~ 아직 안 왔네."

플랫폼을 한 바퀴 둘러본 성준은 안심하며 스마트폰을 꺼내 음악
플레이어를 열었다. 듣는 노래는 당연히 이번에 발매된 핑크 펀치의

새 앨범. 성준은 신작이 발표된 첫날, 전곡을 구입했다.

헤드폰으로 흘러나오는 핑크 펀치의 노래를 속으로 따라 부르며 자신을 현실로부터 떼어놓고 있으면, 가슴을 눌러 숨을 쉴 수 없게 하는 만원 지하철도 그나마 견딜 수 있다.

핑크 펀치 신보 열 곡이 전부 한 번씩 재생될 때쯤 그는 지옥 같은 지하철에서 풀려나 학교로 가는 길 위에 서곤 한다. 이번 앨범에서 성준이 가장 좋아하는 노래는 '두근두근' 이다. 비록 타이틀곡은 아니지만, 어쩌면 그렇게 자신의 마음을 고스란히 담아냈는지 신기할 지경이어서 몇 번이나 반복 재생 버튼을 누르게 된다.

"엇, 왔다."

7시 20분쯤 정장을 깨끗이 차려입은 아가씨 하나가 에스컬레이터를 타고 내려오자, 콧노래를 흥얼거리던 성준의 얼굴이 약간 상기되었다.

'아, 오늘도 예쁘구나.'

짙은 남색 레이온 치마 정장에 어깨를 덮는 긴 머리, 스물대여섯쯤으로 보이는 그녀의 검은색 스타킹을 신은 다리가 날씬해서 보기 좋다.

성준의 입가에 미소가 번진다. 아직 이름도 모르는 그녀가 바로 요즘 성준의 등굣길을 기쁘게 만드는 이유였다. 두어 달 전, 우연히 일찍 집을 나섰다가 출근하는 그녀를 처음 보았고, 그때부터 늘 이 시간을 기다려 지하철을 같이 타고 간다.

♪~난 그대 잘 알죠, 뭘 좋아하는지.

아침마다 타 줄 수 있는데~ 부드러운 밀크 커피~ ♪

그녀가 플랫폼에 섰을 때, 마침 '두근두근'이 흘러나왔다. 도입부는 청순한 테라의 목소리. 생각해 보면 성준이 매일 뒤에 서서 훔쳐보는 그녀도 어딘가 테라를 닮았다.

물론 그만큼 예쁘다고 하면 조금 거짓말이겠지만, 느낌이 비슷했다. 테라의 뒤를 이어 섹시한 제니가 노래한다. 이 듀오의 하모니는 정말 기가 막히다.

♪ ~한 번만 내게 웃어준다면, 손 내밀어준다면~
I'm yours~ 달려갈 텐데, 아주 깊은 밤에라도~ ♪

선이 고운 손으로 쓸어 넘기자 그녀의 갈색 머리카락이 흩날리듯 찰랑거린다. 마음 같아서는 바로 뒤에 서서 상큼한 샴푸 냄새를 맡고 싶지만, 성준은 그렇게 하수는 아니다.

그는 늘 그녀로부터 대여섯 발짝 뒤처진 곳에 서서 지켜보기만 했다. 혹시라도 그녀가 자신의 존재를 알아채고 부담스러워하거나, 피할까 봐 두려운 것이다.

열차를 기다리는 동안 그녀는 언제나 이어폰을 꽂은 채 핸드백에서 조그만 문고본을 꺼내 읽는다. 요새 그녀가 읽고 있는 것은 까뮈의 〈페스트〉. 조금이라도 그녀와 가까워지고 싶은 욕심에 성준도 도서관에서 빌렸지만, 재미라고는 없다.

♪ ~ 멀리서 이렇게 뒷모습만 봐도 좋은걸요.
그대 옷자락, 향기처럼 날리면 내 가슴은 두근두근.
한 번 더, 하루만 더 먼발치서 그댈 훔쳐볼래요.
아직 내 심장 너무 떨려, 고백은 못해요. 두근두근~ ♪

테라와 제니가 합창을 하면서 성준의 마음을 대변해 준다. 그 가사 그대로다. 비록 오늘은 아니지만, 언젠가 반드시 그녀에게 자신의 마음을 고백할 날이 올 거라고 성준은 굳게 믿고 있었다.

친구들은 그런 그를 용기가 없다고 놀리지만, 성준은 내일 더 좋은 기회가 올 거라고 생각하며 하루하루 고백을 미루고 있다. 남들보다 잘난 구석이 별로 없는 자신이 그녀의 마음을 사로잡기 위해서는 뭔가 기가 막힌 계획이나 절호의 찬스가 필요하다.

'뭐, 앞으로도 기회는 얼마든지 있을 테니까.'

열차 도착이 꽤나 지연되는 바람에 오늘 그녀와 가지는 혼자만의 밀회는 조금 더 길어졌다. 처음엔 시계를 힐끔거리고 초조한 듯 발을 동동거리던 그녀는 결국 포기하고 책에 시선을 고정시켰다.

여기저기서 불평불만이 터져 나오는 동안에도 성준의 시선은 그녀의 몸짓 하나하나를 놓치지 않았다. 바로 옆줄에는 한눈에도 군인으로 보이는 젊은 외국인들 예닐곱 명이 배낭을 멘 채 수다를 떨고 있다. 아마 가까운 곳으로 하이킹이라도 가는 모양이다.

'좋겠다. 나도 곧 저렇게 그녀와 마주 보고 웃으며 이야기할 수 있었으면…….'

그들 중 한 쌍의 금발 남녀가 즐겁게 재잘대는 모습을 보고 나자 성준의 상상은 그를 데리고 긍정적인 가까운 미래로 간다. 그녀가 그를 위해 라면을 끓여주는, 아주아주 바람직한 미래다.

뚜르르륵~ 땡땡땡땡.

상상 속에서 라면을 얌전히 먹을 것인가, 아니면 밥상을 옆으로 밀쳐 내고 그녀를 와락 안을 것인가를 고민하고 있을 때, 열차가 들어온다는 안내 방송이 나왔다. 여전히 그녀는 고운 손으로 책장을 넘기고 있다.

"어, 어… 이게!"

열차가 속도를 줄이며 승강장에 멈춰 설 때, 성준은 눈을 동그랗게 뜬 채 제대로 말을 할 수조차 없었다. 이럴 수가 있나… 객차의 유리창이 전부 피투성이였다.

지하철 문은 피로 찍은 손바닥 자국이 가득하고, 수많은 승객들이 마치 지옥에서 기어 올라온 몰골로 이쪽을 노려보고 있다. 한쪽에서는 입가에 피를 묻힌 사람들이 얼굴에 피를 흘리는 사람들을 쫓아 뛰고, 또 한편에서는 사람들이 사람들을 잡아먹고 있다.

너무나 의외의 장면이었기에 아주 잠깐 성준의 머릿속은 새하얗게 변해 버렸다. 열차를 기다리던 사람들의 수군거림이 헤드폰을 넘어서까지 들려왔다.

"저거 뭐냐… 뭐야… 이상해!"

미지의 공포에 사로잡혀 주춤주춤 뒷걸음질을 치던 사람들 중 절반가량이 멈춰 선 열차가 입을 벌리기 전 뒤를 돌아 뛰기 시작했다. 하지만 나머지 절반은 상황이 제대로 파악되지 않는지 그 자리를 그대로 지켰다.

성준은 도망치는 쪽이었다.

응? 그렇다면 그녀는?

몇 걸음을 달리던 성준은 계단 앞에서 멈춰서 그녀를 돌아봤다.

아, 다행이다. 그녀 역시 울상을 지으면서 계단을 향해 뛰고는 있었다. 하지만 그녀가 택한 계단은 성준이 고른 것보다 사람들의 줄이 더 긴 쪽이었다.

드르르릉.

차단벽 열리는 소리가 죽음의 선고처럼 들린다. 이제 1초 후면 지하철의 문도 열릴 것이다. 자기가 올라갈 차례가 왔지만, 성준은 뒤돌아서서 뛰었다.

"이쪽이 더 빨라요! 이쪽으로 와요!"

사람들에게 밀려 맨 뒤에 서 있는 그녀의 손목을 덥석 잡아끌며 성준이 외쳤다. 상상했던 것보다 더 희고, 부드럽고, 가느다란 팔목이다.

"네?"

깜짝 놀란 그녀가 울상을 짓고 물었다.

"빨리 와요!"

성준과 그가 가리킨 계단을 번갈아 본 그녀가 고개를 끄덕이더니 함께 뛰기 시작했다. 지하철 문은 벌써 열렸다. 그와 동시에 피투성이의 광인들이 이상한 소리를 지르며 일제히 튀어나왔다.

광인들에 섞여 멀쩡한 사람들도 비명을 지르며 뛰쳐나왔는데, 모두다 피를 뒤집어쓴 채여서 겉모습만으로는 누가 광인이고, 누가 멀쩡한사람인지 도저히 분간할 수 없었다.

성준과 그녀는 가능한 한 광인들로부터 멀어지기 위해 플랫폼의 반대편으로 돌아 뛰었다. 그래봐야 불과 5미터 정도의 거리였다. 그들이 계단에 닿을 때까지 제물이 되지 않을 수 있던 것은 순전히 운이었다.

"으악! 으아아!"

광인들에게 붙잡힌 사람들은 비명을 지르며 쓰러졌다.

우적! 콰직!

광인들은 두셋이 한꺼번에 달려들어 사람을 덮친 다음, 닥치는 대로 물어뜯었다.

"여기로 도망가면 돼요!"

누군가 지하철역 맨 끝의 비상 대피 통로 문을 열고 외치자 일부는 그쪽을 우르르 향해 달려갔다. 하지만 성준이 보기에 그리로 가는 건 자살행위였다.

"우린 위로! 위로 가요! 뛰어요!"

사람들이 빠진 계단을 두 걸음씩 뛰어올랐다. 그녀 역시 하이힐을 신고서도 잘 따라와 줬다. 승강장 위쪽에서는 다른 계단으로 올라온 광인 몇이 벌써 자리를 차지하고 그들을 기다리고 있었다.

"꺅!"

앞서 달리던 여자 하나가 머리채를 휘어 잡혀 쓰러졌다. 또 다른 남자는 고개를 숙이며 피해서 달리려다가 제풀에 걸려 넘어져 버렸다. 광인들은 인정사정 보지 않고 올라타 살점을 뜯어내고 피를 뿌렸다.

그들의 처지가 불쌍했지만, 내 몸이 먼저. 성준은 정의감을 잠시 버리기로 하고 그녀의 팔목만 꼭 잡고 죽어라 뛰었다. 긴 에스컬레이터에서는 대혼잡이 벌어지는 중이었다.

한 칸에 두 명밖에 탈 수 없는 걸 빤히 알면서도 사람들은 어떻게든 몸을 쑤셔 넣으려 들었고, 결국 세 명씩, 네 명씩이 억지로 한 계단을 차지했다.

그렇게 하는 바람에 얌전히 순서대로 올라가는 것보다 훨씬 더 많은 시간이 허비된다는 걸 모르는 사람들 같았다.

"하아, 하아… 구두 좀……. 구두 좀 벗을게요."

에스컬레이터 앞에서 초조하게 좌우로 서성거리고 있을 때, 그녀가 숨을 헐떡이며 말했다. 팔목을 놓아달라는 말일까… 하지만 놓고 싶지 않다. 지금 이 손을 놓아버리면 왠지 다시는 그녀를 못 볼 것만 같은 불안감이 들었다.

성준이 잠시 망설이는 동안 그녀는 오른손만으로 하이힐을 벗었다. 언제 살갗이 벗겨졌는지 찢어진 스타킹 사이로 피가 조금 맺힌 발목이 보였다.

"으아악!"

뒤쪽이 더욱 혼란스러워져서 성준은 고개를 돌렸다. 계단을 뛰어 올라온 여러 명의 광인들이 뒤처진 사람들을 붙잡고서 피와 살이 튀는 축제를 벌이고 있었다. 여기저기서 숨넘어가는 소리가 들리고 높은 비명이 울렸다.

끼이익! 쿠쿵!

"어! 어! 어! 으악!"

이번엔 앞쪽이다. 뒤쪽보다도 오히려 더 큰 비명을 지르며 사람들이 에스컬레이터에서 기우뚱거린다. 한꺼번에 제한 중량보다 훨씬 많은 사람들이 타는 바람에 에스컬레이터의 모터가 멈춰 서버린 모양이다.

갑자기 멈춰 버린 충격에 억지로 좁게 끼어 서 있던 사람들이 중심을 잃으며 비틀거리다가 옆으로 떨어져 내린다. 그리고 그들이 휘두른 팔에 맞아 더 많은 사람들이 도미노처럼 차례로 떨어졌다.

으아아아~! 허공에서 허우적거리며 떨어지는 사람들의 비명, 적어도 3층 높이는 될 것 같은 바닥에 그들의 몸이 부딪쳐 터지며 나는 끔찍하고 둔중한 소리, 그리고 뒤쪽의 아비규환까지…….

그 자리에 있던 모든 사람들은 공포심 때문에 미치기 직전까지 내몰렸다.

"뒤쪽으로 돌아가면 계단이 있어요. 그리로 가요! 여기는 버리고."

멈춰 놓은 반대 방향 에스컬레이터로 사람들이 몰려가는 동안, 성준과 그녀는 계단을 택했다. 그쪽이 훨씬 더 넓다. 곁에 서 있던 한 무리의 외국인들도 일제히 그를 따라 뛰어왔다. 계단을 향해 돌아 뛰는 동안, 그들은 사람들이 몰려서서 몸싸움을 벌이고 있는 엘리베이터를 지나쳤다.

"아, 탈 수 있다는데 왜 이래? 좀 같이 삽시다."

"이 미친 새끼야, 벨 소리가 나잖아! 내리라고!"

성준과 그녀가 계단 어귀에 도착했을 때까지도 밀고 밀치는 싸움은 계속되었고, 엘리베이터 문은 닫히지 못했다. 그리고 뒤쫓아 달려온 광인들의 이빨이 승강이를 하고 있던 사람들의 뒷목에 박혔다.

사람들이 비명을 지르며 뿔뿔이 흩어지고 두 명의 광인이 풀쩍 뛰어 안으로 들어가 버린 다음, 마침내 몇 분간이나 열려 있던 엘리베이터의 문이 닫혔다.

"God damn it!"

성준보다 앞서 달리던 외국인 중 하나가 욕설을 내뱉으며 멈춰 섰다. 언제 그 위에까지 올라가 있던 것일까, 피투성이 얼굴의 광인 셋이 그르릉, 소리를 내며 계단을 뛰어 내려오는 중이었다.

그라아악!

광인 하나가 부웅— 몸을 날려 외국인 무리를 덮쳤다. 사람들이 중심을 잃고 쓰러지는 와중에 성준의 얼굴보다도 커 보이는 삼각근을 가진 흑인이 날아오는 광인의 턱에 주먹을 날렸다.

빠악!

엄청난 소리가 났지만, 광인은 조금도 아픈 기색 없이 달리던 기세 그대로 흑인을 들이받고 쇄골을 깨물었다.

"끄아악!"

흑인이 비명을 지르며 밀려 넘어졌다.

"Jake!"

그의 동료들은 메고 있던 배낭을 벗어 그것으로 광인의 머리통을 후려갈겼다. 특수 투명 아크릴로 만들어진 계단 아래로 광인이 굴러 떨어진다. 성준은 그녀의 팔목을 놓지 않은 채 옆으로 피하며 뛰었다. 여기에서 멈추면 죽는다.

흑인 역시 어깨에서 피를 뚝뚝 떨어뜨리면서도 동료들의 부축을 받아 곧바로 벌떡 일어났다. 앞쪽에서는 다른 외국인들이 가방을 방패 겸 무기 삼아 열심히 광인들과 싸우고 있었다. 다행히 이쪽이 수적으로 매우 우세했고, 외국인들은 싸움에 익숙해 보였다.

"괜찮아요?"

조금은 마음을 놓은 성준이 그녀를 돌아보며 물었다. 그렇게 방심하면 안 되는 거였다. 발갛게 상기된 얼굴로 고개를 끄덕이던 그녀의 눈동자가 갑자기 공포로 물들며 커졌다.

"조심해요!"

그녀가 외치는 소리보다 빠르게 성준의 몸이 뒤로 당겨졌다. 광인이 휘두른 팔에 성준의 배낭이 걸린 것이다.

멍청한 놈, 왜 이렇게 짐만 되는 무거운 걸 계속 달고 다녔었지?

강력한 힘에 끌려가는 동안 성준의 머릿속에 제일 먼저 들었던 생각은 그거였다. 그리고 곧 엄청난 공포가 밀려왔다.

'…죽는구나!'

그녀의 팔목을 잡았던 손이 풀어진다. 올라오는 내내 얼마나 세게 잡아당기고 있었는지 그녀의 가느다란 팔목에는 도장을 찍어놓은 것처럼 붉게 성준의 손 모양이 그대로 남았다. 그리고 추락하는 중력에 의해 시선이 옮겨 가면서 그녀의 얼굴이 눈에 들어왔다.

그녀의 찌푸려진 이마와 흔들리는 눈동자에서 공포보다 더 커다란 감정을 본 순간, 성준은 갑자기 이를 악물었다. 엄청난 용기와 힘이 솟아나는 것 같았다.

"이익!"

아가리를 쩍 벌리고 달려드는 광인의 얼굴을 피하지 않고, 오히려 먼저 몸을 날려 있는 힘껏 박치기를 했다.

콰각!

성준의 단단한 머리에 받힌 광인의 코가 무너지고 광인의 이빨은 허공을 깨물었다.

성준은 있는 힘껏 고개를 젖혔다가 다시 한 번, 그리고 또 한 번 연속해서 박치기를 날렸다.

쾅! 콰직!

광인의 눈가가 함몰되면서 눈알이 안쪽으로 밀려 들어갔다.

"으아아아아!"

여전히 광인에게 두 팔을 붙들린 채였지만, 성준은 기죽지 않고 계속해서 들이받았다. 이마가 이지러지고 찢기는 고통보다, 그녀 앞에서 멋지게 승리하겠다는 초인적 의지에서 뿜어져 나오는 아드레날린의 힘이 몇 배나 더 강했다.

그리고 마침내 성준은 미친 듯이 몸부림을 쳐서 단단히 조이고 있던 광인의 손아귀로부터 빠져나왔다. 이런 일을 할 수 있다는 게 놀라웠다. 이전에 그는 한 번도 이만큼 치열한 싸움을 해본 적이 없었다.

빠악!

성준과 광인의 거리가 조금 떨어지자 곁에서 가슴을 졸이고 있던 그녀가 하이힐을 휘둘러 광인의 머리통을 후려쳤다.

나를 위해서… 성준에게는 감동적인 일이었지만, 공격의 실효는 없었다. 광인은 하이힐을 휘두르기 위해 가까이 다가왔던 그녀의 팔을 덥석 물었다.

"아얏!"

그녀의 입에서 터져 나오는 비명.

그건 성준이 가장 듣고 싶지 않았던 소리 중 하나였다. 성준의 눈에 불이 켜졌다.

"이 개새끼야!"

성준은 가방을 휘둘러 광인의 머리를 후려쳤다.

뻐걱!

광인의 턱이 빠져 덜렁거리고, 그 틈에 그녀는 풀려났다. 가방 안에 들어 있던 두꺼운 토익 책이 처음으로 제 값어치를 했다. 이어 앞 발차기로 광인의 배를 밀어 찼다.

중심을 잃고 계단 아래로 데굴데굴 굴러 내려가는 광인의 꼴을 보고 나서도 흥분해서 벌렁거리는 가슴이 도무지 가라앉질 않아, 성준은 씩씩거리며 아래에서 기어 올라오고 있는 광인들의 행렬을 노려보았다.

"빨리 가요."

이성이고 뭐고 닥치는 대로 죽이고만 싶어진 성준의 눈앞으로 그녀가 손을 내밀었다. 땀에 젖은 작은 손을 꽉 잡고 나니 미친 듯이 뛰던 심장도 조금은 진정이 되는 것 같았다. 뭐라고 멋진 말을 해주고 싶었지만, 아무것도 생각이 나질 않아 성준은 그냥 맞잡은 손에 힘을 꽉 주었다.

그녀와 성준은 부지런히 계단을 뛰어올랐다. 앞쪽에서도 외국인들이 하나 남았던 광인을 난간 아래로 밀어 던지는 데 막 성공한 참이었다. 햇살이 내리쬐는 대지가 바로 코앞까지 다가온 순간, 성준과 외국인들은 눈빛으로 웃음을 교환하며 마지막 계단을 뛰어넘었다.

5

빠아아앙!

핵 벙커처럼 깊은 녹사평역을 겨우 탈출했다 싶었는데, 도로 위에서도 이미 난리가 벌어지고 있었다. 성준보다 앞서 올라온 사람들이 신호를 무시하고 차도를 가로질러 내달리는 바람에 거리는 날카로운 브레이크 파열음과 경적 소리, 범퍼가 부딪치며 내는 소음으로 가득했다.

하지만 그때까지만 해도 최악은 아니었다. 조금 전 광인들을 태운 채 출발했던 엘리베이터가 지상에 도착해서 문이 열리자 피투성이가 된 사람들이 두 팔을 휘두르며 뛰어나왔고, 그게 신호가 되어 거리 위의 모든 사람들은 더욱 필사적으로 뛰기 시작했다.

그롸아악!

으르르!

광인들은 토끼를 쫓는 사냥개처럼 빠른 속도로 사람들을 따라잡았고, 제압한 뒤 물어뜯었다.

"으악!"

목덜미를 물린 남자가 비명을 내질렀다. 하지만 그는 끝까지 포기하지 않고 발버둥을 쳐서 광인을 밀어냈다. 광인이 옆으로 넘어지자 남자는 피가 콸콸 흘러나오는 목을 움켜쥐고 벌떡 일어나 반대쪽으로 몸을 날려 데굴데굴 굴렀다. 어떻게든 살아보려는 노력이었는데, 방향이 좋지 않았다.

"어어어… 이런!"

차도로 뛰어든 사내를 보고 기사가 급하게 핸들을 돌려봤지만, 대형 관광버스는 그만큼 민첩하게 움직여 주지 않았다.

콰직!

사내를 깔아뭉갠 버스는 중심을 잡지 못하고 옆 차선의 승용차 두

대를 연달아 들이받은 뒤, 인도를 덮치며 옆으로 누워버렸다.

빠아아앙! 빵! 빵!

버스를 피해보려던 차들이 경적 소리를 내면서 지그재그로 춤을 추었다. 하지만 그들은 결국 서로를 들이받은 다음에야 멈춰 섰고, 그 급정거는 뒤에서 따라 달리던 자동차들의 연쇄 추돌로 이어졌다.

그렇게 대혼잡이 벌어지는 동안에도 광인들은 꾸역꾸역 계단을 기어 올라왔다. 성준과 그녀는 외국인들과 함께 삼각지 방향으로 달렸다.

삐이익!

맞은편에서 호루라기 소리가 울리고 근처 의경들이 역사를 향해 뛰어왔다. 경찰을 보고 그렇게 반가운 적은 또 태어나서 처음이었다. 그대로 그들에게 몸을 맡긴 채 이젠 그만 좀 쉬고 싶었다.

하지만 믿음직한 것도 잠시. 그들이 아무런 무장도 하지 않고 있다는 것을 깨달은 성준은 그녀의 손을 잡아끌며 의경들을 지나쳤다. 의경들도 외국인들과 한 무리를 이루며 뛰고 있는 그들에게까지는 관심을 줄 수 없을 만큼 다급한 표정이었다.

"조금만… 조금만 더 힘내요. 조금만 더 가면… 하아, 하아……."

성준은 그녀를 돌아보며 기운을 내라고 격려했다. 그녀는 신뢰가 가득한 눈빛으로 고개를 끄덕여 준다. 하지만 실제로는 조금 간다고 해서 무슨 뾰족한 방법이 있는 것은 아니었다. 그냥 그렇게 말해서 안심을 시켜주고 싶었을 뿐이다. 그게 남자가 해야 할 일 같았다.

끼기긱!

혼란스럽던 왼편 도로에서 갑자기 자동차 한 대가 날카로운 소리와 함께 인도 위로 날아올랐다. 성준 일행은 차에 깔리지 않기 위해 몸을 움츠려야 했다.

콰콰쾅!

휘청대던 자동차는 도로변에 설치된 변압기를 들이받고 나서야 멈춰 섰다. 철제 변압기가 날아가고 매설되어 있던 굵은 고압선들이 당겨져 올라왔다.

파짓! 파짓!

피복이 벗겨진 고압선들이 촉수처럼 흔들리면서 위협적인 파란 불꽃이 튀었다. 그다음에 일어날 일은 보지 않아도 알 수 있었다. 성준은 그녀의 손을 잡고 뒤돌아 뛰었다.

퍼엉! 퍼, 퍼펑!

변압기가 폭음을 일으키면서 폭발하기 시작했다. 처음엔 화약 놀이 정도의 작은 폭발이었지만 곧 커다란 연쇄 폭발로 이어졌고, 자동차에는 화르르, 불이 붙어버렸다.

뒤쪽엔 미치광이 피투성이들, 앞쪽엔 불이 붙은 자동차에 고압선까지…….

인도 양쪽이 딱 막혀 버린 성준 일행이 택할 수 있는 방향은, 이제 패닉에 빠진 자동차들이 내달리는 차도로 뛰어드는 것뿐이었다. 변압기와 배전반이 망가지는 바람에 더 이상 신호등조차 작동하지 않았다.

그르르르!

어느덧 익숙해지기까지 한 그르렁 소리가 가까이에서 울려 성준은 뒤를 돌아보았다. 5미터 뒤에서 광인 셋이 숨도 쉬지 않고 달려온다. 피하기 어려울 만큼 가깝고 빠르다. 그 뒤쪽으로 광인들과 사투를 벌이는 의경들의 모습이 보였다.

"제 뒤에 숨어요."

성준은 그녀를 막아선 뒤, 손을 놓고 싸울 준비를 했다. 외국인들도 비장한 표정으로 자세를 낮췄다.

그롸아악!

울부짖음을 앞세워 광인들이 몸을 날렸다. 성준은 배낭으로 그 입을 틀어막았다.

와직!

배낭을 물어뜯는 광인의 힘에 밀려 성준이 주춤거렸다. 찢어진 배낭에서 필기구들이 후드득 떨어졌다.

애꿎은 배낭에 구멍을 뚫어놓은 광인은 곧바로 다시 아가리를 벌리며 성준의 목을 노렸다. 성준은 고개를 뒤로 젖히면서 광인의 사타구니를 있는 힘껏 걷어찼다. 아무리 미친놈이라고 해도 그곳만큼은 아플 테니까······.

발차기는 제대로 들어갔다. 신발 너머로 발끝에 걸리는 느낌.

이건 분명히 터졌다!

"어?"

하지만 광인은 곧바로 달려들어 성준을 밀치고 올라탔다.

고통을 전혀 느끼지 않는단 말인가······.

필살기가 무산된 성준의 얼굴에는 낭패한 기색이 역력했다.

갸악!

성준의 광대뼈를 향해 광인의 누런 이가 내리꽂힌다. 성준은 왼팔을 들어 막았다.

꽈드득!

인정사정두지 않는 광인의 이빨이 성준의 팔뚝을 파고들었다.

"으윽!"

성준은 눈살을 찌푸렸다. 지독하게 고통스럽다. 그런데 동시에 이 정도 아픔이라면 충분히 참을 만하다는 생각이 들었다. 지금까지 왜 그렇게 필사적으로 도망을 쳤는지 우스울 정도였다. 무서워하지만 않으면 되는 거였는데…….

광인이 왼팔을 물어뜯고 있는 동안 성준은 오른팔로 바닥을 더듬어 뭔가 무기가 될 만한 것을 찾았다.

'제기랄, 아까 떨어진 볼펜이라도 좀 걸려줘라.'

바닥을 곁눈질하는 성준의 시야에 그녀의 흰 손이 들어왔다. 그녀가 화단에서 돌 하나를 집어 들었다.

"이야아!"

우는 것인지, 기합을 넣은 것인지 모를 소리와 함께 몸을 날린 그녀는 두 손으로 돌을 꼭 쥐고 광인의 머리를 내려찍었다.

퍼걱!

그래도 성준의 팔뚝을 물고 있는 광인의 턱에서는 힘이 빠지지 않는다.

그녀는 다시 한 번 온 몸을 이용해 돌을 내려쳤다.

퍼걱!

또 한 번!

퍼걱!

광인의 머리가 이제야 조금 흔들린다. 그때, 성준의 손에도 볼펜이

걸렸다.

"죽어!"

성준은 금속제 파카 볼펜을 길게 쥐고 광인의 귀를 찔렀다.

푹! 고막 저 안쪽까지 볼펜이 들어가 꽂히는 느낌이 손을 타고 전해졌다. 뭔가에 꽉 껴서 잘 빠지지 않는 볼펜을 억지로 비틀어 뺀 성준은 다시 한 번 같은 자리에 볼펜을 쑤셔 넣었다.

그러는 동안 그녀 역시 쉬지 않고 돌을 휘둘렀다. 둘 중 누구의 공격이 효과를 거둔 것인지는 모른다. 분명한 것은 절대로 멈추지 않을 것 같던 광인이 나무토막처럼 맥없이 쓰러져 버렸다는 사실이다.

"끄응."

광인의 시체를 밀쳐 내고 일어난 성준은 눈물을 흘리고 있는 그녀를 보았다. 그녀의 손은 돌을 휘두르며 난 상처 때문에 엉망이 되어 있었다. 손톱이 부러지고 살갗이 찢겨 손바닥은 온통 피투성이였다. 성준의 가슴 저 안쪽에서 뜨거운 기운이 확 올라왔다.

"고마워요… 고마워요."

성준은 자기도 모르게 그녀를 꼭 끌어안았다. 그녀의 흐느낌이 가슴을 통해 전해지자 행복해서 미칠 것 같았다. 살점이 떨어져 나간 왼팔의 고통이 제대로 느껴지지도 않는다.

바로 곁에서는 피범벅이 된 외국인들이 두 명의 광인을 상대로 한 싸움을 거의 끝내가고 있었다. 광인 한 놈은 차도로 떠밀려져 박살이 났고, 또 다른 광인은 온몸의 뼈가 부러진 채 바닥을 기었다.

"Finish him."

콧수염을 기른 남자가 숨을 헐떡이며 명령하자, 워커를 신은 외국인이 머리를 들기 위해 안간힘을 쓰고 있는 광인의 턱을 향해 킥을 날렸다.

빠각!

광인의 목이 정반대 방향으로 돌아가더니, 힘없이 떨어져 내렸다. 살인의 현장을 지켜보게 되었지만, 이상하게도 성준은 죄의식이 느껴지지 않았다.

'이런 게 광기에 사로잡힌다는 걸까……'

감상에 빠질 시간은 없었다. 앞쪽의 불길은 잦아들 기미가 없이 무섭게 타오르고 있고, 주변에서는 광인과 사람들이 얽혀 비명을 질러댔다. 성준은 그녀의 손을 다시 잡고 차도 위를 뛰었다.

하지만 어디로?

그걸 알 수가 없어 두려웠다. 과연 삼각지까지 가면 안전할 수 있을까?

그때, 백마를 탄 기사가 그들 앞에 등장했다.

"Hey, Larry! You're here. What the hell is going on? Terror? Oh, my… you're bleeding!(여, 래리! 여기 있었네. 이게 대체 뭔 난리야? 테러야? 어, 너… 피 흘리잖아!)"

커다란 미제 SUV를 그들 앞에 세우고 군복을 입은 운전자가 물었다.

"Thank God. Glen, You'll never know how glad I am. Are you going to camp?(아이구, 하나님. 글렌, 너를 만나는 게 얼마나 반가운지 넌 모를 거야. 부대로 들어가나?)"

조금 전 명령을 내렸던 콧수염이 이마의 땀을 훔치며 안도하는 표정으로 말했다. 운전자는 고개를 끄덕였다.

"Yes, you wanna ride? Hop in.(응, 태워줄까? 타.)"

콧수염이 SUV 뒷문을 열고 사람들을 태웠다. 뒤쪽이 트럭처럼 긴 3열짜리 차였다.

"Injured fellas first.(부상자 먼저.)"

콧수염의 명령에 따라 아까 어깨를 물린 흑인, 조금 전 얼굴이 찢긴 여자, 피를 많이 흘린 백인 사내가 차례로 차에 올라탔다.

'좋겠다. 이 자식들, 자기 부대로 들어가나 본데.'

그들의 대화를 반만 알아들었어도 성준에게 부러움을 불러일으키긴 충분했다. 사람들이 흰색 SUV에 오르는 동안 어딘가에서 또 비명이 울려 퍼졌다.

성준은 옆에 선 그녀의 발을 내려다봤다. 신발도 없이 달려온 그녀의 발은 벌써 아까부터 만신창이였다. 이제는 좀 그녀를 쉬게 해주고 싶었다.

젠장, 회화 공부 좀 열심히 하는 건데…….

"어, 음……."

성준이 잘 떨어지지 않는 혀를 억지로 굴리며 입술을 뗐다. 외국인들이 그를 돌아보았다.

"어, 쉬… 투… She, too, 플리즈!"

그렇게 말하면서 그녀의 발을 가리켰다. 아까 광인에게 물린 상처와 싸우다가 얻은 상처도. 멈칫하던 콧수염이 운전자와 눈빛을 교환하더니 타라는 손짓을 했다.

성준은 주저하는 그녀를 달래 차 안에 밀어 넣었다. 그러면서 은근히 바라고 있던 것도 사실이다. 외국인들이 잠시나마 함께 싸웠던 그 역시 태우고 가주기를……

그런데 사건은 엉뚱하게 전개되었다. 성준이 그녀에게 자신의 이름 과 전화번호라도 알려줄까 하던 순간이었다. 문 앞에서 사람들을 차례 로 태우던 콧수염의 표정이 갑자기 어두워지며 물었다.

"Where's Max?(맥스 어디 갔어?)"

외국인들은 서로 얼굴을 마주 봤다.

"When was the last time you see him?(걜 마지막으로 봤던 게 어디야?)"

"Down there…….(지하철역 아래…….)"

흑인이 지하철역을 가리키자 콧수염이 비장한 얼굴로 내뱉었다.

"No man left behind!(낙오자는 없다!)"

그러자 다른 녀석들도 한목소리로 외치며 다시 SUV 밖으로 나왔 다.

"No man left behind!(낙오자는 없다!)"

흑인과 다른 부상자들까지 차에서 내리려 들었지만, 콧수염은 그들 을 제지했다.

"No, you're injured, not just hurt. Go to medic. It's an order.(너흰 부상자야. 가서 치료 받아. 명령이다.)"

그러고는 고개를 돌려 도로 위에 선 둘에게 말했다.

"Ok, very simple. we go back, get Max, and we get up back here. Got it?(자, 아주 간단해. 돌아가서, 맥스를 찾고, 다시 이리로 온다. 알았지?)"

"Yes sir!"

세 명의 외국인이 다시 지하철역으로 뛰어가려 할 때, 운전자가 외쳤다.

"Gee, Larry! You're unarmed! You got nothing! Gate 3 is right there! Just 200yards away. we can ask for back up or bring our guns.(젠장, 래리! 너희는 지금 비무장 상태야! 무기랄 게 없다고! 3번 문이 바로 저기야! 200야드만 가면 돼. 가서 지원 요청을 할 수도 있고, 무기를 가져와도 되잖아.)"

콧수염은 무표정하게 고개를 저었다.

"It doesn't matter. U. S. army never leave wounded fellow behind. That's the ground rule!(그런 건 상관없어. 미 육군은 부상자를 홀로 두고 가지 않는다. 이건 최우선의 원칙이야!)"

"Ok, ok. Open the trunk, there's my golf bag. Pick any clubs you like.(알았어, 알았어. 트렁크 열면 골프 가방 있어. 아무거나 빨리 채 하나씩 챙겨.)"

트렁크에서 골프채를 골라 든 뒤, 콧수염이 말했다.

"Thank you, Glen."

"Na~ just bring' em back.(아냐, 돌려주기나 해.)"

어이없어 하는 성준을 놔두고 세 명의 외국인은 다시 광인들로 가득한 지하철역을 향해 뛰었다. 멋지기는 하지만, 미친놈들이었다. 이제는 자기도 좀 태워 달라는 말은 할 수 없는 상황이 돼버렸다.

그녀를 태운 SUV가 미군 부대 안으로 사라져 간다. 유리창 너머로 뒤돌아보던 그녀의 애타는 얼굴을 보니 눈물이 날 것 같았다. 순식간에 외톨이가 돼버린 성준은 잠시 멍해져 있다가 삼각지 방향을 향해 뛰었다. 일단 살아야 나중에 데이트를 해도 할 수 있다.

6

그 시각, 민구는 왼쪽으로 고개를 틀고 앉아 그의 어깨를 꿰매는 의사의 손길을 말없이 지켜보고 있었다. 의사의 손길이 부들부들 떨린다. 민구가 주방에서 가지고 올라와 옆에 놓아둔 커다란 식칼 때문만은 아니었다.

'생각보다 빨리 왔군.'

민구는 턱을 쓸며 생각했다. 조금 전부터 병원이 영 시끄러운 걸 보니, 아무래도 그놈들이 여기까지 퍼진 모양이다. 아직 발목 치료를 받지 못했는데…….

하지만 마취를 하지 않은 건 잘한 것 같군.

민구는 귀찮다는 듯 혀를 찼다. 크지 않은 규모의 교통사고 환자 전문 병원을 골라 들어온 것이 다행이었다. 여기라면 죽여야 하는 놈들이 그리 많지 않을 테니까.

콰장창!

문밖에서 뭔가 깨지는 소리가 들리자, 의사는 또 한 번 엉덩이를 들썩거렸다.

"저, 저… 선생님, 아무래도 이렇게 하고 있을 때가 아닌 것 같습니다."

의사는 꿰매던 손을 멈추고 더듬거리며 말했다.

"그럼 뭘 해야 하는 맨데?"

민구가 담배에 불을 붙이며 물었다.

끼야악―!

그 사이에도 아래층에서는 또 비명이 울려 퍼진다. 의사 옆에서 보조를 하던 간호사가 겁에 질려 귀를 막고 주저앉았다. 의사가 간곡하게 사정했다.

"아니, 지금… 뭔지는 모르겠지만, 밖에서 난리가 난 것 같은데요. 저 비명 소리하며… 사람들이 죽어가는데, 돕지도 않고 이대로 가만히 앉아 있을 수는……."

"의사 양반."

울먹이는 의사의 말을 끊고 민구가 물었다.

"당신, 대학에서 사람 죽이는 거 공부했소?"

"네?"

의사가 눈을 껌뻑였다.

"사람 죽이는 거 배웠냐고?"

"어, 아닙니다. 무, 무슨 말씀을……."

"그럼 뭐 배웠어?"

"그, 그야, 의대였으니까 병 고치는……."

"그럼 할 줄 아는 거나 열심히 하시오."

민구가 담배 연기를 내뿜으며 명령했다. 그 박력에 거역할 수 없어진 의사는 또 손을 떨며 바늘을 놀려 상처를 대충 맞물려 놓은 뒤, 실을 꽉 조였다.

쾅쾅쾅!

그사이를 못 참고 누군가 잠긴 문을 두드려 댔다. 여전히 복도에서는 비명과 고함이 난무하고 있었다. 두려워진 의사와 간호사는 몸서리를 치며 울상을 지었다. 어깨가 봉합된 것을 확인한 민구는 식칼을 집어 들고 천천히 일어난 뒤 문을 확 당겼다.

"어! 도와주세요! 지금 밖에……!"

문을 두드리던 남자가 이제 살았다는 표정을 지었다. 심하게 물어뜯긴 그의 팔에서는 피가 뚝뚝 떨어져 흘렀다.

"그러기엔 이미 늦었어."

민구가 빠르게 팔을 휘둘렀다. 남자는 자신에게 무슨 일이 일어난 것인지 깨닫기도 전에 목을 움켜쥐고 무너져 내렸다. 사내의 시체를 걷어차 뒤로 밀어버린 후, 민구는 복도로 몸을 내밀었다.

복도 건너편에서는 괴물이 간호사들을 닥치는 대로 물어뜯고 있다. 살이 뜯겨 나간 간호사들이 피투성이가 되어 비명을 질렀다. 민구는 속도를 높여 걸어간 다음, 괴물의 뒷목을 서너 차례 세차게 내려쳐 잘라냈다. 그러고는 이제 막 안도의 한숨을 내쉬며 고맙다고 고개를 숙인 간호사들도 함께 처리했다.

일단 이 정도면 발목 치료를 받을 시간은 번 것 같다. 다시 방으로 돌아와 문을 잠근 민구는 피 묻은 칼을 탁자 위에 올려놓은 다음, 바짝 얼어붙은 의사와 간호사를 보고 씨익 웃었다.

"각자 잘하는 걸 합시다."

※　♥　※

녹사평에서 삼각지까지는 불과 지하철 한 정거장. 하지만 너무 많은 사건을 겪은 뒤여서 그 길지 않은 거리를 뛰어가는 것도 힘이 들었다. 숨이 차오르고 허벅지의 근육이 타들어 가는 것 같다.

그렇게 휘청거리면서도 겨우겨우 움직여 주던 발이 뭔가를 밟고 갑자기 쭉 미끄러지는 바람에 성준은 중심을 잃고 굴렀다.

"아, 아야! 이게 뭐야?"

넘어진 자리를 돌아보니 군데군데 토사물이 흩뿌려져 있다.

재수가 없으려니 별······.

성준은 먼지를 탁탁 털고 일어났다. 무릎과 팔꿈치의 살갗이 벗겨져 나갔다. 10미터쯤 앞에는 대머리 아저씨가 무릎을 꿇은 채 엎어져서 또 새로운 토사물 함정을 만들고 있는 중이었다.

우웩— 우웨엑!

흔들거리는 대머리 아저씨의 두툼한 옆구리가 피로 흥건하게 젖어 있다. 이 사람도 광인들을 피해 지하철에서 도망쳐 나온 게 분명해 보인다.

'너무 오랜만에 뛰셨구만. 그러게 아저씨, 평소에 운동을 좀 하셨어야지.'

영화에서라면 아저씨의 등을 두드려 준 다음 부축을 해서라도 함께 뛰어 도망가겠지만, 지금 성준에게는 그럴 여유가 없다. 토하다가 머리를 감싸고 쓰러져 뒹구는 아저씨를 뒤로하고 성준은 다시 뛰기 시작했다.

애애앵~!

맞은편 도로에서 여러 대의 경찰차들이 꼬리를 물고 녹사평역을 향해 달려간다. 광인들의 그르렁대는 소리와 비명도 조금은 작아진 기분이다.

'나중에 어떻게 연락을 하지? 그 시간에 지하철역에서 기다리면 될까? 그때도 또 아무렇지 않게 손을 잡고 끌어안을 수 있을까?'

그녀를 태운 SUV가 들어간 미군 부대의 게이트를 지나칠 때, 성준은 그녀를 생각했다. 언젠가 두 손을 꼭 마주 잡고 웃으면서 이 길을 걸어가리라. 낙엽이 가득 쌓일 때의 삼각지 가로수 길은 꽤 그럴듯하다.

그리고 아름드리나무에 기대 키스를 나눠야지…….

성준의 입가에 저절로 흐뭇한 미소가 번졌다. 아까 그녀가 숨을 헐떡거릴 때 얼굴에 닿았던 복숭아 냄새가 지금도 느껴지는 것만 같았다.

그르르르…….

그 순간, 뒤에서 들려오는 소리가 그의 즐거운 망상을 깼다.

아냐, 이건 말이 안 된다…….

성준은 속도를 올리면서 자기의 귀를 의심했다. 분명히 광인들은 그보다 훨씬 뒤에 처져 있었다. 게다가 불길에 휩싸인 차가 인도를 가로막고 있기 때문에 지금 그는 꽤 안전하다고 믿고 있었다.

암만 미치광이들이라고 하지만 무슨 원수 사이도 아니고, 차도를 넘어 저 많은 사람들 중 자신만을 노리고 달려올 리가 없지 않은가. 게다가 바로 뒤쪽에는 아주 먹기 좋으라고 내장을 비우고 엎어져 있던 대머리 아저씨도 있고…….

"왜 하필 나야?"

버럭 소리를 지르며 뒤를 돌아본 성준의 가슴이 철컹 내려앉았다. 조금 전 지나친 대머리 아저씨가 사방으로 분비물을 튀기며 빠르게 달려오고 있었다.

왜… 왜? 이건 대체 뭐 이런 게 다 있단 말인가. 방금 전 그가 지나쳤던 것은 분명히 괴로워하며 쓰러진 피해자였는데, 이제는 광인이 되어 그를 쫓는다. 그리고 치사할 정도로 빠르다. 평소에 운동을 했어야 한다고 아저씨를 비웃었던 자신이 바보처럼 느껴졌다.

"아저씨, 이러지 마요!"

한계까지 몰린 근육에게 채찍질을 해서 달리는 속도를 높인 성준이 울부짖었다. 아저씨는 방금 전부터 한 가지 단어만 계속 반복해서 내뱉고 있었다.

그라아악!

직선으로 정직하게 달려서는 절대 뿌리칠 수 없다는 걸 깨달은 성준은 차도를 가로질렀다.

빠아앙! 빠빵!

등 뒤에서 달려오던 자동차들이 그를 피해 핸들을 틀면서 경적을 울려 댔다.

'어머, 자기야. 이거 뭐야?' 차 안에서 핸드폰을 내밀고 찰칵거리는 것들도 있다.

그러거나 말거나 성준은 서울 운전자들의 실력에 자신의 목숨을 맡기고 무작정 뛰었다. 막 중앙선을 넘었을 때, 번쩍거리는 경광등의 불빛이 성준의 시야를 가득 채웠다.

성준은 반사적으로 고개를 돌리고 손을 들어 얼굴을 가렸다.

콰앙~!

채 완전히 멈춰 서지 못한 경찰차가 성준을 들이받았다.

"으으윽……."

고통스런 비명을 흘리면서도 성준은 무릎을 감싸 쥐고 다시 일어났다. 깨진 머리에서 피가 흘러내려 눈이 잘 떠지지 않는다. 그래도 달아나야 한다. 이를 악문 성준은 뜨끈뜨끈하게 달궈진 경찰차 보닛 짚고 절뚝이며 걸음을 옮겼다.

"어이, 뭐하는 거야? 차도로 뛰어들면 어떡해?"

경찰차 문이 열리고 운전석에 있던 경찰이 호통을 쳤다. 성준은 손을 들어 경찰의 뒤를 가리켰다. 저 아저씨 좀 잡아줘요… 라고 말하고 싶은데, 바짝 말라 있는 입에서 소리가 잘 나오질 않는다. 말을 하려고 힘을 줄 때마다 폐가 터지는 것 같다.

"저기, 저… 으으윽, 조심… 어으!"

갈비뼈가 부러진 게 분명하다. 그렇지 않고서야 이렇게 아플 리가 없다. 성준은 옆구리를 감싸 쥐고 오만상을 찌푸렸다.

"뭐라는 거야? 어이, 술 먹었어요? 지금 가뜩이나 비상이 걸려서 바빠 죽겠구만……."

경찰의 뒤쪽으로 대머리 아저씨가 뛰어오는 게 보인다. 아주 가까워졌다. 성준은 필사적으로 소리쳤다.

"뒤! 뒤! 으윽!"

성준이 소리를 낼 때마다 부러진 갈비뼈는 확실하게 응징을 해준다. 성준은 고통을 참지 못하고 다시 눈을 꼭 감은 채 몸을 움츠렸다. 감긴 눈의 깜깜한 시야 저 너머에서 경찰의 비명이 들린다. 그리고 또 다른 경찰들의 당황한 목소리도…….

"으아악! 이건 또 뭐야? 으악!"

그롸아아악!

"김 순경! 김 순경, 괜찮아? 야! 이 새끼가!"

목을 물린 경찰이 곤봉을 제대로 꺼내지 못하고 더듬거리는 동안, 조수석에 있던 경찰이 벌컥 문을 열고 뛰어내렸다. 갑자기 열린 조수석 문에 맞아 성준은 뒤로 벌렁 넘어졌다. 조수석 경찰은 성준에게는 눈길도 주지 않고 대머리 아저씨에게 뛰어가 곤봉으로 등짝을 후려갈기며 욕설을 퍼부었다.

"이 새끼야! 이 미친 새끼!"

아마 그는 그 정도면 충분히 대머리 아저씨를 제압할 수 있다고 믿었을 것이다. 하지만 성준은 잘 안다. 고환이 터져도 끄떡없는 놈들이다. 이쪽에서도 죽일 생각을 하고 싸워야 하는 상대다.

"이… 이게 왜 안 떨어져? 이 개새끼야!"

당황한 조수석 경찰이 곤봉으로 대머리의 어깨며 다리, 등을 계속 후려쳤다. 아무 효과도 없다.

대머리는 여전히 경찰의 목을 단단히 깨문 채 고개를 흔들어 더욱 깊숙이 이를 찔러 넣었다. 근처의 경찰차들도 차를 세우고 달려왔다. 식은땀을 삘삘 흘리고 있는 조수석 경찰에게 성준이 말했다.

"…쏴요. 때려봐야 소용없어."

너무 작은 소리로 우물거려 그런 것인지, 아니면 성준의 말을 귓등으로 듣는 것인지 조수석 경찰은 여전히 곤봉만 휘둘렀다. 답답하다. 성준은 숨을 고른 뒤, 있는 힘껏 외쳤다.

"씨발, 쏘라고!"

타앙!

마침내 총성이 울렸다. 성준은 그제야 그가 목표로 했던 인도를 향해 걷기 시작했다. 멈춰 서 있던 자동차의 승객들은 난데없는 총소리에 의자 깊숙이 몸을 숨기며 짧은 비명을 질렀다.

타앙! 타앙!

계속해서 도로를 뒤흔드는 소리.

그런데도 여전히 그놈의 그르악거리는 울부짖음은 끊임없이 계속 이어진다. 성준은 뒤돌아보지 않았다. 여기서 달아나는 게 먼저다.

"끄응, 제기랄. 이거 후유증 남는 거 아니겠지?"

절뚝거리는 오른쪽 다리를 부지런히 움직이면서 성준은 걱정스런 표정을 지었다. 꺾였던 무릎이 땅을 디딜 때마다 불로 지지는 것 같다.

한 가지 그에게 위안을 주는 사실은 이제 조금만 더 걸어가면 끝난다는 것이었다. 삼각지역까지 100미터도 남지 않았다. 이제 다 왔다.

"근데… 내가 어디를 가고 있는 거지?"

성준은 스스로에게 물으며 고개를 들었다.

새벽까지 비가 그렇게 쏟아졌던 게 거짓말인 것처럼 화창하게 갠 하늘, 그리고 요새처럼 커다란 빌딩.

별과 닻이 그려진 깃발을 보자 그제야 비로소 성준은 자신이 왜 삼각지까지만 가면 안전하다고 생각했는지 깨달을 수 있었다.

무장한 군인들이 저기에 있다. 다시 힘을 얻은 성준은 부지런히 걸었다. 그리고 국방부 정문에 도달했을 때, 이미 그곳에는 먼저 도망쳐 온 대여섯 명의 사람들이 몰려 있었다. 다들 생각하는 게 비슷비슷한 것이다.

하지만 분위기는 그가 기대했던 것과 영 달랐다. 입구 초소를 지키고 있던 헌병은 흰 장갑을 낀 손을 들어 올리며 난입하려는 사람들을 제지하고 있었다.

"왜 못 들어가게 하냐고! 지금 저기 뭔 난리가 난 줄은 알아? 사람들을 잡아먹는다고!"

"제발 들여보내 줘요. 여기까지 얼마나 죽을 고비를 넘기고 왔는데……."

몸 여기저기에 상처를 입은 사람들이 숨을 헐떡거리며 애원을 한다. 흘러내린 피만 봐도 그들이 얼마나 힘겹게 달려왔는지 알 수 있다. 하지만 헌병의 대답은 기계적이고 단호했다.

"사정은 알겠습니다만, 이곳은 피신하는 곳이 아닙니다. 인근 경찰서나……."

"그럼 너희는 대체 뭐하러 있는 거야, 이 새끼야!"

눈가에서 피를 흘리는 아저씨가 헌병의 말을 끊고 버럭 소리를 질렀다. 헌병의 눈빛이 흔들린다. 그의 뒤에서 총을 들고 있는 다른 보초병은 잔뜩 긴장한 채 상황을 지켜보고 있다.

"우리를 지키라고 있는 거잖아? 이 건물, 너희 총! 이, 이 쇳덩어리까지 전부 다 우리 세금이야!"

이번에는 젊은 여자가 바리게이트를 두드리며 호통을 쳤다. 사람들은 부글부글 끓어오르기 직전이지만, 헌병은 상황을 이해하지 못하고 있었다.

하긴 그 누가 21세기 서울에서 집단으로 사람을 잡아먹는 대규모 광인들의 습격을 예상할까. 헌병은 그저 근무수칙 대로 같은 말을 반복했다.

"어쨌든 물러서 주십시오. 여기는 피신하는 곳이 아닙니다. 저는 그 말밖에 할 수 없습니다."

그게 기폭제가 되어 사람들은 이성을 잃고 덤벼들었다. 화가 난 사람들은 헌병의 멱살을 잡고 밀어 친 뒤, 억지로 국방부 차도 안으로 뛰어 들어갔다. 지그재그로 설치된 노란색 바리게이트를 넘기도 하고, 허리를 숙여 그 아래로 기어 들어가는 이도 있었다.

"멈춰! 쏜다!"

뒤쪽에서 지켜보고 있던 보초들이 총을 겨누며 외쳤다.

아주머니 하나가 목이 찢어져라 고함을 질렀다.

"쏴! 쏴봐! 이 미친 새끼들아!"

말은 그렇게 했지만 다들 설마 민간인에게 총을 쏠까 하는 믿음을 가지고 있었다. 물론 그 믿음은 배신당하지 않았다. 하지만 헌병들은 그녀를 곱게 들여보내 주지도 않았다.

언덕길을 뛰어 영내로 들어가려던 아주머니는 헌병에게 밀쳐져 나뒹굴었고, 그때부터 들어가려는 자들과 막아서려는 자들의 정말 말도 안 되는 몸싸움이 벌어졌다.

성준은 그 싸움에 참전하지 않았다. 걷는 것도 힘에 부치는 몸으로 저 헌병들을 뚫고 들어갈 수 있을 리가 없다.

'…여기는 틀렸어. 다른 살길을 찾아봐야지.'

성준은 힘이 빠져 꺾여 버린 무릎을 달래며 다시 인도로 나섰다. 그리고 마지막 희망까지 날아가는 광경을 보고 말았다.

저 멀리서 피투성이가 된 사람들이 삼각지역 바깥으로 뛰어나오고 있다. 울상이 된 사람들의 머리끄덩이를 잡고 쓰러뜨린 광인들이 살을 뜯고 내장을 파낸다. 이제 앞뒤가 다 막힌 것이다.

"···씨발. 흐흐흐, 진짜······."

성준은 다시 차도로 뛰어들었다. 소용없다는 건 잘 알지만, 한 발짝이라도 더 도망가보고 싶었다.

빠앙!

차들이 아슬아슬하게 그를 피해간다. 자동차가 갈라놓은 바람이 획획, 코끝을 스친다.

하지만 성준은 겁내거나 멈춰 서지 않고 똑바로 걸었다. 광인들의 이빨에 물어 뜯겨 죽는 것에 비하면 별로 무서울 것도 없다. 몇 몇은 차를 세우고 좀 태워 달라며 사정을 했다.

그러나 차 안의 그들은 이 느닷없는 혼란과 위험으로부터 한시라도 빨리 벗어나고 싶은 생각밖에 없었다. 자동차들은 매정하게 쌩쌩 달려 그들을 피해갔다.

"아아악!"

뒤쪽 길 건너편에서는 계속 비명 소리가 들려온다. 더 자주, 더 많은 사람들이 광인들에게 목숨을 잃고 있다.

콰콰쾅!

자동차가 어딘가를 들이받고 터지는 소리도 간간이 끼어든다. 지옥이다.

"하아, 하아······."

정말 열심히 걸었는데 차도를 다 건너는 데만도 엄청난 시간이 걸렸다. 아픈 것은 이루 말할 수도 없다. 어린애 머리만큼 부어오른 무릎도 한계지만, 갈비뼈가 쑤셔 대는 통증에 비하면 그 정도는 애교였다.

게다가 아까 광인에게 물렸던 왼팔… 이제 아예 감각이 없다. 멈춰 선 성준은 비통한 표정으로 다시 한 번 녹사평역 쪽을 돌아보았다.

아까 그 차에 탈 수 있었더라면…….

"끄으응."

그가 선택한 길은 숨어보는 것이었다. 정말 하늘이 돕는다면 광인들도 그를 보지 못하고 지나칠지도 모른다. 군인 형제가 서로 끌어안는 커다란 구조물 밑에는 개구멍처럼 조그만 구멍이 앞뒤로 뚫려 있다. 성준은 그 안에 기어 들어가 동그랗게 몸을 말았다.

"아야야… 어흑."

온몸의 상처에서 한꺼번에 고통을 쏟아붓는다. 성준은 두 손으로 얼굴을 감싸 쥐었다.

"젠장, 끝내 이름도 못 알아냈잖아."

마지막 가는 길에 적어도 애인 이름은 부르고 싶었는데, 그것도 잘 안 된다. 군대에서 유격을 뛰었을 때도 그냥 같은 과 여자애 이름을 애인인 것처럼 외쳤었는데…….

…대체 이름이 뭐야?

장미는 무엇이라 불러도 그 향기 그대로인 것을…….

어울리지도 않는 셰익스피어의 문구가 난데없이 머릿속에서 튀어

나오는 바람에 성준은 잔뜩 일그러진 미소를 지었다.

크큭, 문학 C를 맞은 주제에.

"날 걱정해 줬었지……."

자신이 광인에게 끌려갈 때 보여주었던 그녀의 안타까운 눈빛이 생생하게 떠올라서 고통을 좀 달래주었다.

우린 아마 분명히 사랑에 빠질 수 있었을 거야…….

성준은 다시 한 번 망상에 빠져 보기로 했다. 그녀와 행복하게 사랑을 나누고, 함께 아침을 맞고, 아이를 낳아 기르는 상상까지 다 해보려 한다. 이제 그에게 허락된 것은 그 정도뿐이다. 우울하거나 나쁜 생각은 하지 않을 거다.

그르르르…….

익숙한 소리, 익숙한 냄새.

굴의 입구가 어두워진다. 더 알고 싶지 않아서 성준은 눈을 꼭 감았다. 피로 물든 광인의 머리가 굴속으로 쑥 들어오는 것을 그는 보지 못했다.

www.bbulmedia.com